紅色漩渦

余良 著

柬埔寨歷史苦難的記錄
——為「紅色旋渦」的出版而作

白雲

美國華人作家余良先生寫的「紅色旋渦」要出版了。該書是自傳體的小說；所寫的事件基本上是當時確實發生過的，故也可視為紀實文學。作者從他小時候在中國的不幸遭遇寫起，但他大部分的年華是在柬埔寨渡過的。在柬埔寨和平時期，他在波羅勉省奈良鎮渡過了欠缺親情的家庭生活，少年時便離開家庭到金邊讀書和謀生。他複雜的身世，曲折的遭遇，加上在金邊接觸了左傾的教師和同事，受到左傾思想的影響，決定了他後來的人生道路。1970年柬埔寨戰爭爆發後，他和許多左傾的教師、學生、職工一樣，進入由越共和柬共新建立的紅色根據地，捲入柬埔寨革命的漩渦，並受到種種打擊和挫折。可以說作者的經歷在當時柬埔寨華僑知識份子和青年學生中是具有典型性的。上世紀五、六十年代，許多愛好學習追求上進的華僑知識份子和青年學生，受到中國革命的影響，接受毛式革命思想，已成為當時的時代潮流。後來他們投身革命是必然性的。而他們投身革命後的不幸遭遇也是必然性的。上世紀七十年代那場由柬共領導的柬埔寨革命是一場不折不扣的大災難。凡是當時住在柬埔寨的人不論你捲入其中或者置身事外，也不論你是支援它還是反對它，都會遭遇這場大災難。最後連柬共及其領袖波爾布特也逃不脫他們自己佈下

的羅網，直到滅亡。這也是必然性的。

本書的主要篇幅是寫柬埔寨戰爭時期的史實。作者進入根據地後，經歷了前線的戰火。之後又轉入華僑團體從事醫療和開荒生產工作。由於作者在戰爭時期的經歷比較多面，故該書在這部分的題材所涉及的面相當廣闊，有軍隊和戰鬥、有醫療工作、有開荒生產、有華僑動態；有柬共幹部的橫蠻、也有民眾的哀憐和無奈；有柬共在根據地的作為，也有佔領金邊後的暴行；還有愛情故事，異國情緣、戰地鴛鴦。作者通過描寫自身的經歷和當時發生的某些事件，具體而生動地反映了這個罕見的時代的現實，記錄了柬埔人民在這段時間內深重的歷史苦難。

作者在寫作期間，每寫完一部分就寄給我閱讀，使我有幸先睹為快。該書所寫的事件本身就具有震撼性，加上作者的文筆流暢，描寫逼真，讀起來極有吸引力。使我彷彿又回到二十多年前那驚濤駭浪的年代，既痛恨那群青面獠牙的豺狼又深深同情受災難的廣大人民。

有人說「柬共的暴行及其所帶給人民的傷害已經過去二十餘年了，人們已經逐漸淡忘了。現在我們應該向前看不要往後看。要看到未來的光明，不要牢記過去的黑暗。」這種話讓波爾布特的陰魂及其活著的同夥們聽了一定非常高興。可是讓被波爾布特殺死害死的二百多萬冤魂及其劫後遺生的家屬們聽了一定非常傷心。這關係到我們應該怎樣看待歷史的問題。是不是苦難的歷史就應該忘記？不，我認為輝煌的歷史和苦難的歷史都不應該忘記。忘記了輝煌的歷史就會失去信心和勇氣。埃及人不會忘記金字塔，中國人不會忘記萬里長城，柬埔寨人不會忘記吳哥王朝。而忘記了苦難的歷史就可能讓苦難重演。猶太人不會忘記失去國

土和遭受納粹大屠殺的苦難，才在第二次世界大戰後排除萬難發憤建國——以色列。最近台灣一位知名的電影編導和報紙編輯洪維健先生說得好：「歷史再慘再苦，我們都可以 forgive（原諒），但絕不可以 forgot（忘記）。」一個忘記歷史苦難的民族，是一個麻木、沒有希望的民族。故中國人不應該忘記文革和六四，日本人不應該忘記侵略東亞和南京大屠殺，美國人不應該忘記越戰和九一一。

　　為了使人民不會忘記苦難的歷史，1979 年初柬共被推翻後，柬埔寨人民黨的新政權立即將柬共在金邊用以監禁和屠殺約二萬人的 S-21 監獄改建為「波爾布特種族屠殺展覽館」。台灣各地也興建「二二八紀念碑」，以紀念 1947 年二月二十八日國民黨政府在台灣的鎮壓中死難的民眾。今年四月在匈牙利建成開幕一座「納粹大屠殺博物館」，以紀念在匈牙利十六萬猶太人和匈牙利人被納粹屠殺的事件。該博物館的主任達蘭儀說：「這博物館是要讓人們特別是年輕人學習，讓他們知道大屠殺是什麼，使他們永遠不要重蹈覆轍。」中國的大文豪巴金老人也曾提議建立一座「文革博物館」。他說：「只有牢記文革的人，才能制止歷史重演，阻止文革的再來」。無疑地這些措施和提議都是極有意義的。

　　至於柬共禍害柬埔寨這段歷史更值得全世界的歷史學家和政治家們加以重視和研究。因為它可能是人類歷史上空前的，也可能是絕後的。

　　說它是空前的，因為在歷史上很難找到一個政權在短短的四年中將自己國家的人口消滅掉三分之一或四分之一（當時柬埔寨有七、八百萬人口，被柬共消滅的一般估計是二百萬，人民黨的新政權指稱是三百萬。柬共僅承認死去一百五十萬。）也很難

找到一個政權實行那麼多令人難以想像難以置信的荒謬絕倫的政策。說它是絕後的，因為國際共運業已式微和變質；「世界革命」的口號也已偃旗息鼓。世界人民的認識已經大大提高，正義的力量空前強大。打著共產主義旗號鬧革命已難於吸引群眾。今後共產黨要以暴力奪取政權是非常困難的了。而在奪取政權後要像柬共那樣橫行霸道窮凶極惡而不遭人民反抗、不受國際正義力量的制裁更是不可能的了。

既然柬埔寨七十年代這段歷史值得重視，而余良先生所著的「紅色旋渦」又是從某些側面反映了柬埔寨這段歷史，故我希望各界人士能閱讀這本書。如果你當時身歷其境，讀了本書可以讓你重溫往事，引發共鳴。如果你當時不在柬境，讀了本書可以使你認識柬埔寨這場災難，從而提高你辨別真假洞察是非的能力。

（2004年10月）

自序

　　本人生於中國廣東省潮州市，正是抗日戰火方熄、國共內戰又起之時。年幼時代遭逢中共建政初期，清算地主富農的「土地改革運動」。我的家族因地主背景慘遭株連，我也難逃磨難，幸遇恩人相救，才死裡逃生。

　　反右、「大躍進」運動接踵而來。那時，我是共產主義少年先鋒隊隊員，又是藏匿的地主後代。我的童年，除了飢餓，心靈上交織著光榮、自卑與恐懼的矛盾。

　　十三歲那年，我千里迢迢來到柬埔寨，與後來才知道並非是親生父母相會。我遭受他們的冷漠與虐待，十五歲便離家出走，在舉目無親的異國他鄉膽戰心驚的漂零。

　　失學、童工、苦力、失業，無家可歸、身世不明，歷盡辛酸苦楚。

　　但是，個人曲折的遭遇和離奇的身世很快成為無足輕重。一九七〇年三月十八日，柬埔寨發生推翻西哈努克親王的軍事政變，戰爭隨即爆發。像許許多多受「中國革命」影響的熱血青年一樣，我懷著天真浪漫的革命熱情投身到赤棉控制的「解放區」，經歷了戰爭和赤棉血腥統治整整十年的艱苦歲月和難以想像的個人無數次驚險逃生。目睹了波爾布特為首的柬共對無辜民眾的奴役和殺害，見證了把柬埔寨帶入空前災難的柬共政權的殘暴。

　　腥風血雨、哀鳴遍野，白骨累累、餓殍處處。這就是僅僅

在三年多時間裡就死了約兩百萬人口的柬共統治下的「民主柬埔寨」的真實寫照。

一九七九年一月七日,波爾布特政權終於下臺了。我一家逃亡到越南,後來又返回柬埔寨逃到泰柬邊境的難民營,其過程更充滿各種難以想像的坎坷險阻。

一九八一年,我一家獲得美國政府的人道收容。從中國到柬埔寨再到美國,走了二十年離奇曲折、驚心動魄的歷險之路,終於來到這個永久的安全港。

為了寄託對無辜死難者的哀思,為了對第二故鄉深沉的懷念,更為了二十世紀人類最黑暗的歷史不被遺忘,我要把當年的親身經歷和所見所聞展現給人們。

此書記錄的絕大部分是事實,個別情節是不脫離當時大環境的合理虛構。一位柬埔寨長老說得好:在這個國家裡,每個人都有不同悲慘的故事,要用整條湄公河的墨水才能寫完所有的故事。

此書寫作期間,得到兩位旅柬華僑文化界前輩「白雲」與「藍天」先生的大力支持與鼓勵,並提供了許多寶貴意見和資料以及說明刪改和糾正等。兩位前輩對本書的出版自始至終灌注了大量的心血,謹此致以永遠的謝意。

目次

柬埔寨歷史苦難的記錄——為「紅色旋渦」的出版而作	003
自　序	007
第一章　身世之謎	011
第二章　跨國恩怨	023
第三章　叢林戰火	071
第四章　走南闖北	105
第五章　華運生涯	145
第六章　重返金邊	257
第七章　人間煉獄	311
第八章　逃亡之路	345
第九章　山脈慘案	379

010 紅色漩渦

第一章　身世之謎

「來了！番客來啦……番客來啦……！」

怎麼？番客來了？這麼快啊！怎麼說來就來了？雖然腦子還是迷迷糊糊的，這話是聽得很清楚，我的心猛然動了起來：很多事都還沒準備呢！

剎那間，一位穿著筆直西裝，搭配鮮藍領帶，戴銀邊眼鏡，眉目清秀，年約四十的中等身材男子走了進來。他來到我睡床邊，注視我一陣，緩緩抬起手，撫摸我的頭髮問：「你就是秀槐吧？」

我盯著他，點頭。

「幾歲了？」

「十三。」

「我是來帶你去金塔的，你想念你爸媽嗎？」我沒再答他。我希望他知道我正生病，不能這麼早走。

「有人跑去通知他阿姨了，工廠很近，就快來的。」跟進來的一個孩子說。

番客望著我，又問：「病了幾天了？」

「三天。」我很陌生而機械地回答。

他在狹小的房裡站了一會，望著身後一群小孩，正有點不耐煩時，阿姨回來了。

「你是從番邦來的客人？」阿姨喘著氣，語氣間顯出按捺不住的興奮。

「是,我是阿槐他爸的朋友,受他爸委託專程來潮州,要把阿槐帶到金塔,讓他們父母子團圓。」

「啊!始終要到這一天的,可阿槐正病著呢!」阿姨說著,走過來撫摸我的額頭,「看,還發燒呢!」

「到汕頭醫吧!汕頭條件好。我不能等下去了,我要趕時間到普寧探望父母妻兒。」

這時,四叔也來了。雙方相互自我介紹,番客把一張名片遞給他,便和阿姨走出去商量著立刻啟程的事宜。

四叔拿著名片念起來:「王國政府吉達那親王助理、柬埔寨人壽保險有限公司總督、金邊銀行總經理、黃友才。地址:柬埔寨金邊赫沙干街門牌四十九至五十三號、電話……電掛……。」

「來頭真大啊!」四叔幾乎驚叫起來,「連親王都成了他的助理,保險公司、銀行、五間房屋。阿槐,你命真好!你看,人家首都的塔都是黃金做的,那像我們這麼寒酸淒涼……」。

這年頭,人們把東南亞各國稱為番邦,把那裡的華僑稱為番客,把柬埔寨首都金邊稱作金塔。阿姨早對我說,我就要離開潮州到金塔與分別十二年的父母團圓……。

我走了,帶著昏昏沉沉的意識走了。來不及向良哥惜別,還有餘純君老師、少先隊友們、更多的同學。

番客黃友才乘坐一人力三輪車,我和阿姨坐上另一輛。四鄰的大人孩子們都出來為我送行。一個青年提著我用了五年的藤編的書包追上來:「阿槐,帶上你的書包吧,好作個紀念!」

到餐館吃過飯,下午趕到車站,殘舊的巴士開出潮州市區,太陽西斜了。金黃的餘暉依依不捨地灑落在遼闊的潮汕平原上。秋風刮起,落葉飛揚,寒意襲來,灰黃色的塵土擋住了我的視

線。我心陣陣悲涼……

我們在汕頭旅店住了兩天，阿姨帶我到醫院打針，病好多了。但阿姨仍悶悶不樂，滿懷心事。晚上，她對我說：「明天我送你到碼頭後，我們就離別了。我求天公保佑你一路平安。到了金塔，與爸媽好好相處，什麼事都讓阿姨知道。千萬記住，每到一地，要來信給我報平安……。薛仁貴的故事你聽過了，他也是由養母養大的。他常說：生功不如養功大，你也不要忘恩負義。有能力時，寄錢來救濟和們。你爸媽只有你這個兒子，要留意你媽與你相會時是否激動得流淚。」我不斷點頭。阿姨這番話，我記了幾十年。

第二天，友才叔在普寧縣流沙鄉灰寨村的大女兒映貞姐趕到汕頭與我們會合。她準備陪她爸一起回普寧老家。我們四個人於中午時分來到汕頭碼頭，等輪渡去磐石鎮，再乘客車去普寧縣。

廣播器傳來了輪渡將於兩點出發的通知。我們在候船廳等候。友才叔和女兒在一旁敘情，我和阿姨坐在另一側。天氣炎熱，寂寥難奈，我拿起一本連環畫閱讀起來，便聽到身邊的阿姨在飲泣，我頓時一陣激動，知道這是生離死別的時刻，放下圖畫，摟住她也哭起來，阿姨再也忍不住號啕大哭，我倆越哭越悲慟，四周的人都好奇地圍過來詢問發生什麼傷心事。阿姨帶哭斷斷續續說了。站得近的幾個婦人一聽都跟著我們流淚，也有人說這年頭能出國實在是太幸運了。正當我們哭得悲慟，輪船響起一聲長鳴，像垂死的老人發出最後的哀嘆。我突然激動起來，拉了阿姨的手就要往回走：「阿姨，我不去了，我寧可沒飯吃也要回家……」友才叔攔住了我，說；「船就要開了，你今後還會回來的。」映貞姐也安慰我，拉我的手走下船。這時我後悔極了，緊緊拉著阿姨的手不肯走，但這一切都無濟於事。我最後聽到

阿姨對人們說：「他是去一個……命運難卜……的地方，叫我如何……不想他？」

船開了，我轉過頭，站在船尾，兩手伸向岸邊，與岸上哭喊成淚人的阿姨相互呼應。人們竭盡所能安慰我，看護我，我什麼都聽不進去，只顧拼命猛擦眼淚，想再看阿姨一眼，但眼淚如泉湧，岸上的阿姨和景物一片模糊，無情地遠去、遠去……。

我跟友才叔經過普寧、廣州、珠海和澳門，十多天後抵達香港。

在這十多天的行程中，我每到一地，第二天便把寫給阿姨的平安信交給友才叔寄出去。他每次都帶著和藹可親的笑容把信接過去。一路上，友才叔常和我談話，問我在潮州的情況，我便問他關於柬埔寨和爸媽以及他自己的情況。他說，他離開中國十六年了，那時映貞姐才兩歲。我說，這麼久啊！難怪映貞姐與你惜別時緊摟著你哭成淚人。我心想我決不等到十六年，我三、五年就要回來看阿姨一次。

到了香港，友才叔把我安頓在一家小旅社。幾天後他對我說，他必須趕回金塔，為了我，他花了太多時間，而我的入境證仍沒有辦妥，今後由該旅社設法為我辦手續。

友才叔走了，我被安排和一位清潔工人擠睡在樓梯口的空檔裡。我更加彷徨和悲觀。每個晚上都做著回到潮州老家的美夢，夢見我還在潮州，天亮後我還要到義安路小學上課。每一次我都帶淚而醒，現實是如此殘酷，聽不到鄉音，遠離了熟悉的鄉土和親人，說不盡的後悔，我真是世上最不幸的人。為什麼這一切都發生在我身上？

我從小就跟著阿姨和她的兒子、比我大兩歲的阿良哥住在潮

州市破落的粉葛巷裡。除了良哥，阿姨還生了一男一女，後來她離了婚，生活更加窮苦，便分別把這對小弟妹賣出和送給了別人。

阿姨說，我媽有錢，生了孩子不想自己餵奶，便在我出生四十天交給她撫養。媽不久跟著爸漂洋過海到了柬埔寨。

阿姨帶著我們搬了好幾次家，多是在司巷一帶。我們擠睡在別人騰出來的小房間。阿姨還做些手工如糊火柴盒和刺繡，她含辛茹苦撫養我們，我們覺得人世間只有阿姨最愛我們，我們也都很愛她。

阿姨有時帶我們去看望送給人家的妹妹，我問阿姨為何從不去看望弟弟，阿姨總是傷感地說，賣出去的便不能去看他。我說，將來有了錢把弟妹都要回來。阿姨說，我們一家人就指望你一人了。你阿爸在番邦，番邦都是富人。你長大了就要回到你爸媽身邊，將來有了錢就寄來救濟我們，也把弟弟贖回來。我說：「我會的，阿姨放心。」

不久，我在番邦的爸媽開始寄錢來，每次四、五十元人民幣。阿姨收到後，好幾天都很高興，但她也埋怨等得太久，「盼到脖子要斷了，才這麼一點錢。」

阿姨很愛我，說我長得像「姿娘仔」（漂亮的女孩子）。她向鄰居友人誇我誠實聽話，不惹麻煩。

阿姨會抽煙，卻買不起香煙，便在路上撿煙蒂，回來後拆散，再用紙卷來抽。我常幫她撿煙蒂，拆煙絲，阿姨會刺繡，我常幫她穿針引線。阿姨邊刺繡邊教我唱潮州民謠，還教我數從一到一百的數字；每當我和阿姨走在路上時，我總把一隻手穿在她屈起的肘上。二年級我開始學寫詩，大多是寫愛阿姨，如「少時兒一堆，老時錢一堆」，阿姨笑得合不上嘴。

爸媽幾次給我寄來漂亮的衣服，我都疊整齊放在床沿上來回欣賞，捨不得穿。爸媽也三次托友人從金塔來看望我，這時，我和阿姨、良哥才能跟著番客上餐廳、看電影，一行人走在路上，人人望著我，心裏飄飄然。相片中的爸爸戴著眼鏡慈祥地微笑，媽媽端莊又嚴肅。爸爸在番邦當華校校長，媽是教員，為人師表，煞人羨慕和尊敬。爸媽在番邦什麼國家呢？信封上寫著「越南高棉柬埔寨波羅勉省奈良市培才學校」。良哥拿來世界地理課本研究良久，說是柬埔寨王國，大概是山寨式的農業國吧！「山寨式的農業國怎會比咱們富有呢？」阿姨說：「在番邦，人人吃大魚大肉，吃膩了都當垃圾扔掉呢！還是我們阿槐命好！」是啊，一切都發生在我身上，我太幸運了。

但現實卻是不幸的，那時是大躍進的日子。米、油、鹽、肉、布等都受限制。三餐全是稀粥或爛番薯，人人忍饑挨餓，我每天也餓得幾乎走不動了。我曾因飢餓偷吃鹽而頭暈嘔吐。好幾次阿姨悄悄炒糟糠吃，還叫我千萬別說出去。

我就讀的義安路小學也掀起了反右派的政治運動，我的班主任伍老師被劃為右派，班裡有些同學的父母被揭發為地主或反動派，學校操場成了土法煉鋼場，上課時常要寫檢舉老師的材料。念四年級時我加入了少年先鋒隊。政治活動多了，每有節日，少先隊要接受市長的檢閱，遊行呼口號。

隨著逐漸懂事，阿姨告訴我坎坷的身世，說我是地主出身，而且經歷了生死曲折才來到她身邊的。怎麼會呢？我是三好學生，怎會是倒楣的地主出身？可阿姨說，這是真實的，你懂事了，我必須告訴你，故事是這樣的：

那是解放前的一九四七年六月中旬，一個飛沙走石、雷電交加的黃昏，一向僻靜的粉葛巷突然闖入兩位年輕婦人。兩人推開

阿姨的門,阿姨一看,一位是經人介紹認識不久的馬秀英,另一位撐著雨傘懷裡抱著一個出生僅一個多月的男嬰。瘦弱的男嬰不斷啼哭。

「我說過的就是這位家住文祠鄉下赤水村的陳慕志,是我的同學。她生下這男嬰不想自己餵奶,我向她推薦你,今天就託付給你撫養了。」馬秀英說。她又向陳慕志介紹阿姨,「這位就是陳清香,二十九歲,心地善良,很會照顧孩子。」

陳慕志允諾每個月給阿姨帶來米糧、雞鴨或金錢作為報酬,並說孩子的姓名叫賴秀槐。

阿姨心想,卻為何趕在風雨之夜來呢?做母親又怎忍心讓自己親生骨肉餓成這樣呢?雖有疑慮,又不好發問,見孩子哭的凶,趕忙抱過來。說:「先給他餵奶。」解開衣紐把乳頭塞進去,已經餓壞的秀槐邊喘氣邊拼命吸吮著,當晚便甜甜的睡了一覺。

「這孩子便是你,」阿姨對我說,「但你媽很少來看你。一年後,你媽帶了你爸和你外婆一起把你接回去。

你帶著無助的啼哭被帶走了,那段日子裡,我很掛念你,總覺得你是個苦命的孩子。好幾次托馬秀英帶我去看望你,都被拒絕了。

日子過得好寂寞。大約三年後,又一個風高月黑之夜,我睡得正酣,被一陣急促的敲門聲驚醒,我提著小煤油燈戰戰兢兢去開門。門一開,一位佝僂老婦背著一個小孩子直撲到我懷裡,差點把我撞倒。老婦全身顫抖連呼:「救救秀槐!救他⋯⋯有人要殺死他⋯⋯是一群人啊!」

是你的外祖母背你尋上來的,我被嚇壞了,忙問發生什麼大事。你外祖師母邊喘息邊說:「下赤水村農會鬥地主,我們全家

第一章 身世之謎 017

就剩下這孩子了,只有你救得了他,這孩子就交給你,今後一切由他報答。」「那你自己怎麼辦呢?」「我老了,自有歸路。」說完後就匆匆走了!

原來,那時正趕上農村土改運動,毛主席號召貧農起來鬥地主分田地。我後來在馬秀英口中才知道你外祖父是地主,運動一到,農民把你外祖父和舅父拉去批判後槍斃了,屍體就埋在人來人往的田間小路。你爸媽和你的小姨慕遠早已漂洋過海到番邦去了,你舅母帶了你表姐和表弟逃亡他鄉,途中大表弟被人發現後拋到池塘裡活活淹死。你外祖母連夜背著你爬山越嶺渡江,尋到我這裡來。她老人家回去後就在下赤水村後的小山嶺上吊自殺了。

我雖窮還能養活你,以為你從此平安無事。但不久,下赤水農會幹部們就尋上門來,指責我窩藏地主後代,要我把你交給他們發落,他們要斬草除根以絕後患。我每次都說你是我生的,不讓任何人把你帶走,可你在下赤水村住了三年,許多人都知道你的身分。他們人多,不肯罷休,三五天就來一次,態度也越來越兇狠,從耐心教育到嚴厲警告和威脅。我都不為所動,一口咬定你是我所生的。這裡又是府城,他們也沒辦法。

可是有一次,七八個農會幹部帶了你的舅母尋上門來,你舅母一見面就如數家珍把你在下赤水村的情況說出來。原來她受不了在外頭流浪之苦,回來向農會「自首」,為了「將功贖罪」她要「大義滅親」。她心腸惡毒,咄咄逼人,我一時說不過她,卻始終認為你是個無辜的孩子,被捉回去肯定沒命,緊緊抱住你,一步也不讓他們靠近。這時,一農會幹部威脅說:「你也是窮人出身,屬於無產階級,如今人證俱在,再不放人,我們就要上報市府,到時你還要去勞改!」其他人趁機要來搶孩子,這時圍

看的人很多，我急中生智高呼：「救命啊……救命啊……，大家快去請市府領導來主持公道啊！」

兩位市府領導及時趕到，看到七八個大漢圍著一個弱婦和小孩，又聽我口口聲聲說你是我所生，便說：「這裡是市府，你們不可在光天化日之下強搶孩子。若孩子真是地主後代，由我們查明後處理。」農會幹部只能快快而回，從此不再來了。

幾年後你在番邦的父母通過你表姐知道你的消息，就開始寄錢寄信來了。土改運動過後，僑務政策出來了，我時常要參加華僑僑眷會議。「你是華僑子弟，我不讓人知道你是地主後代，你長大後回到父母身邊，我的重任也就完成了。」阿姨不止一次對我說，「你出生就苦命，得不到父母之愛。你是不應該來到這人世間的，現在的日子也苦，你唯一的出路是出國，與父母團圓。」

從那以後，我時以作為華僑子弟感到幸福，以作為少先隊員而光榮，可又以作為地主後代感到自卑。我很擔心有一天老師和同學們知道我的階級出身。

我讀五年級時，成績非常優秀，餘老師說我在班裡是數一數二，她常上門家訪，又誇又贊的，阿姨更高興了。不久阿姨改嫁了，她嫁給一個騰出小房間讓我們住的女主人的第四個兒子，比阿姨小五、六歲。我和良哥都叫他做「四叔」。此後，我和良哥只得擠睡在一個堆滿雜物的小空間裡。

五年級尚未結束，阿姨好幾次告訴我，你今年要到金塔與你爸媽相會了，手續做了兩年，總算辦妥了。幸虧你們是父母子關係，否則沒法申請。我說，我不去，我要跟著阿姨。阿姨說：「阿姨也捨不得你，但你在這裡餓得快不成人形了，我們一家就指望你，你命好，人人羨慕啊！你想想，全國有哪幾個能出國

啊？況且作兒子總要回到親生父母身邊的，你爸媽也要有個依靠的人，我們總不能一輩子靠他們寄錢吧！」

逐漸，我內心也比較接受了，做兒子的終歸要跟父母親在一起，又能吃飽又能寄錢幫阿姨，爸媽也會疼我的。但我始終捨不得離開潮州的親人、左鄰右舍，山水草木。

放假了，新學年又開始了。阿姨沒讓我再讀六年級，因為我快要出國了，就等爸媽托人來把我帶走，這樣阿姨可以省下一年的學費。在這期間阿姨又告訴我一件意外的事，她說：「你爸媽在幾年前就討了你姨媽慕遠的大兒子，也就是你的表弟秀龍作兒子。雖然你媽只有你這個兒子，但我總擔心她會偏愛秀龍，」阿姨還說，你媽的學問很高，但脾氣不好，不要惹她生氣。

我如今人在香港，我開始回味阿姨的話：阿姨為何提醒我注意和媽相會的第一眼：如果媽見到我時沒有激動得流淚將意味著什麼？既然與父母相聚，阿姨為什麼擔心我將來命運難卜？阿姨談起我小時候的坎坷曲折的身世時，為何沒有提過我爸爸呢？我兒時在下赤水村的時候，爸爸在哪裏呢？爸媽出洋時為何不帶上我？

在香港四個多月的時間裡，我保持了和阿姨以及爸媽的通訊，我開始學會自己洗衣服，也幫同住的人寫信。旅社的老闆不讓我上街玩，因為我沒有身分證，他說我爸媽什麼都要省事省錢，入柬境的手續也沒辦好。

終於有一天，旅社一位工作人員拿來一張闔家照片給我看，問我認得站在一旁的男孩嗎？我接過一看，天哪！我何時跟這家人合照呢？那工作人員笑著說：「過幾天，你就要跟隨這家人搭飛機去「金塔」了，這個長相像你的孩子因病不能與父母同行，你就冒充他隨這家人同行吧！小弟弟，你命可真好，我這麼大歲

數還沒坐過飛機呢！」

得到這消息時，我並沒特別高興。我只知道，離阿姨更遠了，離祖國和家鄉更遠了，三年啊三年，我要重回祖國！

然而，在我面前的，是一條二十年也走不完的更加曲折、坎坷、驚濤駭浪的人生之路！

022 紅色漩渦

第二章　跨國恩怨

　　一九六〇年四月十五日，我一生最難忘的日子。下午三時許，我乘搭國泰航空公司的班機從香港抵達金邊坡成東機場。走下飛機後，那戶在飛機上不理睬我的隨行家人吩咐我跟在他們身後去排隊，接受海關檢查。

　　南國的氣候熱得像火爐，我的臉被烤得熱辣辣的。望著擁擠的人群，我獨個兒站在大廳的大風扇下，除了納涼，更希望引起爸媽的注意：分別十二年的兒子終於回來了。我相信爸媽正在人群中對每個小男孩翹首辨認。

　　但是沒有。機場上人頭躦動，有喜極而泣的，大喊大叫的，有擁抱親吻的，握手拍肩的。就沒人朝我而來。我只得隨著那家人走出大廳。「別跟著我們！我們與你已毫不相干！」男主人吆喝我。我站住了，落在隊伍的最後。周圍的人都望著一臉茫然的我，我真的慌了，該怎麼辦呢？

　　就在這時，一輛黑色轎車開出停車場，在大廳門前的出口附近停下，車上迅速跑下來一個高個子直朝我呼喊：「阿弟，過來，到這兒來！」我還沒看清他的臉，他已拉住我的手，另一手提著我的小行李箱，向汽車跑去。他迅速打開車後蓋，把行李扔進去後，又把我塞進後座，「嘭」的一聲車門關上了，一眨眼人已鑽到前座，一旁的司機立刻把車開走。

　　我害怕極了，心想必是遇到劫匪，在爸媽來到之前把我劫走了。茫茫人海，今後何處尋覓我爸媽呢？就在這時，那高個子

轉過身來問我在香港住了多久？在潮州的阿姨對我好嗎？想念爸媽嗎？他還稱讚我讀二年級就會寫信給爸媽。他怎麼知道這麼多呢？心想，劫匪在作案之前必先瞭解一些情況。儘管看起來他對我還友善，我仍然誠惶誠恐。

突然，他轉過身問我：「阿弟，你在中國時曾收到你爸媽寄給你的相片嗎？」我說有。他又問：「你能憑以前的相片認出你爸媽嗎？」我想了想，說，能認出。他側著身望著我說：「好，那你看我像不像你爸？」我心想：「真討厭，我爸斯文有禮，戴眼鏡，皮膚也沒有你這黑。」不過我這時也注意到身穿灰色襯衫的他張長方型臉孔有點像。可又想，如果是爸爸就不會這樣來測探我了，更不會像劫匪那樣把我接走的。接機者都是真情流露，而他不是。他見我不語，又問一次。這時我想要是阿姨在身邊就好，她一定會幫我的。熬不過他再三追問，我只好對他說：「你不是我爸。」此語一出就有些後悔，他要真是我爸那不是很傷他的心嗎？他轉回身子不出聲，司機似乎打了個寒噤，轉過頭來對我說：「小弟弟，他是你爸啊！我們旅行社受你爸爸的委託來接你的。你就叫一聲爸爸吧！」不得已我叫了聲：「爸爸」。「阿槐，我就是你爸爸，你已經到金邊了，我們父子十幾年沒見了，今日終於相會了，爸爸非常想念你啊！」我注意到他神采飛揚激動的語氣。

汽車緩慢駛進市區，爸爸轉過頭對我說：「你媽病了，你等會兒見到媽千萬要叫聲媽媽，知道嗎？」

汽車在一家寫著「震旦醫院」的門口停下來，爸幫我提行李，我這時注意到汽車頂上有「新大陸旅行社」的中文標誌，心裡踏實些。我隨爸上了二樓，緊張的時刻到了，我記起阿姨的話，我要看清楚媽媽見到我是否激動得流淚。

房門被輕輕地推開,我們兩人輕步來到一張雙層病床前。在爸的示意下,我對著臉朝裡躺的媽叫了聲:「媽媽,我來了。」她緩慢轉過身,勉強坐起來。她帶著略為散亂似乎燙過多時頭髮,略顯憔悴而呆滯的面容,露出微笑,一手撫摸著我的頭髮說:「哦,來了,阿槐來了。」

　　「是的,阿槐來到媽媽身邊了。」爸替我說著。

　　媽媽沒有想像中的激動和流淚。

　　這時媽又說:「你來了,我很高興。今天一早,我就求老天爺有個好天氣,飛機安全降落。你現在總算平安回來了。」媽的聲音緩慢無力,但端莊中仍顯威嚴,很像革命影片《紅岩》裡的江姐。

　　站在一旁的爸爸用近乎顫抖的聲調說:「一切都好了,順利了,你的病也會很快好起來。」媽又問我一些下機後的事,便吩咐爸帶我去洗澡。

　　當晚,我們便沉醉在喜相會的天倫之樂的氣氛中。爸和媽都有說有笑,說不盡的話題,有關我讀書的、養母阿姨的、舅母和表姐的、日常生活的、友才叔一路陪護我的等等。我也說出心中的疑慮,就是爸爸去機場接我時那種慌張的情形使我以為被歹徒拐走。我擔心見不到爸媽。爸笑著說,因為我是冒充別人的兒子入境的,他不敢走進接機室認人,要等我走出來才趕緊把我接走!

　　在最初的幾天裡,我們常暢談到深夜,爸媽都有問不完的事,我心中高興,有問必答,有時把心中的想法也說出來。爸爸喜歡聽我說話。我說我參加少先隊,但很怕別人知道我是地主後代。媽說:「你是參加小鬼隊,小鬼隊專幹鬥地主的勾當」。媽說這話時臉色陰沉,我心也沉重起來,卻不敢爭辯。

第二章　跨國恩怨　025

媽坐了上來，又說：「我藏在心中十多年的話，說了你也不明白。你還小，又聽共產黨那一套。」

　　我說：「養母阿姨已告訴我小時的經歷了。她說下赤水村農會幹部個個青面獠牙。那時他們三、五天就來威迫阿姨把我交給他們發落，是阿姨冒死保護了我。」

　　「何止青面獠牙！」媽激動得說不上話，好一會兒才喘過氣，正言厲色地說：「那是一九五二年初，下赤水村成立了農會，便把鬥爭矛頭對準被劃為地主你的外公。但帶領農會衝進外公屋裡的卻是你老叔公，他雖是你外公的胞弟，卻因為在爭財產時吃了虧而公報私仇。他在屋裡調兵遣將對你外公羞辱毆打，強迫你外公趴下來當狗騎，要他當狗吠，你外公吠了一聲就吐出血來。最後他們把你外公和你舅父拉去槍斃。你舅母帶了你表姐弟連夜外逃，大表弟被人拋下池塘淹死。你外婆每天被他們強迫用繩子捆住身體拉著石磨上山，還被人用牛鞭在後頭驅趕辱罵，要把她折磨至死。一天晚上，你偎在外婆懷裡不斷啼哭。你外婆哀求負責看守她的兩個以前的家奴：

　　「放我走吧，我老了死了無所謂，可憐我外孫才四、五歲。我逃出去把他送給城裡人。我一定回來決不連累你們。」因為外婆過去善待她倆，當此生死關頭，二人終於同意把外婆放走。疲憊不堪的外婆揹著你從後門爬出，趁黑摸出村外，又越過婆姐嶺、繞過大片農田、再攀過韓山。那時大路到處都是崗哨，好不容易望到湘子橋，橋頭燈火通明，是當地農會防止各地地主逃亡，封鎖了橋。外婆從另一側來到韓江邊，正有一小舟，舟內婦人看到老婦背著孫子便猜到什麼事。二話不說就迅速解開纜繩把船划過江。你便在外婆揹負下回到陳清香身邊。你外婆回去後在婆姐嶺自縊身亡，還是兩家奴把你外婆埋葬好的！這是多年後

我有了你表姐的消息,她又再見到當年的家奴才知道事情的經過。」

爸媽和姨媽慕遠在中國解放前夕過海來到越南的安江省,不久姨媽嫁給一位早年從大陸來的同鄉人,爸媽後來去柬埔寨。姨媽結婚後與姨丈感情不和,貌合神離。姨丈無心經營生意,每每飲酒消愁,姨媽遭此打擊,只有自認命苦。她獨力謀生,自製滅鼠滅蟻藥,親自到各地農村銷售。不久有了個女兒秀珠。便將秀龍帶到柬埔寨給爸媽認作兒子。秀珠交給堤岸一位奶媽撫養。從此秀龍改姓賴。

一天深夜,臨睡前,媽對爸說:「我心裏難受。我觀察阿槐的言行舉止,非常失望。做兒子的竟從不問我患了什麼病,問一聲身體好些了嗎?他心中只有養母。我從小摸透了許多事,件件應驗,我看得出來,阿槐將來必不可依靠,我花在他身上的心血全白費了。」爸忙說:「別這麼說,他剛來,心裏高興,年紀小不懂事。過幾年他二十歲了,讓他結了婚一切便好起來。」聽了媽的話,我心中的石頭更沉重了。爸是愛我的,他常護著我。

在醫院十來天,一直未能回家。爸說,家在六十公里外的奈良鎮,爸媽教了十一年書,拖垮了身體,好不容易積累些錢在一年前開了一間中藥店。媽不幸病了,雇兩位夥計打理店裡的生意,住在越南的姨媽來管理。

三天後,爸要帶我回家。媽對爸說,到奈良鎮後,先讓我暫住在友人的家,擇吉日才帶我進家門。

我隨爸搭乘巴士經過六十公里路途來到湄公河岸,過了河便是奈良鎮。那時已是黃昏,爸把我帶到一戶叫「成合興銅鐵店」的二樓。吃過晚飯,洗澡後,吩咐我早些上床睡覺。

爸走後,我正要入睡,聽得有人上樓來,隨即便聽到一聲

「是阿槐來了嗎?」我回話後,問對方是誰。「我是你姨媽。」她的聲音有些顫抖,「阿槐,我來看你。」我坐了上來,眼前的姨媽有一雙跟媽一樣的眼睛和圓臉形,但體格壯實。我發現她睜大的眼睛蒙上一層哀痛。她趕忙用手掩臉,再也說不出話,站了一會,默默下樓去了。為什麼姨媽與媽第一次見到我有如此迥異的表情呢?

吉日未到,九歲的秀龍聽說我來了,迫不急待就來找我,問我要不要先回家看看?我說:「好啊!」便跟著他一起回家。

我們悄悄下樓,走過市集,來到有兩行隔著公路相對的各行各業的華僑商店。原來這裡是一號公路。秀龍指著左邊一行倒數第三間店鋪說:「這就是我們的家。」我抬頭一看,橫額的招牌上寫著「永安堂藥店」五個字,下面是一行豆芽樣的柬文。

店的右側是有近百個小格子的藥材櫃,左邊是連成一片的上下兩層玻璃櫥,擺放著各種越南西堤和金邊中成藥。靠裡的玻璃櫥放置著香港和中國中成藥。玻璃櫥和藥材櫃中間是長長的櫃臺,站著一位秤藥師,外面的夥計負責賣成藥。姨媽正坐在正中的錢櫃上,監視全場。她見我倆擅自回家,便吵著問:「誰給你們回家的?」秀龍也不搭理徑自領著我走進去。

這裡與賣藥部用一塊牆板隔開,只留個小通道。兩張睡床各占一側,一個大衣櫃,後面是小院子、廚房、浴室和廁所。我們正要上樓看,姨媽已走過來,催秀龍快帶哥哥回去。

第三天正是吉日,爸媽從金邊回來,大家歡聚一堂,好不高興。

我爸有五兄弟。大伯在六公里外的巴南縣城經營藥材。他是位有名的中醫師。

我的二伯兒時去世。三伯住在距金邊三十五公里一號公路旁

的磅大力鎮，也經營中藥店。四伯是金邊濟生堂中藥店的駐診醫生。爸排行第五，也是中醫生。

樓上很悶熱，只在前段有窗口，兩張單人床分別給兩位夥計。姨媽帶我上樓，指示我睡在後段的樓板上。她從一個蒙上灰塵的大紙箱裡取出帶有異味的被單和硬梆梆的枕頭，說：「這些全是舊的，現在經濟困難，將就些。」我用指甲在枕頭上刮出一層油污。姨媽說：「這都是你們男人喜歡用髮臘，才枕成這樣子。」她又拿出一張破舊草席說，這草席還可睡上一、兩年。記住，晚上別太早掛蚊帳，因兩位夥計要經過這裡上他們的床。千萬記住，晚上不能點燈，因怕火燭，也不準用手電筒，會耗電池。總之，我只能摸黑佈置。我感到委屈，但想到在潮州阿姨的家，與阿良哥同擠睡在一個廢棄的破空間，度過了好幾年，便不再開口了。

幾天後，媽便規定我每天的工作：早晨五時起身，煮早餐、掃地、洗衣服、上街市買菜、做午飯，在店前學做買賣，做晚飯。晚上要為爸媽和弟弟掛蚊帳。一切安排停當，姨媽便回越南去。

媽需要療養，除了做生意，就在床上躺著，不過她說人雖在床上，心還是掛著許多事，她要我嚴密監視兩位夥計在收錢時是否偷了錢。她說在金邊醫病時，已感覺他倆天天在偷錢。

媽對夥計如此警戒，我反而同情他們。媽不斷嫌我洗衣服沒出力，飯量又大，炒菜不是味道差就是火候掌握不好，上市集買豬肉，十有九次買到死豬病豬肉。最令她氣憤的是，我在店前做生意時竟沒有兩眼專注兩個夥計是否偷錢。

我畏忌媽，記得她在醫院時說過的令我心如沉石的那些話。媽對夥計監視得緊，對我也是如此。只有爸仍是那樣疼我，而秀

龍在暑假時天天到外面玩耍，回家就從錢櫃裡掏錢買零食，媽也熟視無睹，聽而任之，我覺得命運與兩位夥計差不多。於是，每當媽走到廚房時，我就下意識走到店前，她在店前久了，我就到廚房。媽知道我在逃避她，她開始恨我。

那還是我回家將近一個月的一天上午，我清理完廚房後到店前做生意，爸不知什麼事出門了，媽突然怒氣沖沖把我拉回廚房，二話不說就在木柴堆裡抽出一根，朝我雙腿揮舞過來。隨即，她左手猛推我的胸部，一下推到牆壁，她放下木柴（條），右拳向我後腦擊來，我無可退避一閃身被她踢進浴室，她衝過來，把我的頭按在水缸上，猛力撞擊，一邊嘶聲高喊：「我知道你是來報仇的！快說是誰叫你來把我氣死的？」我被打得全身疼痛，初時還大哭，見她說話了，便說：「媽，我沒做錯事，你為什麼打我？」媽拉著我的耳朵走出浴室，指著爐上的水壺說：「水也煮乾了，火還沒有全熄，你分明是要害我家破產，你心腸好毒辣！」

第一次挨毒打，媽媽慈祥端莊的形象全沒了，我更想念養母清香阿姨，她以前總誇我是好孩子，可媽卻說我心腸惡毒。陪媽在醫院時我還給阿姨寄了兩次信，回到奈良市，到哪兒寄信呢？阿姨又怎麼給我回信呢？媽常有意無意對爸說，阿槐的心全給清香占過去了。爸也常對我說：「你要是從小跟著爸媽，現在就會像秀龍一樣活潑精靈。」

媽打過我一次後，就常藉故打我，當然都是爸不在家的時候。打得多了，媽的手腫了好幾回，她吸取經驗不再用拳頭，而是用雙手揪我的頭髮去撞牆壁。我有時因小事與秀龍爭吵，媽又猛拉我的頭往牆壁狠狠地撞，卻用藤鞭把秀龍趕進屋子，說是打他以示平等。但很快秀龍就若無其事，嬉皮笑臉跑到外面玩了。

令我費解的是，媽在白天打罵我，晚上卻常向一些來聊家常的友人誇我讚我。她滔滔不絕向他們說我下飛機時以為遇到劫匪，擔心爸媽找不著我，她說從這件事說明我是聰明的孩子。

媽為什麼對我如此兇狠，在別人面又說我可愛聰明？我有時認為媽是愛我的，只是對我嚴厲而已；有時又覺得她很恨我，但不能叫外人察覺出來。

媽每次都背著爸打我，還常常在爸面前說我的不是：好吃懶做、呆笨遲鈍、狡詐善辯等等。我確實變了，沉默寡言，滿臉憂愁，兩個夥計也不時向我投來同情的眼光。我懼怕媽又怨恨爸，兩個月前在金邊醫院那種天倫之樂已不復見了。我懷疑我不是媽的親骨肉……

終於，爸似乎看到媽打我的跡象，有一次我無意聽到爸為此責問媽。媽冷冷地說：「你別做好人……你是沒關係的……」爸發現我走過來，趕忙說：「秀龍才不是我的親骨肉。」這句話又激怒了媽，她生怕秀龍聽到。

爸媽也常吵架，每次爭吵中都提到我。一次，媽就對爸咆哮：「都是來了他，才弄得今日雞犬不寧！」

每天晚上，我為爸媽和秀龍掛好蚊帳後才上樓睡覺。周圍一片漆黑，我很害怕，蒙頭睡又滿身大汗，蚊帳太小，兩手常受蚊子圍攻。累了一天沒能安睡，一想起白天的情景，不禁悲從中來，那殘舊硬梆梆的四方小枕頭夜夜浸透我的淚水。我更想念養母阿姨，更想念家鄉潮州了。

好容易熬到七月，各地華校準備開學。

爸要帶我上金邊念中學了。我本該讀六年級，奈良鎮的培才學校也辦到六年級，但爸媽認為這裡是小地方，他們要我到金邊考讀中學，他們臉上有光彩。

爸媽本來要我報考親國民黨的廣肇惠中學，可該校名額已滿，親共的端華中學是萬萬不可的，最後選了中間偏左的民生中學。那兒正好有一位楊姓教師是爸過去的同事，可從中照顧我。

　　我因沒讀六年級，又輟學一年。考試結果，作為重要科目的柬文我得了零分，算術也不及格，加上沒有小學畢業證書，原是落榜者，還是楊老師在校委會從中說情，校委會以「試讀一年」讓我過關。

　　楊老師又為我辦了學校的膳食手續。一位中學地理老師免費讓我在他家住宿。

　　一切辦妥之後，爸對我說：「爸是沒有錢的，生意開張不久，你媽又有病，還要花錢帶你來，你一年的學費一千五百五十元，月膳食費四百五十元，都是我向友人借貸的，我東奔西跑，疲憊不堪。」

　　媽規定我每兩周的週六必須回家，周日下午趕回金邊。回家要做家務，臨走前便給我五十元。五十元是遠遠不夠的：僅車票就用了二十元。我沒錢購買生活用品，只好向楊老師借。借了又還不了，楊老師懷疑我花天酒地，對我的印象越來越差。

　　有一次，我生了病三天沒到食堂吃飯，我問管理員可否把三天的伙食費退給我，他說，停吃五天才能退錢。我想，那就再餓兩天吧，便可領到七十五元還給楊老師了。

　　以後，我便用停吃五天的辦法領回伙食費解決用錢的問題。每餐只花一、兩元買麵包充饑，吃不飽就大灌白開水。我就這樣每天挨餓，就像出國前在潮州那樣。可那時阿姨說，人人都羨慕你能出國，番邦有的是大魚大肉，人們吃膩了都往垃圾桶丟呢！

　　我的臉色蒼白了，身體虛弱了，影響我的學業。我經常要回家，為的是做家務和從媽的手上領取那麼一點錢。媽從來不問我

身體情況,有時間做功課嗎?我也從不問她身體狀況。她常說,你是中國的高材生,柬埔寨的學校算得了什麼?

學年考試結束,三科重要科目中的「算術」和「柬文」不及格,再加上我自卑唱不出歌,音樂課也不及格,體育成績也差,我是留級了。

我把成績表帶回家,媽一看,冷笑著說:「報考時得個試讀一年,年考時留級。堂堂大中國的高材生上不了柬埔寨騙人的學校,你是朽木不可雕,怪不得我們。」

我在壓抑中生活和工作。秀龍上學了,我不過是被利用的機器,沒有朋友,沒有自由,無法與養母通訊,爸媽愛的是秀龍。他頑皮撒謊,爸媽誇他活潑聰明,我說實話,卻說我呆板、愚蠢。

一天深夜,我又失眠了,無意聽到爸媽低聲吵起來。媽說:「我本來肝區痛,現在胸部也痛了。阿槐是小鬼隊,聽共產黨那一套,我原不讓你帶他來柬埔寨,你又說要讓他脫胎換骨。果如此,便不要管我如何對付他。」爸說:「你今後不能打他的……」第二天,爸媽都憋著氣板著臉,互不言語,氣氛更加沉悶。

第三天打烊後,媽坐在錢櫃上,對我說:「聽著,你只記得外婆是地主,不記得她當年冒死把你背離虎口,逃出共產黨殺人的魔爪;你以為到了外國是來享受,不情願做工,成日愁眉苦臉,卻不知我在你身上花的錢連本帶息,從你出世之日算起有二十萬之鉅,我的大半生為你付出,我得到什麼?你以為陳清香對你好,她是看在我寄錢的份上呀!可憐我連她一家都養活了。我把你救出鐵幕,你卻記仇記恨!」我低著頭久久不敢離去,直到媽說累了,才上樓摸黑掛起蚊帳,蒙頭蓋上那有異味的破舊被單

中做著在中國潮州老家的美夢。

　　幾天後，爸到金邊買貨。那天深夜，我睡得正酣，被秀龍叫醒。原來媽老病復發要秀龍上樓叫我為她刮痧，我睡意未消，拿起銅錢，抹上萬金油在她背上刮幾下，媽怒火中燒，大聲吆喝：「我快死了，你在搔癢啊！」我趕緊打起精神用力刮，媽仍嫌我沒出力，我只得蹲上來，兩手按住銅錢，猛力一刮，媽忍無可忍，轉過身，右腿奮力踢去，把我踢下床鋪，又大叫：「短命的，去幫清香刮痧！出去，開門出去！」我站也不是，走也不是，聽她催得緊，只好走到大門，開了一扇，走了出去，在黑夜的寒風中發抖……。

　　姨媽在越南得悉媽病了，又匆匆趕來。一進門，大雨傾盆而下，這時我也正從外面跑進來，被雨水淋濕。媽從床上坐起來，對姨母說：「你來得正好，給我狠狠地鞭打，這孽子是想冒雨跑去玩，弄病了好睡大覺！」我申辯說：「媽不是吩咐過我，天若要下雨，便去叫秀龍回家嗎？」姨媽已揚起藤鞭，指著睡在媽身後的秀龍說：「他正在午睡，你還狡辯。」話一落，藤鞭已劈頭抽了過來。媽知道爸不在家，便高聲喊打，姨媽更使勁往我全身上下抽打……。

　　姨媽來了，兩人對付一人，我每天不是被打就是挨罵，都是爸不在家的時候。爸在家似乎也覺得勢單力薄，不像以往，偶爾也頂撞媽一兩句。我越發自卑了，不再跟家人說話。

　　一周後，姨媽要回去越南。媽說：「我說過這孽子克父克母，非搞得家庭四分五裂不可，現在連長腿佬也敢與我頂撞了。」姨母說：「可憐我一人顧兩地。阿槐你聽著，我姐姐若有什麼三長兩短，我什麼事都做得出來。」又對媽說：「姐姐，阿槐刺激你時，你儘管打，不打是出不了氣的，打出什麼後果我替

姐姐坐牢去。」

　　又一個下午，媽趁爸不在，若無其事到店前叫我上樓，說看樓頂有什麼地方漏雨。我詫異媽今天口氣這麼溫柔，便上樓去。人未上樓，媽在下面持著竹竿就向身後捅上來。我跑上樓，她趕上來一把揪住我，聲色俱厲逼問：「告訴我，你到底要不要改？」我怕極了，連說：「媽，我要改，真的要改了。」媽不聽我的，拿起預備好的一節硬木棍，就對我後腦揮來。我頓覺天昏地暗，昏了過去。不知過了多久，突被樓下喧嘩聲驚醒，原來爸回來，正遇到大批顧客，眼見夥計和媽忙不過來，對我破口大罵。媽趁機說：「他天天趁你不在，上樓睡大覺，我看你心腸好，會忍到何時？」爸被她一挑，更是火上加油，顧不得顧客在場，連粗話也罵出來。媽怕他有失校長和醫生風度，便假意好言相勸。這時我匆忙下來，爸一看，按著手中的秤子，一手直指我的鼻子：「滾開，去照照你的醜陋面目！」我這才想到未洗臉，走到鏡前一照，真個蓬頭垢面，面目可憎。從此，我怕照鏡子，不敢望自己的臉。

　　爸過後也有些後悔，但經不起媽的再三挑拔，加上他確實沒見到過媽打我，而我又成日苦喪著臉，坐在櫃頭，思前想後兩眼汪汪，在爸看來，我簡直就象木頭菩薩，不把客人嚇跑才怪。反觀秀龍說話聲音洪亮，能歌善舞，一舉一動，倒真有龍虎之相。於是也漸漸討厭我了。

　　我們都不得不在這種令人憋不過氣的壓抑中生活，我雖不情願住下來卻又無法外出找工作，爸媽要我走又怕親友問起，像他們這樣有地位的人，臉面何存？

　　終於有一天，姨媽又來了，媽把我叫來，說：「我知你不情願住下來，明天就成全你，讓慕遠帶你去金邊打工，嘗一嘗外人

的苦頭，免得待在家裡說我們的不是。」見我正要走開，又趕緊說：「說你是讀書人，你的字體決不可見人，那是短命字體啊！你出生後，我便請了幾個卜卦的為你算命，異口同聲說你克父克母，壽命只有四十。你言行舉止畏畏縮縮，腦子裡盡是邪念罪惡，呆笨又頑固，胸懷狹窄，像木頭，只有用火燒。我一生見過不少世面，教過千計學子，沒有一個像你這樣一文不值，不可救藥。」爸接著說；「你走路也是短命相。你不相信有鬼嗎？我小時在唐山就見過鬼，鬼走路就像你一樣。你看秀龍，舉手投足活龍活現，龍騰虎躍。」

我聽了，暗下決心：這是你們趕我走，可別怪我從此不回頭！

第二天一早，出門前，姨媽對媽說：「我在越南安江省推銷滅鼠藥時，經常照顧一位孤苦的老人，她有一位親戚在金邊開手工業社，可到那兒找份工給阿槐做。」媽說：「無論是否有工資，都不要帶他回來。」我聽了，羞恥悔疚交加。

我默默收拾那從中國帶來的小行李箱和藤編的小書包，噙淚隨姨母跨出家門。

走的時候，我唯一想念的是爸爸。爸爸也沒對我說太多的話，這怨不得他，是我辜負了他的期望。

炎熱的金邊了無生氣。

姨媽帶了我坐上三輪車，從新街市進入皇府前的王家田對面的麥加環街，在門牌十五號招牌上寫著「和平工藝社」的門口下車。姨母鐵青著臉，叫我站著，她先去打聽情況。

不一會兒，姨母走出來，沒好聲氣地說：「算我在越南積下的德，人家肯收你了。記住，好好做工，別問工資的事。」便帶著我走進屋裡，只見一位肥胖的老伯迎出來。姨母對他說：「我

說的就是這孩子,十五歲了,全未開竅,笨頭笨腦的,尚望你老人家多多教示他。」兩人客套一番,姨母便告辭了。

來到這陌生的地方,我有些害怕,可又不肯跟著姨媽,只好提著小行李箱走進屋裡的廠房。十幾位青壯年正低頭各坐在小椅子上對著面前奇形怪狀的鐵模敲敲打打,一位打扮入時的少婦,坐在地板上,在一大堆疊得整齊的長方形玻璃鏡前裝配。沒人理睬我這個小不速之客,後來還是老伯走進來,叫我把行李擱在牆角的大草席旁,叫少婦找些工作給我做。

原來「和平工藝社」是老伯的兒子創辦的,少婦是他的兒媳。來自中國的兒子從工具書裡鑽研學會了鍍汞技術,將成片的進口玻璃鍍成鏡子後,經過切割和各種配件組合,生產出大、中、小、圓、方各式鏡子,又購進兩部小型傾壓機,將進口的原子塑膠粒壓製成各種類型、不同色彩的梳子。小小工地生產的梳、鏡供應全國所需。

工人們來自鄉下,大多是不會說華語的華裔青年或混血兒。我們每週工作六天半,每天十小時。

收工時,遍地是玻璃碎的工地五分鐘便被打掃乾淨。工人們和老闆家人圍著大圓桌共同進餐。晚上,工人們打掃乾淨後,在工地掛起闊大蚊帳,並排而睡。

我再也不像在家裡那樣夜夜提心吊膽在黑漆漆的鬼影中蒙頭而睡了。沒有人監視我,我不再挨打受罵,我很快與工友們熟絡了,我教他們華語,他們教我柬語。

兩周後,老闆發給我一百五十元工資,我第一次依靠自己的勞動賺錢,高興得立即寫信告訴阿姨。我覺得虧欠老闆太多了。

日子平靜地過去。我開始在清晨到皇城前的百色河游泳。朝陽初升,紅花綠樹,群鳥歡啼,空氣清新,成群的華僑男女青年

在碧波盪漾的河裡暢遊。

老闆一家人對我好，我也盡心盡力幫他們做工。工作有時顯得枯燥，時間又長，但無論如何比在家裡挨打受罵好多了。我是一個快樂的童工。

幾個月後，我每天淩晨悄悄起身，在微弱的燈光下拿起過去的課本學習。我從此失學了，我得靠自學。

不久，我將辛苦賺來的一千元寄給養母阿姨，這是我第一次寄錢給她，我想像她喜出望外的神情，她會相信我小時對她的諾言。阿姨回了信，說錢收到了，解決了許多難題，家裡也買了一輛自行車。她為我的每一封信傷心落淚，鼓勵我要好好工作，注意身體。

轉眼間，農曆春節到了，工藝社休息四天，工友們全回鄉過年了，只有我留下來與老闆家人過年。年初四一大早，我的堂哥—在金邊當中醫生的四伯的兒子秀庭突然找上我，說：「快回家過年了，你爸正生氣呢！哪有做兒子不回家過年的？」我說：「年已過了，明天要復工。」秀庭說：「也可向老闆請假一天。」我怕去了回不來，堅決不肯回去。

兩年後，「和平工藝社」要關閉了，原來金邊先後出現兩間類似的工藝社，老闆熬不過競爭就決定轉行與友人在新街市合資經營雜貨店。

秀庭聽說了，又竭力勸我回家。我說：「再苦我也不回去的，我要再找工作，將來有了錢回中國去！」

我跟著秀庭到他家暫住。我知道，不久爸就要找上我勸我回去。

我帶著無奈、彷徨、自卑的心情來到金邊戴高樂大道中段一幢公寓的二樓，從後面的樓梯進入四伯家的後門。只見四伯母正

在廚房淘米,便叫聲:「是四伯母嗎?我是阿槐。」四伯母轉過身來:「是阿槐啊,果真是唐山來的孩子有禮貌。你是來探望四伯母的吧!」但她一見我手上提了行李,面色沉了下來。我說:「我是來探望伯父伯母和秀庭哥的。庭哥要我暫時住下來,等我找到工作才搬出去。」她一聽,臉色更加難看,我心知不妙,趕緊放下行李,就要幫她煮飯。「別做,什麼都別做,到前面賞花草去吧!」她口氣生硬地說。我不敢怠慢,要接過來淘米。四姆又說:「我說過了,到前面去坐,這兒是後面,要我帶你去嗎?」我討個沒趣,站了一會,只好走到前面,倚在欄杆,心情沉重地望著大街的車水馬龍發呆。

吃過晚飯,伯母始終一言不發,我要拿碗去洗,伯母又不讓我做。我只有像陌生人一樣呆著等夜色到來。晚上十時左右,四伯與秀庭哥先後回來。四伯問了我的情況,我謹慎應付著。

第二天,我浪跡在金邊街頭,也不知問了多少家商店,都沒有要請工人的。我每天就在這人生地不熟的市區裡遊走尋工。

夜裡,我心煩得不能入睡,只聽四姆對四伯說:「這孩子真沒用,來了這麼多天,從不幫我煮飯、洗碗,簡直把我們家當作旅店,進出由人了。」四伯說:「我從第一天跟他談話,看出他是個庸才!庸才!這都是共產黨教育出來的少先隊!這種人一輩子沒出息!」

我又心情焦慮地游蕩金邊街頭。

不覺間來到安英街中國電影院為鄰的郭德豐布莊。一位店員攔住我問:「你不是阿槐嗎?」我一看,是過去在工藝社的同事曾文威,他像兄長般關照過我。我高興極了,和他談起別後的事,他一聽我生活無著落,便說:「你要是能教好書,這裡有六、七個店員都想中文,每個月各付你一百元請你教夜學。我們

沒單車,夜校又遠,學費也貴。你來吧。教完書晚上和我睡在這後樓。老闆是我親戚,沒事。」我喜出望外,當即趕回四伯家裡,向伯母告辭。她也不問我到何處工作,兩手朝我背後撥空掃來。

從此,我便在布莊後樓住下來。夜裡教學,白天出去找工作。一天,看到街上一群衣衫襤褸的報販滿街奔跑搶賣報紙。一打聽,收入不錯。第二天,便跟著報販們來到柬埔寨金邊干隆街369號的「生活午報」社,沒想到報社的印刷和發報工人是我過去在百色河游泳認識的郭慶桐。通過他,我當起了報販,每天上午十時許,我就像那些操廣州話的報販一樣,把報紙夾在腋下就到街上賣報。「午報!午報!」我用生硬的粵語聲嘶力竭地喊著,奔跑著,一聽到有人叫就把報紙遞過去,像城市游擊隊員衝鋒陷陣,有時顧不了行駛中的車輛,險象環生。賣報是血與淚的生涯,除了經常與行人和車輛爭道外,有時報紙賣得慢,人更累了。遇到雨天,報紙淋濕了便虧蝕大本,我又經常在烈日下奔跑,挨餓挨渴。我怕中暑,便經常在路邊買王老吉涼茶喝,灌多了,吃不下飯。不久,我便曬得黑瘦,餓得發慌,還經常患腹痛,不幸的是,晚上教書時常打瞌睡,學員們一個個退學了。就在這困難時刻,郭慶桐給我伸了援手,把我介紹到「生活午報」當派報員。

我每天用自行車運載兩百多份報紙向各訂戶派發,晚上負責報社的清潔工作。我和同事們一起過友好和睦的集體生活,開心又溫暖。工餘,我和同事們唱歌,打乒乓球,學文化。每天一早,我和郭騎單車到百色河畔游泳。報社是進步的文化機構,擁有大量新聞資料和各國各地的書報雜誌,編輯部的工作人員又都是有較高文化修養、平易近人的師長。一想到生活在爸媽身邊的

歲月，我感到幸福多了。

平靜的日子過不了多久，一天，秀庭尋上門來，對我說：「我跟蹤你一段時間了，你在街頭巷尾賣報紙，你瘦了，曬黑了，你爸媽也知道了，你這樣拋頭露面當報販，很丟你爸媽的臉，你若不肯回家，也別再賣報紙了。」我說：「我現在天天快樂，什麼都不做就是要派報紙。」

不久，爸以往的幾名學生也先後到報社找我，力勸我改行。我不想把過去在家裡的遭遇告訴他們。人們都說天下無不是的父母，做兒女都是犯錯的。我知道，媽關心的是她的臉皮，並非關心我。這倒好，只要我繼續派報紙一天，對她名譽地位的損害就越大。還有什麼比這更痛快的事呢！

回憶生活在家裡的日子，每天挨媽的打罵羞辱。不論是否受了委屈，我從不與她頂撞。對她的任何斥責辱罵我都默默忍受。我如果要為自己伸辯，意味著我希望與她解決矛盾，以便和她好好相處。既然她罵我不可救藥、一無是處，我為什麼要對她存有幻想呢？

我對姨媽也絕沒好印象。姨母身體健壯，力氣大，鞭打我時比媽還痛。她的脾氣、性格與媽一樣，十足的家長權威。她盯起眼拉長臉咬起牙來更盛氣凌人。

那時，每當我來到熟悉的湄公河游泳時，我都向遙遠的上游眺望。湄公河發源於中國的瀾滄江，湄河水自然也帶來祖國水土的氣息。如果湄河水不是流向越南，而是中國的話，我必是不顧一切順流游去。游呀游呀，讓河水帶走我所受的委屈，把那個沒有溫情的家遠遠拋棄吧！我要自由、要飛翔。我不是一文不值的，我是一隻即將展翅的矯健雄鷹。

我常想，在潮州的同學朋友有誰還記起我，想起我呢？只有

清香阿姨仍在惦記著我,唉!

我每天省吃儉用,要靠自己的能力實現回國的願望。

報社的法文翻譯員王炳坤知道我的經歷和迫切要求回國的想法後,多次對我進行教育。他說:「過去,我也像你一樣,要求回國參加社會主義建設,後來,領事館說服了我。你想,好青年都回國了,柬埔寨的事誰來做?」他經常給我分析國際形勢,印尼和緬甸排華對柬埔寨的影響,柬埔寨的國內問題,越南抗美戰爭等,他說,只要有一顆革命的心,就會有為革命作貢獻的時候。」

他鼓勵我學習毛主席著作,尤其是「老三篇」。針對我的身世和經歷,他建議從毛選的第一篇《湖南農民運動考察報告》中尋找答案。毛主席說,各地農民對地主過激行動都是地主自己逼出來的。

王炳坤出身商人之家,他說:「階級出身不能束約革命者,周恩來出身也是資產階級,毛主席出身中農之家,但他們都獻身偉大的無產階級革命事業,成為偉大的革命領導者。」他鼓勵我也隨時準備投身於即將到來的革命洪流中。

我相信王炳坤不是普通的職工。我那些民生學校的同學們流傳著中國領事館神通廣大的事跡:任何一位申請回國探親觀光的華僑只要報上姓名、住處,數天之內領事館便能掌握此人的政治背景,言行表現,從而決定批准與否。金邊的華校、華報、體育會,到處有像王炳坤這樣的人。

踏入一九六七年,柬埔寨局勢開始動盪了,西哈努克親王同時對親美的自由高棉和親中共的紅色高棉作鬥爭。以兩位國會議員胡榮、符寧和柬中友協以及《太陽報》為一方的左傾勢力同以親西方的前駐日大使狄真拉和《獨立高棉報》為一方不斷進行

公開論戰。與此同時，王國政府又不斷宣佈逮捕了藍色（自由高棉）和紅色（柬共）份子，美國飛機也加緊對柬越邊界的轟炸。

王炳坤又一次找我談話。他說：「中國的文化大革命將對柬埔寨帶來衝擊，金邊也可能發生反華逆流。作為愛國報紙，我們報社可能被封閉，金邊右翼勢力與臺灣國民黨集團勾結。要學會隱蔽工作，保護自己，只要有一顆革命的心，站穩立場，就會有為革命做貢獻的時候。報社被封閉後，我將到磅占省的柬華農場工作，你有困難時可到農場找我。

1967 年 9 月 3 日《生活午報》與其他四份華文報章被封閉了。

這時，我也幸運地在一間中藥店工作，藥店的老闆是金邊著名中醫生，我勤力的工作換來他對我的信任。他發現我有志學中醫就開始教我中醫基礎知識。同時我也報考了「廈門函授中醫大學」。

但此時的金邊籠罩著不尋常的氣氛。西哈努克親王在廣播電臺攻擊美國同時，也開始不點名攻擊中國。

1968 年農曆春節，越南南方爆發了震驚世界的「新春大捷」。越共南方主力部隊幾乎傾巢而出，利用農曆春節出其不意向南越首都西貢和其它大城市發起總攻，攻擊南越阮文紹政權多個重要行政機關，佔領美國駐南越大使館數小時，並與美阮軍隊在城市打巷戰。

「新春大捷」實際上使越共主力部隊損失慘重。越共部隊退縮到越柬邊境，已無力再對阮文紹政權發起進攻。但「新春大捷」大大激發了大批柬埔寨華僑青年學生，他們從不同方向潛入越境，參加越共的「越南南方民族解放陣線」。

一些同學朋友陸續失去蹤影，不久便傳出他們活躍在越柬邊境戰場。實際上，金邊許多體育會已被越共勢力滲透。越僑社團

成為越共的地下組織，祕密將大量熱血華僑青年運送到越柬邊境的基地。

半年多後，藥材店老闆突然對我說：「我最近才知道你爸是我要好的朋友。聽我的話，你爸是愛你的，你要回到他身邊，否則我也不敢收留你。」在這困難時刻，我想到了王炳坤臨別時說的話：「有困難就到柬華農場找我」。

像出籠的飛鳥，乘著涼風自由飛翔。我騎著自行車飛快地離開金邊，從水淨華大橋上了七號公路，向一百多公里外的磅占省柬華農場進發。

進入磅占省界，已是下午。按王炳坤事先指明的路標，自行車飛快進入一條寬大土路，幾十公里後，果然見到一塊掛在路旁的通往農場的指示牌。

自行車進入了兩旁高矗聳立大樹的土路，走完了這陰森森、無人煙的十公里路，一片曠地豁然開朗。下了自行車，已是路的盡頭，晚霞下見到遠處堆堆篝火，分散的茅屋和木屋，屋頂嫋煙繚繞。忽聽得陣陣悠揚的歌聲。我拉著自行車走上崎嶇不平的田地，沿歌聲的方向走去。歌聲清晰了，是重複了好幾次的柬文歌：

　　撒一把種子呀
　　長出一撮秧
　　稻兒長得壯呀
　　稻花開得香
　　這是我們美麗富饒的田地
　　這是我們美麗親愛的祖國
　　拭一把汗水呀

揮一下鋤頭

開出一塊地呀

種出一片田

我們是勤勞勇敢的農民

我們是美麗祖國的主人

……

　　我來到時，數十名柬埔寨男女農民也唱完歌跳完舞。人群中一位約四十歲，臉額上有一劃刀痕的矮壯男子向我走來，問我是誰，上哪兒？我說我要找柬華農場的華僑工作人員。一位婦女走過來對該男子說：「乃薩南，我帶他去。」

　　天已暗了，也不知怎樣拐彎怎樣走，十分鐘後來到一間用竹子和木板築成的長長的屋子。婦女說：「這就是，你去吧！」屋裡有人聞聲走出來，正是王炳坤。

　　大塊頭、文質彬彬、臉上永遠掛著自信微笑的王炳坤看起來更健壯了，皮膚也黝黑了。我把今天上路的情形告訴他。他說：「了不起，一百多公里路。我們農場也有人從金邊騎自行車到這兒，但沒你那麼快。」

　　我和忙碌了一天的三十多名華僑青年共進晚餐。吃的是他們自己種植的薯類、玉米、洋蔥辣椒湯和山笋。

　　這是一個全新的世界，空氣清新，遠離了城市的喧嘩嘈雜。這裡能鍛練人的身體和意志，年輕人又都有相同的語言。我真想明天就成為這裡的勞動者，日出而作，日落而息。可是王炳坤說，由中國大使館倡議並援助了兩臺拖拉機，由金邊一些愛國僑領出資援助的這個農場，原來是作為鼓勵華僑從事農業的試驗場，一年多來虧損連連，大家未能自力更生，連工資也要靠僑領

第二章　跨國恩怨　045

援助,真不知能維持到何時。因此農場負責人已不再接收新的員工了。

農場主要是養殖蠶,將來準備織布,也種植農作物,嘗試種稻田。由於沒經驗,蠶兒死得多,桑樹也種不起,要有專人開車到各地採集桑葉。

第二天,我就在農場參加勞動。在這個近十公頃地、由一大片密林包圍著的農場可真與世隔絕。它與大面積的柬埔寨人的農場毗鄰。我記得昨晚他們唱歌跳舞的情景。他們是紅色高棉嗎?王勸我別問這些。他說,在新形勢下,每個人都要學會保護自己,隱蔽自己。

第三天一早,王騎自行車送了我一程。路上,他說:「只有整個階級解放了,個人才能真正解放。」他送我一本《毛主席語錄》及附頁「遇到問題《毛主席語錄》找答案」。

儘管王說的有道理,我心底裡還是想回國,我不喜歡柬埔寨。

分手時,王說:「你要是找不到工作,可到金邊干龍街尾一公寓尋找一位叫鳳儀的女青年。她會幫你。」

第二天,我便按此地址找上鳳儀。她與幾位單身男女合租住於干龍街尾一公寓。鳳儀說:「你在民生中學念書時,我常看到你中午孤單一人在路邊小攤檔吃麵包當午餐的可憐情景。我也知道你爸媽不愛你。因為他們不是你親父母。你為何不打聽你自己的親父母呢?」

「你怎麼知道這些?」我用驚訝疑惑的眼神打量她。

鳳儀帶著靦腆的微笑說:「奈良鎮許多人都這麼說的。況且我表妹就住在你家隔鄰,她常把你媽打你的事告訴我,當時她還老在為你憤憤不平呢!」

圓臉蛋,還是學生打扮的鳳儀老成世故地說:「社會上有許

許多多不合理的現象，這都是資本主義制度造成的。我介紹你這份工作，是當工廠工人。表現好，工作積極，就可領較高工錢。三天後，我帶你去上班。

就在這時，我從同學家中收到了養母寄給我的信。信是由阿良哥代筆的。信中說：

槐兒：收到你的信了。你多次來信希望我把你的身世告訴你，想知道你的親生父母是誰。這事我已隱瞞二十年了，你和父母的關係已難以挽回，家裡容不下你，你長期遭受父母的虐待，自小就過著半流浪式的生活。今天，你已長大成人，阿姨有必要把所知道的一切如實告訴你。

那已經是抗日戰爭時期了。那時，潮州也掀起轟轟烈烈的抗日救國運動，你的小姨媽慕遠也背著家人投身到那場運動中去，從參加學生遊行號召人民抗日到拿起武器上山打游擊。直到今天，當年的抗日革命前輩仍記得有一位背叛了地主家庭的抗日女戰友陳慕遠，她就是你的親生母親。

慕遠的姐姐慕志（即你現在名義上的母親）卻是激烈的反對抗日，認為妹妹的愚行將被共產黨利用。性格剛愎自用的她敢於在大庭廣眾之中為汪精衛喊冤，認為全國若按照汪的計劃便可免遭一場民族災難，對於廣大愛國學生喊出的「最後勝利一定屬於我們的！」，她提出的口號卻是「我們一定死傷慘重！」。而那時，慕遠已到了寶安縣，並與同是抗日的寶安縣城學校教員（一說是校工）林志謙產生愛情。

慕志與她的父親（即你的外祖父）都堅決反對慕遠同林志謙的愛情。最後，慕遠妥協了，離開了抗日隊伍和林志謙，林也知道事情無可挽回，雙方從此不再來往。但此時慕遠才知道已懷上了你。你外祖父怒不可遏，要把她趕出家門，還是慕志出主意，

趁慕遠腹未大時帶著她到廣州躲起來，後來在廣州生下了你。為了維護妹妹的名聲和前途，結婚多年未能生育的慕志和她的丈夫賴奇謀把你認作兒子。至於你的生父林志謙至今下落不明。

總有一天你的生母慕遠會把這一切都告訴你。

> 槐兒：昨天，我參加了街道革委會會議，接受防止有海外關係的思想教育。我衷心擁護毛主席親自發動和領導的無產階級文化大革命！

養母陳清香上（良哥代筆）
一九六八年九月十五日　於潮州

閱完阿姨的信，真是百感交集。我一時難以接受我「爸」並非我生父這一事實，卻又無法從爸對我日漸冷漠尋找答案。

隔天一早，我和鳳儀騎單車經過奧林匹克運動場，來到接近宰牛市的毛澤東大道，中國大使館遠遠在望。距大使館約四百米的地方，我們轉入右邊大土路，便望到一間四層樓建築物，裡面正傳出轟隆隆的機器聲。

這是一間華僑開設的布料染織廠，屹立在貧窮柬越兩族的民居群中，占地很大，四周圍有高牆和鐵絲網。兩只大狼狗在大鐵門內向我們猛吠猛衝，四十歲左右的高大華僑老闆聞聲出來，見了鳳儀，吆退狼狗，把門開了。經過主建築的大門，我們來到左邊靠牆的狹長車間。車間裡走出一個約六十歲、頭髮稀疏、兩眼炯炯有神、步伐輕盈的越南老頭。鳳儀用越語對他說：「四伯，我介紹的人來了。」

四伯帶著嚴肅的微笑把眼鏡取下，掛在胸前，注視著我問：

「好！叫什麼名字？」「阿光！」我脫口答道，「越語說得不好。」「還好，」四伯說：「這裡還有兩位華工，會教你。」鳳儀說：「四伯是工頭，要聽他分工。」四伯當即走進車間取了幾個大麻袋，要我把門外大堆碎鐵裝進去，又把鳳儀叫到一旁，低聲談起來。

我小心翼翼光著手把鐵碎裝進袋裡，不久兩手就被劃得傷痕累累，一位比我小三、四歲的越南小夥子走出來，把手套遞給我。他十分快速俐落地裝起鐵碎。他問我的名字，一聽我叫阿光，高興得叫起來：「我也叫阿光，今後我要改名叫小光了。」我倆裝完了鐵碎，小光帶我走進車間，一一為我介紹正在緊張勞動的近十位工人：坐在近門口正在氣焊單車零件的兩位老人叫三伯和三叔，在他們對面同時操作兩部車床的華人技工阿強，正聚神塑鐵模的三十三歲華人工程師阿恩，接下去是年輕、白肥的電焊工阿城，載口罩手套、坐在打磨機上把阿城焊過的鏟子磨利的五伯和六叔，靠近後門，一位高瘦白皮膚、知識份子模樣的是七叔，他負責切割鐵片和鑽孔。這時，四伯帶了一對斯文的越南青年從後面的二樓走下來，小光分別叫聲「三兄」和「三姐」。

原來，這裡的越南人除小光與阿城外，都不用本名，而是按年齡以號數稱呼。按越南人的習慣，二伯實為大伯，但並無此人，它是老闆的代號，而八叔也非年紀最輕，已四十多歲，工廠裡唯一操北越口音。他每月大概來兩、三次，巡視工作、交待任務或到二樓主持會議等。斯文、寡言的三兄三姐每週只來兩次，多是在二樓似乎處理文件或賬務之事。此外，還有每週來一次的兩位司機：二十二歲的華青張顯強，三十多歲的高棉人--布達。張顯強運送製成品到一個祕密地點，布達負責把廢料垃圾運到郊外焚燒場。布達的妻子多病，又窮，故常請假，張顯強便常要替

他的工。這時候，我便被分配與張運送垃圾，許多內幕都是張告訴我的。

工人都很貧窮。三伯跛腳，三叔獨眼，個子矮得像八、九歲的孩子，瘦得走路不穩，經常生病又不敢請假，我便經常為他看病送藥，也到過他住的越僑貧民區破落的木屋。

我先做雜工，後做技工，切割鐵片、火爐旁捶打鐵錐、推轉傾壓機、鑽孔、打磨、燒焊。每週六天，每天八小時，工作繁重勞累。我和其他普通工人一樣領取較高工資，從最初的一千五百元到後來的二千一百元。中午放工時，大多數人回家吃飯午睡。我和幾位最窮、家最遠的老工人在工廠煮飯，吃的是不堪入口的臭醃魚、醃木瓜或市場準備丟棄的爛菜葉，有時食物上附有蠅蛆小蟲，而我仍吃得津津有味。我穿著球鞋勞動，把工地當作運動場。我一人能同時做兩個人的工，推轉傾壓又放置鐵片，兩厘厚的鐵片一次過就壓成鏟子形，這非出大力氣不可。四伯經常在牆壁上寫著我破紀錄的日期和產量。我每天所做的都是為了保持高工資，以後就有錢辦身分證，還可以幫助貧窮的養母清香阿姨。

不久四伯讓我向阿城學燒焊，我很快就學會了要領。焊接鏟子又好又快又省焊棍。每天，阿城向我說最多的一句話是：「別焊得太快。」

華人阿恩是工程師，車床、設計鐵鏟、開山鑿洞用的挖、撬、掘三用鐵鏟、自行車可控照夜燈、軍用水壺等，工資比我高一倍。他說外間一些工廠願以更高工資聘請他，但他喜歡這裡的工作。

正在這時，美國前總統甘迺迪的遺孀應邀到金邊訪問。她離開前驚呼：「金邊已被紅色中國的代理人佔領了」。

我和顯強成了朋友。他建議我搬到他父母那邊去住。他們住

在宰牛市區後巷最後一間木屋。家裡還有一兄一弟，也都是車床與機器工人。屋子雖小，可騰出地方放下布床給我睡。

他七十二歲的老父行動不便，六十歲的老母還很健壯。她說顯強很少回家，也沒給家裡添費用，就靠他哥弟倆維持生活。老母親歡迎我來住，她可從我口中瞭解顯強一些情況，顯強從不告訴她。我當天便搬過來住。

我睡在木屋的後段，布床平擺後幾乎無路可走，我便得遲睡早起，走路時木板吱吱作響，鉛板蓋的屋頂到夜裡仍十分悶熱，下起雨來屋頂如響鑼打鼓。我每晚都大汗淋漓，蚊帳布床都小，四肢常遭蚊叮。半夜睡覺時全身又痛又癢，我因白天勞累，就這樣每晚忍受痛癢呼呼入睡。

一九七〇年三月十一日上午，我正在車間裡燒焊，八叔突然走進來，叫四伯上樓，不久他匆匆提了一大袋文件走了。中午，工人們傳開了：金邊發生反越示威，反動派搗毀越南民主共和國大使館和越南南方臨時革命政府駐金邊的代表處。

下午收工時，四伯沉痛地對我們三位華僑說：「柬埔寨即將發生反越南、反西哈努克的政變。明天起越南工人不再上班。我代表工廠感謝你們多年來的積極勞動和貢獻。我們走了，但留下來的機器和所有設備，價值接近百萬元，若沒人看守，幾天後就全歸染織廠老闆所有。我要求你們三位幫我們看守到最後一刻，如果沒有人來聯繫而形勢又緊，你們才放棄。這裡先發給你們一個月的工資。」

第二天，領了工資的車床師傅阿強不再來了，往常熱哄哄的工地只剩我和阿恩兩人看守。染織廠老闆也常走過來觀望。我倆雖然無工可做，卻也感到周圍籠罩著白色恐怖。

三月十八日，政變終於發生了。金邊街頭開始大舉逮捕越南

人，搗毀越南商店、教堂和學校，大批的軍警特務開進越僑聚居區，見到越南人就追打、綁架。

局勢急轉直下，戰爭即將在這個自一九五四年從法國殖民者手中爭得獨立，享有十六年和平的國家全面爆發。實際上，越戰已擴大到老撾，作為另一個與越南為鄰的弱小的柬埔寨，實無法長期避免捲入這場世界三大勢力爭奪的戰爭。

實際上，此時的柬埔寨皇國也陷入前所未有的危機，農業失收，農民拋棄田園到金邊謀生，造成社會不安，金邊大米供應短缺。越戰的加劇，使西哈努克親王在領導國家方面越來越受到不同勢力的牽制，政府中的左右翼勢力都企圖破壞他的中立政策。紅色高棉開展的武裝鬥爭從馬德望省到貢布省和偏遠的東北地區；國會中三名在知識界享有盛名的左翼議員背棄西哈努克，投奔在叢林作戰的紅色高棉。親美的自由棉頭目山玉成率部投靠南越阮文紹政權。政府內部右翼的軍事強人、首相朗諾和親王的堂兄，也是他的政敵、王位爭奪者施裡瑪達大臣暗中結盟，對抗親王。

一九六九年十二月，由朗諾的弟弟朗農指使的數千名假借「投誠」之名的自由高棉士兵進入金邊，朗諾和施裡瑪達操縱國會通過了全面否定西哈努克「國有化」的政策，迫使忠於西哈努克的四名大臣辭職，朗諾與施裡瑪達上臺，宣告對西哈努克權力的直接挑戰。在後來的談判中，兩人拒絕了西哈努克提出的舉行全國公民投票來決定他命運的建議，因為西哈努克在國民中，特別是在廣大農村享有崇高的威望，而西哈努克也斷然拒絕了兩人提出的終生享用每月一百萬瑞爾（約合十萬法郎）換取他退出政壇的屈辱性條件。

心力交瘁的西哈努克住進了醫院，他面對政敵的挑戰，還要

對付潛在的日益膨脹的自由高棉和紅色高棉的威脅，他開始在廣播電臺中攻擊美帝國主義，又謾罵正在轟轟烈烈進行文革、推行世界革命的中國。他已無力駕馭局勢，他的政治地位甚至生命安全都處於非常危險的地步。

一九七〇年一月六日，西哈努克親王和夫人帶了元老及政治顧問賓努親王等親信離開金邊前往法國。後來的歷史證明他已預見到政變即將發生，他計劃訪問莫斯科後訪問中國，在他看來，只有法蘇中三個大國支持他。他準備國家在朗諾和施裡瑪達統治下出現無法收拾的亂局後捲土重來，他要做最後的勝利者。

政變終於在西哈努克親王搭機離開莫斯科，準備飛往北京的三月十八日發生了。朗諾和施裡瑪達控制了局勢後宣佈了親王的十大罪狀。最大的罪狀是把國土賣給越共侵略者。政變集團上臺的主要任務是驅趕全國範圍內的越共勢力。於是，血腥的大規模殺害越僑在首都和各省先後爆發，暴民趁機姦淫擄掠，殺人放火。數以十萬計的越僑成了政變的最直接受害者。

且說三月十九日，我與阿恩看守工廠時，阿恩對我說：「形勢很緊迫了，我們明天不必要來了吧？」。

我說：「昨天才拿了四伯一個月的工錢……」。

他打斷了我的話：「事到如今，我不得不說，這是一間越共地下工廠，我們所生產產品全都運到柬越邊境的越共基地」。四伯、七叔、三兄、三姐、顯強都是越共地下人員。八叔是領導，他原是北越勞動黨黨員。朗諾右派集團不會不知道，我們守下去很危險。

正說著，突然聽得外面聲音嘈雜，似沖著染織廠而來。

老闆大吃一驚，說：「他們是來抓人的」。

話音剛落，「砰」的一聲，一隻大狼狗已應聲倒下，十幾個

軍警特務齊搖著大閘門，連聲叫喊：「開門！開門！」，叫聲震天，更多的人拔出手槍……

我倆大吃一驚，回頭已不見了老闆。阿恩說：「不好，是來抓我們的。」

我說：「又無逃生之路，又無處躲藏。」心中一慌，兩腿不由自主跑下樓，正遇著染織廠師傅拿了兩套白色舊制服衝上來，急急喊到：「快穿上，跟我來」！

我們匆忙換上制服，只聽染織車間一陣「砰嘣」之聲，驚慌之下，分不清是機器操作還是特務砸打聲。

師傅領阿恩到機房修理機器，叫我提著兩大染料桶慢慢攪勻。五、六個便衣已來到這後面工地，觀察我們一陣子，便全都到隔鄰的越南人遺棄的工廠去拍照，搜索。我想，這師傅真好心，在危難中救了我們。兩眼瞄向紡織工廠，見兩個便衣正拿出手銬，將老闆反手銬住，其餘的注視著正在織布的十幾名華僑女工，有的竟伸手捏住一些年輕女工的下巴，說：「讓我看你是不是越南人？」

老闆被帶走了，老闆的妻兒在一旁哭泣。特務們全到越南人的工廠去搜查。

中午放工，一路沒人跟蹤，我們都鬆了口氣。

阿恩說：「算是我們為越南解放陣線盡了最後之力」。

我說：「這老闆真為我們好，如今被捕，不知日後死活」。

一想到失業，心情又沉重起來。不覺間來到鳥亞西市場，一輛轎車從後面疾駛而來，迅速停在我倆跟前，車內分別跳出兩名大漢，猛地抽出手槍，繞過我和阿恩，就在人行道上截住一名四十多歲的越僑男子，一人用手槍狠狠抵住他的背部，另一人大喝一聲：「上車！」

越僑嚇得面色蒼白，被劫持上車。路人嚇得紛紛逃避，附近的越僑居民，更嚇得「砰嘣」關起門來。

我對阿恩說：「以前只從電影或小說看到反動派在光天白日之下劫持人民，現在卻是親眼所見。」

我們來到屋也印街，只見前面人山人海，喊殺聲沖天，一間越南教堂和隔壁的越南中學被大批高棉暴徒用石塊和各種鐵器猛敲狠砸，玻璃碎遍地，附近是一家越文書局，書籍被拋到路面，店內空無一人。全市越僑區到處充滿白色恐怖……。

我隨阿恩來到他的家，這是位於戴高樂大道中段貧民區的二樓。狹長昏暗的二樓分段住了三戶人。往常有的上學有的打工，空間大些。現在大多失業，學校又被封閉，大人小孩都在家，更顯擁擠。

不一會，陸續進來七八個青年，都是阿恩的朋友。他們帶來更壞的消息：親美的朗諾政變集團已向全國青年募兵，每位參軍者可立刻領到兩千元軍餉，許多失業的高棉青年紛紛報名；這幾天，排越浪潮已席捲到金邊郊外的六支牌、鐵橋頭鎮、銅人區等，越僑聚居區連日遭到暴徒襲擊，強奸婦女、入屋搶劫，將越僑不分老少捆綁起來，拋下湄公河，或將幾個幼兒捆縛在一起，裝入麻袋拋到河裡……。

天色漸晚，朋友們陸續回家。我回到顯強屋裡，全家人都因顯強三天沒回家而憂心忡忡。

天方拂曉，顯強上樓來，關起房門，對我說：「形勢很緊，反動派到處抓人，許多越南同志被捕，我很快就要撤退到西南省份，你今後有何打算？」

我把阿恩最後在工廠對我說的話告訴他。顯強說：「阿恩說的是事實。工廠的設備，你們領的工資都是中國經援越共抗美事

業的。」我說：「我此刻是有家不想回，有國歸不得。」

顯強說：「戰爭即將全面爆發，說不定三年五年到十年；郎諾將向柬華青年強行徵兵；金邊經濟蕭條，形勢混亂，你將長期失業。你想回中國只能等待印支三國解放。」

我說：「你們都有組織安排，我卻是逼上梁山」。

「我今天是來向父母辭別的。我很快到農村解放區去。每個人在這場戰爭中都不能置身事外……別小看郎諾特務，他們已有了工廠每個工人的相片，說不定幾天後就連你和阿恩也給捉起來」。

我正要說什麼，他按住我輕聲說：「時間緊迫，阿恩即將利用柬新年到東南解放區去，你趕快去找他。遲了就沒有機會了！」

我先把從中國帶來的珍藏多年的潮州風景圖，養母的信和相片、毛選著作以及多本中醫書裝進厚厚的膠袋裡，埋在顯強屋後。

四月十五日中午，阿恩帶著我，到了金邊摩尼旺大橋，橋兩頭各有一輛坦克，朗諾士兵對每個行人嚴加查問。原來數天前這裡發生東南各省數千名農民搭上大巴士向金邊示威，在此遭到朗諾政權的血腥屠殺。

因為戒嚴，下午沒有車輛，我們趕上最後一班車。

一個半小時以後，汽車沿一號公路來到六十公里外的奈良渡口。岸上有許多朗諾軍人，幾個朗諾軍官站在一個美國軍官的兩側，這魁梧的美國軍官不時把胸前的望遠鏡提起來，掛在那高尖的鼻子上，向對岸遙遠的南方觀察。那兒，綿延茂密的樹林的盡處，兩架直升機輪番掃射轟炸，捲起滾滾濃煙。

輪渡來了，把我們載過河，我回到熟悉的奈良鎮。我和阿恩

繞過公路，避開永安堂，過了市場，轉入右邊一條土路，到了四百米遠的培才學校。

校務處有兩位年輕老師。阿恩對他們說：「我們是顯強介紹來的，找松峰老師。」

一位短頭髮，全身肌肉突突的老師問：「是找林堅嗎？」阿恩說：「是的，他的哥哥叫林強，妹妹叫林毅。」話音剛落，兩位老師就像見到親人一樣，同我們熱烈握手擁抱。兩位老師告訴我們，培才學校最近才遭封閉，很多學生都要到解放區，上前線打朗諾政權。

我們吃過飯，就要趕路。松峰說：「這幾天正是柬新年，路上好走。」他拉出自行車，把我們帶出校門，走到後面的曠野上，說：「你倆共用我這自行車，到了林堅家就交給他發落。」又指著前面一條小徑，說：「沿著小徑走，不走大路，走兩公里後就到湄公河岸，沿河岸走十公里，有一條乾涸了的大溝，過了大溝就到大溝村，林堅是二十多戶華僑之一。」

我們輪流交換踩著腳踏車上路了，大約走了十公里，過了樹林，視野寬闊，但見前頭並列成排的高腳屋，屋頂炊煙裊裊，陣陣的雞鳴狗吠聲和農民牽牛的吆喝聲，動人心弦地傳來。我倆正鬆了口氣，猛地左邊的灌木叢中，跳出兩個小夥子，一人衝上前，一人退後，都把衝鋒槍抬起來，對準我們，用柬語大喝一聲：「站住，別動！」

我慌忙下車，見是越僑小夥子，知道已到了大溝村，便站住接受檢查。前面的小夥子在我倆身上各搜出一個手錶、一枝鋼筆、鈔票和衣服以及我的小收音機，又喝道：「上哪兒去？」

阿恩用越語說：「我們是投奔解放區的，不回去了。」

小夥子說：「如此，要把身分證留下。」

我們毫不猶豫就把身分證交出來。小夥子放行了。

但見村上人來人往，一片昇平。這裡多是越僑，路上不時出現持手槍、穿黑衣的越南幹部，有的後面跟著一、兩個警衛。

只見前面一間平房後面，有兩個華僑青年正在挖防空壕。看到我倆，放下鏟子走上前問：「你們往哪？找誰？」

阿恩說：「我們是顯強和松峰介紹來的，找林堅。」

這人立刻爬上來，說：「我就是，那是我的兄弟林強。」

他是那樣的激動，散發著高棉人的豪情和越南人的溫情。「你們辛苦了！到了這裡就可以大罵朗諾了，看，這是我們的家。解放區的天，是晴朗的天。」

他把自行車拉進屋裡，向正在調校收音機頻率的妹妹說：「阿毅，快叫媽媽煮飯。」

幾個兄弟都圍了上來，在市上賣豬肉的林父也回來了，大家向我們打聽金邊的情況，向我們介紹政變後農村的形勢。林母說：「我將為你們聯繫鄉長，讓他安排你們的工作。這幾天，從金邊來的人很多，鄉長也忙不過來。今天中午，敵機轟炸了紅土村，炸死許多村民。」

我們就暫時住下來。白天，大家一起挖防空壕，或與當地的撈屍組下河打撈金邊漂來的越南人的屍體。每當接觸到這些腥臭又恐怖的屍體，我總是想：命運由不得自己作主，今後漫長的日子怎麼過？

一天深夜，大家正要入睡，林毅從外面吵著進來：「真氣人，真急人，何時才能打垮朗諾，解救人民？」林母聽了，問道：「有什麼情況嗎？」林毅用越語低聲說了。我聽不出所以然。後來，還是林強這小夥子口氣粗大：「越僑姐妹們被這幫禽獸玷污了，可要記住他們的面孔，將來解放了奈良鎮，全斃了他

們！」一家人睡不著覺，都義憤填膺，痛罵朗諾政權。

原來，奈良鎮朗諾政權今天把市區和郊外的七十多戶越僑全抓起來，集中拘留在培才學校裡。當天晚上，各頭面人物便親自前往挑選美貌的少婦少女，用車載走了。第二天早上才把她們放回來。

「真是個華僑革命家庭。」我對林堅一家深感敬佩。

天亮了，林毅對我倆說：「我昨晚已為你們聯繫好去見越方幹部，安排你們的工作。」

我們來到一間位於百多米外，靠近田野的獨立高腳屋。屋裡正圍坐著五、六個幹部，似在討論形勢。中間年歲較大的瘦老頭，兩眼炯炯有神。他用溫和的口吻對林毅說：「就是這兩位啊？」又轉臉對我倆說：「聽說你們來了近十天。我因工作忙，今天才得以相見。」隨即又轉過頭對林毅說：「你帶來的總不會錯。」

大家就坐在地板上。林毅先向幹部們介紹我們的情況。老頭問：「你們進區的目的是什麼？難道不怕長年過艱苦的日子？」

阿恩說：「我們是聽毛主席的教導來的。毛主席說：『已取得民族解放的人民要支持尚未解放的人民的民族解放鬥爭』」。

我的越語說得不太好：「朗諾政權到處殺害越僑，我同情他們。」

老頭笑哈哈地說：「好！都是國際主義精神！」

其他幹部也用讚賞的眼光點頭。老頭又問：「你們想做什麼工作？」

阿恩說：「我們聽從你的指派，服從革命需要。」

老頭說：「如此，我讓你做最危險的工作，敢去嗎？」。

「敢」阿恩說。身旁一位較年輕的幹部起身進房裡，拿出了

一疊身分證。

　　老頭翻找到阿恩的，說：「先還給你。」又從其中找出另一本說：「這些身分證，原來是支持革命的華僑留下的。我們把原來的相片取下來，貼上我們在金邊的幹部的相片。我稍後把他們的地址告訴你。你可按地址、相片到金邊把他們帶到這裡。注意，路上哨所、檢查站林立，不可說越語。」

　　林毅說：「秀槐不能去，他的柬語較差。」又補充說：「他十年前來自中國。」

　　阿恩要啟程了，我緊握他的手，依依惜別：「我們就此分手了，祝你勝利歸來，後會有期。」

　　阿恩說：「我會勝利回來的，我們會重逢的。」

　　我們緊握的手和交融的眼光相互鼓勵和祝願。但是，他再也沒有回來，我們也沒重逢。二十年後，我重回金邊，找到他過去的朋友，才知道他於一九七四年因肝癌死在金邊。

　　高腳屋裡只剩下越南老頭和我。他問我想做什麼工作，我說：「我的柬越語都說得不好，就讓我留在這裡打撈屍體吧！」

　　夜裡常聽到連續不斷的狗吠聲，有時還聽到大路上嘈雜不止的腳步聲。林強告訴我，這是越南解放部隊在行軍，他們即將奔赴不同的戰場。戰爭很快就要打響。

　　朗諾政權的直升機加強對湄公河的巡邏偵察，金邊漂來的屍體也逐漸少了。我們暫時停止打撈屍體，便為村民挖防空壕。

　　一天深夜，林強兄弟參加了鄉長召開的會議後回來對我說：「上級對形勢作了分析，解放部隊即將解放波羅勉省幾個市鎮，切斷湄公河和一號公路，郎諾政權告急。美國和南越西貢阮文紹軍隊將入侵，為朗諾解圍。由於大溝村是接近奈良鎮的湄公河岸，故將被美軍或西貢軍隊佔領。鄉長要求各村年輕人儘快先行

撤離。」

林母說：「鄉裡已有上百名青壯年參軍報國去了，剩下的四十多人也不能不走。秀槐，你明晚就跟他們走吧！一個外地人留下來會令人起疑。」

形勢比人強，人人都是革命呀、救國呀、防間諜呀，走吧！我還年輕力壯，既已來到農村就要經受磨練。

第二天晚上六時，約四十名越青全來了。從十七、八歲到三十來歲。他們拎著或用頭頂著或背著包袱，有的長得健壯粗獷，也有少數弱不禁風的。大家見到我這唯一華僑，好奇地不斷問長問短。阿茂為臨時隊長。路上，聲音洪亮的阿茂擺出一副久經沙場的戰士模樣，頻頻對我們訓話，再三告誡我們：「既已參軍，就要跟隨部隊到底，寧可戰死也不當逃兵。我們這四十個人當中，要是有人當了逃兵，其他人都可以把他槍斃！」在他的指揮下，他們個個振臂高呼：「戰鬥到底，決不當逃兵……！」

參軍？林母不是說參軍的已經走了嗎？剩下的不是轉移到別的農村生活嗎？我要是參軍了，即使不死，又怎能回國？胡志明主席說過，戰爭要進行五年、十年、二十年或更久。我離開祖國前已下決心：三、五年我就要回到養母身邊的。

看著他們個個熱血沸騰、情緒激昂，我能說什麼呢？我能被他們認為是逃兵嗎？在未證實是參軍時，就要先遭受他們的懲罰嗎？

還是先走一步看一步吧！

走過了乾裂崎嶇的田地，穿過了一片矮叢林，望見不遠處黑漆漆的樹林，突見西面走來一支一望無際的隊伍。隊伍一旁站著四、五個人，他們見了我們，高聲問道：「從哪裏來的？」阿茂高聲應道：「大溝村。」對方說：「好，跟我來。」大家跟著他

走近那支行軍的隊伍。那些人又道:「這就是我們的解放軍,你們一個個插隊走進去。」四十人就這樣一個個走進正在行軍中的隊伍。我和大溝村十幾位大概是地下人員和外地來的人跟在隊伍的後面。

漫長的隊伍走著走著,跨過小溝渠,踏上曠野,進入灌木叢。也不知走了多久,前面傳來休息的通知,我們便放下行李,坐在草地上,有人抽起煙來,或低聲談話。黑暗中,彼此不見臉,只知道每個人都有一顆熱騰騰的救國心。

隊伍走進遠離河岸的一個村莊,天已亮了。這是一支北越正規軍,操純正的北越語,穿不同的軍裝,輪胎製的解放鞋,背負軍用背包,肩扛長槍,有些頭戴北越軍盔。

原來,這支北越正規軍隸屬第八十師三十一團。北越軍不設旅。師又稱師團,代號 Q,統領四個團;團又稱中團,代號 D,統領四個營;營又稱小團,代號 C,統領四個連;連又叫大隊,代號 B,分四個排;排也叫中隊,代號 A,分四個班;班也叫小隊,代號 K。每個班除正副班長外,有七、八名戰士。該八十師中,一個團在南越作戰,一個團活躍在越柬邊界,另兩個團深入到柬埔寨內地,戰鬥在柴楨、波羅勉與干丹三省。

我加入的這支隊伍,屬第十營。第十一、十二連是主力連,屬前鋒部隊,十三連是支援連,十四連是炮兵部隊,專攻擊敵人的坦克、戰車、裝甲車和飛機。營的組織是這樣的:

指揮部──正、副營長、政委、參謀長和作戰部長共五人,指揮部以下設:

政治組──由政委負責,另有組員四名,負責發展黨、團組織、宣傳和總結戰果、收集戰士資料;

偵察隊──由正副營長指揮,有隊員五人,負責偵察敵情和

瞭解前進情況；

救護組——有醫士級醫生兩位，負責各連的救護，每連各有醫生四人，分駐四個排；

後勤組——兩名。負責經濟、糧食與物資供應；

警衛班——五名戰士，各負責五位首長的安全，必要時充當偵察、通訊等任務；

通訊連——無線電報員兩名，負責營與團、營與營的聯絡；有線活動電報員四名，負責營指揮部與各連的聯絡；傳達員四名，負責在戰鬥中活動電話受破壞、人員傷亡時靠跑腿維持連和營指揮部的聯絡。

此外，營指揮部還有一名翻譯，精通越、柬、華語；一名炊事員，負責五位首長的膳食。

部隊駐紮在紅土鄉以西三公里的達翁村，暫宿在村裡高棉農民的高腳屋。北越軍人讓我們十幾人休息，他們七手八腳煮起飯來。但見個個手腳俐落，動作飛快，人人態度友好，性情溫和。

吃過早餐，已近中午，後勤組指派我們到紅土鄉領取戰略物資和糧食。

紅土鄉在抗法時期是越盟基地，距湄公河一公里，距越柬邊境十公里。由於地勢低，雨季時被湄公河水淹沒，因而高腳屋都建得較高。居民大部分是越僑，每家都搭起瓜棚，種瓜又作涼棚。居民們見部隊來了，都用長鉤子在棚下摘瓜支援部隊。後勤員把大家領到鄉長家，鄉長又領大家到倉庫去領取米、鹽、蚊帳、軍用膠布、吊床、魚乾，又到另一處領取子彈。

從紅土鄉回來，已是下午。遠遠望見達翁村爐火成堆，北越軍人來來往往，忙碌異常。我以為是解放軍為人民做好事，走近一看，原來大家忙著殺狗、挑水、劈柴、生火煮水。大家捲起褲

褡，把綁住四腿和嘴巴的大狗抬上來，架在橫竿上，下面是一個盛血的鍋子。他們把狗頭翻過去，拔淨脖子上的毛，另一隻手取下叼在口中的軍刀，這只可憐的大白狗便眼睜睜地看著這刀刃從脖子下橫割過去，急得口鼻流出白沫，全身顫抖掙紮，屎尿全都流出來，淋淋鮮血不偏不倚流到地上的鍋子裡……。

香噴噴的狗肉端上來了。大夥先端一大碗給高棉屋主，主人早皺了眉頭，兩手擋在胸前：「你們請吧，我們高棉人從不吃狗肉。」大家雖聽不懂，也明其意，便老實不客氣地端回來，圍成團，蹲在地上大快朵頤…。

傍晚，各連為各排新兵分發武器、彈藥和物資。有的領到中國造的AK47自動衝鋒槍，有的是CKC步槍。此外還有數百顆子彈和一個防毒面具，一個背包，兩顆手榴彈，綠色膠布，吊床，蚊帳，兩套土黃色軍裝，此外還有米、鹽。我的越語最差，便和幾個體弱者幫經濟部背醫療用品和其他物質。

大多數參軍的越僑第一次拿到槍都很高興，大家在相互評比之際，北越戰士說：「談這些有何用？要緊的是不怕死。你們初參軍的，要知道槍是妻彈是兒，寧可丟性命，也不可把槍彈弄丟了。」他們學拆槍、擦槍和裝子彈。

第二天開始，連部為所有的新兵進行操練和軍訓。有日間夜間，進攻和退守，爬行和衝鋒，包圍和突擊，平地和樹林，田野和溝渠的訓練等。

六天後的四月三十日晚上，部隊正式出發了。全營四百多人按偵察班、指揮部、十一至十四連成單人隊形，踏著朦朧的星光，離開達翁村。我們背著糧食，彈藥和裝備在後面跟著。

前面是忽高忽低的人頭黑影，後面又黑壓壓成排湧過來，北越士兵不斷催促我們走快，只覺得二十公斤重的背包越來越重

了，汗流浹背，又不得發出聲響。第一次行軍果然辛苦。

四、五個小時後，隊伍駐紮在樹林裡。各排佈置後，戰士們整理四周的灌木叢和蘆草，在滿是荊棘的土地上鋪上膠布當睡床。有的利用樹林，掛起蚊帳和吊床，睡上一覺。

天亮時，大家吃過早餐，開完會，檢查槍支彈藥。下午四時多，排長吩咐提早做晚飯，餐後，各人自備一包白飯，又分了魚乾。黃昏時，大家接到急令集中。魁梧威武的連長毅同志又帶著那高昂的聲音喊道：「同志們！戰士們！我們今晚就奔赴戰場，向敵人發起大規模進攻。為救國救民，解放受難的越僑同胞，你們要勇敢戰鬥，不怕犧牲！」

第十營輕裝挺進了，走出樹林，踏上田野。我們幾個人和幾位患病的北越軍留在樹林裡看守糧食和上百個背包。我們悄悄猜測隊伍將開赴何處。北越兵沒好聲氣地說：「別問這些！」

時間一小時一小時過去，我們雖疲憊卻睡不下。不知什麼時候，突然東南方向傳來一聲巨響，一團白色茫茫煙霧沖天而起，緊接著密集的槍炮聲震耳欲聾似雨般傾瀉而來，一道道火花交叉頻繁出現。雙方激戰持續幾個鐘頭。

戰爭打響了，就在奈良鎮，大家的心都跳不停，北越兵興奮地說：「天一亮，我們就解放奈良鎮，你們家住那裡的也可回家了。」

一個晚上就能解放奈良鎮，可我是不想回家的，我想。

天亮了，附近越僑村民喜氣洋洋用十幾輛牛車把我們連同糧食、背包等運到距奈良鎮六公里的巴南市郊。

我們駐紮在一戶越僑家裡。

隔天，參加戰鬥的幾位大溝村青年來看望我們。十二連的阿茂大談這次解放奈良鎮的經過。

他說:「部隊連續走了大約三個小時,直到遠處出現一片白茫茫的亮光,四百多人全坐下來休息。白茫茫的燈火處是奈良鎮,深夜十二時,全市電燈熄滅了。

十五分鍾後,隊伍又出發了。一小時後,來到一處高地,果然遠遠望見一個市鎮的輪廓,只見一條長長的公路橫在前面,原來是奈良鎮通往巴南縣城的第十五號公路。

我們十二連就埋伏在這公路下面,對面成排的高腳屋,傳來陣陣急促而慌張的狗吠聲,又驚動了遠處的狗,頓時,遠近都響起了狗吠聲,一陣比一陣凶。

排長吳大楊來回低聲提醒埋伏在地上的戰士:不可隨便開槍,跟著各自的班長,不要走散。

戰士們屏著氣,等待神聖戰火的點燃。這時毅連長走上公路,又再三吩咐「未聞炮聲,不可開槍,槍聲響了不要慌張,不可亂跑,記住要跟著自己的班,班跟著排。」

突聞「轟隆」一聲巨響,鎮中心挨了一炮彈,炮聲響轍夜空,火光照得如同白晝。戰士們的血都沸騰了,不知哪位新兵率先在公路下開了一槍。我想:「練了幾天,從未開過槍,炮聲既響,應可開槍,說什麼槍是妻彈是兒,此時不開槍更待何時?」便將槍提上來,朝天開了一發子彈,突覺兩手臂被強大火力衝拉向前。誰料這槍打響後,身邊的人都「砰砰砰」向公路上開了槍,黑暗中但見倒下一個彪形影子,接著是北越戰士破口大罵:「打死我們的連長了,你們這幫混蛋!混蛋!」罵聲被敵人的槍聲淹沒了,我們顧不了許多,按照原計劃,衝上公路,衝向奈良鎮⋯⋯

只聽得「砰砰砰」,四面八方響起了槍聲,子彈像無數流星在黑夜中向公路這邊射來。我跟著身邊五個人跑下公路,六個人

在公路下摸索前進，來到一處窪地，班長又帶領大家上公路，頭剛一伸上來，路那邊又傳來雷雨般的槍聲，全向這邊壓來，大家臥倒翻滾下來，子彈貼著路面，從頭頂而過，戰士們有的伏在附近高腳屋後，有的躲在樹後，我爬到一水缸後面，一梭子彈射過來把水缸打個正著，水「嘩啦啦」流了出來。我們動彈不得，任由路面雨點般的子彈掃射過來⋯⋯。

全市淹沒在彈雨之中，槍聲劃破夜空。凌晨二時左右，市中心開出一輛坦克，剛來到一號與十五號公路交叉處，又聞「轟隆」一聲巨響，坦克挨了炮，頓時大片刺眼的白光，把全市照得如同白晝。

我們全處在挨打地位，卻不知方才巨響已嚇壞了敵軍，他們拼命開槍壯膽，密集的槍彈鋪天蓋地而來⋯⋯班長領大家退回田野，從北面上公路，這兒是通向柴楨省的一號公路，一間面積頗大的建築橫在前頭約兩百米處。班長說：「這絕非民宅，大夥跟我來。」阿悲忙阻止說：「這是華校，有我們數百名被囚禁的越僑同胞！」班長看看四處沒槍聲，又登上公路，望到北側四百米處有一間顯眼的水泥建築物，阿悲說：「這是朗諾安寧部和偽政府辦公處。」話剛說完，那白色的建築物便射來密集的槍彈。

大家無功而返，全伏在公路下靜候天明。

天色漸亮了，奈良鎮寂靜下來。時間一分一秒過去，班長憋不住了，壯膽走上公路，只見鎮中心走著一群人，原來是其他連隊俘虜的朗諾軍人，約摸有三、四百人。鎮亭那邊，二十幾名華僑青年嘻嘻哈哈走上街頭，人人拍手稱快，公路兩旁的高棉人，有的橫眉冷眼，更多的是誠惶誠恐地迎接越共部隊，

原來四個連只是發起短暫進攻，便全線退守，任由朗諾守軍傾瀉子彈，埋伏在近處的十二連第一班班長斐發射B40反坦克

炮,一舉命中,照得全市如同白晝,嚇得各朗諾軍政府官員在慌亂中逃到渡口坐船逃脫,其他的也脫掉軍裝跳河逃散了。」

奈良鎮解放了,解救出數百名越僑,不論男女老幼,人人振臂高呼:「解放軍萬歲!萬歲!戰無不勝!我們得救了!

天氣炎熱,士兵們先後下河洗澡,大多數人大腿上都生了癬。這時我想到了大伯,何不向大伯討些藥物以備日後萬一之用。

到了熟悉的大伯家。大伯吃了一驚,朝屋裡喊道:「阿五,五嫂,阿槐來了!」只見爸媽走了出來,見我跟著幾個越南人,已明白怎麼回事。我叫聲爸媽後,不再說話。我來大伯家,也為了讓爸媽知道我在柬埔寨十年的種種遭遇,是家庭的不公平對待造成的。我今後不再浪跡街頭,不受媽的打罵,不再受秀龍的歧視以及四伯四姆的冷漠。爸臉無表情,媽卻流出眼淚,她頻頻揩去卻淚如泉湧,說不出話。顯然,他以為我已參軍,但我也無需解釋。

這是我平生第一次見到她流淚。過去聽姨媽說,媽在十多年前聽到下赤水鄉的外祖父母和舅舅被農會殺死的消息時也沒流淚,倔強的她當時緊握拳頭,低沉地重複一句話:「報仇!報仇!」

在以後的幾十年裡,媽的淚水一直留在我的腦海中。她是後悔虐待我嗎?我想不是,她從來都說她一生做事絕不後悔,在我與她永別後的一兩年中,我聽到有關她的話都是在取笑我、她是在同情我、可憐我嗎?我想是吧,我的行動表明我比她還要倔強,絕不屈服於她的意志。當時爸留給我最後一句話是:「好了,解放了,你也可退伍回家了」。我想他也很痛心。十年前爸到波成東機場接機時,怎會想到我會走這條路?但是,在與爸媽相處的日子裡,我要是不「叛逆」,便會自暴自棄。我的「叛

逆」正是媽和整個沒有溫暖的家庭逼出來的,在金邊最困難的日子,我也絕不想回家。失學、童工、受盡侮辱以及在越共地下工廠的磨練,使我越來越倔強。

我不想參軍,我要回國。我要是得到父母之愛,便不會認識王炳坤、史鳳儀,也不會到越共地下工廠;更不會為了躲避郎諾便衣的逮捕跑到農村。

媽流著眼淚從衣袋裡拿出兩百元給我,我拒絕了。她應明白,我是有骨氣的,事情已無可挽回,這是我對她長年虐待我的最好回答。

我走了,彼此都知道這是永別的時刻。

我走了,帶著說不清的是非恩怨走了。

070 紅色漩渦

第三章　叢林戰火

　　第十營駐紮在巴南縣城郊區。五天後，金邊朗諾政權不斷派出軍艦沿湄公河而下，雙方互有交火但未有傷亡。接著，金邊又派出偵察戰鬥機多次低空飛臨上述兩個市鎮，金邊電臺不斷廣播呼籲市民盡快撤離市區，政府軍不惜任何代價誓要收復這兩個市鎮。

　　眼看大戰一觸即發，市民人心惶惶，既不希望部隊撤離又害怕爆發戰爭。五月七日晚上，我們接到命令趁黑夜到湄公河岸集中。只見岸邊已預備了二十多艘漁船，第十營四個連隊四百多人加上在巴南、奈良招募的三十多名越華僑青年以及隨同撤退的一支約三十人的紅色高棉武裝小分隊分批上船，由富有經驗的越僑船夫把我們運送過河。

　　夜黑黑、風冽冽，靜寂的巴南市遠去了，兩岸遙遠的南方偶爾傳來大炮的轟鳴聲，陣陣亮得發白的火光在黑暗中乍隱乍現，我的心不禁也彷徨起來了。

　　船上一位越僑打開收音機，傳來英國 BBC 電臺的廣播：「……越共部隊已攻克東南重鎮奈良鎮，他們可能即將渡過湄公河向只有六十公里的金邊挺進。對此，金邊的朗諾（LON NOL）政府已作好準備，以自由高棉首領山玉成指揮的兩千名敢死隊已開赴一號公路，準備與越共決一死戰……，有報導說，美國地面部隊已從南越邊境越過柬埔寨柴貞省，將在西貢阮文紹海軍配合下與朗諾軍隊會師，全面收復越共佔領的東南市鎮」。

二十多艘漁船避開了對岸朗諾軍隊控制的渡口，在一公里外的樹林茂密處靠岸。四百多人神不知鬼不覺走進黑漆的樹林。

　　隊伍停下歇息。一位北越軍官來到隊伍最後面的後勤運輸隊，用手勢指示我們不得發出任何聲響，並檢查我們背負的糧食和彈藥。隊伍又出發了，幾位越僑停下來整理他們的背包，機會來了，我故意落在隊伍最後，趁人沒注意轉身躲在幾棵大樹下。

　　望著遠去的隊伍，我摸了藏在身上的一萬多元，還好沒丟失。

　　走出樹林，經過一處無碑的墓地，向那間大長方形的建築物走去，那是一間已關閉的華僑小學。

　　學校沒上鎖，課室桌椅依舊，我把沉重的大背包和裶在胸前的長條形米袋擱在浴室空著的大水缸裡，摸黑找到一房間。

　　心潮起伏難平。戰爭衝擊著原來和平安定的國家，每個人、每個家庭都將發生翻天覆地的變化。我自己也弄得走投無路。回國是越來越遙遠了！

　　我想起了阿恩，他肯定已騙取大溝村越共的信任，取回身分證後跑回金邊。我失去了身分證只能在農村混日子，但願朗諾政權早日垮臺，西哈努克早日回國，人們重新過上祥和的生活。

　　突然，轟天巨響從三公里外的一號公路傳來。接著是雙方激烈密集的槍炮聲，是第十營與山玉成的敢死隊激烈交戰。槍炮聲持續到黎明。

　　天濛濛時，從門縫望去，靜悄悄的世界。幸好身帶很多米，還有鹹魚乾、鹽、乾糧等，足以吃上一個月吧！

　　直升機與偵察機來了，就出現在昨晚交戰區上空，久久不去。就這樣提心吊膽地過了一天。

　　夜幕降臨時，困了一天正迷迷糊糊要睡著，忽聽見外面有輕輕的腳步聲，我睡意全消，警覺地爬上來。

門被推開了,一道手電筒光像一把利劍透視進來。

「學校裡有人!」一人用越語低聲提醒身邊的隊友。

我反而鎮定起來:「是我,守學校的。」

二十多個大漢陸續進來,「是我們華僑兄弟嗎?」

我還未答話,一個人擠到前面指著我說:「你不是文光嗎?怎麼在這裡?」

他就是林強。大溝村的青年都必須撤離,他也不例外。我硬著頭皮下意識地說:「我因為身體不舒服,行動慢,走散了,迷路了。」

林強向身邊的人說出我的情況。他們都是巴南市的越僑。原來第十營撤走前動員他們把繳獲大批朗諾軍隊的武器彈藥挑運過來。

林強用懷疑的目光望著我,說:「戰爭教育了人民,每個人不能置身事外,只有動員人民起來抗爭,和平才會到來。我的弟妹也在紅土鄉參加兄弟部隊,走吧!這學校不久將被渡口的朗諾政權佔用,否則也會成為美軍轟炸的目標」。

我默默地跟著他們上了一號公路,在路標是 55 公里處走入樹林,穿過灌木林,回到了第十營的駐地。

一共四十名後勤運輸隊員被安排在十四連的駐地後面。我們卸下糧食與武器彈藥,十四連連長馬上趕來叫我們立刻挖戰壕,說天亮時必定有大戰。戰壕面向平原和低矮的灌木叢,背後是茂盛的樹林和竹林。我因腳痛,又常挖到大樹根,手起泡了,五月的天氣十分悶熱,蚊蟲揮之不去,挖得很慢。

四周又黑又靜,連長說過挖戰壕也要小聲,敵軍近在咫尺。

突然間,幾顆炮彈像驚雷般炸響了,緊接著是衝鋒槍和機關槍聲,如暴雨從公路那邊掃射過來,槍炮聲震撼大地,火光照亮

天際。

　　這是第十營與山玉成的一個團在激烈交火。從金邊方向傳來的槍炮聲十分猛烈，第十營雖然兵力少，但仍頑強抵抗。逐漸，聽到炮彈爆炸聲了，機槍掃射後出現的火光拖著長長的尾巴垂下去，又揚起來……。

　　激烈的戰鬥直到破曉才結束，士兵們拖著疲憊不堪的身體回來了。我的戰壕還挖不到一半，附近的北越兵發火了：「天一亮就無處躲藏，還不快挖！」

　　清晨六點多鍾，天空黑壓壓飛來十架直升機，在頭上低空盤旋，防空壕口覆蓋著密密的樹葉，通過樹葉的縫隙我望到直升機低得就在樹上一樣。不一會，天空已出現戰鬥機，數次作俯沖掃射狀，我們就縮在戰壕裡，我的心緊隨飛機的轟鳴聲忽上忽下。直到近中午時，飛機群才離去。

　　大家趕緊走出戰壕，在身後的樹林裡舒展身體，喝水做飯。突然間從湄公河方向傳來了大炮發射聲，幾秒鐘後就落在這樹林裡，炮彈大約一分鐘發射十發，雖未見在附近爆炸，但炮聲就像在頭上，許多新兵嚇白了臉，話也說不出來。久經沙場的北越戰士卻若無其事地煮起飯來。炮聲過後，飛機又來了，大家正吃完飯，又趕緊躲進戰壕。飛機與湄公河的艦艇就這樣輪番向我們炮轟和掃射，我們只盼望天快點暗下來。

　　天終於黑了。吃過晚飯，又接到重新挖掘戰壕的命令。幾天沒下雨，土地堅硬，樹根多，挖戰壕真辛苦，又沒水洗澡，人人臭汗淋漓，每天處於緊張的備戰，睡得少，有些新兵吃不消了，開始埋怨了。

　　實際上，第十營正受到朗諾陸軍，美國空軍和西貢海軍的重重包圍。英國 BBC 電臺廣播越共的先頭部隊已距離金邊五十公

里,指的就是第十營的部隊吧!但他們的處境卻十分危急,山玉成指揮的敢死隊步步進逼,無線電報員發給營長的訊息是:營已與團部失去聯繫,他們成了孤軍作戰的獨立營。

困難更大的是,剩糧不足三天,附近雖有些散落的民居,但他們一聽炮聲全跑光了。

第十營就這樣在敵機的偵察掃射和敵艦炮轟下渡過了兩個白天黑夜。第三天早上,營部得到山玉成部隊今天就要發起進攻的情報,所有戰士被召集到陣地,鑽入戰壕隨時準備迎戰,只有我們運輸隊在陣地後面的樹林裡躲著。

樹林裡有五、六個傷病員,包括患瘧疾的十三連副連長福。福三十多歲,身子單薄個子矮。臉色蒼白但從容鎮定,戰艦射來的大炮越來越密集了,他若無其事,叫大家別害怕,說樹林保護著我們,敵人的炮轟是盲目的,能聽到炮聲正證明我們很安全。

炮轟不但密集,範圍也廣了,一群群受驚的鳥雀東飛西竄,無處躲藏。福說,敵人加強炮轟是為了減少今夜決戰的傷亡,大家要作好戰鬥準備,傷病員也可能要上陣。

傍晚,傷病員也被召到陣地,快速挖了戰壕後把武器彈藥全取出來,每個戰壕口放置幾顆手榴彈,背包就安置在腳下,各種機槍都架上來,上了膛。敵方一反常態停止炮轟,飛機也不再來偵察,周圍靜得可怕。決戰前的暫時寧靜使氣氛更加緊張。

時間在幾乎令人窒息的氣氛中悄悄渡過。趁著朦朦月色,十四連正副排長跳出戰壕用望遠鏡向前方曠野觀察。兩人同時發現敵人的偵察兵正朝這邊陣地匍匐前進。「待命戰鬥!」排長用低沉的聲調下命令「隨時有緊急情況,行動要快速。」

突然一聲令下:「立刻撤退!」戰壕裡的戰士們幾秒鐘內已背起背包,收拾起武器彈藥,裝束完畢跳出戰壕出發了,越僑

也緊跟其後上路了。「還不快走呀！」前面的人個個向我低聲吵來，我醒悟過來，見大家催得緊，趕緊上了戰壕，這才發覺遺留了米袋背包。正轉身，人人向我罵來：「還不向前跑你就要掉隊死在這裡了！」就這麼猶豫，我落在全營最後。

　　隊伍跑上公路，公路上布滿砍倒的大樹。幾分鐘後我們跑下曠野，因為沒帶背包我跑得快，趕上隊伍，他們知道我把背包遺棄了，人人向我罵來。我羞愧得無地自容。背包裡有服裝、蚊帳、食物和小收音機，貼身藏著的鈔票幸保不失。

　　半小時後，隊伍難以前進。原來前面是密不透風的竹林和糾纏密佈的荊棘，前方的士兵已劈開一條小路，我們仍得用刀和鏟子不斷撥開竹刺荊棘或寄生藤，前後都是一片催促聲，這真是要拼命了，我滿身大汗，累得幾乎無力揮刀，衣服都被撕破了，腳更痛了，竹刺刺入皮肉。我尚且如此，那些背著沉重背包和抬重武器的越僑更辛苦了，他們大多用擔子挑，或架在兩肩膀上，腰背又纏著密密的彈藥，密林悶熱異常，他們乾脆脫掉衣服，只著短褲，喘著氣跟了上來。見了我，要我分擔他們的重擔。

　　也不知走了多久，部隊走出那可怕的樹林，坐在曠野上喘息。這時，密集的槍炮聲從一號公路方向傳過來。原來山玉成部隊向第十營已撤離的無人陣地發起猛烈進攻。炮火甚猛，駐守幾天的陣地幾乎一片火海。指揮全營撤退的營長正悠閒地用毛巾扇風擦汗。

　　越僑和北越士兵都埋怨我動作慢，反應遲，丟棄了背包和彈藥。

　　十五分鐘後，隊伍又前進了。

　　曙光初現。我們走過玉蜀黍地和甘蔗園，大家都精疲力盡，又累又渴。天下起毛毛雨，大地散發著柬埔寨農村香馥的泥土氣

息，微風吹來，多麼清爽。部隊就在附近不很茂密的叢林裡駐紮下來。

我剛把周圍的雜草樹枝整理好，北越軍人就來催我們去挖戰壕。土地乾硬，鏟子鑿下去就被彈上來。可還得拼力挖，因為他們都說天亮時敵機就會出現，那時不但不能挖，還無處藏身。我和一名越僑好不容挖了一米多深，正要歇息，他們就派我去煮飯，大家七手八腳煮了飯，又到樹林下聽他們開會檢討，最後才讓我們到唯一的田間小溝渠洗澡。下午五點左右才讓我們休息。

剛睡兩個鐘頭，又被叫醒，十四連一位班長說，敵人已發現我們，敵機很快要來轟炸，部隊孤單無援，不能因為疲勞眼睏就死在這裡，要立刻做好戰備。

果然，天空出現兩架戰鬥機，向田間那溝渠來回俯衝。那兒沒有人，飛機心有不甘地掃射一陣後回去了。不久偵察機來了，久久盤旋不去，我們全躲在戰壕裡動不得。

天黑了，經濟部要我們三十多人去領取糧食。原來經濟部人員比我們更辛苦，挖了戰壕後就沿田間的小徑走三公里路去一個村落聯繫購買糧食，又跑回來帶領我們前去。

我們踏著夜色，在炮轟聲中走出樹林，走上曠野，走上迂回的土路。突然雷電交加，傾盆大雨覆蓋整個天空，炮聲夾著雷聲，似要把大地炸開，閃電劃破夜空，似張牙舞爪，儳人心魂。

踏上村裡唯一的寬大土路，雷雨小了，我們收起披在身上的膠布。只見土路兩旁盡是高達五米左右的高腳屋，每間屋下都綁著雨季湖水漲時備用的小船。家家戶戶都開大音量收聽北京電臺的柬語廣播。西哈努克親王正悲憤激昂地宣讀告全國同胞書。

這是巴塞村越僑聚居區，村的兩頭散居一些柬農民，也有少數華僑。村後有一魚產豐富的湖泊叫巴塞湖。巴塞村距朗諾軍區

第三章　叢林戰火　077

波禮術鄉十多公里,距大金歐縣城二十多公里,縣府距金邊十八公里。

我們領了米糧,不到半小時便全回去了。雨後的田間長堤和田埂滑溜溜,輪胎做的解放鞋都粘成泥鞋,我們把鞋脫了,走下田埂,出了甘蔗園和玉米地,大炮又轟來了,我們時而臥倒時而奔跑,來到駐地都踩到滑溜溜的魚兒。原來雨季首場大雨把困在林裡坑坑窪窪和田裡溝渠的魚兒都引上陸地來,大的戻魚,小的過山鯽,都迎地面的流水而上。我們把米糧安置後,全出去捕捉活魚。

真是天無絕人之路,餓了多天,此刻有米有魚。我們連夜殺魚煮飯,不再把朗諾的炮轟當一回事了。柬埔寨魚兒多麼鮮甜肥美,我們連續大吃魚肉兩天。第三天,全營四百多人全患腹痛痢疾,我也患了血痢。正是禍不單行,當大家分頭在野外拉屎時,南越傘兵部隊突然在巴塞村降落,機動靈活的直升機群黑壓壓向駐地飛來。大家手忙腳亂,迅速鑽進戰壕裡。由於戰備做得好,我們逃過一劫。

幾小時後,傘兵部隊撤回了,沒想到大批柬越民眾扶老攜幼向駐地逃難而來。原來,山玉成部隊從大金歐縣府揮軍而下,占領了巴塞村。

營長迅速佈置陣地,半小時後,槍聲響了,對方伏地還擊,如雨點般壓來。十幾分鐘後,北越兵的槍聲也響了,槍聲阻擋了朗諾軍的前進。

雙方堅持到天黑方偃旗息鼓。良久,郎諾軍在玉米地裡向北越軍招降,用柬語高喊:「作張!作張!」

夜幕降臨了,通訊兵趁黑迅速收起電話線,我們跳出戰壕,又開始急行軍。

這晚沒下雨,天際偶爾傳來雷電聲。北越軍似乎都忘卻白天緊張的戰鬥和行軍的勞累,唱起了越南革命歌曲「送彈上戰場」和「解放南方」。

　　大約走了五公里,在由一條牛車路把樹林與蘆葦分隔開來的地方駐紮下來。這裡有獨特的風光,矮而密的樹林易藏身,也好綁吊床,泥土較鬆軟,我們把戰壕挖得又深又闊,砍了樹椏蓋上土,又偽裝了出口。牛車路的盡頭有一面積不大的淺水湖,由於人跡少,湖裡的魚整日翻騰跳躍,我們沒漁具,便利用下雨之夜捕捉路面的魚。

　　後勤組一位越僑逃跑了,有幾位也常背著別人向我訴苦,我估計他們也會逃跑,逃跑是很危險的,因為回家的路全由郎諾軍占領。他們悄悄對我說,全營跑了七位越僑新兵。

　　這裡相對安全。但每次去巴塞村領米糧,要多走五公里路。我們去領米糧都要在深夜。

　　第四天晚上,我們又出發了。

　　後半夜,我們進駐一片密林,匆忙整理周圍草木,綁上吊床,鋪上塑膠膠布,在幾棵大樹下安個「窩」。挖了戰壕,傳達員前來通知,這裡距一號公路一公里,距金邊三十五公里,是最敏感最危險的軍事區,夜裡不可生火,白天不可有煙。

　　第二天早上,我突然發起高燒,接著又發冷,醫生診斷為瘧疾,給我喝藥打針。

　　第三天,又行軍,走了七、八個小時又回到原來的玉米地陣地,原來這兩晚又跑了三名越僑,為安全起見,只得重回舊地。

　　營指揮部讓我們到巴塞村向村民討食物。討到的多是狗、貓、番薯、黃豆和糖。

　　我們就這樣在一號公路以南躲躲藏藏,始終找不到出路。眼

前正是多雨季節，湄公河及附近的湖水漲了。巴塞村的越僑告訴我們，再過半個月，這一帶就成澤國，那時西貢海軍將如入無人之境，越共插翅難逃。

終於，五位偵察兵經過多日的偵察，找到了一條突圍之路。

在開始更加艱難和危險的突圍之前，巴塞村的越僑民眾送來了四頭黃牛和大量白米、鹽、白糖。

北斗星在前面引路，閃電與涼風為我們送行。一小時後，來到一淺水湖，大家脫鞋，捲起褲襠把背包高高舉起，地面濕滑了，踏到沼澤了，「嘩啦啦」下水了。湖裡長滿蓮花，帶刺的蓮梗以及腳下的泥漿使我們步伐更艱難。一小時後，出了湖，人人成了臭氣熏天的泥人。我此刻又發燒了，白天吃的全嘔了出來

天亮前，來到一處有樹林的高地，周圍是平原，這唯一的高地極易引起偵察機的注意，我們挖了戰壕在林中休息。

高地沒有水，我們就尋找低窪處用小鐵碗舀昨晚積存的雨水，水中浸漬發黃的落葉。燒飯的樹枝全濕了，曬乾後燒起來仍有煙，幾個人大力煽火⋯⋯

吃過飯，天空傳來「突突突⋯⋯」的直升飛機聲，它們一前二後成三角形向我們低空飛來，投石問路式掃射一番便回去。我們正從戰壕鑽出來，又一架偵察機飛臨上空，有些士兵就地在樹叢下蹲下來。

這一天，十四連的阿茂向我們訓話：「千萬不能暴露，因這高地不大，萬一暴露了而敵人又部署了B52轟炸機，我們必遭全軍覆沒。」傍晚，我們分頭去找乾柴枯枝，尋找水源，這時阿茂告訴我們，連部已發現一條小澗，大家可去取水洗澡和洗衣服。

這裡林寒澗肅古木參天，氣氛陰森，空谷回響。一股小水流不知從何處沿小澗流下來，水流得很慢，帶有難聞的泥土味，飲

用這水極易染上瘧疾,但我們如獲至寶,痛快地洗澡洗衣服。

在這幕色空蒙中,美機難以偵察,故全營四百多人都到此洗澡,放眼望去,北越士兵三百多人,雖跑了一些越僑,但也加入了巴塞鄉十幾位越僑,原紅色高棉小分隊一部分隊員安插在三個連,大部分集中在十四連,連同奈良、巴南和巴塞鄉加入的共有高棉新兵五、六十人,大約有七、八個華僑。我們後勤組由十四連保護著,不必打仗,不配帶槍支,只負責搬運糧食、彈藥,為傷病員背行李裝等。

大家難得有機會探問敘情,正談得興起。突聞位於高處的十四連傳來高棉新兵哇哇大叫:「波禮吃冷!波禮吃冷!」隨即,北越士兵也大叫:「山嗲!山嗲!」林強精通柬越語,跑過來說;「不好!是山蛭⋯⋯」。十四連的士兵紛紛撿起衣服狼狽撤離,下面的十三連也七手八腳急忙走了。

原來在這原始森林中,到處是蚊蟲蛇蟻和密密麻麻的山蛭,山蛭附在樹幹上如小樹枝,呈紫暗色,爬行時首尾相接,中間突起,兩頭各有吸血盤口,跳躍時,如彈弓躍起,一聞人味,瞬間便跳到人身上無衣物遮蔽處,吮血至飽,久久不放。

我們也趕忙撤離,北越士兵較鎮定,叫我們拉長袖口,到沒樹木的空曠地。

當晚我們便在這長滿軟綿綿的三腳虎與蒲公英的草地上鋪上膠布當床睡,但我們享受不到這天然地毯的柔軟,蚊蟲總有辦法鑽上來。十四連的柬新兵松惡見我蚊帳小,悄悄過來對我說:「我有大蚊帳,可與我同睡」。我們掛起大蚊帳,背包裡的衣物當枕頭。蚊帳裡不斷傳來嗡嗡的蚊子聲,松惡爬起來,摸出打火機,與我小心翼翼沿蚊帳四周燒灼蚊子。一不小心把蚊帳燒了一角,大批蚊子蜂湧而入,我們狼狽爬起,收起蚊帳,在黑暗中摸

索尋找野藤,綁住蚊帳破口,重新掛起,相擠而睡。

寒風起了,樹葉沙沙作響,大地一片漆黑,密集或疏落的槍炮聲,從不同方向的遠處傳來。

松惡無法入睡,他有說不完的故事。我聽不懂,只知道二十一歲的他住在巴塞鄉尾。他是在父母的鼓勵下參軍的。臨行前,父親再三叮囑:你是去為西哈努克親王作戰的,每個高棉人都想念他。

他喜歡我,大概出自同情心,因我常挨北越軍的辱罵。我的柬越語很差,常會錯意。

第二天,夜幕降臨了,部隊離開這可怕的高地,在炮聲與雷電聲中,走向黑茫茫的大地。

隊伍走了兩個多小時,來到一村落,這裡只有十幾戶高棉農家。經濟部利用休息之暇,向農家們購買米糧,按人數分配完畢,又繼續趕路。

這樣連續走了五個夜晚,第六天,隊伍來到距湄公河約六公里的一處密林駐紮下來。我們白天藏身在密林中,晚上做好行軍準備,每晚等到半夜以後,沒行軍令時才能睡覺。

天暗下來之前,十四連連長主持全連會議。他心情凝重,異常嚴肅地對大家說:「艱苦和惡劣的戰爭生活就像篩子一樣不斷篩掉部隊中的軟弱者。在我們第十營,每天都有新兵逃跑,絕大多數是越僑,他們似乎忘記國仇家恨,忘記入伍時的豪情壯志。是的,跟隨部隊是很苦的,但越南戰場比這裡更苦不知多少倍,你們逃跑了,十有八九會被敵人活抓,那是非常危險的。現在,部隊已靠近湄公河,過了河就是大溝村,有哪位想回家的就走出來,我們派人把你們護送過去,不要私自逃跑。出來吧!不要顧慮,總比你們自己逃跑安全。」大家靜了一會,全連有四個越僑

和一位高棉新兵走了出來。

不少越僑望著我,等待我的反應,我把臉轉過去,背向大家。我確實也覺得很苦很累,可我是唯一的無家可歸又沒身分證,不敢逃回郎諾控制的金邊或其他市鎮,重回大溝村嗎?那兒的朗諾軍或越共地下組織會把我當作嫌疑份子處置的。

散會後,全營共十三名要求回家的越裔青年在三位偵察兵護送下走出樹林,向湄公河方向走去。

第二天晚上七時許,我們出發了。以阮武雄為首的偵察班帶路,接著是營指揮部、通訊排、政治和經濟組、十一到十四連,最後是我們運輸隊。各連由連長領隊,副連長走在中間;各班由班長走前,副班長押後。副班長負責揹大鍋。

兩個多小時後,隊伍來到河岸。岸邊有十幾戶越僑,他們世代在此務農捕魚,大多支持越共或成為地下人員。我們坐在玉米園後面的地上,越僑為我們送來蒸熟的玉米。

我們靜等了三、四個小時後,得到命令返回原駐地。這樣連續折騰了三天。原來是阮文紹的軍艦天天在附近河面巡邏,我們無法偷渡。

第四天晚上十時許,我們又來到河岸等待消息。終於,深夜十二時左右,遊弋的軍艦離開了,我們迅速在岸邊列隊,當地的越僑們趕緊在附近劃來約二十艘大漁船,每個士兵被命令子彈上膛,塑膠布緊包著背包,每艘船坐十多人,各備兩名機關槍手和三名榴彈炮手。連長指示他們船行至河中心時萬一遇到遊弋的敵艦艇,由劃船的越僑回話,然後不動聲色按敵人的命令駛近它,全體集中火力向敵艦發起攻擊。在岸上的戰士也全力配合發起攻擊。

朦朧中但見湄公河到此處更寬闊了,加上連日大雨,河水洶

湧澎湃，風高浪急。

漁船前後各有一名健壯的漁夫，他們拼盡全身力氣向對岸劃去，又回來載第二批。淩晨前，全營四百多人終於搶渡成功。

白天，湄公河兩岸都是金邊與西貢軍隊控制區，我們上了岸便要趕在天亮前遠離。

我們在這月黑風高之夜上了岸，回到了大溝村。一個多月前這裡還是個越共基地。現在村裡情況如何已無從打聽。

我們時跑時走趕了十幾公里路，繞過了紅土鄉和達翁村，天亮前進入一片矮樹林，迅速挖了戰壕，氣還沒喘過來，營部已傳令：「待命戰鬥！」這是隨時迎敵的戰鬥命令，士兵們跳進戰壕裡，槍支隨即上膛。

九時左右，槍聲已從河岸傳來，漸漸近了，炮彈落到樹林中，偵察機飛臨上空，投石問路式地掃射，就這樣僵持到天黑。

黑幕降臨時，下起雨，朗諾軍龜縮回營了。我們吃完了最後一次乾糧，整理周圍的樹叢雜草，綁起吊床，掛起防雨膠布，人剛躺下，行軍令又來了。我們只得收拾起行裝，拖著疲憊不堪的身軀，頂著暴風雨前進。

雨漸漸停了，土地滑溜溜的，隊伍中常有人跌倒。

過了農田後，我們上了草地，路好走些，星星出來了，寒風令我們精神抖擻。有人拿出收音機，河內電臺正播出整點的臺詞：「我們的軍隊，忠於黨，孝於民，任何任務都能完成，一切困難都能克服……。」

我們大概連續走了十個小時，天亮了，這是視野廣闊的平原，分佈著因戰爭被農民暫時廢棄的田園，芭樂、玉米、甘蔗、菸草、桑樹園。士兵們分散在遼闊的桑樹園裡，挖了戰壕後用桑葉和樹枝做成頭圈戴在頭上偽裝。

我們就這樣連續在夜裡趕了四、五天的路，這一天來到一處牛車路密佈的叢林中，四個連沿牛車路地形駐紮下來。準備在這裡連續休息三天，一來是大家實在太累了，二來是前面有更難走的路，而且即將進入石角山，可能與朗諾軍遭遇，我們必須養精蓄銳。

　　經濟部為各連分發了搶渡湄公河時大溝村地下組織送來的大米，這些大米由我們運輸隊揹著。

　　三天很快就過去了，我們又踏上新的征途。雨季的每個晚上都是伴雨逆風而行，走不完的平原啊！何處是樹林，可讓我們歇息？可是偵察兵走過來告誡我們，前面有稀疏的小樹，小溝小渠交錯其間，腳步要跟著前面的人走，逾越了可能掉下水裡。

　　不久便聽到嘩啦啦的涉水聲，我們來到一條小溝前，一棵砍倒的不很大的樹橫過去，水剛剛淹過樹幹，滑溜溜的，急流從上游沖來，我們憋著氣，手把手相互鼓勵，腳板跨橫步小心翼翼向前移……。

　　過了好幾條類似的溝渠後，前方便傳來萬馬奔騰般的咆哮聲，一條大溪橫在前頭。大溪約一百米寬，是湄公河水漲後灌入大溝村的支流，蜿蜒幾十公里後在越南又匯入湄公河。水勢洶猛，上游卷來許多被沖垮的樹木，竹子，耳聽如戰鼓雷鳴，眼看似巨龍翻滾，震撼著大地。

　　我們在這洶湧澎湃的大溪前停下來，政治部委員文宏帶了林強找上我，他拿了一卷尼龍粗繩說：「我們第十營交給你一個光榮的任務。我們知道你善於游泳，你在大溝村撈屍時能來回橫渡湄公河。這尼龍繩有兩百來米長，你持繩的一頭遊過去，把它綁在對岸的大樹上，讓四百多名戰士攀著它渡過去，你敢游過去嗎？」我不加思索地說：「敢！」。一個多月來，我受盡許多士

兵的責罵，這回我可要大展身手，為自己爭口氣了。

我持了繩子走到岸邊，月光下但見這咆哮著的湍流捲起無數個大小漩渦，溪心已鼓脹起來，我深深吸了口氣，先活動一下身體，就等先下水的越僑阿茂遊過去。

阿茂一生與河水為伴，練就一副好身手。他走到遠處的上游，抵岸時被河水沖得很遠了。他將在我危急時下水接應。

十四連的義連長持了繩的另一頭，我在四百多人眾目睽睽之下勇敢下水。

不好，人一下水，就激起浪花，急流要把我沖走，我拼盡全身力氣向前沖，繩子增加了前進的阻力，還未游到一半，已被水沖下約兩百米，我默默激勵自己：不怕被水沖，只要能靠岸。在我精疲力盡，緊握著的繩子像鋸子的利齒時，阿茂游過來了，他把繩子接過去，拼命向前沖。

我們完成了任務，繩子被牢牢地綁在兩岸的兩棵大樹之間。

我和阿茂坐在岸上喘大氣，士兵們已一個個攀著繩子過來了，我和阿茂還必須游回去，因為我們的行裝和物資還沒帶過來。

由於有些體弱有病或武器太多太重的原因，岸上遺留了很多背包和槍支，有些膽小的戰士是空手過河的，我和阿茂以及一些善游泳、體格好的運輸人員便被安排把行李和武器揹過來。

我揹著背包或武器時是攀繩過來的，空手時便遊回去。大部分士兵已上岸了，溪中還有約二十名攀著繩子，身子橫在水面，不斷掙紮叫喊的高棉士兵。當我最後背起一挺衝鋒槍和背包時，已是來回第四趟了。

湍流急，人又多，一門大炮攔在中間，我一時無法前進，攀著繩子的手像握利刃般刺痛難忍，我不得不鬆手，人一下子被急流沖走了，背包進了水，槍也從背上滑下來，我趕緊抓住，可人

已沒力氣游了,這時,一陣陣驚心動魄的呼救聲從上游傳來,兩個高棉新兵受不了粗繩的刺刮,鬆了手被大水沖走了。「追逢!追逢!」(救命啊!救命啊!)淒厲的求救聲很快從下游消失了……

此時的我也是命繫一線。湍流像被激怒的巨龍以無與倫比之力向我猛烈衝擊,大大小小的漩渦在近處幽靈般的時隱時現,我感覺四肢有些發冷,不能讓激流沖走,不能葬身於此。求生的本能促使我鬆開手,讓衝鋒槍沉入水底。

我背著沉重的背包使盡畢生之力游上岸。士兵們全都上路了,我又冷又餓,全身疲軟,快要癱倒了。我把背包裡的物品全倒出來,黑暗中摸到的隨身攜帶鈔票已濕透腐爛了。只好擰乾衣服,整理完畢後向隊伍跑去。

戰士們知道我丟失了衝鋒槍,都圍住我,質問我。有的說,槍是妻子彈是兒,無論如何都要與槍共存亡;有的說,寧可人死了,也不能把槍丟了。從營長、連長、排長到班長都不能原諒我。有些甚至要我天亮時趕回大溪把槍撈上來。我很難過又慚愧,但我沒悔意,只為失去多年積蓄的血汗錢而懊悔。只有馬呃營長的炊事員環仍笑咪咪待我,唐和阿茂也表示同情,松惡一路不斷安慰我,林強默默陪我走一段路。

全營帶著沉重的心情繼續行軍,我知道每個人將永遠記住我丟失槍支這件事,而我卻記掛著兩位高棉新兵被急流沖走時那淒厲的呼救聲,他倆是否連武器也被沖走,是生是死?我悄悄問林強,他毫不思索地說:「噎嘛推!」(死就死嘛!)

下弦的月亮消失前,我們進入一個村莊。

我們就這樣走了好幾個村子,這天傍晚來到禾密縣一號公路上。

第三章 叢林戰火 087

一個多小時後，偵察兵回來，帶領全營越過公路。朗諾軍在夜間都回守軍營，不敢出巡，所以我們很順利過了公路。

　　要與團部會師，就一定要經過石角山區，雖只有幾公里路，但要遠遠避開郎諾軍，因而我們繞了很長很長的山路。

　　石角山，這座由四、五座小山連在一起的山區，山上的大小巨石奇形怪狀，重疊險峻，散佈於奇花異草或大樹之間，更顯得壯觀秀麗。和平時期這裡是風景區，山下住著柬華民眾，還有一華僑小學。

　　石角山是柬埔寨古代第一個首都。根據古藉記載，西元六世紀，版圖日益擴大的真臘國取代了扶南國。一百年後，渣耶瓦爾曼推翻了世襲幾代的渣耶達爾王朝，奪取了王位，並建都於此。由於古代縣的區域很大，這裡屬巴南縣，因而石角山也稱巴南山。法殖民時期，自成一縣，易名石角山。

　　下弦的月亮上來了。月光下四百多人長長的黑影來到山坡下，文宏頻繁告誡我們，要絕對肅靜，因為山上有敵軍。不久就要進村了，村民大多是敵軍的家屬，從巴塞鄉到石角山，敵人已偵察到我們的行蹤，天亮前必將大戰一場。

　　我們在距村子半公里多的山路上坐下來休息。等待偵察兵偵察前方的敵情。經過一個月的行軍，幾乎沒睡過一次好覺，此刻人人又累又睏，又餓又渴，人一坐下去便無力站起來，東倒西歪躺睡在這毫無遮掩的山地。

　　也不知什麼時候，我們被叫醒了，偵察兵向馬營長匯報了情況。馬營長習慣地用雙手反插在背後兩個褲袋思索一會，當機立斷地下令：立刻進村，住進農家。

　　各連分四個方向進村了，指揮部就在中央。這時已是黎明時分，家家農戶發現越共從天而降，吃驚不已，看到我們要挖戰

壕，慌忙阻止，人人誠惶誠恐，彎著身子指著不遠的前方說：「看，朗諾軍隊在那兒走動，千萬別開火。」村民們怕在村裡開戰，都趕忙為我們煮飯吃。

飯後，我們就在高腳屋上歇息，卻不敢入睡。我們猜想郎諾軍知道我們進村，但一開戰只會給村民造成大傷亡。所以我們是在村民的蔽蔭下渡過一天。

太陽西斜了，部隊踏著夕陽的餘暉出發了。我們每個人相隔四、五米沿著小田埂走，長槍直立挎搭在肩上，而我們挑的籮筐蓋上些稻草，與田中的農民和牛只相混雜，任憑飛機在天空偵察⋯⋯。

天色漸暗，我們行軍間隔的距離也漸近。很快，又下起豪雨。雨夜是最安全的，飛機無從偵察，郎諾軍躲在營裡，我們不愁口渴，寒冷使我們精神抖擻。雨後，四面八方響起了青蛙與無名蟲聲嘶力竭的鳴叫，構成大自然優美的交響樂曲，而我們的腳步聲就像交響樂的拍子。

天亮時，我們來到一間寺廟後面的樹林。由於一片汪洋，我們無法挖戰壕，就在林中綁起吊床休息。

我們直睡到黃昏，醒來時個個眼瞼俱紅。我們肌腸轆轆，正不知如何做伙食。這時文宏通知我們繼續行軍。

我們大約走了一小時，便來到一個村莊。原來這裡是石角縣游擊區。經過一個多月的作戰和行軍，第十營和團部會師了。

第十營將在此休養一個月。

馬呃營長重回團部任參謀長去了。副營長範歡升為營長。他三十九歲，個子高瘦，頭髮中分，文質彬彬，沒有馬營長那種軍官的氣概。範歡上任後，對全營四百多名戰士進行全面調整，第十一、十二連仍為主力連，以北越戰士為主，少數越僑與柬籍戰

士為輔,十三連為支援連,北越戰士與南越人、越僑、柬籍戰士各占一半,炮兵的十四連大部分為柬籍,指揮部絕大部分為北越人。從連長到班長,全由北越人擔任。

範歡營長還特地為我們主持會議。他說:「民間運輸隊不屬於解放部隊,在越南戰場,也有這樣一些為解放軍運送軍火、糧食各種物資的民間救護隊,但最後都加入了部隊成為我們的戰士。我們已勝利突圍了,團部都有自己的後勤部,所以你們也可以解散了。

隨著形勢的發展,人的思想覺悟也不斷提高。只有印支三國解放了,你們才能得到解放,所以你們目前不能回家。雖然這裡距巴南縣與奈良鎮不遠,但那裡已被敵人佔領。你們現在只有兩條路:勇敢地加入我們的戰鬥部隊或者跟著部隊一段時間,部隊到達適當地區時再安排你們在那兒住下來,將來印支解放了再回到你們的家。

運輸隊員大量逃跑,最後只剩下十六個。又有十人選擇參軍,我和五個「落後份子」選擇第二條路。於是三位分別到連部當柬越語翻譯,一位為營指揮部做炊事員,我也到最安全的通訊排看管通訊設備。

越共官兵都用異樣的眼光待我,這日子確實難熬。更令我傷心的是準備回中國而辛苦了幾年攢下來的一萬多元鈔票已成爛紙,將來解放了也無法回國了。

不過我還年輕,我可在越共部隊裡向他們學越文,向高棉新兵學柬文,這裡也讓我體驗越共的戰鬥生活,將來如有機會,我會給世人一個真實的歷史。這種對未來的期望常給我振奮和信心。

通訊排除了正副排長,就只十二個人,都是部隊的靈魂。他

們的排長林英雄二十七歲，是個經驗豐富、精靈的小夥子。他是河內人，初中畢業後不久就參軍。次年隨部隊南下，先後當過多個兵種，最後任通訊兵。他掌握部隊通訊技術，人稱一專多長。他十分關心每個通訊兵的生活和思想動態。每下達一個任務，都能全面評估接受任務者的能力，幫他估計困難，教他如何去克服，最後才鼓勵他勇敢上任。

林英雄輪流與三個班同住同睡，我與四位傳達員一起。

傳達班班長也是北越人，個子高瘦，左眼斜視，身手靈活，是個摔跤手，副班長外號黑臉，由於久患瘧疾，身體虛胖，臉色黯晦無華，他雖好吃懶做，貪生怕死，但不會發脾氣。他悄悄對我說，部隊中傳達兵最安全，因為時刻跟著指揮部，不在前方打仗，有任務時多在電話線被炸斷而電話員又犧牲或受傷，不能駁接電話線才上陣，機率很少。黑臉有一個不可告人的祕密，那是半年前他因患病在後方醫院治療時誘奸了一名高棉女護士，他說還不知她是否懷有自己的孩子。我吃驚地問：「上級不處罰你嗎？」「不了了之，不玩白不玩。」他得意地說。阮再，二十歲左右，個子矮小。脾氣很壞，經常無理取鬧，惹事生非，沒人喜歡他。我想：他怕當兵，可又逃不了，命運註定他出生入死，他可能對人生絕望，因而常與戰友們衝突。這時，只有林英雄能勸止他；大老實人安福，安福也有一眼斜視，二十五歲，個頭高大，他做事沒主見，開會也很少發言，只知道服從分配。後來我才知道他還是個黨員。一個沒魄力沒主見的書呆子怎會是個黨員呢？！他的能力還比不上非黨員的黑臉呢！

林英雄有空就向我學柬文，趁著機會我也向他學越文。我們住在一戶高棉農民的家，這單身青年最近死了老母，姐姐又剛出嫁，不知他不喜歡我們還是不習慣，我們來了第三天他就去他姐

姐那兒住。

　　他們白天學習軍事知識，游擊戰術，主要由林英雄講解，從部隊佈置地形，到圍點打援，誘敵深入等。練習各種無聲爬行或蹲伏、伏擊、搏擊、攀登等生存訓練。晚上，林英雄親自教傳達兵如何在黑夜中辨別方向，從不同地點準確指出四個連的駐地或陣地位置，學習在戰鬥中迅速駁接電話線。他說，一個出色的傳達兵要能在任何情況下辨別方向，要以最快的速度、機靈隱蔽地避過敵人耳目，把營長的命令傳達給連長。每個晚上，他帶我們到樹林，野外或田園教我們辨認大雄星和小雄星，教我們從寺廟或墳墓的座向和樹林傾斜方向來確認方向。他對他們要求甚嚴，要他們在規定時間內抄近路從不同方向迅速抵達四個連的駐地。他說，在任何情況下都不能當俘虜，要留一顆手榴彈準備與敵人同歸於盡。

　　我們在這村裡休養訓練了三十多天後，一天夜裡，便接到行軍命令。

　　一般情況下，班長以下的戰士都不知道行軍的目的地和任務，但由於我和幾個越僑留在村裡便猜到他們是去伏擊石角山的朗諾軍隊。

　　石角山駐有朗諾軍兩個團，是東南農村的大巢穴。他們以一個營的兵力去伏擊，戰鬥一打響，可能遭到敵機轟炸掃射。敵軍兩個團也可能傾巢而出，因而戰鬥將是很慘烈。

　　翌日七時許，東南方槍聲驟響，密集的槍炮聲持續了約半個小時，大炮響了飛機聲傳來了，槍聲和轟炸聲從十幾裡外的石角山區交替傳來，竟一直持續到夜晚。

　　晚上八時許，第十營在朗諾炮轟聲列隊歸來，士兵們激動談論這次的戰鬥。

連續休息多天，我從黑臉和通訊兵口中得知那天的戰鬥經過：那天晚上九左右隊伍抵達陣地。

作為主力，十一和十二連分別埋伏在山徑兩側的山坡上，十三連距十一、十二連後方約四、五百米，作為支援，兼保護營指揮部，最後是十四連。

四百多人在這風高月黑之夜挖了戰壕，電話班迅速拉開電話線，全體士兵各就各位，吃過便飯，靜候天明。

指揮部位於較接近一些農舍的山地，周圍有分散的幾堆高高的稻草垛。林英雄不時彎著腰從范營長的戰壕鑽出來。多次到電話班與傳達班視察備戰情況，吩咐通訊兵接到命令便立刻出發，他自己時刻密切注意聯絡情況。

指揮部的戰壕距通訊排只有十幾米。在一片靜寂中突然聽到范營長對著電話機高喊：「切莫開槍，等敵人全數進入我方火力圈！」不多久，密集的槍聲驟然響起，這是十一、十二連集中火力向進入陣地的敵軍發起猛烈掃射。「打得好！別讓敵人喘息，別讓敵人後撤！狠狠地打！」范歡不停地叫喊，槍聲越密集了，響徹石角山區。朗諾軍遭到慘重傷亡。足足有十五分鐘之久，槍聲稀落了，忽又再響起，這是從軍營增援而來的朗諾軍向第十營陣地發起反攻，槍炮齊鳴，越共處於守勢。雙方僵持一陣，突然靜了下來。不久五架敵機飛臨上空，兩架在高空偵察，三架低空掃射，掩護朗諾軍向越共陣地推進，形勢十分嚴峻，范歡叫罵起來，要義連長放下電話親自還擊。突然轟隆隆的炮聲彼落此起，朗諾軍用大型迫擊炮盲目炮轟，越共停止還擊，躲在戰壕裡。就這樣，在轟炸，掃射和炮轟輪番交替的配合下，朗諾步兵幾乎傾巢而出，向十一和十二連步步進逼。越共的還擊處於下風，敵機偵察的範圍擴大，來到指揮部上空。

也不知前方戰況如何,黑臉突然聽到範歡對電話機高喊:「我命令你,義同志,現在率你的衛兵衝上去⋯我知道你很危險,黨需要你獻身的時候⋯⋯什麼?我就要你現在犧牲,你怕死?這是命令!命令!要絕對服從!」隨著範歡的叫喊聲,前方展開殊死的決戰,雙方短兵相接,槍聲震耳欲聾。

從範歡的叫喊聲中,義連長和他的兩個衛兵衝出戰壕後不久就中彈倒下。十一連也有兩個戰壕熄火,此外,一位副連長和一位排長中彈身亡。槍聲逐漸又靜寂下去。

朗諾戰機掃射轟炸一番後,炮轟又來了,十三連傳來了敵軍在炮轟掩護下,已越過兩個連進入十三連陣地的報告。「守住陣地!要死守!」範歡大聲喊。槍聲很近,就像在身旁,一顆子彈突然飛竄入黑臉的戰壕,在土中直打轉。這時,範歡已命令十四連機關槍排準備應戰,炮兵排準備還擊敵機的掃射和轟炸。

雖然指揮部周圍有偵察、經濟、通訊、政治等排或班保衛著,戰鬥力自不比步兵連。朗諾軍人數多,又有飛機大炮,越共無法將其擊退,也無法撤退,只要堅持到天黑,那時對方的優勢也就發揮不出。

最後,十三連終於抵禦了朗諾軍的進攻,更幸運的是,戰鬥雖然激烈,四個連的電話線未被炸斷,十四連未發一槍一炮。

堅持到傍晚,朗諾軍估計越共準備撤退,又開始密集炮轟,炮彈落在後方,掀起滾滾濃煙。炮轟過後,飛機飛臨上空發射照明彈,一顆方熄,一顆又起,照明彈把大地照得光亮一片,機槍不斷向可疑黑影掃射⋯。

「上來,趕緊撤退!」,林英雄指揮電話班戰士收起電話線,全排安全撤退。

偵察兵、營指揮部各首長,附屬的排與班、十四連、十三、

十二和十一連陸續按順序撤退了，大家時跑時臥倒，避開敵機的照明彈與炮轟，一個多小時後安全進村了。

每次戰鬥，首長都沒有公佈戰果和己方的損失，也沒為犧牲的官兵舉行任何哀悼儀式。我從偵察兵口中得知這次戰鬥越共有二十多人死傷，朗諾軍七十多人死亡。但幾天後，河內廣播電臺播出了：「柬埔寨人民解放武裝力量在石角山殲敵二百人」的新聞。

我們撤回到國宣力鄉。國宣力意為花生島，因該鄉盛產花生而得名。鄉鎮有不少華僑小商店，這裡距巴南市五公里，距石角山四公里。

半個月後，營部又接到戰鬥任務，要在白天去伏擊一支西貢軍隊。原來團部得到情報，一支西貢坦克部隊與一個營的步兵將沿波羅勉省與柴楨省一號公路一條三岔口到解放區「掃蕩」。

四個連在營長率領下，踏著濛濛的月色，急行軍離開花生島鄉。我和幾個越僑循例留下來，與一些重傷患一起看守士兵們的背包行裝和糧食。

早上九時多，轟隆隆的炮聲與轟炸聲此起彼伏地從七、八公里外的東南方向傳來，猛烈的轟炸持續到整個下午……。

晚上七、八時左右，長長的隊伍又踏著夜色安然進村，把不斷發射照明彈並瘋狂掃射的美國飛機拋在遠方的上空。隊伍的後面陸續抬來五、六十副擔架。醫療隊把死去的二十多名士兵就地埋葬，其他的傷兵連夜送到後方醫院。

我心緒未定，林英雄突然跑過來喊：「文光！快去前方的竹林裡找阿群，你倆一起去抬屍體。「阿再」已犧牲了！」

阿群便是黑臉。竹林很大，我正擔心找不到他，他已做了一副竹擔架走了出來。

「快走吧！」他拉著我就跑。

向著飛機和大炮轟擊區跑，不是送死嗎？

黑臉根本不當回事，一路大聲催促我跟他跑！

炮轟雖是盲目的，但方向都朝著我們，飛機投射的照明彈一顆將熄，另一顆又亮起來，有時兩、三顆照明彈一起出現，我們就這樣時臥倒時奔跑，約半小時後來到原十三連的陣地。

黑沉沉陰森森的世界就剩我們兩人，炮彈不時在周圍響起，我們極有可能未找到阮再的屍體便已葬身於此。還是黑臉能行，他在十三連前沿陣地附近的稻田裡摸到了阮再的屍體。我們匆忙把屍體搬上擔架，放上肩膀就往回跑。這時飛機轉回頭，在照明彈的照射下向我們射來一排子彈。「快臥倒！」黑臉大喊。我們丟下擔架，身子躺臥在一處高起來的土堆下。敵機掃射一陣，到別處去了，我們急忙又抬起擔架，拼命沿大土路往回跑。跑了一陣，我在前頭感覺越來越重了，轉過頭一看，殭硬的屍體垂下的兩手拖著地，黑臉叫我停下，他要把那兩只手塞進擔架裡。」這時我無意看到阮再那被削去的臉部似一個黑洞，下巴與頭髮隨著我們的奔跑有節奏地隔著黑洞不斷又開又合，在朦朦的夜光下像個猙獰的魔鬼，我不敢再回頭看，只顧沒命地向前跑⋯⋯。

「臥倒！」黑臉又大喊，他把擔架拋下，自個兒跑不見了，幾顆炮彈向我們轟來，我急忙跑到附近一農舍的稻草叢中。炮轟過後，我叫喊黑臉，好傢伙，他在黑暗中居然找到農家的防空壕。他鑽出來說：「你沒死？耳朵要靈，動作要快。要是在越南戰場，你早死了。」

我們拼盡全身力氣足足跑了三公里路，我們回到村裡了。營的醫務人員把屍體接過去，挖土埋了。

這是我有生以來最累也最危險的一天。比起戰鬥並餓了一

天的黑臉我自慚不如。村民們為我們準備了晚餐，我這時反而吃不下，我太累了。我想起阮再，這個生不逢時，每日預感戰死沙場，脾氣暴燥，性情古怪的他，我是同情他呢？還是慶幸從此少了一個惹事生非的無賴流氓？

夜深了，戰士們無法入眠。大家談論白天犧牲了誰，誰負了傷。從團部調來的十二連新連長是二十多個烈士之一。十二連，從來就死傷最多，不到四個月，已先後死了三個連長。這次戰鬥，炸死了唐等的三個越僑。當天晚上，連立場最堅定的越僑阿茂也逃跑了。

又過了一個月，十營被調到一號公路以南，位於柬越邊界一帶，未經過戰爭而成為解放區的農村。我們把這一帶稱為「南路」。

從地圖上看，波羅勉與柴楨省界的南方有一條寬大的土路伸向南越邊境。它位於禾密縣的最南端。在這個廣袤的農村中，從未有越共的足跡。各鄉村政權仍是西哈努克統治時的舊官僚。由於這裡相對平靜，一號公路又常受越共騷擾，西貢車隊有時便從這新開闢的大土路進入柬埔寨。當地人把這條長約二十公里的大土路稱為「新絕路」，意為只通南越邊境的新路。營駐紮於此，一是為阻擊西貢軍，二是發展地方政權。

這時已是旱季，在範歡營長的帶領下，全營在一個滿月之夜悄悄到距一號公路約半公里的地方等待偵察兵回來。

夜深了，三位偵察兵回來報告，公路上的新岔鎮一個連的朗諾軍隊已撤回七公里外的縣府。範歡立刻部署行動。由作戰部長和偵察兵先用塑膠布鋪上一號公路，全營戰士便踏著塑膠布越過公路。在這個由公路與「新絕路」交匯處的新岔鎮上，有六、七

十戶由柬、華兩族組成的民居。「新絕路」寬闊而平坦，真是一次輕鬆的行軍。我們走了一個多小時，進入了第二個村莊便佈置陣地和駐地。進入夢鄉的村民被我們吵醒，忙不迭起來招待，各在高腳屋下騰出空間讓越共士兵綁吊床，放置行裝。當看到我們出去挖戰壕時，又慌亂起來，生怕天一亮便在村裡打起仗來。

天亮了，我們在野外煮飯吃。村民們見我們吃得津津有味，好奇走過來看，是冬瓜湯。冬瓜湯是我們的常菜，一點鹽一點味精多麼可口。

這天吃過飯，我們都躲在村民的高腳屋下休息。南路這一帶是窮地方，沒湖泊，沒果園，農民除了種田，每家也養了不少家禽牲畜。準備入睡之時，東北方向突然飛來兩架轟炸機，一反常態在沒有偵察機指引下便俯衝轟炸，各拋下三顆炸彈後揚長而去。短短一、兩分鐘，兩間民屋被炸毀，還炸死十四連兩名北越士兵。

在以後的每一天早上，偵察機、直升飛機和轟炸機便陸續飛臨營地上空，久久不去。一到晚上，從一號公路，禾密縣府的朗諾軍隊也向第十營發起炮轟。這時，村民們便躲在屋裡發抖，而北越戰士卻若無其事談笑風生。有時炮聲很近，黑臉常說：「朗諾的炮轟沒那水準，全落到田野中去。」

一個月過去了，西貢軍隊不再從「新絕路」開上一號公路，轟炸和炮轟也減少了。

不久，越共文工團、文宣隊、後勤部先後在夜間從北路越過公路，經「新絕路」來到達倫村。他們是團部派來勞軍和向人民宣傳抗戰。

文工團巡迴在附近各村表演革命歌舞。演出在夜間進行，四盞明亮的充氣油燈置於臨時搭起的舞臺四個角落，有專人監視夜

空，以防敵機出現。表演的節目中，大多是宣傳抗美和讚美其控制區的人們生活。也有傳統的民族舞蹈。文工團有許多華僑青年學生。表演的節目是中國革命歌舞，毛澤東語錄歌曲等，只有一首西哈努克親王作詞作曲的《懷念中國》是柬語歌。

形勢較為安定，北京和河內電臺廣播了民族解放軍已解放了全國三分之二的土地和近一半的人口，完全解放了東北四個省份，東北四省在那裡呢？那一定是個繁榮和平的大後方。

一個奇怪的現象發生了，各連都有高棉新兵逃跑，他們逃跑時連武器也帶走了。逃跑的高棉新兵越來越多，情況越發嚴重了，指揮部暗中跟蹤調查，發現逃跑的高棉新兵去投靠紅色高棉。原來紅色高棉勢力已滲透到第十營裡。他們鼓勵高棉新兵攜械逃到他們營地。

一個炎熱的中午，一位高大而清瘦、面容冷酷的紅色高棉頭目率領一百多名高棉士兵來到營地附近，二話不說就挖起戰壕，擺出一副一決雌雄的架勢。這一百多人中，有十幾位是從第十營逃過去的。

指揮部五位首長知道事態嚴重，派出副營長帶了翻譯員前去談判。

紅色高棉頭目正告副營長：柬埔寨的解放事業由柬埔寨人來做。柬埔寨民族統一陣線要求第十營停止扶植親越地方政權，並在一個月內撤出達倫鄉。

首長們面臨兩難局面，第十營駐紮於此，牽制了一部分西貢軍隊，必要時隨時切斷一號公路，但留下來若與紅色高棉發生衝突，又不利越柬聯合抗美，況且鄉民都會站在紅色高棉一邊。

團部得知此一新情況，派來了參謀長馬呢將軍。

馬呢參謀長還率領了五十多名從其他團和營抽調來的官兵，

補充死傷的兵員和逃跑的高棉新兵。

　　馬呢與其他首長經過調查瞭解，得悉在這南路一帶有數支紅色高棉部隊，歸那位高瘦冷酷的頭目統領。此人名叫索平，原是下柬人（下柬原屬柬埔寨領土，後為越南併吞的廣大地區），是紅色高棉早期在東南區的頭目。他陰沉寡言、喜怒不形於色、精通越語，但平時絕不說越語。戰事緊張時，他率領的部隊躲起來，局勢平靜時便到各鄉活動，這次更領兵向第十營下逐客令。

　　一個月的期限將屆，馬呢將軍仍按兵不動。

　　每當有較長時間休整，部隊便為新入黨入團的士兵舉行儀式。也為新入伍者辦理手續。我不知他們是否把高棉籍士兵編入另冊。

　　一個月後的夜晚，全營接到命令配備全部武裝彈藥到鄉後的林中集合。明月當空，林中的曠地上，並列了柬越共雙方的代表，越方是三十五團參謀長馬呢與第十營五位首長和團部派來的翻譯員，柬方代表由三男一女組成，為首的是統一陣線中央委員、東北專區後方統戰部主席英娜女士，民族統一陣線柴楨省浮述縣委書記和軍事委員會主席，以及一位華裔翻譯。

　　範歡營長親自督陣，將炮兵十四連各兩個排分置於營左右翼，中間是十一至十三連。各連又按排和班的次序列隊，除了每位戰士配備的武器外還在陣前架起了炮兵的各大型武器，計 80 毫米無後座力迫擊炮四門，DK 火箭炮兩門，60 毫米迫擊炮六門，B41 和 B40 反坦克炮各六門以及大中型機關槍等。

　　接著範歡營長喊口令，讓全體戰士坐下，莊嚴宣佈這是兩國部分軍隊的移交儀式。第十營的高棉士兵在儀式結束後正式移交給柬民族統一戰線。雙方代表在發言中互相讚揚一番。由越方的團部翻譯員譯成兩國語言，一旁的柬方翻譯員未派上用場。

半個多小時後,儀式結束,三十位高棉士兵走到柬方代表一邊。

這時我驚喜地發現,柬方的翻譯員正是老同事王炳坤。王也看到了我,顯得很高興,然而在這莊嚴的儀式上,我們無法走到一塊。

王炳坤的出現就像黑夜中的曙光。我希望早日離開越共隊伍,也只有他能把我送到東北大後方。

第二天一早,王炳坤幾經周折終於找到我。他一身黑色軍裝,襯托出白皙皮膚憨厚的方形面孔以及炯炯有神的眼睛。我們情不自禁地擁抱握手,互相問好。一旁的越共士兵也為我們高興,不斷插嘴問:「你們中國話為什麼老是總呀,統呀,走呀、都呀的?」

王炳坤瞭解我在第十營的處境後,開門見山說要帶我走。我激動不已地問:「是東北嗎?」

「東北,大後方呀!」

「好極了,我就等著這一天!」我高興得幾乎要喊出來了!

王炳坤迅速聯繫了英娜,謊稱我在政變前是他培養的入伍者,政變後由於局勢急劇變化,失去聯繫。英娜說:「我沒異議,有一位能講越語的也好。」原來王炳坤精通華、法、柬語,不會越語,他擔當這次翻譯工作是用華語與三十五團的華裔翻譯員溝通的。

英娜、王炳坤陪著我到政治部申報離隊。

回到駐地收拾行裝,士兵們都冷淡以對。只有黑臉悄悄對我說:「還是你命好,不再跟著我們受苦,不用受死亡威脅了。請保重!」

吃過午飯,王炳坤約我在樹林中長談。他說:「共產主義

是一個人人平等、按需分配、高度發達的社會，實現這最終的理想。首先要埋葬腐朽、反動的資本主義，需要億萬人堅強不屈奮鬥。美帝國是資本主義的總代表，你在中國的老師一定對你進行過革命思想教育。在中國不知道有多少熱血青年渴望參加這場印支抗美戰爭。我們身處反美最前線，不要浪費這戰鬥的青春歲月⋯⋯。

我把你帶到東北革命根據地，你將接觸到柬埔寨革命者，我設法把你介紹到草藥醫療隊工作。你將有另一番天地，可以學到很多醫藥知識又可發揮你的專長，為革命作出貢獻。

王說得有道理，紅高棉就好似中國共產黨。而革命對我來說，多少有些憧憬。何況，我在那兒將學到許多民間草藥，充實我的中醫知識。也將給我提供許多寫作的寶貴題材，我小時候就立志長大了要當作家。

明月當空，村裡舉行了一次盛大的聯歡。成千高棉男女老少興高采烈地走出來，分別到越共部隊與赤棉幹部以及從越共移交過來的高棉戰士中間去。人們圍成一個個大圓圈歡樂地跳起高棉族的「南旺舞」。

南旺舞是柬埔寨集體舞，盛行於王國官府與民間，舞者踏著舞步，先屈膝，後輕踏步，兩手十指在胸前作旋轉狀，一面繞圈子跳，見到有滿意者，便原地踏步，臉朝對方，彎腰伸手邀請對方進場。對方出來後，兩人先面對面跳一圈，再繞大圓圈公轉，也可一邊自轉，一邊繼續尋找邀請對象。跳的人多時，可退回一旁，一邊拍掌，等候再次受邀。人人有機會，人人平等。

我被一位年輕清瘦的姑娘邀請入場。我不會跳，便跟著別人在胸前擺弄雙手，與大家一起唱著含糊不清的高棉歌曲。我太高興了，有點放浪形骸了，王炳坤望著我向英娜高喊：「看，文光

多高興,他像在慶祝自己的節日。」

是的,我太高興了。我融進高棉民族的大家庭中,這是一個非常善良、勇敢、勤勞的民族。我置身於這樣的民族中,多麼令人興奮、鼓舞。是的,離開了沒有感情的家庭和越共部隊,我在慶祝自己的新生,所有的人也在慶賀我⋯⋯。

原來王炳坤早年已祕密參加柬共地下組織,其領導人是乃薩南。政變後,他隨乃薩南上東北,聯繫了統陣新聞部長、一九六七年投奔叢林的原王國國會議員、人民代表符寧。政變前,由於王也當過記者,故與符有數面之交,王隨即在符寧的安排下到拉達那基裡省統陣電臺工作,負責收集西方電臺華語與法語廣播中有利於抗美救國的新聞資料,譯成柬文後再交給四十五歲的原茶膠省人,抗法時期的柬共中央委員賓索萬審閱,最後由廣播員在電臺播出。

政變後,由於越共部隊長驅直入,主宰了柬埔寨抗美戰場,打著統陣旗號的柬共對此深具戒心。隨著戰爭的發展,柬共決心排除越共的影響力,在全國解放區建立統陣政權,解散親越地方政權,收編越共部隊中的高棉士兵等,以維護國家主權和民族獨立。為了爭取時間,柬共中央決定盡可能發動地方政權參與軍隊移交工作。由於第十營是三十五團的獨立營,又與團部較遠,才有此禮遇。

且說第二天黎明,浮述縣委書記和軍委主席等幹部為英娜等人送行,警衛員和王炳坤用摩托車載了英娜和我出了村⋯⋯。

第四章　走南闖北

一九七一年四月十五日，我們一行四人，沿著波羅勉省十五號公路，風馳電掣進入翁湖市。

這裡一片升平景象。市面上華僑商店林立，餐廳、雜貨店更是門庭若市，街道上還三三兩兩出現放學回家的華僑小學生。戰爭，似乎與這裡毫無關係。

摩托車來到距離市中心約兩公里後，柏油路進入了茂密的橡膠園。壯觀遼闊整齊的橡膠園像個大迷宮，分路很多，到後來連幹線和分支也分不清。

在這個天然的大屏障裡，除了匆忙趕路的客商，過往的紅柬幹部，更多是步行的越共幹部和士兵。沒人管理的橡膠樹從肥沃的紅色粘土中長出茂密的樹葉，每棵樹幹自上而下環狀地露出被剝去樹皮後的那層白色，下面各掛著一個大木碗，似乎在提醒過往的人們：這裡有過輝煌的歲月。

半小時後，摩托車來到一間寬大的大建築物前，幾位全副武裝的穿黑衣的紅柬士兵上前檢查證件，指示我們四個人進入後面並排的八間平房。英娜女士、警衛員和王炳坤頻頻與那裡的幹部模樣的人握手問好。王炳坤暗地對我說，他們中有許多是從各地調配到東南區接收高棉戰士的高級幹部。他提醒我在這裡不要說中國話。

當晚，這個原法國殖民主義時期遺留下來的橡膠工人大食堂的平面建築裡，聚集了從各地趕來的紅柬幹部。巨大的煤油燈照

亮了主席臺，統陣翁湖縣委書記主持了會議，宣佈系列慶祝統陣成立一周年的活動進入最後一天。今晚邀請來自中央的領導同志為東區各級軍政幹部講話。

一位四十多歲的中年壯漢上臺，他蓄著滿口鬍鬚。從他下巴那劃刀痕我認出他就是柬華農場附近農莊的乃薩南。王炳坤後來告訴我，一九七〇年四月底，乃薩南領導磅占省農民反對朗諾政變的示威遊行時遭到省府朗諾軍警的暴力鎮壓，許多農民被打死打傷，他自己也被偽軍警的刺刀劃傷下巴。那一天，在省府的朗諾的胞弟朗奴被憤怒的示威農民打死。

乃薩南在發言中說：

「由於局勢發展和我們這次自東北南下從越南部隊接收高棉士兵的緣故，東區紀念統陣成立一周年的慶祝活動遲了半個多月，今天正是王國民族團結政府成立一周年的日子，就讓我們同時慶祝這兩個日子。同志們必須知道民族統一陣線有廣泛的反美反朗諾政府的各階層民眾。

今天我們在這法殖民主義時期遺留下來的橡膠園裡集會，年輕的戰士是否瞭解當年橡膠工人的血淚史？我的父親和大哥就在這裡被法國人折磨而死。我的大哥死前對大嫂說：「帶弟弟走吧，遠遠地離開橡膠園，沒有錢就讓他削髮當和尚，也能識些字，法國人就是怕我們高棉人有文化。」

在那黑暗的歲月，每個人每天得幹十二小時，每小時工資只有四角。他們每天凌晨三點起身，四點排隊點名，由監工分派工作定額，五點開工，直幹到日落西山，有時連吃飯的工夫也沒有。對法國監工必須深深鞠躬，否則將遭嚴厲責罰。年老體弱無法完成定額的，會被扣壓工資，沒了錢不得已要向公司借，無法償還時，便再也休想跨出橡膠園，終身被套上了枷鎖。除了勞動

強度大、條件差之外，林中蚊蟲肆虐，許多人患瘧疾而死。在長達近一個世紀中，法殖民者神話般的利潤是建立在我們人民的屍骨之上的。

柬埔寨人民趕走了法殖民主義，今天美帝國主義想取代法國侵略柬埔寨，我們除了拿起武器，別無選擇。我們不僅同美帝及其走狗作戰，我們還要教育自己的人民，要當家作主，只有這樣，才能發動人民打敗世界上最凶惡的敵人⋯⋯。」

氣氛有想肅穆，以至他的發言結束後沒有例常的立刻響起鼓掌聲。

接著是英娜女士上臺。這位原金邊大學教授，早年與金邊左翼議員和人民代表喬森潘、胡容和符寧過往甚密的女幹部語氣激昂地說：

「我們今天在抗美的時刻回憶我們民族的歷史並不是多餘的，因為我們的歷史就是一部被侵略的歷史。

法殖民主義為了全面控制印支而把魔爪伸進柬埔寨，同時也與當時控制了泰國的英殖民主義爭奪地盤，除了這些戰略因素外，更有經濟因素。法國人垂涎我國肥沃的土壤、溫和的氣候、豐富的物產。他們除了掠奪他們最需要的生絲、優質棉花、大米、黃臘等，還由於在我國發現了野生橡膠樹，從而開拓了這個在四十年代號稱世界第二大的橡膠園。

除了眾所周知的法國外，日本曾佔領了我國三年多，暹邏在古代就吞併了我國的馬德望省施土芬地區，整個柏威夏省和暹粒省部分地區，一八六三年十二月一日，暹邏國王軟硬兼施欺壓高棉國王，逼他簽訂了臭名昭著的柬泰條約，條約第一條規定柬埔寨為暹邏的屬國。

但是，上述被暹邏佔領的土地後來全歸還我國，條約也早已壽

終正寢。我在這裡著重說的是另一個更狡猾的入侵者——越南。

遠至十七世紀的越南封建王朝，從黎朝至阮朝，便開始干涉我國（真臘國）內政繼而進行領土擴張。

當時的柬越兩國中間隔著一個占城王國，占城王國位於現在的越南中部，其南方即現稱為下柬地區，下柬地區占地六萬平方公里，歷來就是柬埔寨領土。越南在近一個世紀的戰爭中吞併了占城，繼而把目標對准下柬地區。

下柬地區也叫交趾支那，越語叫「戈津辛」，意即九姑娘索討。原來那時越南人搞王室聯婚，越南國王將其公主嫁給真臘國王吉哲搭二世。越南利用其幫助真臘國擊退暹邏入侵之後，趁機通過公主向真臘國王索討下柬地區。他們先是大量移民，進而設立稅收機關，最後便是行政管理，這種由官方有組織有計劃的移民，開始是由退伍軍人和貧窮的北方農民到此開墾經營，接著驅趕我們高棉人，他們自稱是文明的民族，理所當然要取代「落後」、「野蠻」的民族。

在這種侵略者的邏輯下，越南人佔領我們的佩戈，即今稱西貢；一六九三年，越南人出兵搶佔今日的嘉定省；一七二四年，越南人使用狡猾的反間計，不費一兵一卒便霸佔了今日的河仙；一七三四年，越南人利用柬內亂，派兵佔領朱篤省並建立起自己的行省；一七四〇年，越南人利用發生於交趾支那越柬兩族衝突事件佔領了湄公河的昏佩美島，順化的阮氏王朝將該島納入越南版圖。一七四七年，新即位的安東國王，即西哈努克的遠祖為得到越南的承認而將今日的巴沙、茶榮兩省劃歸阮氏王朝，越南人暗中支持安東國王的反對者，將安東國王驅逐出首都烏龍，逃到河仙，越南人又裝作好人，向安東國王勒索，索取鵝貢、新安兩省作為保護安東國王的酬勞。一八四七年，阮氏王朝又以壓力奪

取貢布至磅遜幾個小鎮……。

　　現在，我們正進行轟轟烈烈的抗美救國戰爭，潛在的敵人越南人又來了，在聯合抗美的旗幟下，越南人的許多做法令人懷疑，它無視統陣的存在，扶植親越地方政權，在解放區為所欲為，嚴然成為太上皇。

　　現在，我們統陣民族解放武裝力量在各個戰場同美帝及其走狗進行英勇的戰鬥，並解放了全國三份之二的土地和近一半的人口，可是國內和國外的敵人，都說是越共同朗諾軍隊作戰，這正好使越南人今後有藉口以解放者的姿態出現，越南人也將進一步控制我國。同志們！我們一定要振奮起來，踴躍參加統陣旗幟下的民族解放軍，真正掌握自己的命運，在戰場上逐漸取代越南人，捍衛祖國神聖主權和民族尊嚴……。」

　　接著，各分區的代表先後上臺發表了擁護統陣關於獨立自主進行抗美救國武裝鬥爭的講話。

　　下半夜的月光穿過茂盛的橡膠樹葉，美麗的橡膠園出現無數的光斑。主持人把大家帶到一處曠地，觀賞東區文工團表演的「邊生產，邊戰鬥」的舞蹈。

　　由八男八女組成的表演隊，只著黑衣服，背著槍，隨著音樂的響起，一次又一次揚起手中的紙花，五光十色的紙花飄散在地上，象徵農民播種。

　　抬頭是播種，彎腰是插秧，機械化的腳步不厭其煩地重複著，單調又粗糙。重複了十幾次之後，把背上的槍端上來，對准天空，口喊：「啪啪」頓了頓，齊唱：「打下美機，保護田園！打下美機，保護田園！」

　　接著，文工團又表演話劇「洛坤革命之火」。故事描述一九六四年馬德望洛坤地區一家農民因同情被王國政府軍隊驅逐出田

園的農民而被指為紅色高棉,結果家破人亡。最後,這戶農民的三個兒女投奔革命根據地。話劇不指名地聲討了西哈努克王朝鎮壓革命。

散會了。大家互道珍重。天亮時,摩托車駛離了遮天蔽日、晨色空濛的橡膠園,上了七號公路。公路上瀟瀟灑灑地散落著橡膠樹葉。在這由解放區控制的約二十公里的路段上,樹木稀落,農舍也稀。不久,烈日當空,美國偵察機飛臨上空,俯視公路,兩輛摩托車一前一後,躲躲閃閃,駛駛停停,竟直到太陽西斜,方轉入土路,繞道前進。

四人來到一處蘆葦茂密,蒼涼無垠之地,一小湖泊擋在前面,警衛員說,此處是繞過敵佔區必經之地,直升機常出其不意飛臨上空,襲擊任何過渡者,故要等夜色降臨,擺渡人才會出現。

大家便坐在地上休息,一邊聊起來。且說三十八歲的英娜女士,身段苗條,個子中等,典型的吉茂族婦女,黝黑的皮膚,腦後的雞尾秀發告訴人們她來自大城市,而她那雙一開口就睜得圓圓的大眼睛,似乎隱藏著精深的睿智,她是高級知識分子,她此刻正好奇地詢問我的來歷。我小心地應付著,對一些敏感的話題便藉口柬語表達不出,由王炳坤翻譯。王也避重就輕,說我這二十二歲的華僑小夥子來自中國,受過社會主義教育。來柬後,由於後母的虐待逼得離家出走,自十五歲起就在金邊到處打工謀生,後來在生活午報社結識了王,便又接受了革命的教育。我說:「政變以前,我一直沒有合法身分。」英娜笑著說:「你現在也沒有身分呀!」

幕色降臨了,傳來了嘩啦嘩啦的劃水聲,幾艘小渡船沿著蘆葦邊緣劃來了,身後又適時出現了準備過渡的農民,大家幫著把

摩托車推上船。小船搖呀搖，輕輕的流水聲，絲絲的涼風，農民們娓娓動聽的不同故事，直到靠岸依依惜別。

我們又趕了半小時路途，來到一處充滿鄉野氣息的農村。大家便在村裡的游擊隊長家裡過夜。

天剛朦朧亮，又匆忙趕路。這土路雖然崎嶇不平，路面留下了雨季裡牛車輪碾過陷下的軌跡。兩旁林木挺拔高聳，蓊蒼蔥鬱。不久，大家便陶醉在斷斷續續地過往牛車響亮稚嫩的串鈴聲中。

過了這狹長的牛車道，土路寬了，沿路更加熱鬧。大家下車加油，喝了椰子水，繼續上路。

視野豁然開闊，已來到湄公河岸，是磅占省哥土瑪縣，蓬坡鄉。接著便是靖立鄉，漢只、新社兩鄉，再往北便是著名的川龍市，川龍市郊仍高高聳立著中國援柬水泥廠的大煙囪。川龍市有百餘戶華僑，歷史悠久的中華學校。

過了近蕉鄉十多公里，便進入桔井市。這時已是夜燈初上時候，偌大的兩、三層建築物一幢幢而過，摩托車駛進離河岸不遠的一間高腳屋下，兩名警衛員衝出來，檢查過英娜的證件，指示我們把摩托車留下，領著我們走過附近另一高腳屋下稍候。不久，屋裡走來一位四十多歲的高棉人，他同英娜熱情握手，英娜向他介紹了王與我。對我們說：「這位同志叫沙利珊，桔井市委，是桔井和平解放的第一功臣。」對方在黑暗中握了我們的手，聽說我們都是華人，興奮地說：「歡迎！歡迎！我這老桔井還會說些中國話呢！」

閒話表過，大家痛痛快快睡了一夜。第二天一早，英娜便到東北專區——504專區辦事處報到。臨走前，指示王趕快準備一份演講稿，準備在慶祝桔井市解放一周年的大會上發言。

兩天後，正是四月三十日，晚上七時，桔井市人流湧向市中心一側的中南大戲院。

這個由市委和當地華僑聯合會共同主辦的慶祝大會，便在這個大戲院裡舉行。戲臺上幾盞大煤油燈把由中柬兩國文字書寫的「慶祝桔井市解放一周年」的巨幅橫額襯托得特別悅目。臺下第一、二排分坐著專區各單位代表、政工人員和越僑組織負責人，第四、五排是桔井市華聯會幹事，青年會幹事和中山中文學校教職員，後排是市民群眾，華僑占了多數。

大會由桔井市統陣主席沙利珊主持，青年會主席任司儀。

沙利珊在發言中回顧了歷史的七〇年四月三十日凌晨，解放部隊的幾響槍聲就把原朗諾政權的偽省長、軍事指揮官轟下湄公河，逃竄到磅占省會。原偽市長在革命的感召下，揭竿而起，投誠歸正。桔井市和近郊人民群眾熱烈歡迎解放軍部隊，擁護革命政權。沙利珊特別讚揚了桔井市華僑在解放的第二天就迅速組織起武裝自衛隊，擔負起保衛新政權和維護城市治安的重任。最後，沙利珊帶著按捺不住興奮的口吻說：「我今晚還要給大家帶來一個令人驚喜的消息。現在，請前排中央兩位同志上臺。」

兩個走上臺的人均四十歲左右，中等身材，其中一個眼眶略陷，另一個則戴著眼鏡。他先摘下眼鏡，風趣地說：「請大家擦亮眼睛看清楚，我倆是人是鬼？」臺下一陣騷動，也不知誰先喊起：「胡容！符寧！」於是掌聲和歡呼聲雷鳴般地響起來。符寧笑咪咪地對著廣播器說：「金邊朗諾政權造謠我倆早已死了，我想，大家此刻不會把我們當作鬼吧！」臺下又是一陣笑聲。

符寧接著向大會解釋了統陣政治綱領，號召一切生活在柬埔寨的人民，不分民族、階層、宗教信仰、黨派，在民族統一陣線的大旗下團結起來，推翻親美的金邊朗諾偽政權。」

桔井市華聯會主席，越僑地方組織代表也先後講了話。

接著，在英娜女士的推薦下，司儀宣佈了504專區新聞處代表發言。

王炳坤走上講臺，環視全場，用純正的高棉語逐一尊稱了各方代表和負責人後說：「我代表504專區新聞處向大會、向全體桔井市人民熱烈祝賀桔井市解放一周年。桔井市的解放，帶動了全省的解放。無疑，作為這個大省會，桔井市可當之無愧成為印度支那解放區的首都。與桔井市一樣，印支三國各大、中、小城市，都集中了華僑市民，而華僑又都具有支持當地人民反美鬥爭的傳統。澳洲名記者貝卻敵在他的著作《沿湄公河而下》的開頭部分，就指出柬埔寨華僑為當地人民反殖反帝鬥爭做出了偉大的貢獻……。」

在王炳坤這篇題為「柬埔寨真正的朋友」的演講中，引述了中柬兩國人民友好往來延續了二千年的一些典故和歷史事件，中國各朝代來使及來訪的傑出人物朱應、康泰、周達觀，鄭和以及高棉高僧波羅末陀、真諦等。歷史上，中柬兩國還有過受共同敵人的侵略等。

發言結束後，桔井市華僑青年會和中山學校聯合演出了十幾幕革命歌舞節目。

三天後，我們離開桔井市，向上丁省進發。我們的目的地是拉達那基裡與蒙多基裡省交界處。

那是最灼熱的五月份。我們走進上丁省的叢林。

一行二十多人背著軍用背包，腳著輪胎拖鞋，大多數扛著槍，胸前系著長條形的米袋，輕快的步伐漸漸沉重起來。隊伍時而踏上嶙峋怪石，時而穿過灌木荊棘，有時由平坦的小徑轉入懸崖峭壁，有時從樹林幽徑鑽進岩洞縫隙……。

叢林擋住了清風,令人更覺得悶熱難受。除聽得「嗖嗖」的腳步聲外,大家都默不做聲。也不知過了多久,英娜先打破沉默,朗誦她即興而成的詩:「東北,東北,原始的東北,是革命的聖地,我國重要的一角,待到勝利時,我把你裝扮。」又說:「北方不是有個省叫烏多明芷嗎?烏多明芷意為勝利的北方,我們正走向勝利。」

　　行軍中的英娜此刻秀麗多了,兩顆大眼睛象鑽石一樣牢牢地嵌在清瘦的、黑裡透紅的臉龐上。她不斷用袖子拭去額上如珠的汗水。我不由自主地站住,雖然這舉動一路已有多次,英娜都拒絕我幫她揹背包。我這次不由分說就往她肩上拉。「又來了,你知道我的背包最輕的。」她說,一手按住我的手。我說「你知道我今天沒扛槍。」英娜不再爭執,轉過去幫年紀大的人扛槍。

　　隊伍來到一處曠地,二十多歲的向導,普儂族青年乃塔儂讓大家坐下休息。他說:「象隊很快就到了。」大家放下背包,解下水壺,喝著僅有的一點水。王炳坤便低聲向我介紹普儂族的民俗。

　　他說,世代生活在東北這幾個省份的少數民族中,普儂族為最大的一支,人數約有十萬。他們有自己的語言,絕大多數是文盲,不會使用紙幣,以耕種及打獵為生。許多男人都不穿褲子,只用樹葉圍住下身,女人也袒胸露背,革命來了,才穿著衣褲。他們勤奮勇敢但比較愚昧,對革命政權十分擁護。有幹部患病時,大多數由普儂族青年壯漢抬在竹架上穿山越林去醫院。他們是革命政權的基本群眾。

　　正說著,只聽得「嗖嗖嗖」的巨大響聲越來越近,乃塔儂站起來說:「象隊到了。」不久,十隻雄壯而笨重的大象雄赳赳,氣昂昂一字形大陣仗來到。

只見每只大象前各有一名普儂族或吉蔑族馭手，象背上的木鞍共坐著兩至三個人。除了符寧，胡榮穿著白衣和藍衣外，大多數穿全套黑衣服，脖子圍一條水布，年紀從三十多至五十多不等。

　　大家從草地上站起來，熱烈鼓掌。乃薩南首先從象鞍上下來，在象鼻的協助下，踏上大象蹲下的前腳，向英娜走來：「折磨我們女同志了，快上來乘象吧！」大家都擁簇著英娜，要她上去。符寧在象鞍上從容而帶幽默地說：「我們的女同志，不是不讓你乘，乘像是辛苦的，半天下來，定叫你三天三夜腰酸背痛，看來你沒這福份。」

　　英娜說：「誰不知我就是愛獵奇。要不是從東南帶來一個人，我偏要乘象。」只聽象隊為首的一個四十多歲的中個子男子問：「帶了個什麼人？」「報告首長賓索旺同志，是跟著越南部隊中的我們高棉的華裔。」英娜向那人立正，指著我。那人望了我一眼，思索一下說：「大家明天還在交聯站匯合嗎？乘不乘象由你。」於是幾個男同志惡作劇地要英娜上去，英娜笑嘻嘻地，小心翼翼地踏上象屈蹲下來的前腿⋯⋯。

　　乘象的和步行的略作調整後，分頭出發了。乃薩南加入了步行的隊伍，氣氛頓時活躍起來。他告訴大家，英娜初到解放區就對農村中的許多「新奇」事物大感興趣，例如跑去看老婦嚼檳榔啦，看踩椰糖人攀竹梯子啦，等等。他滔滔不絕地傳授乘象的經驗：象走路雖快，但不能走小徑，不能抄近路。在林中要是見到蛇或馬，死也不肯跨步，所以它每跨一步，都眼觀四方，耳聽八面。乘象者身體要順著象背的起伏而有節奏地前後擺動身體，不可正坐危襟，等等。

　　他時而走到前面，時而落到後面，看到了我，似乎記起英

娜說過從東南帶了一位華裔的話,於是和我聊起來:「你就是──?來自金邊吧!」我說:「我叫秀槐,來自金邊。」

「最好取個高棉名字,不是我對中國名字反感。高棉名字叫起來順口。」

「我在越南人那兒取名文光。」

「文光也好,順口。你為什麼離開越南人?」

「我難以和他們相處,他們說中國侵佔了越南的廣東廣西兩省。」

「廢話!是越南侵佔了柬埔寨領土!在我們隊伍中有人說侵略者是西貢政權,不是北越共產黨,我們不能坐等北越侵略我們的國家才來說服這些人。」他又說:「你是金邊的華人,精神可嘉,可要與我們高棉人相處,會習慣嗎?」王炳坤插嘴說;「你看我怎樣?」乃薩南笑笑說:「在進步中。」說完就跑上前,同別人聊起來。

王對我說:「乃薩南是個典型的民族主義者,有些話出自他的爽直性格。現在是統戰時期,什麼事都別太認真。」

我知道,這行軍中的隊伍,有不少柬共高層人物。賓索旺的地位最高。他們都是柬埔寨民族的精英嗎?政變以前,紅色高棉是一個神祕的革命組織,他們就像中國解放前的共產黨嗎?他們真的為了國家和人民的解放進行艱苦鬥爭嗎?。

王炳坤告訴我,賓索旺是東北專區最高領導,區委書記。七〇年初,他及同袍跟隨北越某師上東北四省。七〇年四月二十五日,賓索旺等人一連數日與越南政工人員出現在桔井市,扮作市民挨家挨戶傳達解放訊息的地下工作,為後來的和平解放立下功勞──。

第二天,步行和乘象的兩支隊伍共六十多人先後抵達位於蒙

多基裡省的芬那縣庫儂鄉。

庫儂鄉主要的居民是普儂族。這裡也是向導乃塔儂的家鄉。普儂族操自己的語言，除了黝黑的皮膚與吉蔑人相似外，最不同處是頭髮微捲曲，五官與前額較凸出，厚嘴唇。屋子是用圓木和椰子樹葉建蓋而成，附近凡有普儂族居住的村莊，都取個儂字。

十幾名主要的領導和他們的衛兵，都繼續前進，據說是去內交聯。其他的準備到外交聯。內交聯位於拉達那基裡省，與位於蒙多基裡省的外交聯相距五、六公里路。交聯是交通聯絡站的簡稱，內是指領導幹部內部，外是指一般的工作人員。除非有特別任務，外交聯的人不得進入內交聯。

乃塔儂熱情招待準備到外交聯的人，他的媽媽給我們送來烤熱的特產——香竹飯。

也不理客人們全不懂普儂語，老媽媽自顧自說起來。乃塔儂幫著翻譯，大家才知道老媽媽為客人介紹製作香竹飯的過程。

這是一種生長在亞熱帶森林中帶有香味的細而長的竹子。竹子砍下後，不能把竹芯弄髒，髒了也不能洗，因為會把裡面的竹膜洗掉，使煮熟的飯沒有味。香竹按節砍斷，裝進淘好的米，距竹筒口十釐米左右留空加水，泡十分鐘後，用竹葉堵住竹筒砍開的一頭，竹筒放在木炭上以文火慢慢烘烤，直到表層燒焦。

老媽媽又教大家用刀把表層剝乾淨，留下薄薄的一層竹皮，再用刀在竹筒外層輕拍數下，使筒裡的飯緊些，最後將竹皮撕去。

大家吃得津津有味，有的便學著普儂語，老媽媽在一旁笑得合不上嘴。

當晚，大家分頭在村裡過夜。

在這個難得與炳坤在一起的夜晚，我們談了許多知心話。我

說，從中國來柬十年了，當初沒想到會走上這條路。

我不明白當此抗美統一陣線時期，一九七〇年四月十五日，越、老、柬三國領導人召開的印支最高人民代表會議，強調三國戰場連成一片，而一號公路以南、以索平為首的紅柬屢屢與越共作對，乃薩南與英娜在橡膠園裡的講話，也顯然要挑起越柬矛盾，豈非令仇者快，親者痛？

王說，據他所知，在革命的大潮流中，金邊有許多華僑工人階級，主要是機器工人，他們大都投奔到解放區，在西南各省參加紅柬組織。金邊許多華僑知識分子，青年學生也到解放區分別參加柬越革命組織，有很大一批人組織了獨立於柬、越共的華運組織。作為華人，王認為參加到哪個組織都是為了印支人民的解放事業，並不違背統陣政治綱領的精神。至於柬越共之間的矛盾，他認為不要激化和公開化。但越南首先要尊重柬埔寨革命政權，不能在這裡在扶植親越地方政權。他說，我們也要尊重當家作主的紅柬組織，最好不說華語。到了目的地後，要服從分配，要學習適應各種環境，特別是與柬埔寨人相處，與他們融在一起。

王在統陣廣播電臺工作一年了。為了擴大電臺的影響，領導人賓索旺決定不久後增加法語廣播。他說，符寧與胡榮是典型的親華派，他倆親自為毛主席語錄法文版譯成柬文後在解放區基層和軍隊中廣泛發行。符寧常津津樂道向王回憶起一九六四年他代表柬中友協接待過以陳毅夫人張茜為首的中國婦女代表團的經過。

貧窮落後的偏遠省份拉達那基裡與蒙多基裡是柬共頭目波爾布特的發跡地、柬共革命的搖籃。政變後，這裡是柬共中央所在地。四位最高領導人波爾布特、農謝、英薩利與宋成均在此。其

他中央委員達莫在西南區，索平在東南，乃薩南在中部（這次上調東北）。此外，一支龐大的北越正規軍——號稱中央軍的一個師也進駐拉省。越南中央軍有三個任務：保衛東北四省、指揮全柬解放部隊抗戰、與柬共中央保持聯繫，統一行動。

拉省與蒙省是柬越共最重要政、軍駐地，到處有重重禁區。在廣袤的山林中，有多達幾十個交聯站，外交聯負有嚮導、通訊、運輸等任務。

一九六〇年九月三十日，柬埔寨共產黨在金邊火車站祕密成立。共有二十一人出席第一次代表大會。大會選出杜斯木為總書記，紹興為副書記，波爾布特、農謝和英薩利為中央政治局常委。大會批判了前人民黨主席山玉明的路線，澈底否定前人民黨在革命中的地位，提出了黨的獨立自主的口號，宣佈了反帝、反封建、農村包圍城市、武裝奪取政權的政治綱領和鬥爭策略。

一九六一年，波爾布特躍升為副總書記。紹興叛變投敵，暗中向王國政府洩露杜斯木總書記的行蹤，朗諾軍人集團據報前往埋伏，將杜斯木總書記擊斃。黨受到沉重打擊，為防紹興繼續出賣，黨的二十幾名領導人化整為零，全部單線聯繫，由波爾布特一人擔負起聯絡工作。

一九六三年，波爾布特在金邊火車站內祕密主持第二次代表大會，正式被選為黨總書記。

一九六六年，波爾布特主持了第三次代表大會後，來到拉達那基裡一個偏遠的山區，那裡世代居住著一個一千多人的原始部落——卡族人。在取得卡族首領的信任後，黨總書記在那裡建立起自己的機關，辦了機關報《革命》。《革命》是不定期刊物，內容多是反對西哈努克的封建王朝。它由手寫複印後派人到內地散發，特別選擇當西哈努克在農村活動後。波爾布特在拉省，依

靠卡族人建立起一支百餘人的武裝連隊，代號一零八警衛隊。

黨的副總書記農謝被派到西北區馬德望珠山地區紮根，也祕密組織一支武裝力量。

一九六八年，黨總書記帶了部分警衛隊員祕密走出拉省山區，到馬德望與農謝會合。於同年七月，這支成立不久的游擊隊；攔截朗諾在桑洛縣一支巡邏隊，將其擊潰。自此成為柬共建軍史是輝煌戰役。

政變後，正、副總書記又回到拉省，指揮全國軍民進行抗擊美國和南越阮文紹軍隊的救國戰爭。

第二年，黨召開第四次代表大會。確定抗美戰爭時期中央統一陣線主要領導人的職責：

波爾布特——人民武裝力量最高指揮部主任；

農謝——人民武裝力量最高指揮部副主任兼政治部主任；

英薩利——國內特使，負責同西哈努克的聯絡工作；

宋成——武裝力量總參謀長、統陣知識分子協會主席；

喬帕莎麗——人民教育和青年事務副主席；

喬森潘——民族統一陣線主席、武裝力量總司令、王國團結政府首相兼國防大臣；

英娜——統陣婦女主席、後方統戰部主任；

符寧——文化宣傳和新聞部長；

胡容——經濟和農村建設部長。

全國各大軍區負責人如下：中部大區乃薩南；東部大區索平；西部大區朱傑；東北大區隆沙烈；北部大區貴通；西南大區切春；西北大區羅寧。

各大軍區以三位數號碼代稱，每一大區再分三個小區，以兩位數號碼代稱，拉達那基裡為中央所在地，與金邊為解放後的首

都同列為特區。

閒話表過。第二天一早,內交聯派人傳話,所有原單位的工作人員回到本單位,其他從各地帶來的人包括醫生、護士、游擊隊員、文工團和等待分配工作者等由專人帶往外交聯站。

中午時分,外交聯來了一個光頭圓臉、約三十歲的大漢。他滿臉橫肉,大肚腩,濃眉大眼短鬍鬚,近看竟有些殺氣。他就是這一帶有名的外交聯站站長逢那同志。

雖說人不可貌相,我總不明白這人怎會與革命沾上邊。過去我見到的柬方幹部,不是帶有知識分子的氣質就是帶著農民的樸實,而逢那卻令人生畏,倒楣的是我被分配在他領導下工作。後來才知道,逢那在革命以前在這一帶幹盡殺人越貨、打劫、盜竊之惡行。他居住的高腳屋裡,還堂堂正正掛著當年作案的大刀。那麼,他是怎麼當上外交聯站長呢?

還是王炳坤後來對我說的:

一九六八年,波爾布特帶了部分警衛隊員祕密走出山區,剩下的警衛隊員暫由四十多歲的隆沙烈指揮。隆沙烈自小生長在拉省,精通卡族與普儂族語言。小時曾在吉蔑族寺院念過書,年輕時參加過抗法的高棉伊沙拉克組織,但他連一個法國佬也沒見過,反而常在晚間進入一些村鎮民宅,以抗法為名向一些華僑小販要煙要酒,又怕得個威脅勒索之名,便吩咐主人「做逢支」(柬語:賒帳),因此得了個「做逢支」的外號。那時,他身旁常帶個自小死去父母的光頭頑童跑腿,就是逢那。

隆沙烈獲得波爾布特的信任,自是受寵若驚,又深知自己資歷淺,難以服眾,便想了個主意,蓄起鬍鬚。長年累月之後,蓄了大把鬍鬚。他對不知內情的人炫耀,自抗法時期便在森林領軍幹革命,沒暇修剪鬍鬚。他因長得肥頭闊臉,有點像畫像中的

馬克思,便讓下屬稱他為「小馬克思」。卡族人不知馬克思為何物,但也投其所好,因此,「小馬克思」逐漸取代了「做逢支」的外號。逢那便是由隆沙烈「提攜」起來當外交聯站長。

且說逢那得知部分領導同志從各地帶來一批年輕人來到庫儂鄉,部分歸他領導,不禁眉飛色舞,兩肩也高聳起來,健步如飛來到乃塔儂的家。只見乃薩南正根據各人的履歷和條件為他們分工:分別加入中央後備特工隊、文工團、醫務組、地方游擊隊或後勤物資供應隊,只有我和另兩位吉蔑族青年被分配當通訊員和向導。逢那直盯著我說:「我看這華人小子連柬語也說得不好吧?」我說:「我會學好它。」逢那說:「我料得不差,這麼重要的工作,又在少數民族地區。」乃薩南說:「通訊員主要靠他兩條腿,語言慢慢學。你別小看他,他還是英娜同志從東南區帶來的」。

不知是乃薩南的來頭大還是英娜的地位高,逢那立刻表現出畢恭畢敬的可憐相。

事情就這樣定下來。逢那帶領乃塔儂、兩位吉蔑族青年和我走了幾公里路來到外交聯站。

外交聯站一大一小兩間木屋緊挨著。我與乃塔儂住小屋,逢那與另兩人住大屋。我們五人分擔繁重的任務:防範陌生人進鄉,護送路過的幹部,充當地方政權與當地民眾的聯絡員。逢那與乃塔儂每天便帶領我們翻溝涉水穿樹林去熟悉地形和路線,基本的游擊訓練、挖地道、戰壕、學普儂族語言,做擔架等等。

逢那要我幹額外的重活,如挖水井、挑水、劈柴做飯,他常找藉口對我冷嘲熱諷,說華人過去在城市享受慣了,現在要脫胎換骨,體驗勞苦大眾的生活。兩個吉蔑族青年也十分傲慢,常出言不遜,只有老實的乃塔儂暗地裡幫著我,可惜我倆也不易交

通，他的吉蔑語不很標準。

　　戰爭在激烈地進行，這裡卻聽不到槍炮聲，敵機也很少見。

　　一天，我正在屋後挖井，屋內傳來嬌滴滴的聲音：「逢那同志，看我們多倒楣，新來的同志全病了，不是瘧疾就是痢疾，你們呢？」逢那說：「我們未有病人，但我也倒楣，來了個華人資本家，柬語又說得不好，這種人怎能幹革命？娘莎、娘麗請坐吧！」另一個嬌滴滴的聲音說：「這倒好，以前城裡人管鄉下人，這回鄉下人管城裡人了。將來全國解放了，都叫城裡人到農村改造吧！」三人正七嘴八舌說著，乃薩南突然來了。他對三人說：「你們好！都有時間互訪呀？我是來檢查工作，順便看新同志是否適應這裡的環境。」三個人都向乃薩南訴說各自任務的艱巨和責任的重大。

　　一會兒，乃薩南把我叫進去，問我：「文光，你會適應這裡的環境嗎？」

　　我說會的。

　　他說：「幹革命是苦的，當我們想到全國有一半人口還生活在敵人殘暴的統治下，想到他們日夜盼望我們去解放，我們就會以苦為樂，是嗎？」

　　我說是。

　　他又問：「你能告訴我為何投奔解放區嗎？」

　　面對這位紅柬高官，我只好說：「我在金邊的時候，親眼看到朗諾政權屠殺人民，後來聽到北京電臺轉播了統陣政治綱領，我無家可歸，只好到農村來。」

　　「好！統陣讚賞所有主動到農村幹革命的城市人。你在金邊做什麼的？」

　　「離開學校後，當過燒焊工人，學過中醫，我也到過磅占省

柬華農場想當農民,但那兒不需增加勞動力。那個晚上,我來到你的身邊,農民們跳起了「播下一把種子」的舞蹈,一位女農民帶我去見王炳坤。」

「讓我想想吧!啊,是你呀,當時天黑了,我認不出你。」

我說:「我卻認出你——你下巴那劃刀痕。」

乃薩南哈哈大笑。

他又問:「你說過你學過中醫,可會把脈診病?」逢那來了興致,說:「華人會把脈診病,我相信。」乃薩南說:「來,先看我得了什麼病?」他把手伸出來,擱在桌子上。我小心翼翼地伸出三指,就在他左手寸關尺三部輕、中、重按下,來回摸索,又按了他的右手,最後望其舌質舌苔,做出胸有成竹的樣子說:「你有胃病。」乃薩南聽了微笑不語。逢那迫不及待地把手也伸過來。我幫他診脈後,說:「你外表健壯,其實有腸胃病。」逢那說:「對極了。娘莎,你是醫務組長,理該沒病。」娘莎冷冷說:「不必按了,我也有胃病。」娘麗插口進來:「他要是說我沒胃病才作準。」乃薩南說;「大家別懷疑文光,胃病是我國的國病。」

中醫把脈,只是四診之一,不能僅從把脈診斷疾病,把脈的神祕性也往往迷惑外人,將把脈神化。但我此時顧不了太多,正是認識了胃病是柬埔寨的國病以及在與逢那共同的生活中知道他常腸胃不適,於是作出上述診斷。我有意露一手,希望有機會到草藥組工作。

一個晴朗的早晨,逢那親自把我送出外交聯的區域,對我說,組織上把我派到內交聯的草藥組工作。後來我才知道,王炳坤曾向乃薩南推薦了我。

我們到內交聯站領取了證件後,繼續趕路。

走過崎嶇的山地和樹林後,是一片曠地,曠地盡頭,有疏落的樹林,遠遠望見在那疏落的林子後面有兩間平面屋,相隔約一百米。我們來到那兩間木屋,後面有一條小溪,溪那邊有數十戶農舍,接下去是一片稻田,旭日正在那邊冉冉升起。

一切是那麼安詳、平靜,似乎又是另一個世界。我們走進較大的木屋,聽到輕微的唭嚓聲,只見一個穿白衣黑褲的女同志正在一張桌子上用特製的小鐵槌壓製藥片。她略抬起頭望到逢那,也不招呼,繼續把壓過的藥片裝進玻璃瓶裡。

「娘娜,你們的組長娘莎同志哪裡去了?」

穿白衣的娘娜冷冷地說:「同志們都出去工作了。」

「這是文光同志,乃薩南同志安排他到此工作的。」

娘娜慢吞吞地說:「你知道,我們醫療組從不收男同志的。」

娘娜的冷漠使逢那平日的威風不見了,他又不甘心悄悄溜回去,便帶著我到周圍參觀一番。

只見這木屋分三部分,走道、草藥儲藏室和睡房。走道的盡頭是製藥用的桌子,牆壁上整齊的木架裡擺著各種標明名稱的藥劑。儲藏室上的大木架擺著裝著不同藥粉的瓶子,木架的下層是橫放的草藥、藥根,也有一些寫上越文用紙包裝好的。

逢那借機考我,問我一些草藥的名稱,大多數我都能看懂,如決明子、穀貞子、苦參、馬前子、青箱子、蘇木、土茯苓等,有一些看不懂,便胡亂起個名字騙過逢那。

屋外,一旁是浴室,通心菜園,接下去是豬舍、雞棚,另一旁是瓜菜園、曬藥場和用椰樹葉蓋成的連著屋後的廚房。廚房的間隔是碾藥場,地上擺著一套中藥店用的藥槽和兩副小銅舂。

逢那臨走前對我說:「你今後就由娘莎領導。我走了,你好

好幹,我們外交聯也沾光。」

回到屋裡,娘娜仍聚精會神地壓她的藥片,她看起來二十歲,皮膚白皙,齊肩的短髮上有一個發亮的精巧髮夾,從她的側身看似乎不是高棉族,但她的柬語卻說得很標準。她為什麼與眾不同穿上白衣呢?在解放區,黑衣褲配上一條圈脖子的水布成為革命者的標誌,連我也分到兩套黑衣服。藥架上為何又有越文呢?她對逢那又為何如此冷漠?

我記得她說過這裡從沒男同志,便到廚房裡瞧瞧。果然廚房和浴室的水缸都空著。

我拿了扁擔和水桶,到屋後不遠處的小溪挑水。忽聽到背後有腳步聲趕上來,是娘娜。她說:「這小溪的水是澆菜和洗澡用的,食用的水要到三百米外那天然小噴泉去取。

她有著高棉少女靈巧而清純的大眼睛和越南姑娘的小嘴巴、高鼻樑,天生的淺淺的粉紅色略帶蒼白的圓臉龐,中等身材,她的聲音也是柔和平緩的,精巧的髮夾在朝陽下閃亮,人與大自然竟如此和諧。她是柬越族的混血兒,我想。

她吩咐完畢,望著我向小噴泉的方向走去。

挑了水,饑腸作響。按規定,每天只吃兩餐,十時以後才能吃飯。娘娜似乎發現了,放下手中的塑模,帶我到遠一點的果園摘林檎果吃。

我們踏著濕漉漉的草地,麻雀穿梭在閃著晨光和雨露的林子裡。她摘下一顆熟透的給我吃,我推讓給她,她說她吃得膩了,而且我挑水費力氣,要補充體力。我找到一顆熟的遞給她。這時組長娘莎從老遠快步走來,瞟了我一眼,不悅地說:「組織雖分配你到這裡,可我還沒瞭解你。」

我們跟著她走進屋裡,五、六個女同志背著竹簍也回來了。

負責炊事的幾位看到水缸滿滿的水，都很高興。她們有的整理竹簍裡的草藥，有的把野菜野果搬進廚房做起飯來。

娘莎逕自帶我到儲藏庫，要我說出一些草藥的名稱。我說了一部分，其餘的推說不懂柬語叫法。

我們吃的是野毛丹、野莧菜、番薯葉和叫不出名稱的小野果，幾條小魚小蝦、發臭的醃魚等，倒有一番特殊的風味。除了愛訓人的娘莎和沉靜的娘娜，其他女同志都比較活躍愛動。她們教我一些野菜的名稱，說世上大多數人未曾吃到這些野菜，它們有特殊的營養，跟著草藥組，必會健康長壽。

飯後，我被分配劈木柴以供廚房之用，碾磨已曬得熱乎乎的旱蓮草和葉下珠、三腳虎等草藥，直幹到傍晚，收拾乾淨後，到小溪挑水澆菜，洗豬舍和雞棚。

當晚明月高掛，在雨季中是難得的晴夜。我在屋前的大樹下綁起軍用吊床，掛起蚊帳。女同志們都睡在屋內的木床或吊床上。遠近傳來交響樂般的無名蟲鳴叫聲。我失眠了，不斷回憶起自一九七〇年以來如夢幻般的種種經歷。一次又一次的新環境，我有點吃不消了。所有過去的朋友、同事、同學都不知哪兒去了。我更想念養母，兒時在中國家鄉的同學、鄰居、朋友。在革命隊伍裡，每個人都用不信任的眼光看我、考驗我，更有語言隔膜，生活習慣差異。如果有華僑青年該多好啊！

天朦朦亮，我正要入睡，娘莎喊著口令，領著女同志操步，一面喊著革命口號。我趕忙收拾起吊床，就到浴室漱洗。同志們已七手八腳在種地、洗衣服或整理昨天的草藥。

我來了，幫大家做繁重的工作：挑水、劈柴、碾藥、澆菜。看得出，大家喜歡我。碾藥，是我之所長，一個人碾得又快又細。以往是兩位女同志坐在椅子上用腳推磨，而我是站著碾，

這都是過去在家裡練出來的過硬本領。漸漸地娘莎也不再藐視我了。

我們草藥組專門生產各種治病的草藥。從採集、清洗、曬乾、研磨到製成粉劑、片劑，每人有不同的分工。這些粉劑或片劑，有單味藥也有處方藥，主要由娘娜配劑，製成後裝入玻璃或塑膠瓶，由娘莎上繳後，運往各地。

我每天主要的工作就是研藥，娘娜在屋裡制藥片，娘莎和其他女同志都外出采藥，她常提早回來，見到我和娘娜都忙著各自的工作，她也到廚房煮飯菜。

這時是雨季，下雨多在傍晚，白天仍是酷暑。研藥多了，娘娜制劑不及，這時我便幫她壓藥片，向她學習草藥的用法。

娘娜於七〇年五月初跟隨越南中央軍後勤組來到拉省。印支人民最高級會議後，她被派到柬方醫療部草藥組，負責為柬方培養草藥人才和赤腳醫生。半年前，上級派來外行的娘莎當組長。娘莎看不起娘娜，該管的不管，不該管的管得嚴。從此，娘娜就寡言少語了。

後來，我隨女同志們外出採集草藥。採草藥要掌握一些基本知識，有些要留到旱季採，有些要在其生長的全盛時期。我根據五行理論中五味五性的知識採集一些新的草藥回去問娘娜，女同志們有時也採了各種野蘑菇帶回來問娘娜，讓她鑒別有毒與否，撿無毒野蘑菇炒著吃。

我們也在娘莎主持下學習政治思想，開檢討會。娘莎沒有多少理論，總是照本宣科。每個人都在總結會上表決心，歌頌組織。文件中多強調普儂族和卡族人民是勞苦大眾，世代遭受封建社會的剝削和欺壓。革命的目的不僅是打倒美帝和朗諾政權，還要埋葬封建社會，讓窮人翻身等等。

轉眼兩個月過去了，這天一早，娘莎主持會議後說，她要去參加各級幹部聯席會議，三天後才回來。草藥組暫由娘娜負責，她希望在她外出這幾天裡，大家繼續把工作做好。

　　娘莎騎著單車走了。娘娜為我們佈置工作，由於瘧疾和清熱解毒類草藥已夠多了，她要帶我們採集一些治胃病、助消化的新草藥。因路途較遠，我們隨身帶了乾糧上路。

　　大家嘻嘻哈哈出門，娘娜也展露了難得的笑容。她笑得很美，不象雍榮華貴的牡丹，卻象潔白無瑕的茉莉花，大家都愛看她如花綻開的笑臉。她和其他女同志一樣從沒刻意裝扮，她的天然美有時更像中國姑娘。她是一朵美麗的異國之花。

　　大家你一言我一語大談自己家鄉的草藥，如滿山的豆蔻花、砂仁、密林裡的杜仲樹、名貴的沉香、樹脂般鮮紅晶亮的龍血（血竭），還有土茯苓、八角、玉蔻。娘娜高興地說：「好啊！將來全國解放了，到你們的家鄉採集這些天然藥材」。我向娘娜建議，從民間收集雞肫（雞內金）或鴨肫、柑皮或桔皮（陳皮）、桔核，這些都是健胃理氣的良藥。娘娜說，好主意，把它記下來。

　　一路上，娘娜不停地指點周圍的花草樹木，看到普通野草（莎草）說，其根部就是香附，雞冠花的種子是青箱子，色佬樹的根部是山豆根。看，那就是茅根，那是決明子，當地人稱「鬼豆」，還有磨磐草、車前草、白花蛇舌草……。「柬埔寨是一個天然大草藥庫！」娘娜不停地讚歎著。

　　我們採集了天門冬與野人參。天門冬生長在田埂間的土堆上的樹叢裡，上面是幼藤，深綠色的牙籤形的小扁平葉子附在帶刺的藤上，我們向農家借來鋤頭沿根部挖了半米深，一大串長椎圓的薯根應手而起，娘娜說要去皮去心，生用清肺，炒蜜可潤

肺；野人參只有兩年期，長在雜草較少的曠地上，因其根粗大如雞腿，當地人便叫「雞腿根」。娘娜說，其療效較差，但可取以形補形之效。回來時，我們又採集大量的野菊花、地膽頭、倒扣草、千張紙等等。

我們踏著夕陽的餘暉回來。今天的成果特好，大家興致勃勃地一起忙著煮飯燒菜。很快，風起了，雨下了，不用挑水澆菜了，我們把屋裡的水缸搬到屋簷下，讓雨水沿竹槽子流進去。大家都到外面洗雨水澡。涼快極了，我們情不自禁地手舞足蹈，又唱又跳，在雨中打水仗。沒有娘莎的日子多快樂！

當晚，娘娜教我許多草藥的用途和柬語叫法。

第二天一早，娘娜沒領我們去操步喊口號，她教我們越南解放軍的體操。接著安排一些人煮些木瓜野菇吃，一些人把昨天的草藥搬出來清洗，另一些去整理昨晚大風雨吹倒的瓜果棚。最後，她叫我踏單車和她一起出門去採集草藥。

路上，我問她的草藥知識是從哪學來的？她說是在南越解放陣線中一些地方草藥醫生學的，她的舅舅名叫李三僑，也是草藥醫生。在長期的艱苦鬥爭生活中大家不斷摸索、總結經驗。越南人稱草藥為「南藥」，稱地道的中國藥材為「北藥」。她說，尋找或發掘草藥要請教當地民眾，掌握柬語叫法。

為了更好的溝通，我們說話常柬越語混合用，這在組織紀律上是不允許的。

娘娜對我來說如謎一樣。她的家鄉、父母都在哪兒？她屬於越共還是柬共組織？她是怎樣參加革命的？她怎樣看待柬越革命等等。當我嘗試著問她時，她都轉開話題談草藥，談她敬仰的舅舅李三僑。是的，我們認識不久，她也從不問我的私事，她要遵守組織紀律。

當晚，我們都到外屋賞月聊天。

夜深了，女同志們陸續進來。一想到娘莎即將回來，我心又沉下來。是的，每個人都要打起精神應付這難纏的組長。

第三天一早，娘莎來了。帶來許多「波羅福」（發臭的醃魚）。娘娜曾私下對我說，「波羅福」由於製作落後又不衛生，實是一種未開化的飲食文化。然而，吃「波羅福」在解放區卻是對革命者的考驗。柬埔寨魚產豐富，吃不完的魚便用鹽醃起來，再用各種方法使其腐爛，如用腳踩，槌子舂等。不久就生蟲生蛆。由於味道奇烈，價格便宜成了鄉下人日常所愛。

娘莎板著面孔檢查我們三天來的工作。她說，她這次到上級學習，有幾個目的：我們在大後方，平時戰備不足，敵人來犯時將措手不及，今後游擊隊長娘麗要為我們進行軍訓；現在是統陣時期，但在內部要政治革命化，要從兩千年的封建社會的桎梏解放出來；有些人自認為業務好，於是思想差，我們要先紅後專，甚至寧要紅不要專，人要是思想不紅，業務再好也可能為資產階級服務，外行要領導內行。

從那以後，娘麗每個晚上帶領幾個游擊隊員指導我們進行軍訓，我們要學習開槍、擦槍、快速裝子彈，夜行軍和挖戰壕等。我常在黑暗中悄悄幫娘娜挖戰壕。

轉眼到了七二年元旦，乃薩南親自下來為我們主持政治學習會，參加會議的有多個內、外交聯站、游擊隊、鄉與縣一些幹部、醫務隊、草藥組、西藥組和醫生護士組等的一百多人。

乃薩南在會議上透露，根據來自金邊的情報，朗諾偽政權將在今年旱季發動代號「真臘第二」戰役：先打通六號公路，再收復磅同全省，切斷東北四省與其他解放區的聯繫，最後集中兵力收復東北四省。他說，柬埔寨歷史上的「真臘戰役」發生於一

三五七年，當時的國王索裡約太親王逃過佔領者的屠殺，來到老撾。他在那裡招兵買馬，組織訓練，逐漸發展和壯大了自己的軍隊，逐步行使著暹邏人勢力以外邊遠省份的統治權，利用這些基地向暹邏發起進攻，終於攻入吾哥首府，收復全國。

乃薩南說，統陣中央決心利用敵人這一戰役，在戰場上取代越共部隊，讓統陣武裝力量經受一次最大的考驗，以提高統陣威信，對今後領導全國人民取得抗戰的最後勝利具有重大意義。他說，不久，領導同志將親赴戰場，留下來的同志要多做工作，建設後方，加強戰備，多生產，防間諜。

一切又回到緊張的工作，生活會、思想檢查也多了。乃薩南每月也來一次思想調查工作，加強戰備。因為敵機不斷出現，說明金邊朗諾政權在美國和南越阮文紹軍隊的援助下已站穩了陣腳，金邊電臺亦不斷揚言要奪回東北四省，有消息說，磅占市的朗諾軍艦曾多次侵入解放區湄公河段，金邊直升機曾低空飛臨桔井省會。

各部常有幹部調動，運往外地的土製成藥陸續上路，上級重視草藥，鼓勵發現新藥，精製有特效的成藥。

晚上除了政治學習和軍訓，我有空便製作草藥標本，並配上口訣詩歌，娘娜便譯成越文詩。娘娜喜歡這些標本，可惜不久便變得枯黃。

一天早上，娘莎要我們全待在屋裡，說有領導要來檢查工作。我們提早吃了午餐，便在屋裡整理草藥、碾磨藥粉或制藥片。

十時左右，傳來了摩托車聲，只見東北方向有兩輛摩托車急馳而來。漸漸看清了，前面一輛是一名卡族警衛員駄著一名中年人，第二輛是一名吉蔑族警衛，運載一捆不知名的樹皮。

三人風塵僕僕來到。四十多歲，有一張中國人面孔，穿綠色

軍褲和黑衣的男子敏捷地跳下摩托車，他兩眼閃爍著年輕人的神采和久經沙場的機靈和深沉，他邁著穩健的腳步上前和我們一一握手，詢問我們的姓名。他似乎也注意到我這唯一的中國人，當我聽到娘娜稱他為舅舅時，我知道他就是李三僑。

李三僑說：「我來遲了，是為了順道去採割這些樹皮。」

警衛把摩托車後面的樹皮取下來，三僑說：「這些醜陋粗糙的樹皮，可是我們農民兄弟治腰酸背痛的靈藥啊！你們知道它叫什麼嗎？」「棉花木！」一位組員說。「對！」李讚賞她，「越南話叫南杜仲。」

他指導我們對南杜仲加工炮製：先用開水淋燙後放置平地，以稻草墊底，將樹皮緊密重疊，上蓋木板，再加壓石塊，最後又用稻草覆蓋，使其「出汗」，五、六天後，取中間的一片察看，若內層出現紫栗色，便可取出曬乾刮去粗皮，再將邊皮用刀剪齊，最後是切絲條，但不要把絲切斷。

吩咐完畢，三僑便帶了警衛、娘莎、娘娜到二百米外的小木屋去了。我們在屋裡加工南杜仲，好一會，娘娜便跑過來取草藥。這時我們才知道，這是李三僑在為各部的傷病員治病療傷。那小木屋有幾名西醫，病重難醫的由交聯站送到醫院。

晚上七時左右，李三僑回到我們草藥組休息。自從來到東北，他為自己起了個柬文名字，大概因為娘娜的關係，同志們都跟著她用越語稱他三僑同志，這次他不同意了，他要我們用柬語稱他為布松或密松。布是叔，密是同志。

三僑待人和氣，他像叔輩那樣關心我們，在談話中啟發我們要忠於革命和印支三國，他說在大後方要時時記往前線戰士艱苦卓絕的戰鬥生涯，建設後方支援前線是我們的主要任務。當他知道我原來是學中醫，對草藥也有濃厚的興趣時，他從他的背包裡

拿出一本厚厚的小冊子給我，是中國出版的《民間草藥知識》。我如獲至寶，坦言這是我到東北區最大的收穫。

天亮了，我們依依不捨把李三僑送出門，目送摩托車消失在起伏的山地和樹林中。

日子來到了二月二十二日，天剛亮，我們就被娘莎叫醒。她神色慌張，連聲調都有點變了。我想必是發生緊急情況，說不定真是要打起仗來。我們睡眼惺忪全被叫到西藥組的小屋裡開會。那裡已擠滿了幾十個人，有游擊隊娘麗、外交聯站長逢那、向導乃塔儂等。乃薩南首長見人到齊了，宣佈會議開始。他用極其嚴峻的神情說：「同志們，我代表革命組織向大家宣佈，我們原來的親密戰友，社會主義十月革命的繼承者中國共產黨，已於昨天美國總統尼克森到北京談判之日起變質為修正主義，中國是在柬埔寨抗美救國戰爭進入關鍵的時刻向美帝國主義靠攏的⋯⋯。同志們，我們柬埔寨人民和民族是決不屈服於大國的壓力，他們不論怎樣和談，都改變不了我們的革命立場，只有使我們更加堅強，堅持抗戰，獨立自主。中國是在美國經濟政治各方面危機重重的關鍵時刻向它靠攏的。去年，美國經濟出現了自一九三四年以來最嚴重的危機，美元特權地位的喪失，於去年底宣佈貶值，失業率高達百分之六點一。七〇年，美國國民總產值下跌了百分之零點三，去年第三季度的國際收支赤字高達九十三億美元，它所謂的「新經濟政策」加深了與其他西方國家的矛盾，另一方面，國內反戰浪潮此起彼伏！美國陷入了前所未有的內外交困。中國此時向它伸出援手，說明中國是修正主義國家，我們今後的鬥爭將更加複雜和艱苦⋯⋯」。

中國是「沙了尼絨」（修正主義）嗎？我困惑了，我不認為中共是修正主義，可我又能怎辦呢？

我暫把惱人的政治放一邊，為了不虛渡青春，我在此要努力學習柬、越文和草藥知識，我將來若不是出色的中、越、柬文翻譯家就是著名的中草藥醫生。

李三僑走後，娘娜要到那小木屋照顧一些病號，此外就是回來製成藥，我根據一些處方煉製蜜丸，蜜丸的療效緩慢但持久，能去苦味，有效期也長，宜當補養藥，而樹林中又有許多天然蜂蜜。娘娜認為是個好主意。

工作很忙，生活緊張，開會與軍訓又頻繁。無論如何，也不比在越南部隊時徹夜行軍，無休止的挖戰壕和槍林彈雨中的戰鬥生活那麼苦。

一天我從《民間草藥知識》一書中發現一種當地人稱為「豬屎豆」的草藥，我認為它是藥材的潼蒺藜，功能補腎壯腰明目。這種二年生長期的草藥在旱季正是收穫季節，但當地人常因其高大占地而將其毀掉。娘莎批准我前去採集。我踏了單車帶上麻袋就出發了。

附近農家告訴我，「豬屎豆」大量生長在庫儂村內。我於是不知不覺來到似曾相識的一個村莊。我采了許多「豬屎豆」，也拔了一棵小的準備給大家辨認。

正出了村，一架偵察機盤旋而來，繞過村上空向東北方向飛去。我正鬆口氣，誰料一架轟炸機突然間飛來，對准村裡一戶人家俯衝轟炸……，大地一陣強烈震撼。飛機走了，我正暗自慶倖，突聞四面八方傳來鼎沸的叫喊，轉頭一看，幾十名普儂族村民手拿鋤頭、刀斧或木棒衝著我追上來：「抓住他！他是間諜，召來飛機炸死了乃塔儂的母親！」他們用吉蔑語或普儂語聲嘶力竭地吆喝：「停下，站住，別跑！」我這才想起方才踏了單車經過乃塔儂的家，飛機炸死了曾用香竹飯招待我的乃塔儂的老

母親。

　　我被怒不可遏的人們推著，幾名普儂族青年手握鋒利宰牛刀押著我。我有口難辨，一些人不斷威協要當場把我刺死，他們相信晦氣已降臨，厄運即將來到。這時，人群中有幾個長者勸住大家，先對我全身上下搜查一遍，又把麻袋倒出來仔細查看，連沙土也不放過。於是有人說；「原來是我們的階級兄弟！」但有人仍發怒，認為我的柬語不純正，又非本地人，正是間諜。

　　他們把我帶去見村長，村長把我去見鄉長。乃塔儂聞訊來了。他怒氣沖沖進門，排開眾人，一見到我愣住了。我趕緊說；「乃塔儂同志，我是來找草藥的，我不知飛機怎麼會炸中你的家！」大概由於我稱他為同志，鄉長說：「既然大家已搜查過了，沒證據，我看把他交給縣委吧！」

　　乃塔儂說：「他是從東南來的我們的華人兄弟，不是間諜。」說完，便急忙回去為老母親料理後事。

　　鄉長在眾人面前為了表示謹慎從事，一面派人把情況報告縣委，一面詢問我的工作單位，派人通知我的組長娘莎來領人。

　　我想娘莎不至於為難我，我來時得到她的批准，組員們也全聽到。她很快就趕來，像身負重任，在眾人面前顯威風的樣子對我直吼：「怎麼搞的，出事了？我批准你來，可沒讓你來這裡！你要自己負責任！」「我純粹是來找草藥的，我身上所有的一切都不可能向敵機通風報訊。連乃塔儂同志也這麼說。」很多人眼光不再兇狠了，有些人散開了，我雖然頂著娘莎，口氣是沉緩的，我必須顧及她的威風和面子。鄉長說：「我看天也不早了，我已把情況向上彙報了。娘莎組長，你領他回去吧！」

　　我受了委屈是小事，乃塔儂更不幸，慈祥的老母親就這樣含恨走了，我算得了什麼？但從那以後，我不得單獨出門，娘莎對

我的歧視也更顯得理直氣壯。誰叫我來到這個鬼地方？誰叫我又是華僑呢？其他參加革命的華僑處境又如何呢？都說路是人走出來的，我的出路又在哪裡？

其他組員也在疏遠我，不像以往那樣有說有笑。娘娜暗中同情我，但我必須與她保持距離。我只有像牛馬那樣埋頭苦幹又聽話就沒事。

三月二十三日，我們全體組員被召到外地開會。一大早，我們跟著兩位組長趕了七、八里路到一不知名的村莊。在一間遠離村民的獨立大木屋裡，集中了大約兩百人。全部人員到齊後，一位近五十歲的農民幹部走上講臺，他代表504大區向我們介紹統陣成立兩年以來全國抗戰的大好形勢，斷言敵人的所謂「真臘第二」戰役是朗諾政權的最後掙扎，統陣將依靠民族解放武裝力量粉碎敵人的進攻。

他說：「同志們，用不了多久，我們就能打到金邊、全國解放後，人們自然會想到使用紙幣的問題」。他把幾張新鈔票的式樣在手上揚了幾下，「這是由中國向我們提供的新的鈔票的樣版，他們問我們紙幣在圖案、紙質和尺寸大小等是否滿意？有什麼意見？我想這不是主要的問題，組織需要瞭解的是，你們認為解放後有必要使用紙幣嗎？」他讓普儂族代表先發言。

一位普儂族幹部都說：「多少年來我們在這山區沒有鈔票也照樣活下去，世代都是以物換物」。接著，一位卡族代表起立發言：「鈔票對我們來說並不重要，我們只要生產更多的糧食」。

該大區的代表再次上臺說：「農民的意見正是組織的意見，說明組織與農民，與人民群眾是心連心的。你們有不同的意見嗎？」

有人帶頭鼓掌，我們也跟著鼓掌。該幹部便宣佈經過民主協

商,東北人民一致同意解放後不再使用紙幣。

散會後,我們被安排去做高棉米粉湯,慶祝統陣成立二周年。

就在大家準備進食之際,一支十個人的摩托車隊風馳電掣來到,清一色的黑衣黑褲,脖子上都圍一條大水布的王炳坤也來了。

他並沒有發現我,我不敢貿然上前。他跟隨那幾個高級幹部在當地幹部的招待下寒暄一陣後,便在主席臺幾張桌子上吃起米粉,我們便各自在外面的空地上或樹蔭下蹲著吃。

高級幹部們似乎在屋裡開會,我們便在屋外自由活動。我等著王炳坤走出來,不一會,有人從屋裡走出來傳話,說是部分統陣高級領導人前來慰問大家,希望與大家見面聽意見。於是那十個人都走出來,只聽許多年輕的農民子弟都用最革命的詞句高談闊論,高幹們都十分滿意地點頭微笑。

王發現了我,他用與其他幹部同樣的口吻向我招呼:「同志!你好吧!」

「好!」我用柬語和他交談,覺得很彆扭。

「工作幹得怎麼樣?」

「逐漸適應了,革命了。總要不斷地學習。」

我們有意借談心離開人群。

看看沒人,他低聲問我:「辦了入伍手續沒有?」

「沒有。」

「我聽說你曾被當作間諜給抓起來。我瞭解你的心情,這幾天,組織有個重大決定。在拉省未正式入伍者如因病、想家或不適應革命工作都可向自己的單位提出回家的申請。你的組長很快就會向你們宣佈。萬一組長不開口,你要主動提,然後確定一個日期由普儂族村民護送你們到桔井市。」

「你知道我是沒家的,我只是對柬埔寨的革命不瞭解。他們說中國是修正主義。」

「柬埔寨的革命主流和大方向是正確的,兩千年的封建社會過去了,人民當家作主了,要尊重一個被欺壓、被奴役、被殖民過的民族,因而一切都要好好認真重新學習。」

有人向我們走來。王最後說:「服從組織總是對的。」他緊握我的手,表示鼓勵和談話結束。

我從他緊握的手接到一張小紙條,我裝作若無其事把紙條放進褲袋裡。

下午,我們在娘莎的帶領下回去了。在一個多小時的路途上,我尋機會背著別人把王炳坤塞給我的字條取出來。上面寫著:「到桔井市中山學校尋找原東華農場負責人文敬田或你的老師史丹青,由他們介紹你參加華運。」

兩天過去了。娘莎沒向我們宣佈王炳坤談的那件事。我怕待久了錯過機會,在第三天的檢討會上,我壯膽向她提出。

「你怎麼知道的?」娘莎吃驚且不悅地問。我說,三天前在那次慶祝會上領導親口說的。「唔,想不到我們組有思想開小差的人,那我就順便說吧,有哪個想家的、受不了苦的請舉手!」

我走了,說我當逃兵也好,說最高領導層是正確的、革命大方向是對的也好,逢那與娘莎總是壓在頭上的巨石,況且我曾被當作間諜,有朝一日,說不定被人翻舊賬清算,既然王炳坤幫了我,我還不走為上策呀!

第二天早上,女同志們都出去采草藥,娘莎要我趕緊研磨藥粉,挑水劈柴,吩咐我吃過飯便可收拾行李,持著她的親筆信去內交聯,由他們安排我上路。

大約十點半左右,我默默背上背包,無言地望了最後一眼半

年多來熟悉的木屋。內心有一種解脫的喜悅，遺憾的是未能向娘娜親口告別。在革命隊伍中，我們較合得來，但都是在嚴守分寸的工作與學習中，我們似同病相憐。但這一切都將永遠成為過去而毫無意義。

走上那條唯一通往內交聯的小徑，翻過一個小山崗後，遠遠望見外交聯。我正思量著怎樣應付逢那的挖苦和路過庫儂鄉時的尷尬。突然聽到一聲清脆的叫聲：「文光兄，請等等……。」一個熟悉的身影騎關單車朝我而來，那聲音又是那麼熟悉，胸口突然砰砰跳起，真是她──娘娜。

她趕來了，淡雅秀麗的臉色有點蒼白，又略帶憂愁。何苦呢？我想，你是革命大紅人，我是組織眼中的逃兵，我這一走上永遠地走了，不回頭了，倒不如彼此不留一言的好。

「這是送給你的，」她下了單車，從衣袋取出她自編的《越柬草藥名稱對照》，「作個紀念吧！」她用越語說。幾個月來，當沒有旁人，她就悄悄用越語跟我說話。

我接過來，珍貴地望了它一眼，放進衣袋。「在你壓製藥片的桌子抽屜裡，那本草藥標本送給你。」我說。

「你走了，我們就更忙了，更累了，同志們就怕磨藥粉。」

我說：「不會的，過去，你們不是做得很好？」

「我沒把你當逃兵。文光兄，我知道你受委屈。」

「謝謝你。」我低聲說，帶著沉重的心。

我們不再言語，默默走了一段路。我說：「你該回去了，看，交聯站有人出來了。」她猛然站住，目送我繼續上路，在下坡路時，我轉過頭向她揮手道別。「林深山遠路不平。文光兄，請保重！」我發覺，她的聲調有點顫抖，我心頓時沉重起來，說：「你也保重！」

一連多天走在這漫漫無邊的藤蔓與樹林交錯的原始地帶。從不同方向,不同小徑會合了七、八個像我這樣要「回家」的人,隨行的普儂族人就更多了。他們身強力壯,眼大嘴闊,肩寬腰粗,全赤著腳,有時還要揹或抬病人。隊伍的前後各有一名持槍的游擊隊員,說是護送,更像押送。我們都不敢說話,只有「嗦嗦嗦」的腳步聲劃破寂靜的森林。

　　晚上,我們在林裡綁起吊床睡覺,餓了,就有普儂族人送來冷的香竹飯。人生到此地步,算是落泊吧!這情形與初來時跟隨高幹的象隊前進那種意氣風發相差太遠了,與跟隨越南部隊戰鬥在叢林中慷慨激昂的情懷更難以比擬。華運又是什麼組織,是華僑運動的簡稱嗎?那是一個有共同語言、相同生活習慣、完全一致的革命理想的華僑革命組織吧!我不斷地轉換環境,這一次,總算葉落歸根吧!說不定在那個大集體中能找到我一些過去很激進的同學、同事或朋友。

　　在林裡走了一星期,聽說這是操近路,已進入上丁省。隨行的游擊隊員要在省界換班。中午,他們吩咐我們在樹蔭下休息,便朝著那條比較寬闊平坦的紅泥土路走。

　　普儂族人聚在一起聊起來,我們這些被護送的華僑也難得圍在一起吐苦水。我們這批人,除我之外,都是女青年,家都在桔井或川龍市。聽口氣,她們全是被騙來拉省「幹革命」的。有幾位女同胞或因跟隨最高層人物或因被分配到更偏僻的山林而不能與我們同行。

　　我是唯一的例外,既非受騙也非吃不了苦,沒有病痛更非想家。實際上我喜歡我的工作,我本來有一個雄心勃勃的為人民發展草藥醫療的理想,但是把中國當作修正主義敵人、對我歧視與排擠我無法忍受。

談話中一位家住桔井的黃姓女青年，她活潑，很健談，我於是詢問她被「騙來」的經過。

　　「那是去年四月底桔井市解放後不久的一天，」她說，「我悶在家裡，沒工作，不能出遠門，家裡的生意不需要我幫忙。一天，一位以燒火炭為生的女同學對我說，悶死了，到川龍市做紡織女工吧。川龍市已解放，有人開創一個大型紡織廠，姐妹們都去學紡織，可見世面，有收入，打發日子。我本來是教書的，對紡織也有些興趣，父母聽說有許多女青年都爭去，也就沒反對。我收拾行李就這樣跟著這同學上路了。同行的果然有幾人，過了桔井市，帶路的同學沒朝川龍市方向走，我們便問她，她說，不能朝原來的直通大路，因敵機可能轟炸，這條路是新開闢的，雖遠些但安全。我們一看，路像是新開闢的，就沒話說。誰料越走越遠，天快黑了，怎麼二十幾公里路的川龍市連個方向都不對呢？這時樹林裡走出一位自稱是金邊端華中學的女生和兩位高棉中青年人。該女生說，姐妹們別害怕，革命已經來了，柬埔寨人民都投入到轟轟烈烈的抗美救國運動中去，我們的思想不能停留在過去的社會裡，偉大時代賦予我們每個人歷史的重任，你們都是優秀的中、柬文翻譯人才。柬埔寨革命在不久的將來需要大量像你們這樣的人才……。我們全明白了，是祕密參加紅色高棉的女生在我們女青年中鼓動我們參加革命，我們全是被騙來的，可事到如今，要怎麼回家呢？天已黑了，女生從兩位男高棉人包袱上取來乾糧讓我們吃，又分給我們每人一個綠色尼龍吊床，說，你們今晚就在這林裡過夜，有游擊隊員保護著你們。明天你們要是想不通，仍要回家，也有人送你們回去。第二天，那女生不見了。游擊隊員說，我們是來護送你們去拉省，不負責護送回家。你們若執意要回家，到機關再找專人送你們回去。

未到機關,有人病倒了,被送到上丁省留醫,後來聽說果真被送回桔井市,我們沒病的便倒楣到了拉省,每個人被分派跟著一名高幹。這時我也患了虐疾,又想家,便多次向首長提要求回家,首長同意,說要安排人護送我。一個多月後,他說,明天我派兩名男游擊隊員護送你回家。我想,兩個不相識的男人陪我走一個月的山林路,怎放心呢?我又不敢說出來,首長說,你又猶豫了,不走了?我急了,悄悄把我的顧慮對首長的妻子說。這樣一拖就是一年多,終於等到這一天。」

「原來如此,還有騙人幹革命的!」我忍不住說。

「我們都很生那端華女生的氣,她姓夏名志華,後改個高棉名字叫帕英。……。」這時,前來換班的上丁省游擊隊員走過來,吩咐我們跟著他到一處地方歇息。

天黑了,我們在附近林中幾間屋子裡睡了一夜,第二天便由另三名游擊隊員和原來的普儂族人護送上路。

這一天,黃姑娘對我說:「到了桔井,先到我家歇息,很快就帶你去找華運。」她說,「我們離開桔井久了,不知華運是什麼,想來還不是那些教書人?我會帶你到中山學校打聽。」

不知是女青年們經過在拉省的鍛鍊,還是快到家的興奮,個個越走越有勁。一個多星期後,桔井市已遠遠在望,普儂族人也提前回去了。游擊隊員也盡忠職守,把我們送到市中心才與我們揮手告別。

黃姑娘名字叫「書香」,家在市中心兩間相連的賣布的店鋪裡。她和父母兄妹喜極相擁而哭。

到了這簡潔的地方,我這滿身汗臭的人就有些不好意思,主人似乎知道我的尷尬,讓我沖個涼水澡,把我全部發臭的衣服拿去洗,還請我吃了豐盛的午餐。多年來從未受過如此款待,我

第四章　走南闖北

十分感激。黃書香向家人大略敘說完別後的經歷,我也準備告辭。黃母挽留我,說:「別幹什麼革命了,華運也不是什麼好東西。」有錢人怎會理解革命呢!彼此又非親非故。吃過午飯,我執意要走,主人見留不住我,對書香說:「阿香,你就送文光吧。」又轉過頭來對我說:「你的衣服曬乾後明天來取,若認不得路,就叫阿香給你送到中山學校。」「伯母,我真不知怎麼感謝您。我這就帶走吧!」

從市中心到位於河岸的中山學校,大約要走十五分鐘。路上,書香為我介紹了這裡的風土人情及她的一些生活經歷。她說:「我的志向是出國留學,到法國去,我想我父母會支持我的。因此,我日後還要想辦法去金邊。」

我們已來到中山學校。學校裡只有一對年老夫婦。書香稱那男的為「林主任」。林主任說,大夥都到「大屋」裡去,他把「大屋」的地點告訴書香。

「他就是鼎鼎有名的金邊「端華中學」林主任,他的妻子是馬德望省三個學校的聯合校長。」

在去「大屋」的路上,書香說:「我在中山學校畢業後,就到端華學校念專修。」

「你的命比我好多了,我都念不完初中;你想出國留學,我還在這裡走南闖北。」

「但你要幹革命,這一點我比不上你。」她似乎在挖苦我。

第五章　華運生涯

「大屋」位於接近市郊的高棉人聚居區。我們進入一條小柏油路，到了一處兩旁有椰子樹和波羅密樹的清幽小徑的盡頭，見到一幢由兩間高大竹樓合併的高腳屋，屋裡傳來陣陣聲音洪亮的演講。我們上了樓，正在面對三十多人演講的聲音嘎然而止。屋裡走出一個三十歲左右的矮女人。我把王炳坤給我的字條遞給她，她指示我到隔鄰的閣樓裡等著，書香告辭了。

走進閣樓，一位三十多歲，體格肥壯，有兩個大眼袋的男子，自我介紹來自東南波羅勉省禾密縣，名叫吳世清。由於東北華運最高領導高山正主持幹部會議，他沒事幹在這裡等著。

閣樓繼續傳來隔鄰大聲演講，語氣越來越嚴厲，似在批評什麼人。原來，是高山要求與會者正確認識埔寨革命，再三強調紅柬是馬列主義。從閣樓的隙縫望去，發言者高山名如其人，身材高大，體格魁梧，前額高起，有點象毛主席。三十多名聽眾低頭不語，氣氛肅穆。

發言結束，人們紛紛起身，似乎都帶著沉重的心情下樓而去。年近六十歲的高山卻顯得輕鬆。他在方才那位矮女人的帶領下走過來。矮女人自我介紹姓邢，人們都叫她邢姐。高山看過王炳坤的字條，說：「史丹青在東南區，文敬田在西南區。從越方過來的沒問題，你是從東方過來的……。」我趕緊說：「我沒參加紅柬組織，也非逃跑，是他們讓我回來。我要找史丹青老師，他瞭解我。」「小夥子，別急，你對情況不瞭解。好吧，你暫時

和吳世清一塊工作吧!」接著,他詢問我在紅柬的情況。

每天,我便跟著吳在大屋後面的地裡種瓜菜,有時也跟隨一位原中山學校的體育老師到河岸邊種番薯。我和吳也負責中山學校十幾位華運同志的伙食。學校在解放兩個月後復課,學生除本市外,也有來自川龍市,桔井市對岸的磅哥鄉、上丁市、甚至遠至老撾,共有學生一千多人。但學校只辦了一年便被柬共市委書記下令封閉,理由是如此大規模辦學會引來敵機轟炸,況且解放區也還沒有柬文學校。

我和吳被調去十幾公里外的石床村種番薯。石床村也是華運機關報《前鋒報》所在地,四十歲的社長向群原是中部省會華校校長。向群為了革命離開了妻子和四個兒女。他認識許多草藥,人稱「草藥醫生」。我和他十分投緣,有空時一起外出按草藥書圖表去尋找草藥。通過他,我才知道華運於去年底被柬共禁止活動,華運被迫解散,但只作內部通知,以待轉機。

得到此令人喪氣的消息,我和吳每天都提不起勁,可向群說,最高領導高山認為情況可以改變,只要忠於祖國,忠於印支那和當地的解放事業,紅柬總會理解華運的。

我和吳成了知交。政變前他已祕密參加華運,政變後他與上級章勝失去聯繫,後來憑著他拋棄家業妻女投奔解放區的精神,並有一定的人際關係和理論水準,他先後擔任解放區禾密縣經濟部長,代縣長。後來,他聯繫到章勝,便重回到華運組織來。最近,華運東南區最高負責人史丹青派他來桔井市學醫,但高山說,哪有辦醫學這件事,桔井市人民醫院主任也很忙,不可能抽時間為一個人辦學。吳只好在此等待東南的通訊員把他領回去。

吳世清待人真誠、親切,態度和藹、謙虛和熱情,當他聽說我和黃書香的故事後要我和他一起前去拜訪,因為說不准東南的

通訊員哪一天突然上東北把我們接走。

黃家熱情設家宴款待我們。談起華運，黃父的話多了。他認為幹革命到頭來要革自己的命，或為政治販子欺騙利用，總之是沒好下場。「我們做華僑的，安份守已就是了。」他最後說。

吳世清只是禮貌的微笑。黃父提起精神來說：「恕我直言，華運初來桔井時華僑也是熱情支持的，他們當年受我們聘請前來教書的，革命了就反客為主，管起我們來了。現在可好，連我們華僑聯合會也與華運對著幹。華運得不到我們承認和支持，看今後怎麼呆下去——我是粗人，你們別生氣，這裡的僑胞決不理會所謂華運是中國領事館直接領導的……。華聯會也是個爛攤子，理事的都只想利用那一點小官職謀私利，彼此勾心鬥角。唉，中國人的事真難辦。」家宴結束，我和吳世清便向主人抱拳致謝，揮手道別。

在回來的路上，吳說，黃父的話有一點道理。毛主席說要聽人民的聲音，可這些聲音誰聽得進去？他說：「不錯，他們是小資產階級，而我們華運，從領導到被領導，幾乎清一色是知識分子，哪有工農階級出身？外地來的教書人要領導當地商人，難怪他們不同意。我有時也看不慣桔井市的華運，年紀大的都是校長、主任、老師，年輕人都是學生或教一、二年書的。這些人生活面太窄，既沒上過戰場，也沒能和各階層人民打成一片，更不瞭解柬埔寨農民。個個慢條斯理、文質彬彬」。

桔井市的華運財政收入，來自華運組織、原金邊中華醫院主治醫生在桔井市的「人民醫院」、華運人員的捐助，《前鋒報》的銷售、交通員從事生意買賣。

一天，西北線的通訊員帶來了在西南區出版的最後一期《華聯報》，該報報導了西南華運朋友經歷了極為動盪的一年，從在

各地組織了轟轟烈烈的華聯會，到被紅柬取締，被迫解散。西南的華運朋友命運難卜，處境艱難。

東南區的通訊員也來了，他們是波羅勉省人老黃與小黑。他們帶來了東南華運機關報《新聞稿》。東南區的華運尚未被取締。

我們各乘坐老黃與小黑的摩托車前往波羅勉省。

萬萬沒想到，我們經過幾百公里的長途跋涉，抵達波羅勉省二十四區不久，名不見經傳的花生島鄉的紅柬部隊擊落一架美國飛機。而待我如兄長、擔任過禾密縣代縣長的吳世清，在回到自己原來的管轄區不久便遭紅柬逮捕殺害。

三十歲的老黃與二十多歲的小黑主要擔任通訊聯絡工作、護送人員、傳達桔井市與磅占、柴楨、波羅勉三省的華運訊息、派發《前鋒報》、運送各地必需品，並順道辦些來自東南敵占區的貨物到桔井市銷售。兩人都精通三國語言，熟悉地形交通。

此行令我增加不少見識，在一些華僑比較集中的市鎮如川龍、翁湖、三州府、足社、只下、白布、北燕、城地、長橋、近知名等地，各有華運工作人員七、八至十餘人，有些華僑較少的偏僻鄉村，也有數人。他們辦中文學校，當赤腳醫生。有條件的便組織起華聯會，華僑青年組，宣傳毛澤東思想。

我們四人經過多天長途跋涉，這一天來到波羅勉省芒果縣府，這裡距郎諾佔領區的省會約二十公里，有華僑約六十多戶。我們在醫療站稍事歇息，便向東南區原華運機關駐地進發。

摩托車駛上五公里長的碎石公路，用了近二十分鐘。一條蜿蜒小路把摩托車引進距公路約兩百米的兩間相連的平面大木屋，木屋對面有一間小茅屋。

時已近中午，木屋鴉雀無聲。一個高大、四方臉，年約四十

的男子聞摩托車聲走出來，自稱「丁力」。他說他正在開會，示意我們在那間空著的小茅屋歇息。

卸下包袱，小黑帶我們到屋後近田野處一口水井洗澡，再躡手躡腳到廚房尋找食物。

會議結束了，十幾位大多是中青年的朋友走過來與我們見面，詢問路上情況及桔井市的消息，我與吳世清初次到此，與大家未熟絡，但人們一見如故，很快就談笑風生。丁力夫婦到廚房做伙食。

吃過飯，大家紛紛攤開通訊員帶來的最近兩期《前鋒報》。這份每逢星期日出版的週刊準備增加青年版，供解放區的青年免費閱讀。《前鋒報》頭條是統陣新聞簡報。內版是各地華聯會組織建設情況、青年會活動、教學經驗談、赤腳醫生下農村和醫療經驗、針灸技術交流等。第四版是華運自身的革命奮鬥史，發表了兩位老華運在抗法戰爭時期的戰鬥故事。

丁力早年來自越南，原柴楨市華校校長，他還精通法、越文。印支抗法戰爭時期，他原是越南解放聯盟成員，日內瓦會議後，在柬埔寨加入華運，是東南三個省四個分區的華運領導人。四個分區是：二十一分區磅占省翁湖、三州府、足社；二十二分區波羅勉省芒果、長橋、近知名；二十三分區柴楨省北燕、城地、竹荀窟；二十四分區波羅勉省花生島、禾密、石角山。每個分區有兩位負責人。

且說當天下午，前來開會的朋友陸續騎單車或摩托車回原單位，吳世清也由趙民帶回去二十四區。我在此休息一夜，第二天一早便隨老黃與小黑繼續上路，前去柴楨省尋找我的老師史丹青。

摩托車顛簸穿過了那條碎石公路，半小時後，清水鄉往南的

大土路狹小了，已進入花生島縣界。

　　第一個鄉是磅森冷，該鄉鎮原是華僑區，一九七〇年五月初，小鎮遭到了美機十多次轟炸，三份之一華僑非死即傷，活著的噙淚離開這個已成廢墟的家園，分散到周圍的農村或移居花生島鄉府。我們沿途慰問了這些散居的僑胞。

　　老黃與小黑為了讓我及早見到丹青老師，繞過了二十四區兩個縣，摩托車駛向波羅勉與柴楨省交界的菩提村。

　　菩提村因路口中央一棵大菩提樹而取名。幾十間木屋簷十字路口排列伸延開來。村裡住著二十多戶華僑，十來戶越僑，柬埔寨人散居於村頭村尾，華越僑大多從事小生意或種植蔬菜。

　　進村時，正是燈火初上。我們走進十字路口旁一間最為顯眼的大木屋。主人是四十歲的華聯會主席財叔。他是第二代華裔，一家五口只有他會說流利潮語，他碩健的體格和臉上過早的皺紋顯示他常年體力磨煉和歷經滄桑的艱辛，憨實純樸的臉龐總掛著幾分謹慎的微笑，他的舉止和神色略見遲滯又帶幾分警戒，他似乎努力做到一開口就讓人們知道他是一名十足的好人。

　　小房間坐滿十多人，大家額上都滲了汗水。他顯得不好意思，靦腆而帶歉意對大家說：「對不起，天氣熱，房子小，又沒什麼好招待。」坐在他對面的正是分別多年的史丹青老師。他一時沒看到我。我們也不想影響他的講話。原來財叔被當地紅柬政權囚禁近一個月，最近才釋放出來。

　　史對財叔說：「我們聽到你被捕的消息，心裡很著急，一聽到你出來，心裡很高興。你被囚禁期間，受到虐待嗎？」「還好，沒有。知道大家都很關心我，我很感謝。我不後悔，不害怕，我沒做錯事。但他們說，華聯會是非法的，解放區是沒有外

國僑民的。」「華聯會完全是合法的，」史及時插上口，「我從遙遠的東北南下，從上丁、桔井、磅占、波羅勉到柴楨，有十幾二十戶華僑以上的地方就有華聯會，有華聯會是好事，處理華僑事務，建設農村，支持抗戰。」「說得對」，財叔說，「這裡是偏遠農村，小地方幹部不懂政策，自以為是，所以在囚禁期間我毫不懼怕，我一直相信我會被釋放。」史說：「我們一直掛念你的安危，也深信你會平安出來。現在我親眼見到你一切無恙，很高興。」叔財表示感謝，他將繼續擔任華聯會主席，做好華僑工作。史說：「暫時不要工作，以免地方政權誤會，待形勢好轉再說——我相信不會太久」。他稍微停頓，不好意思地說：「我是海南人，不黯潮語，你們都聽懂我的話嗎？」大家都說聽懂。史又說，他曾鬧過笑話，用潮語問某人「你的生意可好？」說成「你的生理可好？」。

散會了，我上前與史丹青搭話。作為師生，我們在解放區重逢，自是高興異常。

我把兩年來的情況簡略告訴他，希望他安排我的工作。史說：「在二十四區吧。待我先與章勝商量！」

我暫時跟隨史和老黃、小黑一起去柴楨省，走完最後一站後才想辦法找人把我送去花生島鄉。

當晚，我們前往四公里外的柴楨省竹筍窟孟雙鄉。

孟雙鄉鎮是由一條長約三百米，寬約十多米的大馬路兩旁六十多戶原藉廣東省東莞縣的華僑組成。這裡遠離市鎮，戰爭對他們來說，只是行軍路過的越共部隊，遙遠的炮聲和轟炸聲，偶爾的飛機聲。但這個鄉鎮絕不平靜。

三十歲的當地華裔，外號「狗筋」，政變前是金邊市廣安藥酒行的鄉下推銷員，政變後參加紅柬。由於他不再使用廣東話，

而大多數華僑又不會柬語,他的工作難以開展,他堅決執行紅柬的同化華僑的政策,而僑胞們又認為他仗勢欺人,暗中罵他是黃皮狗。

「狗筋」的父母是文盲,他自己也只讀過幾年書。戰爭爆發,父母都到柴楨省會謀生,忠於紅柬革命的他留下來。他性格孤僻,一副訓人的面孔,未曾娶妻,似乎也沒有朋友。除了鄉鎮,他還管到菩提村。人們盛傳財叔被捕是他搬弄是非,因而人們都罵他是「狗筋」,意即頑固的走狗。

「狗筋」也有難處,他不能改造「資本家」華僑,無法向上級交待,又受到華僑的抵制,辱罵,連他的親戚也罵他忘祖。華僑不服他的領導,他認為是華運兩名成員純華與向武從中作梗。在他被任命為鄉長之前,這兩名華運人員已在這裡設站,並領導和組織了華聯會,僑胞們都聽純華與向武。兩人在此辦學教中文,還為僑胞針炙看病,當赤腳醫生,僑胞獲得實際益處。狗筋上任後,宣佈華聯會非法,卻不敢封閉華校,當地又無醫生,只好讓兩人住下去。兩人就成了他的眼中釘。史丹青瞭解這些情況,鼓勵他們說,你們已在僑胞中紮下根,只要辦好學,做好醫療工作,僑胞們離不開你們,狗筋就拿你們沒辦法。在華人中,總有這些狐假虎威,貪圖官權的敗類。

當晚,我們一行在這間又是學校,又是住房的木屋裡分頭綁起吊床過夜。第二天淩晨,趁「狗筋」還未起身,我們已離開孟雙鄉,向三公里外最後一個鄉——竹筍鄉出發。

柬埔寨許多鄉村的名稱都取自早期某個長老的名字或是地形特點或是本地特產,如花生島是以盛產花生聞名,而這裡是盛產竹筍,故稱「竹筍窟」。

這裡住著一百多戶以廣州話為主要語言的華僑,與北燕市為

鄰。距離雖近,卻是跨省。北燕市有一間華校叫「實用學校」。再往南約一公里,有一小城市,叫「城地」。「城地」距柴楨省會二十公里。

這三地的幾百戶僑胞從華運中得到許多好處:教學、醫療或縫紉。還組織體育組、青年組、歌舞組等。未受紅柬政權為難。

這三地屬於二十三分區。由來自西南貢布省會的海南人符進和原柴楨省會中學老師韓振華負責。韓是北燕人,群眾關係好,精通中、越、柬文。符進是社會活動家,善於做群眾工作,待人熱情謙虛,熟悉柬埔寨人民生活習俗。

朋友們正籌備即將在北燕市實用學校舉行隆重的慶祝五一國際勞動節文藝晚會。

史丹青來到後,也投入緊張的籌備工作。他研究了晚會主持人準備演講的全文,提出晚會要照顧高棉民族對西哈努克親王的感情,他審查了全部節目內容,刪掉了一些突出中國革命的節目,補充一些當地農村生活的思想內容。

文藝晚會如期於五月一日晚上七時開始。越共地方駐軍派出防空人員監視夜空,統陣中央駐東南區區委、二十三分區各級政權、越僑代表等出席晚會並觀看演出。實用學校的籃球場和校門外的廣場擠滿了一千餘華僑,高棉人與越僑。晚會開始,韓振華以華聯會交際的名義任司儀,華聯會主席任主持人。主持人介紹了出席晚會的各方代表,三地華聯會主要負責人,實用學校校長、越僑代表等。

統陣東南區區委索平應邀發言。他在發言中說:「柬埔寨將是世界上以最短時間打敗最強大的美帝的國家,東南區是全國抗戰的最前線同時又是取得最大勝利的地區,北燕市今晚的演出將是全區文藝晚會中最精彩最成功的一次。」

在演出的十三個節目中,有男中音獨唱由西哈努克親王作詞作曲的「懷念中國」、由乃薩南創作,在解放區廣泛流行的「播下一把種子」、符進自編自演的話劇「達利去參軍」等。

第二天晚上,史丹青主持了二十三分區華運會議,總結本次文藝晚會,簡述華運組織和歷史。

他讚揚了同志們離開了溫暖的家庭和親人,來到解放區幹革命,是高度革命思想覺悟。

他說,全國的華運同志包括留在敵占區工作的地下人員共有近千人,參加越方或柬方革命組織的就更多了。政變以前,千百計的華僑青年學生奔赴越南抗美前線,這些,都是我們華運老同志十幾年來在領事館領導下通過學校、報章和體育會對整個僑社宣傳愛國思想和革命教育的結果。他說,華運有兩個任務:領導、組織華僑支持當地人民的抗美救國戰爭;宣傳毛澤東思想,宣傳熱愛社會主義祖國,支持祖國的社會主義革命和建設。這兩者是緊密相關的,因為只有印支解放了,中國才能更快地解放臺灣,世界革命的曙光將從印支這個窗口射向全球。

在談到華運成員的出身時,史承認大多數是小資產階級知識分子。他說,知識分子有劣根性,就是脫離體力勞動、脫離工農大眾。但知識分子最容易接受新生事物,馬列主義就是由中國知識分子傳播到中國的,工農群眾不可能最早地、直接地接受馬列主義。

在談到為什麼需要華運這個組織時,史引用毛主席的話說:「既要革命,就要有革命的黨。沒有一個革命的黨,沒有一個用馬列主義武裝起來的黨,要領導人民取得革命的勝利是不可能的。」他說:華運有四十年的歷史,她的一些主要領導人曾是印支共產黨人,同越、老、柬的共產黨人共同戰鬥,共同患難。華

運是受中共領導的,我們一些同志就曾是大使館或領事館內的工作人員。只要華運緊跟著祖國,緊跟毛主席的革命路線,就沒有錯。

二十三區的華運同志大多是柴楨本省的教師和青年學生,其餘的來自巴南和奈良鎮,個別來自金邊和西南區的貢布省。不久,孟雙縣的純華、向武和從西南來的為逃避柬共追捕的十幾名華運人員被安排到此,隨著柬共極左政策的推行,這裡也日益動盪不安;限制華僑做生意,有些僑胞逃向越南解放區,華校被規定要以教柬文為主,限制體育運動和醫療,宣佈華運為非法組織。

閒話表過,且說我當時在北燕市待了兩天,便跟著二十四區負責人趙民騎單車回到了菩提村。在財叔的家歇息,便聽到了叔財講述的情況:

那還是兩天前的事:一位北越軍官和他的警衛走上了這條直通二十四區的筆直大馬路,在一個村口設下的崗哨遭到紅柬地方自衛隊的為難。由三男一女組成的自衛隊要他倆出示通行證和脫下軍帽表示對主人的尊重。兩名北越軍人拒絕了他們認為有敵意的要求,加上語言不通,硬要闖關,警衛員暗中將步槍上膛,被自衛隊長發現,先發制人,舉槍將兩人打死。不到半小時,聞訊而來的十幾名北越士兵把崗哨圍住,將四人繳了械,把開槍的自衛隊長捆綁起來,吊在樹上一頓痛打,最後用機槍把他打死。衝突很快又驚動地方的游擊隊,眼見北越士兵陷入包圍,雙方正準備開戰。這時,可能槍聲也驚動了四公里外石角山朗諾駐軍,立刻派出直升機前來搜索,北越軍人瞬息消失得無蹤無影,紅柬游擊隊員有七、八人被直升機打死打傷,花生島鄉還遭到美機的轟炸。為此,叔財奉勸我們路上要特別小心。

這條二十公里的平坦大馬路，果然氣氛蕭索，平時絡繹於途的路人寥寥可數。進入二十四區界，四名全副武裝的二十餘歲自衛隊員攔住去路。我們下了單車，把圍在頭上的水布扯下來表示禮貌，趙民還恭敬地遞上通行證，通行證有兩個人的名字。他查閱後還給趙民，說：「沒人敢走這條路，你們真不怕死？」趙民指著前方一條小路說：「到那兒，我們就抄小路了。」「快走！敵機快來轟炸了！」

　　我們走上小路不久，靜寂的小路一旁的樹叢裡闖出兩個紅束士兵，把我們攔住，聲色俱厲地說：「什麼人敢闖禁區！」趙民趕忙說：「我們快到家了，只能走這條路。」「廢話，走田埂！」他惡惡地喊。這時，樹叢中又走出一人，原來是松惡，松惡和我們握手說：「昨天敵人侵犯了花生島鄉鎮，搶掠一番後又擄走十幾個人。昨天傍晚有兩架美國轟炸機對這地區進行轟炸，被我軍擊落一架，美國飛行員跳傘逃進野外樹林，上百名農民手持刀斧鋤頭擅自搜索，敵人也可能派出間諜特務搜索。今天又發生我軍與越共開槍事件。事態嚴重。你們最好走田間小道回去吧！」

　　我們告別松惡和其他士兵，拉著單車走上崎嶇不平的田壟……。

　　「不敬青稞酒呀，不打酥油茶呀，也不獻哈達，唱上一支心中的歌兒，獻給咱們金珠瑪，哎呀……感謝你們幫我們鬧翻身咧，百萬農奴當家做主人咧，感謝你們緊握槍杆保邊疆，祖國的江山萬年紅……」

　　悠揚的歌聲從村尾一間大平屋前面平坦的曠地上，穿過田野，穿過小樹和農舍傳到我們耳裡，歌聲告訴我們：回到

「家」了。

只見十幾名華運男女青年圍成一個圈，一對男女在中間隨著掌聲的節奏和伴唱翩翩起舞。

我倆來到時，舞已跳完了。另一對青年跳起了歌頌毛主席的「八角樓的燈光」。

我倆放好單車，卸下行李，沒驚動大家，也加入外圍伴唱。

我揉了揉眼睛，沒錯，這不是夢，這從未見過的場面，卻似曾相識。這就是天空明朗的解放區嗎？多麼激動人心，充滿革命氣息。遠方不時傳來轟隆隆的槍炮聲和轟炸聲，來自五湖四海的華運朋友卻無所畏懼的跳起了歡樂的舞蹈。當年的井岡山和延安不也是這樣子嗎？一下了覺得距離祖國近了，距離天安門近了，毛主席就在身邊。

當一位頭綁兩條小辮子的二十歲女青年跳完了「白毛女」之後，夕陽也收起了最後的餘輝。章勝發現了趙民和我，高興地說：「今晚是會師了，大家今晚到這裡聯歡吧！」

大家分頭回去了，章勝把我們兩人帶進這平屋裡，一面吩咐與他夫婦同住的桃葉和素貞為我們煮飯菜，一面聽趙民把此行的經過說了。

寬敞的大平屋可容二十個人，屋裡的角落擺著一張寫字櫃，櫃下是防空壕口，一有飛機，人可立刻鑽下去，防空壕直通屋前屋後，彎彎曲曲形成小地道。屋後有一口臨時挖掘的水井，有多個放置缸子的土洞，一有敵情需要撤退時，把毛著和其他重要物資放下去，上了蓋，掩過泥土就成了。

月亮上來時，同志們陸續到齊了，最引人注目的是一位五十來歲的笑容可掬的高個子，還帶了兩個約摸十九歲和十六歲的男孩子。

第五章　華運生涯　157

由於逃避戰火，二十四區全體華運人員難得集中在一起。該地區以一號公路分南北，北路有章勝夫婦、淑貞、冠雄、桃葉、郭忠、陳群、秀英、翁燕、林德與林松，南路有趙民、劉叔父子、羅森、西亮、西明、楊慧、劉堅、盧姐、盧妹、吳世清、漢光。

　　華運朋友深入各鄉村當赤腳醫生兼教師。

　　在我們二十四人中，後來有六人結為夫妻。他們是趙民與陳琴、羅森與盧姐、劉堅與楊慧。死了五人，是吳世清、郭忠、羅森、陳琴和趙民。一九八〇年，趙民在金邊被疑為中共情報人員而被越共處死，陳琴死於柬共勞改營中，她當時患上虐疾又遇上難產，吳、郭與羅是被柬共活活打死或槍斃的。在連年的戰火中，南路的漢光與西明先後負傷，在活下來的十九人中，有六人外逃出國，西亮、西明與盧妹下落不明，其他仍生活在越柬兩國。

　　我被分配到郭忠與桃葉的工作站。章勝夫婦住在村民的高腳屋裡，大多數工作站只住一對男女，這樣容易照顧。大家有崇高的革命精神，嚴守紀律道德，單身男女居一處從未發生任何越軌的事。

　　我每天的工作是到磅森冷鄉散居在農村的華僑中教中文和當針灸醫生。章勝親自教我紮針，他說要勇敢地在自身的穴位紮下去，尋找針感。我們每人都有一本針灸小冊子，彼此交流經驗，每晚都相互教學。起初，章勝親自帶我到村民家尋找病人，後來，村民上門請我們去。最後，我能獨立操作了。每當接觸到一些被飛機炸傷、燒傷的病人，躺在床上痛苦呻吟掙紮，有的甚至部分身體被燒焦，見到我們只能盯著一雙絕望而乞求的眼睛時，我們心情十分沉重，這都是戰爭造成的。和平，何時到來？

教學，也不輕鬆。貧困農村中的華僑子弟，大多沒上過中文，有些快被同化了，讀音總有柬語腔，潮語也按柬語習慣使用，如把「我爸爸送給老師吃的」說成「爸爸我送給老師吃的」。

僑胞們大多籍貫廣東潮陽或揭陽，他們視中文教育如命根子，對教師非常敬重。我們的課文是集體合編的，第一課是「工人」，第二課是「農民」，第三課是「我愛工人和農民」。我們也教柬文。

在我授課的十多名孩子中，有一戶有四個男孩子，文盲的父親將孩子分別取名美國、德國、英國和中國。粗暴的大哥「美國」總要欺負最小的「中國」，「英國」和「德國」也好不到哪裡去，這時，做父親就教訓「美國」：「尼克森都到北京見毛主席了，高棉要和平了，不好再欺負中國了。」我說：「你們一家人分成四國，難怪不和睦，我幫你們改個名字好嗎？」名字改了後，果然四兄弟都比較和好了，不再以強淩弱了。

另有一家年紀大的，大兒子在波羅勉省當朗諾政權的官，政變後就沒有消息，二兒子參加紅柬軍隊，第三個是女兒，十九歲，讀三年級。做父親的說：「我們窮，又怕兒子不識字，只好讓大兒子去念柬文，柬文是免費的，中學大學都要學費了，眼看農民世代勞苦不息，我當牛做馬也要供孩子念書。大兒子聰明，念完大學考上官，但那時是西哈努克的官。」做父親有難處，有些高棉村民知道他們的大兒子做官的事，歧視他們，也有些想借此垂涎他們的女兒。女兒長得俊俏，人又溫純，可惜無合適對象，周圍都是白眼者。只有華運理解他，華運人員品德也好，有文化有本事，大多也未成家。「可惜他們心中就想幹革命，連父母都不要了，怎會愛我的女兒？」他常對人這麼說。

僑胞分散範圍廣，我們當教師也分散得廣，不論教書還是行醫，都沒有酬勞。僑胞和當地村民熱情給我們送來糧食、水果。

　　我們在教書或行醫時，經常遇到西貢軍的「掃蕩」或飛機轟炸掃射，這時便要與孩子們躲進戰壕或與村民一起出逃，直到傍晚才回來。南路的朋友比我們更艱險，因為靠近南越邊境，西貢軍隊經常水陸空軍盡出，他們出逃的時間比教學要多，帶著孩子們躲進防空壕，奔波於叢林與田野之中……。為了傳播中華文化和促進中柬友誼，他們的以苦為樂，毫無怨言。楊慧與劉雄、羅森與盧姐便是在革命鬥爭中產生的兩對戀人。

　　局勢逐漸安定，西貢和郎諾的軍事行動減少了，雨季又快來臨，越柬共雙方的軍隊提早主動出擊，頻頻向石角山和禾密縣府襲擊。南部十來位朋友返回原崗位，劉叔一家人也返回牛糞市。

　　就在這時，吳世清悄悄脫離華運，和他一位同鄉商人合夥做起走私布匹的生意。他們的生意越做越大，終於引起了紅柬的注意，把兩人逮捕並沒收所有財物，兩人其他犯人一起，天天被押送到農村幹重活。這期間他的合夥人逃跑，而吳隨後被槍斃。

　　他為什麼走上這條路？我想是他對華運沒信心。在桔井時，他已知華運已解散，他與布速通是朋友，而布速通受排擠。他在南路關係好，熟人多，又會三國語言，解放區物資奇缺，商人出身的他看准走私布匹有利可圖。

　　老黃和小黑這兩位通訊員照常來往東南與東北區之間，他們加入東北504區合作社，為該區紅柬政權購買東南邊境的貨物，便有了特殊的通行證。他們也暗中為華運做生意，增加收入，生意做得很紅火。東北有些反對華運的僑胞諷刺地說，看來，華運已成為「華僑運輸公司」的簡稱了。

　　我們的生活也悄悄在變化，內部會議少了，周圍的村民不再

像以前那麼熱情，安士頓與布速通不再來了。華聯會主席呂達深對我們說，兩人已被調離職位，新來的縣長鄉長在民眾中宣傳兩人犯了路線錯誤，頭腦被華運收買過去。郭忠幾經周折找上安士頓，才知道他到孟雙縣任無實權的農業部長，五十多歲的安士頓是農民知識分子，政變前已祕密參加柬共，後被王國政府逮捕入獄，受過酷刑，至今兩手十指仍彎曲。政變後，朗諾政權為了收買民心，大赦了一批上了年紀的紅色高棉份子，期中包括柬共中央代表農順與安士頓。安士頓一向有強烈的親華思想，因而只能任低職位，而農順仍任柬共中央委員。

安士頓顯得悲觀，他無奈地對郭忠說：「柬埔寨需要華運，因為革命政權不熟悉華僑事務。你們在解放區所做的都是對人民，對革命有利的事，在許多方面起了我們不能起的作用，何況現在又是統一陣線時期。」他個人認為取締華運是黨內高層一些狹隘的民族主義者作出的錯誤決定，他由此對柬埔寨革命持悲觀態度。

從紅柬取締華運而對柬革命前途感到悲觀的還有二十四區華聯會主席呂達深，革命前，呂是磁森冷鄉碾米廠的小老闆，他攜帶家小到農村落戶。以章勝為首的華運來到這裡後，他迅速站到革命一邊，配合華運發動花生島鄉華僑一起組織華聯會，他的大兒子成了華僑青年會主席。華運能順利開展工作，也得力於呂達深的鼎力相助。他常對我說，政變前他還是一名賭徒，為了贏錢他每晚躲在蚊帳裡用縫衣針在撲克牌上鑽小孔，在分牌出牌時作弊。他引用毛主席的話說，戰爭教育了人民，他批判自己過去的劣跡，決心跟隨華運當一名愛國者、革命者。

呂達深年輕時在廣東揭陽時還是一名抗日的八路軍。國共內戰，加上饑荒，他隻身渡洋來到柬埔寨。他不忘過去光榮的歷

史,時刻等待革命火焰再次把他的心點燃。

呂達深在許多方面還是我們華運年輕人的榜樣。他常說,革命既已來了,就不要留戀過去腐朽的生活,思想意識行動都要澈底的改變,緊跟革命大洪流。有一次,他參加鄉裡一位僑胞的婚禮時送上一把鋤頭,他對主人說,送鋤頭是鼓勵華僑今後要走勞動生產的路,「這是我的深情厚意,請你理解。」青年會裡有些男女青年喜歡交心談話,他上門對思想保守的父母說,革命了,男女平等了,做父母思想不能再保守了。

不僅如此,在柬共統治全國後的一九七七年,呂達深還做了一件鮮為人知的驚人創舉。那年的九月三日,毛澤東逝世,他從電臺中獲悉世界各國華僑紛紛到中國大使館哀悼的消息,他先通過關係向分區區長試探申請到金邊中國大使館哀悼毛主席的可能性。由於呂有一貫支持革命的歷史,紅柬地方政權從中協助,幾經周折,拖延了一個月,東南大區派人來審查他,得到的是上下一片「革命有功」的讚揚聲,結果呂沒被為難,當時在金邊的外交部長英薩利親自給他寫了一封信,信裡只有一句話:「民主柬埔寨外交部不允許華人前往中國大使館哀悼毛澤東主席。」

我是在一九七九年與他重逢的,他說他要借哀悼毛主席之機向中國大使館反映華僑的處境,瞭解祖國政府對華僑的政策。他雖然不能成行,但已瞭解到柬共最高層對華僑的政策。

且說七二年底,二十四區紅柬正式向民眾宣佈華運為非法組織,華運不得再在該區教授中文,一旦鄉村有了自己的醫療隊,華運便不得繼續行醫。

事情已到了如此地步,章勝與趙民只有按照史丹青的指示,召開最後一次華運會議,即日宣佈解散。今後大家以朋友代替同志,以長輩代替領導,以集體代替組織等稱謂。

有些女青年哭了,桃葉哭出得更傷心,她已家破人亡,華運是她心中的母親,給她通氣和力量,也提高她的文化水準和思想認識。今後,她將何去何從?

　　章勝建議家在解放區的回到父母身邊,有能力在解放區謀生的自尋出路,無法作決定的暫等集體安排,從醫、從商或從農。

　　不久,素貞和冠雄回到各自父母身邊,西明西亮潛回白區巴南市,羅森和劉堅到菩提村開修表店,秀英到二十一分區湄公河岸的只下鄉教中文。其他人,家在解放區的也陸續上路走了。南路有幾位因交通不便,未能回來。我和郭忠、桃葉仍暫住下來,章勝夫婦一時也無出路,趙民考慮再三,最後投靠羅森的修表店。

　　留下來的每個人都又焦急又委屈,為自己也為無出路、條件差的朋友擔憂。

　　正當我們在二十四區彷徨之際,東北桔井市又來了一批人,原來桔井形勢更不妙。

　　那兒華運人數多,高山調撥來十幾人,章勝趕緊把幾位調到二十三區,其餘的交給丁力調到翁湖縣只下鄉去開闢一個大菜園當菜農。

　　這時來到一九七三年二月五日,農曆正月初三。石角、巴南兩縣紅柬解放軍向巴南縣城發起進攻,不到四小時,失去美軍和西貢軍隊援助的朗諾軍隊潰敗,大部分官兵向奈良鎮逃竄。解放軍於早上十時左右入城,隨即用武力強迫全市及市郊一萬多民眾立即向農村遷移。我們聞訊趕到花生島,這條直通巴南縣城的大路人山人海,柬、越、華人各有相等比例,人人愁容滿面,叫苦連天。沿途盡是攜幼扶老,挑擔負重的難民。我們每個人都自覺幫助他們挑擔,照顧老人和幼兒。有的朋友就在那時找到自己

的親人。菩提村和更遠的柴楨二十三區的朋友們也聞訊趕來了，加入我們扶助難民的行列。我們的熱情和幹勁引起了押送難民的不可一世的軍人和幹部的不滿，他們把難民當成俘虜一路威嚇辱罵，把難民無法搬走的財物、家私當成了他們的戰利品，用牛車隊將「戰利品」運走。

我在人群中只找到幾位遠親，從他們口中我知道大伯在倉促中與子孫們在一些人幫助下悄悄搭了一艘小漁船渡過岸向金邊逃去。紅柬軍隊初入城時，一名娃娃兵用槍頂住大伯胸口，要他立刻到農村去種田。大伯連連說：「我這就去！這就去！」娃娃兵轉身去威脅其他華人。

大伯保住性命，他一生辛苦積蓄的千萬家財化為烏有。他原來是愛國僑領，受過周恩來總理接見。戰爭後，花生島縣的華聯會祕密與他聯繫，發動他資助解放區，他向解放區援助了大量的食用品，大伯與巴南市朗諾當局也保持良好的關係。作為僑領，他所做是為了全市僑胞的整體利益。

天漸漸暗下來，難民們有的投奔附近的親友，絕大部分被集中在幾個寺廟裡。我們也陸續回去，一路見到許多幹部慷慨激昂地在農民中解釋這次移民的原因：「我們統陣電臺不知廣播多少次了，呼籲城市民眾趕快擺脫敵人的統治，到解放區來，他們就是置之不理。他們視統陣為何物？為何屢勸不聽，不肯棄暗投明？如此頑固，現在是自作自受！」

我們同情並幫助難胞的工作，此外，還想做更多義務的工作，畢竟都是炎黃子孫啊！可是章勝說，華運既已解散，行動就要平民化，各級地方幹部認識我們，以為我們還在做華僑工作，這很危險。他要設法在極短時間內把全部遺留下的朋友遣散到各地。

我很快被安排到丁力的站,郭忠到近知名的司旺鄉教書,章勝夫婦各騎一輛單車,趕了一百多公里路到磅占省靖立鄉落戶,其他朋友也分散到禾密縣各鄉村,南路無法歸隊的個別朋友就落地生根,在紅土鄉一帶務農。

　　二十四區從此沒有我們的足跡,我們常回憶令人懷念的崢嶸歲月,想念那兒的僑胞和善良的柬埔寨村民。他們是否也記得我們呢?

　　我們被遣送到各地,各地也人滿為患。不巧的是,西南各省的華運組織處境更險惡,一批又一批的人員向東南與東北區遷移。

　　紅柬駐西南大區的主要負責人切春(達莫)在七一年底就大力取締華運和華聯會。在紅柬內部和群眾大會上,切春宣稱:「華運要搞獨立王國,和統陣爭奪對華人的領導權」。「華運要搞黨中有黨,國內有國。」原華運西南區的領導人,又是柬共黨員東海認同切春的觀點,親自鎮壓大多數無意「歸順」柬共的華運領導幹部和人員,小部分「歸順」者納入東海領導的「新華運」。「新華運」名正言順地獲得紅柬武器,並用來威協和逮捕原華運人員。

　　原華運其他領導人不是藏匿起來就是被捕,群龍無首。年輕人感到彷徨,有些投奔越共,有的逃回大城市,但絕大多數寄居於各鄉村的華僑家中,受熱心的僑胞保護,而東海的「新華運」也四處搜捕。後來,逃出東海魔爪的其他領導人經過多番努力,克服重重困難險阻,把分散各地的華運人員集合起來,分批向東南與東北區遷移。他們既要躲避東海的追捕,又要避開朗諾軍隊的攔截,經過多條敵區重要戰略公路和地雷陣,爬山涉水穿山越林數百公里,堪稱一次驚險的小長征。

我來到芒果縣清水鄉丁力的工作站時，那兒已迎來送往好幾批西南來的朋友，這最後的一批二十多人是來自中部的干丹省，另有十幾位原來自西北，部分由丁力分派到芒果縣府、近知名縣幾個鄉鎮的華校教書。

　　丁力工作站人數多了，由於一時未有出路，加上有些人需要養病治瘧疾，便暫時住下來。幸好這裡空地大，一批人便在屋後再搭建一間木屋。丁力妻子和他的學生惠珍每天外出為村民針灸治病，也獲得許多村民送來的糧食，基本解決了三餐。隨後，丁力也派我外出當赤腳醫生。

　　晚上，我們便自由學習，學針灸的，唱歌跳舞的，學毛主席著作的，日子倒也快樂。西南來的的朋友有濃厚的戰鬥氣息，毛主席語錄隨身帶，老三篇天天學，執行鐵的紀律，已有家庭的不得再生育，屬於戀人的不得結婚，其他人不得談戀愛。他們教學、醫療、學習、備戰、勞動五不誤。他們私下對我說，東南和東北的朋友不夠革命化，桔井的朋友更像溫室裡的鮮花。我同意他們的看法，西南的朋友經過暴風雨，但東南的朋友更有人情味。

　　二十幾位西北的朋友最後被派到二十一區的翁湖、三州府和足社一帶，在當地華僑的幫助下利用無人管理的廢土地開闢菜園。留下來的有干丹省的領導人陳山及原下屬五人：韓勇、鄭紅、學武、強華和施永青。陳山是六十年代中國駐金邊大使館的司機；鄭紅是金邊廣肇中學學生，一九六九年她是第二位不畏反動派跟蹤，勇敢進入中國大使館，出來後被軍警逮捕用刑折磨後釋放出來的「抗暴女英雄」；學武出身十分窮苦，只讀三年書，會演潮劇「柴房會」，她每次演出都由劇中人聯想到自己悲慘的生活而流淚滿面，感人至深；十七歲的強華是貢布省磅乍力人，

一九七〇年家鄉解放後跟隨大批華青參加華運。施永青是金邊鐵橋頭華校教員。

我與年輕人都合得來，但當我與學武一起出去為村民針灸時，思想十分偏激的她便和我吵起來，她說為村民治病就是為人民服務，決不能接受村民送來的任何食物，他們西南的同志就嚴守這一原則；敵機出現也不用逃避，要把敵機當紙老虎。我向韓勇、鄭紅談起學武的怪脾氣時，他們都認為這是由於她出身苦，屬於無產階級，因而革命性強。韓勇和鄭紅是一對親密的戰友，同屬一個單位，戰鬥在一個戰壕裡，又同時被東海的「新華運」抓進同一間牢獄。更多時候，我喜歡和韓勇、鄭紅談心。韓勇工作勤快、正直能幹，由於長期跟隨陳山的緣故吧，他也有一定理論水準。而鄭紅呢，我佩服她當年的「抗暴女英雄」的事跡。她雖二十一歲，但有大人的穩重，工作細緻，她的業務水準高，掌握一定的西醫、婦產科和針灸技術，她說話輕聲細語，思維周密。有時，丁力讓我和她出門去針灸，我們配合得很好，不像學武什麼都看不順眼。傍晚回來時，我們又常繞道去採草藥。

有一天，又來了一位領導，原華運負責西南的特委沈聲，我們開了個聚餐會。沈聲在會上為我們分析柬埔寨當前形勢和有關華運問題。

沈聲說，由柬越共聯合粉碎了金邊朗諾集團的「真臘第二」戰役後，全國抗戰的形勢已從對峙轉為主動進攻。目前，全國已解放了約四份之三的土地和約一半的人口。最近，金邊朗諾集團放出風聲，表示願意和談。他問：「和誰談判呢？朗諾集團不承認在北京的西哈努克親王，還把他缺席判處死刑。越共部隊絕大部分已撤回越南，越共也不承認在柬作戰，和柬共談判嗎？柬共在哪裡？其領導層在哪裡？談判的管道又在哪裡？目前，紅柬已

宣佈絕不談判，絕不妥協，絕不接觸，要一直打到金邊，解放全國。所以我認為和談不可能，戰爭也不會太久。」

關於華運問題，沈說，華運有四十年的歷史，最早要追溯到二十年代。

一九二四至二七年，中國第一次國內革命戰爭失敗後，一些中共黨員避居越南，並於二七年底在越南成立「南越華僑共產黨」（簡稱僑黨）。僑黨比胡志明的越南共產黨早三年成立，第二批黨員是原海南島紅軍第一連連長田由貴，王浚生，符光，周汀亮，何伯翔，林堅，邢谷心，肖一平，陳炳權等。僑黨的最高領導機構是南圻工作委員會（簡稱「南委」）。南委轄下有西堤市委，金邊僑黨支部。

一九三〇年，越南共產黨在香港成立。一九三三年改為印支共產黨，從此僑黨受中共和印支共雙重領導。僑黨動員華僑參加印支人民的反帝反殖鬥爭，又支援祖國人民的革命事業，保持自己的獨立性，保留僑黨黨籍。

一九四八年冬季，中共華南分局負責人方方派出楊行同志為代表到南越審查僑黨資格。在五十多名黨員中只有十位符合中共黨員條件，其中一位就是柬埔寨華運最高領導人胡古月。審查工作結束後，楊行把僑黨組織移交給印支共產黨，但向印支共提出保留上述十人的中共黨籍，中國有權調動他們的工作，這一提議得到印支共的同意。

一九五〇年五月，印支共南圻處委決定各地增設專門負責華僑工作的機構——華運委員會，華運屬印支共領導。

五〇年六月，南越華運召開第一次會議，提出動員華僑參加越南抗法戰爭的總方針，並成立越南北方華僑解放聯合總會（簡稱解聯）。後來，南越華運出現路線分歧，一派認為要完全面向

越南革命，動員華僑直接參加到越南人民的抗法戰爭隊伍；另一派提出要為自己祖國的革命事業服務。後者並成立西堤華僑愛國民主聯合會（簡稱愛聯）。印支共承認解聯而愛聯受到打擊，愛聯的最高領導人被認為是「叛黨」。

一九五〇年，應柬埔寨革命組織的要求，南越華運派出一支武工隊前往柬埔寨展開華運工作，胡古月就是武工隊副隊長，隊長就是越南衛國團（後稱人民軍）的高山松。

武工隊和華運在柬埔寨與當地革命組織一起開展游擊戰爭，還主動打了一些硬仗，繳獲不少敵人的武器彈藥，在當地出了名，後來他們發展為連級建制，隊員一百多人。

一九五四年七月，印支問題的日內瓦會議後，越南黨政包括大批華運幹部集結往北越，一部分老撾和柬埔寨當地的共產黨員也隨同到北越，另一部分留在自己的國家。南方華運只剩一個祕密的小班子，由林立領導。

日內瓦會議後，越南勞動黨取得半壁江山，老撾也擁有自己的解放區，只有柬埔寨全國落入西哈努克皇朝的統治，柬埔寨革命者認為越南同志出賣了她，多年的革命鬥爭化為烏有，這就為柬越矛盾埋下了種子。此外，這時的柬埔寨華運也不再支持柬革命黨人的鬥爭，她只服務於中國的外交政策，在華僑社會中大力宣傳熱愛社會主義祖國，支持中國的革命和建設事業，促進中柬友誼，支持西哈努克親王的中立與不結盟政策。這又使柬共對華運產生了嚴重的敵意。

現在，柬共宣佈華運為非法。我們宣佈解散，沒有人參加紅柬。大家都保存一個集體，紅柬以為我們搞祕密活動，名亡實存，而我們也要生存，要活下去，怎麼辦呢？

我們已在磅占省湄公河西岸，毗鄰桔井省與磅同省的山區密

林分別開闢了兩個大農場。我們將用自己的雙手、意志和智慧開創新天地。大部分無出路的朋友將到那兒種田，當真正的農民，日出而作日落而息。到那兒種田是很辛苦的，我們沒田地，沒耕牛，又沒經驗，只有少量簡陋的農具，面對荒山野林，要自己建木屋，還要面對瘧疾、飢餓的威脅。這就是我們的唯一出路，別無他途。具體的落實工作還要等待原東南區負責人史丹青為大家安排。

史丹青在兩位前通訊員老黃和小黑的幫助下來了。

史建議我們，暫時還能工作的，例如當赤腳醫生、教書、種菜和做小生意的就保持原狀，來自西南西北的大批朋友陸續上路，前往上述兩個大農場。

告別會上，朋友們將分散各地，彼此依依不捨。大家紛紛問史丹青，那麼，我們還有前途嗎？史說：「柬埔寨人民有前途，我們就有前途。」這話給我們很大鼓舞，人民當然是有前途的。毛主席說，人民，只有人民才是推動歷史的動力。但現實卻是殘酷的，在往後的歲月裡，柬埔寨人民遭到空前的浩劫，七百多萬的人口，死亡約兩百萬人。在那個暗無天日的世界裡，每個人確實都沒有前途，而紅柬的最高組織柬共也同樣走上滅亡之路。

史丹青果然洞悉先機。

由於我已在清水鄉當赤腳醫生了，我留下來繼續工作。陳山、學武、韓勇、強華、施永青都上調農場，鄭紅醫術好，芒果縣府僑胞較多，她被調到那兒的醫療站當醫生。往常熱鬧的工作站剩下丁力夫婦與惠珍和我四個人了。

離開了日益熟絡的新朋友，彼此都有些難過。我和他們一樣也是走南闖北，離開一地就很難再重逢，或許要等待將來全國解放吧！

我又恢復了原來獨自針灸行醫的工作。每天一早，我騎著單車，過了一村又一村，一鄉又一鄉，上門為柬農民治病。求醫的人越來越多，我每到一處，村童們便奔相走告，村民們集中一處輪流接受治療，有時村長也出來維持秩序，提供方便。農民們紛紛送來大米、雞蛋、椰糖或其他農產品。有時，我一天要處理上百個病人，於是丁力派惠珍協助我，共同為村民針灸治病。很快，我們的足跡遍及全縣，我和農民們感情深了，有的農民要把女兒嫁給我，他們親切地稱呼我為侄兒或孫子。每天傍晚，我們告辭時，農民深情地與我們握別，重複地說：「上天保佑你，佛祖保佑你。」

一天黃昏，我拖著疲憊不堪的身體回來，剛下了單車，一位農民騎著單車趕上來，他喘著大氣，臉色有些蒼白，上氣不接下氣要我到他家為患了急症的妻子看病。我問其路途，答以約一公里。我正拿不定主意，丁力走出來說：「天快黑了，高棉人說一公里實際要兩三公里。況且急症重病也沒把握能醫好，為安全計，還是不去吧！」農民著急了，說會送我回來，解放區又沒有別的醫生。我若不去，妻子要忍受更大的痛苦。我問其病情，答以患腹痛，在屋裡打滾，滿頭流汗，面無人色。我想，說不定紮針會減其痛苦。他求助無門，自己不過再累一些，於是跟著他前往。

他踩著單車，路趕得很急，我緊跟著他，心也急。

足足兩公里路，他的家就在野外曠地，我上了他的高腳屋，只見那空無一物的屋裡角落蜷縮著一個緊抱腹部，滿頭大汗，不斷喘息，面無血色的瘦弱中年婦女。她用乞憐的眼光望著我。我向她問了病情，她仍痛得答不上話，我也不知她患了何病，只知道急則治標的原則，在她的腹部紮了五、六針，又紮在足三里、

內關等穴位。

　　她的痛苦大大減輕了。丈夫走進內房端出一盞小煤油燈，拿出一張五元鈔票給我，說：「這是很小的意思。」我婉拒了，我說明天再來看她，也順便在這村裡為別的農民治病。他要送我回去，我說，你留下來照顧妻子吧。我還年輕，路也熟。

　　許許多多的柬埔寨農民都生活在貧窮線上，他們的臉上都寫著「純樸」兩字，我又能幫他們多少呢？或許，解放以後，政府和社會能澈底幫助這些窮苦落後的農民吧！

　　這段時間常有一位三十多歲的皮膚黝黑體瘦的農民在我為村民紮針時蹲坐在一旁觀察，偶爾過來問一下紮針治病的原理和看我把脈。他談話帶著微笑和謙虛。

　　這一天黃昏，我結束工作下了高腳屋，他拉著單車送我出來，友善地說：「我觀察你一段時間了，你做得很好，我們縣最近組織起醫療隊，你願意跟我們一起工作嗎？這樣你也名正言順地成為統陣地方政權的醫生，對大家都好。」我一時不知如何作答。他又說：「我是縣醫療隊的負責人，要發展醫療隊伍，農村沒有配稱得上醫生的，我們醫術也很差。」我連忙說：「其實我醫術也不太高，我連柬語也說得不好。」「在我們革命隊伍裡，在廣闊的農村中，你會不斷進步，語言決不是問題。」我想找藉口婉拒又不至引起他的反感。他似乎為我設想，說：「你慢慢考慮。歡迎你繼續為我們的農民兄弟服務，再見。」

　　我喜歡無拘無束為農民服務，我是較典型的中國人，生活習慣、語言等都很難與他們長久相處，一旦成為紅柬工作人員，就難以退出。一個國家革命的初期是很複雜的，在拉省的經歷已使我生畏。

　　丁力說：「既然對方友善，你暫時也做下去。但你搶了他們

的風頭，時間久了恐怕會出問題。建議你以後別去太遠，早些回來，逐漸有所收斂，直到有一天他們不讓你行醫為止。」

那位醫療隊長仍是那麼友好。一次，他問我，既然我和他們一樣熱愛農民，有心為農民解除疾苦，為何不能在一起工作和交流經驗技術？這樣，對農民不是更好嗎？我說，我是響應統一陣線的號召到解放區生活的，全國解放後，我要回到父母身邊。他說，隨著革命的發展，革命政權的各種政策要貫徹到人民中，各項工作要統一管理，他希望我也能順應革命潮流。

當天下午，我提早回來，對丁力說了。丁說，對方的話暗示今後搞醫療要由政權領導和分配，他建議我暫且不再外出行醫，只為上門求醫的病人服務。

休息一天，第二天一早，縣醫療隊長尋上門來，問明我的全名後，把我的名字填在他預先寫好，由他簽署的一張證明書上。證明書十分工整地寫著：我有足夠的資格和豐富的經驗可以在芒果縣各鄉為農民紮針治療，請各鄉村革命政權提供協助與方便。他把證明書交給我說：「今後你要行醫時要隨身帶著它，可避免萬一的麻煩或誤會。」他歡迎我繼續為農民治病。

一切又恢復正常，我隨身帶的證明並沒派上用場，我仍然受到農民群眾的歡迎。醫療隊長也不再出現了。但十來天後，我在農民家中紮針時他尋上了我，對我說：「縣裡有些幹部患病，他希望我明天早上到與近知名縣交界處的雙湖村找縣的辦事處，他在那兒等我。

雙湖村在這一帶享有盛名，狹長的村子把兩個魚產豐盛的小湖隔開。那兒原來世代居住許多越僑漁民，近年來都陸續搬走，傳說是回到南越解放區。今年（七三年）三月初，四萬名西貢阮文紹軍隊從邊境一路「掃蕩」，深入近知名縣並占據雙湖村五、

六天,享盡了肥美的魚產後撤退。

我從未來過雙湖村,但從以往的朋友們口中知道沿那條未鋪上柏油的碎石公路騎單車半個多小時,在進入縣界的司旺鎮之前向左轉,上了一條大土路數百米就是雙湖村。

一切都很順利,我在預定時間來到了雙湖村。那兒有獨特的風光,大土路寬闊而平坦,左右兩個面積相等的小湖泊平靜如鏡,四周茂盛的竹林與樹林給湖面與大路帶來絲絲涼意,路兩旁錯落有序的百餘家越南式的平面木屋中間有不少高棉人的高腳屋。但如此得天獨厚的村子卻是一片荒涼,除了村頭幾戶高棉農家外,沿路都是人去屋空。大概因越僑跑光了,這兒又受過西貢軍隊的劫掠,村尾又是縣政權重要機關,外人便不敢或不想遷入。

半路上小崗亭兩名無聊賴的年輕人帶著長槍走下來,打起精神攔住我。我這才想起沒有通行證,只得如實說要來找醫療隊長,為幾位幹部治病。兩人半信半疑,查閱了我的行醫證明,放行了。

來到村尾,是一片曠野農田,幾間茅舍和木屋錯落其間,同樣靜寂而荒涼。我有些心慌,向近處的木屋走去,聽到陣陣喘息聲,到了門口,竟見屋裡地板龜縮著一個手腳被捆綁的約五十歲華僑男子,他臉色蒼白,兩眼通紅,上衣撕裂,短褲下兩腿鞭痕累累,顯然經過劇烈鞭打。他帶著詫異與乞憐的眼光望著我。我心乍緊一陣,略為猶豫,不敢入內,朝五十米外另一間屋子走去,這時我聽到較響的啪啪聲,好奇戰勝了恐懼,又自恃有行醫證明,便騎著單車向那屋子而去,因怕萬一見到屋裡行刑的人。這回我偏遠門口約五十米望進去,只見一個四十多歲的華人四肢被分別綁在椅子上,椅子緊靠木柱,兩個高棉大漢一人拿牛鞭一

人用拳頭,輪流向他胸前和臉部揮打,兩人用力兇猛又全神貫注。這使我看清楚那椅子上的華人是原來在丁力工作站住了幾天的西南來的一個長輩朋友,但一時記不起他的名字,只知道他後來被調到近知名縣教書。

我知道我闖入紅柬的行刑區,是縣醫療隊長布下的陷阱,還是我誤闖?我下意識掉頭要跑,卻不防在這關頭前方隔著一間屋子的第四間行刑屋有人走了出來,大聲的把我喊住。我在恐慌中只得強作鎮定,下了單車向他走去,心想此番是凶多吉少,這都是我為民眾治病卻拒絕入伍種下的惡果。走到第三間屋子時,心情鎮定多了。鎮定,只有鎮定方能面對強風暴雨,我為自己打氣。

走到第三間屋子時,趁著喊住我的人不注意,我下意識向屋裡望去,更可怕的景象出現了,那屋裡地下躺著面向門外的一位華青,全身被捆得結實,他雙眼緊閉,口鼻都流出血,大概已經死了。他就是我熟悉的二十四區的郭忠。他後來被調到近知名縣司旺鎮教書,他怎會落得這個下場呢?

這時那第四間屋陸續走出七、八個高棉青年,他們每人手裡拿一碗子,就在門口的水缸裡舀水漱口洗碗,一個個都身子傾前盡全力向遠處的地裡張口噴射漱口水,然後若無其事地相互品評方才可口的狗肉餐。他們看到了我,都帶著厭惡、警惕或疑詫的眼光望著我。

「這阿真全看到了,好傢伙。」那叫喊我的人對他的同夥說。「阿真」是高棉人對中國人帶侮辱性的蔑稱,是種族歧視語言。「我沒看到,」我用柔和的語氣說。這時屋裡走出一個較肥大、年紀也較大的漢子,看樣子是當領導的。所有的人都望著他。「你怎麼到這兒來的?」他走到我面前,盯著我問。其他人

也圍住了我。「我是來為安卡服務的,是縣的醫療隊長叫我來的。」「安卡」是革命組織的意思,我說這話時,把身上的毫針盒和行醫證明讓他過目。我此刻必須把自己當作他們的一員。肥大漢子仔細檢查後,仍不放心地問:「好,你說你沒看到,我帶你去見一個人。」他把我帶到第三間木屋,叫人拿一盆水朝郭忠臉上潑過去。郭忠沒死,他睜開眼望到了我。

「你認識他嗎?」

「我確實不認識他。」我出奇地鎮定。我作出支持紅柬政權鎮壓反革命份子的虔誠姿態,我只能如此,否則對郭忠不但毫無幫助我自己也生命難保。

「無論如何,你到這地方就不能回去!」先前喊住我的那個人仍然氣勢凶凶,「到這裡要有特殊的縣級以上政權批發的通行證。你有嗎?」

正在這緊要關頭,遠處傳來了叫喊聲:「那個華人醫生走回來,到我們這兒!」是雙湖村路中央檢查過我證件的兩個年輕人。他倆同時對這邊的人喊:「他是我們芒果縣的人,不知你們那兒屬於近知名縣!」

我像遇到救星一樣拉著單車往回走,這當兒縣醫療隊長也騎著單車來到那兩個守崗哨的人身邊,對這邊喊:「沒事沒事,回來吧!」

那夥人沒攔我,不過那當領導的大漢及時對我說:「我們處理了一些反革命政權的人,這些人十分頑固,頑固透頂,對他們只能用革命專制手段……」

「好險啊,醫生。」醫療隊長對我說,「過了這村就是他們的縣,他們要是不放你,我們也沒辦法。大概因為我們前天也釋放了他們兩名沒有通行證的村民之回報吧!」

原來醫療隊長和其他幹部就在村頭等著我,而我卻騎著單車一直過了村,誤闖入近知名縣公安駐地,後來守崗者發現情況不對,才通知醫療隊長一起來找我。

　　「你回來就沒事,」當我為其他幹部紮針後告辭前醫療隊長對我說,「近知名縣是個死縣,他們的人要外出都要經過咱們縣,他們不敢得罪我們。」

　　我慶倖自己脫險,更擔心那些遭酷刑的朋友的安危。他們為什麼被抓到此呢?若非我親眼所見,沒人知道他們遭此酷刑。在後來多少年裡,我們只根據他們毫無音訊而判斷他們已被紅柬殺害。直到二十多年後我在西方國家遇到了那位四肢被綁在椅子上,胸和頭部被兩個紅柬大漢輪番毆打的長輩朋友,才知道他原是西南省份中學校長史秀。他對我說,他被毆打得吐出血來,多次昏迷,第二天早上,他被綁住眼睛由紅柬公安押送去一個不知名的地方,同行還有十多人,面對死亡他十分鎮靜,只想著自己的一生都是為人民做好事,問心無愧。走了一段路,一行人全站住,原來迎面來了另一批幹部,對方問這邊押送的是什麼人,要到哪裡去。聽口氣像是很高層的人物,後來,他臉上的黑巾被拉下來,對方有人用手電筒照射他的臉,認出曾在西南農村為他針灸治病的史秀,便對押送的人說:「這人我認識,讓我帶走吧!」史秀便跟著這高層幹部走。史秀向他說,我還有幾位朋友也被押走。對方說,別管太多,我也無能為力。史就這樣死裡逃生。

　　史是一位多才多藝的校長,他培養了千百計的學生,有幾十名學生跟著他到解放區參加革命。他在當地僑社享有崇高的威望,他還是個畫家,擅長動物與花草畫,會寫古詩與現代詩,書法也有一定功力,他兼職體育老師,籃球、乒乓球和太極拳樣樣

出色,他也是歌唱家,隨時能即興引吭高歌,他是華運在西南解放區的文工團團長。但這些似乎都不重要,他面對死亡表現出來的過人的勇氣和鎮定,對人民的熱愛和信仰戰勝了對死亡的恐懼,深深留在我們朋友心中。

他對我們說,他和郭忠被紅柬逮捕是因為他們是中文教師,這妨礙了紅柬同化華僑的政策,他倆又是外地人,更易於將間諜的罪名強加於他們身上。他的柬語發音不準而郭忠卻是太倔強,好爭辯,才受了酷刑。受刑期間,郭忠不斷向施刑的公安人員高喊愛國無罪,教書有理,最後又以絕食抗爭,於是他受的毆打最重,公安人員向他身上倒滾燙的開水,吐口水,羞辱他,晚上還把他綁個結實鎖在牛棚裡受群蚊的圍攻,最後折磨到死。縣公安局長在向民眾宣佈取得反間諜鬥爭的勝利時還說,在逮捕共五名華人教師期間,全縣幾個市鎮沒有任何一名華人站出來擔保他們的清白,這說明革命組織是正確的,是受到人民群眾衷心擁護的。

還是回到未完的故事吧!當天傍晚,我回到工作點,把今天的經過告訴丁力。丁力說,紅柬政權對被解散的華運仍心存疑慮,他們認為我們表面上是解散,但仍保存一個集體,認為我們表面上為人民服務,實際上與紅柬對著幹,我們在華僑中教學,妨礙了紅柬對華僑的領導和同化,我們在農村當赤腳醫生,又使紅柬自己的醫療工作難以開展,毫無權威,紅柬要收編我們顯然不可能,要逮捕又難以羅織罪名,紅柬不容忍這種局面繼續下,已開始在個別地區以莫須有的罪名加害我們。實際上,丁力自己也常聽到附近一些村民對我們的冷言冷語,說我們若不是臺灣特務就是因為在敵占區會遭到朗諾政權的逮捕,是逃亡而不是來幹革命的。

第二天早上，丁力把我調到芒果縣府工作。芒果縣府有二十多位朋友，分屬三個部門：醫療組、教學組和單車修理店。後者是由幾位原柴楨市青年學生和西北區朋友共同經營，通過修理單車增加收入。三個部門的負責人是丁力的學生、二十八歲的張堅強。

　　縣府有一百多戶僑胞，張堅強與僑胞們和當地政權關係還好。

　　我被安排在僅有兩名成員的醫療組，她們是張堅強的姐姐張美和剛調來不久的鄭紅。

　　二十一歲的鄭紅有著普通華僑女生的相貌和身材，她絕不是個普通人，她會獨立處理許多疾病，擅長婦產科，無論西醫、針灸，都稱得上是醫生。中學畢業後，她在中華醫院工作時到華運特殊培養。她有一定的理論水準，很會照顧和體貼病人，會做群眾工作，能和群眾打成一片，無論在干丹省或這裡，她是個紅人。

　　在這個新環境新人事中，我們算是比較熟絡。晚上有空閒時，我們便在門外的大樹下談心。她談她在干丹省的戰鬥經歷和柬海逮捕入獄的經過，我談我的中草藥知識和越南戰鬥部隊的生涯，她談她在金邊的父母和弟妹，念書時一些難忘的趣事，我談我在中國曲折的身世，在柬埔寨的遭遇以及到農村的心路歷程；最後，她談她在中華醫院當護士聽到的一些柬共、越共地下人員在醫院中與華運爭奪人員，祕密發展力量的內幕，我便向她訴說在拉省醫療組受歧視和排擠。但當我們談到對前途的展望時，我們都相信道路是曲折的，前途是光明的。

　　她的工作量大了，休息時間少了，身體逐漸消瘦，臉色蒼白。從前線來到後方，她同樣生活緊張，又缺乏營養，她患了腸胃炎，我在這裡是個雜工，盡可能幫她煮些少量多餐的食物。由

第五章　華運生涯

於孕婦多在深夜或凌晨分娩，我常要陪她踏著夜光月色外出和歸來。我每一次都忍不住問她想吃什麼，身體情況等。有時，她並不答話，停下腳步，先整理一下微風吹亂的秀髮，站在我面前，為我拉一下衣領或扣上衣領上的鈕扣，又默默向前走。

我在思想和業務上把她當作姐姐，在生活上把她當作妹妹。我越來越覺得，在許許多多同樣離開家人，投奔革命的姑娘中，我應該更多地關心她。可是我從沒跨出下一步，因為許多朋友都說，與她共同戰鬥，共蹲監獄的親密戰友韓勇一直在東北的農場等她。革命者是容不下半點私情的，雖然她從沒對我說她有男朋友。她更多是向我提起她的乾爸陳山。陳山在監獄時認她為乾女兒，並身體力行地如父親般無微不至地關心她。鄭紅也把他當作父親來敬愛，對他言聽計從。許多朋友對這種關係不以為然。我想，對比陳山與韓勇，我在鄭紅心目中是個不足輕重的人。

正是不如意事常有八九，寒流處處有。不久，原來與當地紅柬政權關係良好的張堅強出人意料地被紅柬縣委逮捕，既不公佈其罪名，也不知被抓到何處。僑胞與我們一樣人心惶惶，消息很快傳開去，陳山從東北老黃與小黑的幫助下趕來了，第二天便把鄭紅接走。我為她送行，分別時我有些神傷，而她見到乾爸時卻是那樣興高采烈。她留給我最後一句話是：還是掌握一門謀生本領，什麼革命啦、愛國啦，先擱一邊吧！

丁力無意把外地的朋友都調離縣府，因這樣會害了張堅強，他相信兩年來張堅強給當地政權和僑胞中的印象是好的，他品質好，處事有經驗，人如其名，立場堅定，身體強壯。但我作為後來者，要盡快調離。

丁力同意我回到過去在二十四區的朋友中去，我們聽說羅森在菩提村的修表店生意很好，我與他是同鄉，可幫他忙也學些

手藝。

羅森那時已與盧姐結婚了，夫妻倆與當地青年名叫阿典夫婦同住。屋子前段作為修手錶之用，阿典也是修表匠，兩人共用一張檯子。前來修表的全是紅柬解放軍，在貧窮落後的農村中，手錶是時髦品，親友送的或是戰場撿到的，是舊的就貼上一片鮮豔的膠面，壞的就帶到這兒修理。在解放區，出色的修表匠如鳳毛麟角，許多軍人都是騎單車從十幾公里外到這裡修表的。每天從早到晚，小小的屋子擠滿了解放軍，他們寧可省吃儉用，也要戴手錶炫耀一番。

屋子小，我們朋友多，熱心的財叔讓出附近另一間小木屋給我和趙民、劉堅、陳琴住下來。

為了生活，朋友們湊集僅有的一點錢做起小生意，貨物要到柴楨省城地市十多公里外的達隆村購買。達隆村是柬共邊境新開發的解放區市鎮，原來居住著少量柬埔寨農民，戰爭爆發後，附近的越僑紛紛遷移到那裡。越南解放軍也有駐軍，並設有越南地方政權，儼然成為越南領土。菩提村距達隆村約四十公里，達隆村距阮文紹控制區約五公里，越共與阮文紹政權為了讓貨物交流，從不為難生意人，兩地雖近卻從沒發生交火，飛機也從不來轟炸，因而居民越來越多。紅柬政權看不慣這種繁榮景象，因為達隆村原屬柬領土，這裡成為人們逃避紅柬統治的天堂，為了取締華人經商，紅柬政權辦起供銷合作社，派人到這裡購物以便統一以低價出售給農民，可又受這裡華商的控制。越共政權把華人當作自家人，越華人民友好相處不像在紅柬統治下華人受歧視和迫害。

我和劉堅每天騎單車輪流到達隆村買貨，有時還深入到阮文紹控制區。在越共部隊從沒見過西貢軍人，在這裡卻熟視無睹。

在紅柬政權看來，這種邊貿生意就是走私。因為地方政權反對經商。合作社的貨物少，價格便宜但民眾買不到，而我們卻貨源充足。於是，各地崗哨便擔負起抓走私的任務。我們每次都絞盡腦汁逃避搜查，例如只買些較貴重、易藏匿高利潤的貨物如打火機、縫衣針、手錶或零件、煙紙、原子筆等等。我們把貨物藏在臭不可聞的牛糞肥料中，美其名曰響應政權號召發展農業。把布匹纏繞在胸腹部，再穿上外衣，打火石拆散倒進單車前頭的鐵管中，等等。道高一尺魔高一丈，各地崗哨日久就發現了，有時要走私者脫光衣服澈底搜查，因而我們也屢有損失。

即便我們逃過搜查，也逃不過當地公安人員的耳目，鄉村政權不再給我們發通行證，公安人員加強監視，每天盯著我們那麼一點貨物。公安人員更注意羅森與阿典的修表店，兩人發了小財，購下當地一間小泥屋，又先後從南越邊境購入全新的摩托車。

小小的菩提村醞釀著一場大風暴。一天早上，一群公安趁修表店剛開門，未有解放軍顧客時上門時將阿典五花大綁帶走了。形勢不妙，羅森離開他買下不久的水泥屋，搬過來與我們同住。

羅森只為少數熟人修手錶，我們的生意也有所收斂，好心的財叔幾次過來提醒我們要從事農業，他讓出屋後一片土地給我們種菜。我們種起蘿蔔、白菜。我們也湊些錢給陳琴姐向僑胞購買一架老舊的縫衣車，許多高棉婦女每天拿破舊衣服給她縫補，她成了大忙人。我們又渡過一個難關。

阿典被捕後的半個月，盧姐生下一個小女兒，趙民與陳琴也結婚了。阿典一天沒釋放，我們心中的陰影就一天揮不去。在當地公安局眼中，我們是「新興的資產階級」。地方政權在群眾會議中說：「一架縫衣車會產生一個資產階級。縫衣者就是資本

家，他從勞動中積累資本後成為剝削階級，他將來一定要對人民進行更大的剝削。」「任何勞動者若離開革命組織，離開無產階級的領導，就會成為資產階級」。

每天總有許多村民要求縫衣裁褲或購買日用品或修理手錶。我們每天都要好幾次面對走過家門前放緩腳步的十幾名清一色那雙冷屑眉眼的公安人員，我們心情矛盾，忐忑不安。由於阿典仍無音訊，羅森與財叔商量後，聯合全村僅有的二十名僑胞寫了一封信給鄉與村的政權。聯名信由羅森起草，由當地一名柬文程度高的華青翻譯。信的大意是：自從阿典於二十天前被公安人員帶走後就下落不明，菩提村全體華僑憂心忡忡，不知阿典犯了何罪？而根據全村僑胞的共識，阿黃是一位正當商人，好青年，全村僑胞願聯名擔保他，若他確實犯了什麼過錯，也請革命政權讓我們知道，給其家屬有個交待。

聯名信上交後，政權不作任何答覆，還派人下來調查是誰發起簽名信，財叔答以是大家共同要求、聯合發起。來人顯然不信，說了一句：「革命組織逮捕的人，你們偏說他是好人。」

我們每天就在菜園裡種菜，也在店前賣剩下的雜貨，陳琴繼續縫衣，趙民因年紀大，又是家長，為安全起見，他離開我們到北燕市與朋友們同住。

這天是阿典被捕後一個月。上午十時多，那群公安人員又出現了，他們逕自來到我們屋前，五、六個持長槍的在路對面上站著，一個沒持槍的走進來，對著正在修理手錶的羅森用手勢示意跟他走出去。羅森順從地走出來，那人就用預備好的繩索把他兩手反綁在背後，再解下他自己的大水布披在羅森的肩膀上，從背後直蓋到被綁著的兩手，羅森就這樣被押走了。

羅森走時，表現得十分鎮定，他略轉過頭用眼睛向我示意請

放心,他會沉著應付,會平安回來。那時只有我在店前,目睹他跟在那人身後,與門前那批持槍公安一起向孟雙縣府方向走去。一切是那麼些平靜,路人並不發現這是一宗大白天綁架案。

三十三歲的奈良市人羅森,一九六二年中學畢業於金邊端華中學後便在父親開創的修錶店學才藝,求學時他已祕密參加華運。他平素待人友善和熱情,政治上不偏激,處世老練,善於變通,是僑青的良師益友。由於他是繼阿典被捕後的第二人,他必有各種心理準備,從他那鎮定冷靜和臨別時眼神的示意,我們都相信他能屈能伸,平安回來。我們都竭力安慰抱著女嬰在門口觀望的盧姐,盧姐淚眼汪汪,好久才低頭望著懷裡的小女兒,小女兒也凝視著母親,她不知出世不久就永遠失去了父愛,更不知人世間竟是如此殘酷。

羅森一走不再回來,我們再也沒他的蹤影音訊,他是怎麼死的?只有殺害他的冷血的公安人員知道,可是孟雙縣所有公安人員以及其他幹部,包括被僑胞咒罵的華裔鄉長「狗筋」,後來全遭另一批冷血紅柬人員屠殺殆盡。一九七六年所謂代表正確路線的另一批人在此進行一場黨內清洗運動。一年後,波爾布特政權又對東南區進行新的階級鬥爭,把前一次奪權的大小幹部盡數殺害,「防止了一場賣國投越的罪惡行徑」,「及時挽救了黨和國家」。

日子在充滿「紅色恐怖」的氣氛中渡過,但芒果縣府政權釋放張堅強的消息使我們對紅柬政權產生了幻想。可後來從老黃和小黑口中得悉翁湖縣只下市的華校女校長被捕的消息又令人沮喪。不但如此,翁湖縣的華裔公安局長已限制那兒的前華運人員的活動,將他們當作叛徒、內奸、工賊劉少奇路線的追隨者,甚至連他自己過去的華文班主任老師也加以嚴密監視。

張堅強釋放幾天後就回去他在北燕市的家鄉，其他外地朋友也陸續撤離，只剩下幾位當地的朋友在單車店工作。沒人通知我們撤離菩提村。

　　公安人員似乎不肯罷休，十幾個人每天巡視全村幾遍後，就在十字路中央的亭子歇腳，全村所有華僑家庭全在其監控之下。他們時而到唯一的小咖啡店進餐，時而走進我們屋後的派出所，從他們的舉動和神色，顯然把我們作為監視的重點。

　　這天下午四點左右，一輛摩托車駛到我們家門前，駕車者是一名與公安人員有交情的僑青。他向我們屋裡揚手拋來一個小紙團後繼續上路。我拆開紙團一看，是四個字：「越快越好。」我立刻意識到情況危急，腦海中出現在近知名縣目睹的恐怖一幕。計算日子，明天正是羅森被捕一周月，也是阿典被捕兩周月。我暫不動聲色，待劉堅與靜山從菜園回來，陳琴和盧姐與我們共進晚餐時，才對他們說：「我們今晚就必須逃跑，公安的槍口正指著我們。」我把手中的紙團給大家過目，大家都覺得突然，異口同聲反對。劉堅說：「這一走會害了羅森，況且張堅強也被釋放了。」靜山說：「是要走，但不急在今晚，待貨物賣少一些再走也不遲。」陳琴說：「要想到整個集體的利益，逃跑意味著對抗和叛逃，對華運問題的解決不利。」盧姐不發一言。我想她也希望我們和她母女留下來，但她不敢預料未來的不測。我說：「不要拿四個人的生命作賭注，羅森是為等待阿典釋放而錯失逃生機會，也不要為貨物的損失而可惜，留得青山在，不怕沒柴燒。」正當我們在低聲爭論時，一向很少到我們家的財叔提著一個水桶走過來，擱在地上一聲不響走回去。我說，是財叔向我們警示，要緊急撤離。三人仍猶豫不決。天色暗了，我們循例要到與叔財家為鄰的公用水井洗澡，發現井邊罕有的出現五、六個公安人員

在洗澡。再到前門觀望，今晚的公安亭也破例有公安人員守夜。

我們關起前後門，在屋裡緊急行動。我提議盡量少帶物品，因為沿路崗哨多，一被查問扣留同樣難逃虎口。我們有三輛單車，便決定凌晨二點準時出門，由劉堅載著陳琴先走，十分鐘後靜山再走，再過十分鐘後我走。我們約好先到孟雙縣兩公里的白米村華校躲起來，等四點左右往竹荀窟鄉和北燕市出逃。

由於沒通行證，劉堅為我們寫了三張通行證，模仿鄉長的筆跡簽了名。我們綁了吊床掛蚊帳，蚊帳裡的小收音機如以往般開著北京中央人民廣播電臺的波段。這時，細心的靜山悄悄走到前後門觀察，從門縫裡赫然發現前後均有公安人員駐守，一人竟抱著槍坐在大門外，擋住門口。氣氛異常緊張，公安人員必在天亮時對我們四人進行集體逮捕。我們像熱鍋上的螞蟻，擔心無法出逃。

時間在屏息中一分一秒度過，我們每個人的生命只剩下幾小時。在餘下的時間裡我想到了潮州的養母，她不知道當年把我送下渡船踏上出國之路是一條死亡之路，我和爸媽的跨國恩怨、悲歡離合到頭來一場空，還有我尊敬的史丹青老師，改變我命運的王炳坤，越共部隊馬呃營長，好友松惡，異國之花娘娜。一個個如走馬燈出現在眼前，可沒人救得了我，不知我的死活。都說革命者視死如歸，無所畏懼，到了刑場，我是要高喊「共產黨萬歲」「毛主席萬歲」還是「打倒帝修反」？是要唱國際歌還是《義勇軍進行曲》？我是死得重如泰山還是輕如鴻毛？

「起來，準備行動。」靜山輕聲叫我，打斷我的思路，我猛醒過來，躡手躡腳跟著他到門縫望出去。守在門外的公安人員抱著槍睡著了，他前俯著的身體估計可讓我們打開門後容下一輛單車出去。時間正是兩點，我們輕輕把門推開，劉堅先走出去，靜

山幫著把單車輕推出去，然後陳琴跨出門。我們目送他倆順利上路，消失在黑暗中。我又關了竹門。竹門是不發出聲音的，靜山出去時也沒驚動熟睡的公安。

十分鐘後，輪到我了。我只穿背心短褲，單車後架是一條大毛巾包裹著幾件舊衣服，幾本中藥書。收音機仍在蚊帳裡響著。最後，我與盧姐握別，無盡的同情與祝願盡在不言中。

我再次把竹門輕輕推開，單車輕推出去。幾乎與公安擦身而過，接著我憋氣貓腰，跨步輕邁。一步、一步、又一步，真是一步一驚魂，生死成敗繫此一線。終於出門上了單車，不敢回頭直向前衝。

到孟雙縣府要經過兩個崗哨，第一個守崗位的人睡著了，第二個崗亭裡的幾個人似在聊天，我吹著輕鬆的口哨，若無其事緩慢而過。過了縣府，在十字路口向左轉上了約兩百米的坡路，在黑暗中找到華校，剛一敲門，門就開了，劉堅、陳琴與靜山都在裡頭，我們情不自禁擁抱起來。

還要等到凌晨四時才繼續上路，因為那時候守崗換班，可鑽空子，而且已有少數農民出門捕魚或到田裡幹活。

我們告別了與我們同樣緊張又興奮的兩位教師朋友。一切都順利，我們經過竹荀窟鄉後，約六時抵達北燕市實用學校。朋友們幾乎被我們出逃嚇壞了，因為這裡雖是過了省，卻與菩提村同屬二十三區，公安人員同樣可來抓人。符進不讓我們逗留，親自陪我們去城地市。

城地的朋友們瞭解真相後，建議我們立刻到僑胞的家裡躲起來，因為作為縣公安，基本都掌握這一帶華運人員的工作點和學校，肯定會來這裡搜查。

一戶僑胞熱情地收留了我們。消息很快傳出去，整條街兩排

第五章　華運生涯　187

屋子都把門關著。主人招待我們吃早餐，符進在一旁批評我們作了錯誤決定。他說：「今天正是一九七四年元旦，你們在東南區幹出一件不利華運集體的事，你們也沒想到羅森的安危。」符進走後，韓振華和趙民一起來了，他問明情況後，卻讚揚我們當機立斷，說：「走得對，很及時，你們要是被抓，肯定沒活路。」他說，符進已親自去請丁力來處理我們出逃的事。城地的朋友們陸續從後門進來向我們瞭解情況，九點左右，菩提村一位僑青騎摩托車來了，他是花生島鄉華聯會主席呂達深的兒子，華聯會解散後，他到菩提村一位親戚家暫住。

「你們好險啊！」他說，「七時左右，一批公安率領一支牛車隊衝進你們屋裡抓人，卻原來你們擺了空城計，利用收音機麻痹看守的公安，半夜逃跑了！」他描述那批公安人員把我們店裡的貨物、縫衣機全搬上牛車的情景。正說著，屋裡的主人提醒我們要小聲，他從門縫望到一隊公安約七、八人在街上搜索，問我們，他們是不是孟雙縣的公安？我們往外望，果是那幫人，原來他們不甘心，沿幾個市鎮搜索來了。他們顯然一無所獲，這裡的僑胞保護著我們，但我們也不得久留，免得連累僑胞。

下午，丁力來了。他開門見山就批評我們：「不論怎麼說，你們就是怕死！你們是革命者嗎？我們華運正等待中柬共雙方來處理，這只能給大家的出路添麻煩，柬共更不信任我們……。」我們沒爭辯，我們認為跑得對，為什麼要拿四條人命作賭注？

街上已平靜如昔，丁力讓我們四個人立刻到越南邊境的達隆村。那兒有一位已脫離集體的朋友開的西藥房，他讓出一間小屋讓我們躲著，三餐還給人送來食物。在那幾天裡，我們還見到那幾位公安在街上走動觀望。這裡是越共的地盤，他們不能帶槍，我們仍得避開他們，免得其他不測。

為了澈底擺脫孟雙縣公安，丁力等到老黃和小黑來時，要他倆把我們送到遙遠的東北。兩人也有難處，因為他倆之所以能在解放區通行無阻，是為東北五〇四大區的紅柬採購物資，若經常載人而非載貨，必引起紅柬的懷疑。此外，上東北的必經之地的翁湖縣府的華裔公安部長最近被人暗殺，氣氛緊張。

但我們不能長期躲下去，遲走不如早走。

我們四人搭上老黃和小黑大摩托車經過丙介瑤市進入芒果縣府，在那兒的單車店過了一夜，第二天淩晨向翁湖市進發。

翁湖市郊的崗哨明顯增多，氣氛肅穆緊張，摩托車嘗試行駛在一些小徑旁道，避開戒備森嚴的市區，卻仍然被守崗的喝停。對方檢查過兩人的通行證，沒有留難，卻要我們走大道進入市區。市區的守崗者又要我們走唯一到市中心的公路，看來無路可避，必定要正面遇上公安人員了。而這裡仍然屬於東南大區，孟雙縣的公安要是通報上級，那麼我們是自投羅網，還要連累老黃和小黑。

五、六個公安氣勢凶洶洶持槍一字排開把我們攔下，我們順從地下了車。老黃恭敬地遞上一包香煙，小黑同時呈上特別通行證。「到屋裡去！全都去！」公安只略望了通行證，便向我們下令。

我們依指示走進附近一間已廢棄的柬文學校的禮堂，禮堂裡坐著約六七十人，大多是華人。由於縣公安局長被人暗殺身亡，全市戒備森嚴，這裡又集中了較多的華僑。我們心知不妙，但也只能既來之則安之。

這時是清晨八點正，一位四十出頭的華人幹部，在其他幾位幹部陪同下走上講臺，其他幹部和幾位公安侍立一側。

「朋友們，」他清了一下嗓子，「我叫建猜，你們可叫我建

同志,我是組織調來不久的二十一分區的幹部。組織給我一個機會與大家見面,我將在這裡與大家談一個主題,即順應柬埔寨革命形勢……。」他以標準清晰的柬語列舉了一系列戰場的捷報和敵人各種不可克服的困難後說,「在解放區,許多人還趕不上革命的形勢,緬懷過去腐朽的封建主義和資本主義的生活,有些華人還想做生意,逃避勞動生產。實際上,那種人剝削人的制度是一去不復返了,柬埔寨革命不只是為了推翻帝國主義及其代理人對我國的侵略,也是為了建設一個公平合理、人民當家作主的國家……。」

在談過了民族鬥爭到階級鬥爭是隨著抗戰的節節勝利而逐漸過渡之後,建猜說,柬埔寨存在許多不合理的現象,首都和大城市被外國人占住著,剝削者控制了國家的經濟命脈,工農群眾長期受剝削和壓迫,廣大人民被愚弄,逆來順受。我們偉大的革命組織就是要號召人民覺醒起來,澈底改變這種人吃人的制度。

最後,建猜說,革命以來,在解放區出現了所謂的「華運」組織,這些人極不識時務,大多數華人生於此,長於此,就要面向當地,接受柬埔寨革命政權的一元化領導。最近,北京中央人民廣播電臺的開頭語只是「朋友們」,而不再用「同志們」,這表明中國方面已不支持或承認海外有他們的同志,中國強調國家要獨立,民族要解放,人民要革命。既然國家要獨立,就不允許在別的國家中發展服務於外國的所謂「革命」組織。革命組織奉勸那些仍想幹革命的所謂「華運」人員,勇敢地加入統一陣線。他們當初投奔解放區的目的就是支援柬埔寨人民抗美救國戰爭而非為一個小集團服務。他們這樣下去,不但浪費革命的年華,對支持我國人民的反美救國戰爭也毫無意義。要站得高看得遠……。

散會了,紅柬政權給我們上了課,看著我們聚精會神地聽,也便沒有留難我們。

我們順利離開翁湖市,經過三州府,於傍晚時分進入足社的橡膠園。我們在附近的華校休息,那裡的朋友告訴我們,這一帶公安監視得緊,太早或太晚去井邊洗澡都會引起注意,休息時也不要多談話,明天早些離開。

在後來的幾天行程中,我們多次談到建猜的發言。老黃和小黑因走動多,認識的人廣,知道建猜就是西北來的原華運中級領導幹部石建。政變以前,石建夫婦是金邊華校柬文教師兼中文報柬文翻譯,與東海一樣既是華運人員又祕密參加紅柬。他很有理論,不少年輕人跟隨他走,有幾對戀人甚至因此分道揚鑣。對紅柬忠心耿耿的石建後來受專區領導的批評,因為革命組織不認為柬埔寨有外僑或外國人,便不該召開只針對華人的會議。一九七九年一月,石建接受前華運領導文敬田的勸說逃離紅柬,化為平民逃到泰國難民營。

我們不為石建的言論所動,因為我們相信有著悠久革命歷史的長輩們是緊跟祖國的,我們也都深愛祖國,既然華運響應祖國領事館的指示到解放區幹革命,那麼我們最後的出路只有由祖國有關方面來決定。

留在各地工作的朋友給我們提供了路過的食宿,有的仍在教書或種菜或當赤腳醫生,在漫長的七號公路,我們不再是躲避美國飛機的轟炸而是避開紅柬公安的耳目。

這天黃昏,當我們帶著疲憊不堪的身體抵達磅占省湄公河岸的哥士馬縣逢波鄉時,兩位聯絡員告誡我們,這裡的形勢比別的地區還要緊,但我們仍不得不在這裡停留,因為天亮後,老黃和小黑就要趕到越南邊境購貨,以免時間長了引起上級的懷疑。我

們四人將在此分手，我和靜山渡河去棉花窟鄉出水村農場，劉堅與陳琴由當地僑青用單車載到川龍市。

逢波鄉四位朋友分別是校長蔡明夫婦、原金邊端華中學學生方芳和來自芒果縣的鄭紅，三十多歲的蔡明熱情斯文，他是負責人，當地政權視他為小頭目，限令他教書時要用柬文為主，夫婦倆早已按中柬文的比例各一半來教，政權仍說他們教中文太多。我們摸黑去河邊洗澡，吃晚飯時，鄭紅回來。我和她在東南早已熟絡，話題多了，長輩們把她調到這裡工作是因為這裡地理位置重要，扼守東南與東北區的樞紐，有幾十戶僑胞而從未有過醫生。她每天早出晚歸為僑胞們治病，也為產婦接生孩子，方芳有時幫忙教書或當鄭紅的助手，後來義務勞動多了，蔡明便派她去勞動。我把在菩提村出逃的經過告訴鄭紅，彼此感慨萬千。夜深了，鄭紅送我一張薄被單。

天剛亮，蔡明帶了我和靜山悄悄走出後門，經過一片竹林到了河岸，岸邊早準備了一艘小船，小船穿過濃霧向朦朧的對岸劃去。

「棉花窟鄉將是我們幾百名朋友目前的歸宿，你們雖是逃難而來，我此刻卻十分羨慕你們。」蔡明說。小船劃破如鏡的河面，拖著長長的人字形漪漣靜靜向後擴散。他又說：「很少人知道我的險惡處境，在這個有著兩千年封建歷史、深受佛教影響的落後農業國家，革命來得太快了，許多事都難以預測。」他端正的臉上帶著憂慮迷惘又有幾分堅強執著，「我服從長輩的安排，高山不讓我離開，各地有危難的朋友都需要我把他們護送過河到棉花窟鄉，那兒的朋友也要從我這裡獲得東南與中部地區的消息。」

蔡明是桔井市人，中學時已接受革命的薰陶，他準備到金邊

念書時就發生了政變。高山派他到這裡工作。他很有人緣，柬文程度也高。兩年後，他與這裡一位女青年戀愛並結了婚。逢波鄉距桔井市有一百餘公里，沿途十幾個華僑鄉，只有這裡與僑胞的關係最密切，工作很順利，最初也得到當地政權的配合支持。

「棉花窟鄉有近百家華僑，一間小學，農場就在三公里外的出水村，那兒有來自東南西北的一百多名朋友，他們進行艱苦的農業生產勞動，靠自己的雙手種田，誓把出水村建設成柬埔寨的大寨。我們的朋友不再東躲西藏，而是有雄心壯志開創一個新天地……。」他一路滔滔不絕。

船靠岸了，蔡明指示我們沿河岸往北走約一公里就是棉花窟鄉，河岸前面一間大木屋就是前領導人劉裕的住所。「把介紹信給他，把我的情況轉告他，幫我問候那兒的朋友。」握別後，他說。「許多事都難以預測。」正如他所說的，誰又能預測到他把我們送走後不到一個月就被當地政權抓捕，不久就永遠消失在人間。與羅森一樣，他遺下孤苦的妻子和小女兒。

我們按照蔡明的指引找到劉裕的大屋。大屋面向湄公河，屋前兩側各有個大瓜棚，垂吊著十幾個瓜子，中間的走道有兩張長木凳，十幾位青年農民正站著或坐在凳上吃番薯。他們身邊是鋤頭、大刀和斧頭，腰系水布頭戴草帽。他們就是來自各地的華運朋友，正準備到出水村勞動。

我和靜山走進大木屋的小房間，見過五十三歲的劉裕。他閱過蔡明的介紹信，說：「最近從各地來的朋友很多，在這裡從事農業生產是安全的，因為符合紅柬的政策。但人多也有難處：缺少糧食，金錢買不到米糧，農具也不足，沒有田地。出水村是一片森林，是瘧疾區，種下去的雜糧最快也要三個月才有收成。你們暫住幾天，想辦法找人送你們到桔井市，至於蔡明我們瞭解他

的處境,他應該撤離,否則像你們一樣有生命危險,但這也要等桔井高山那邊的安排。」

我們一住就半個月,每天跟著大屋幾個年輕力壯的女青年劃船到河中間一個小島上挖番薯、種番薯。黃昏,在出水村山區勞動的十幾名男青年回來了,我們就幫六十多歲的王媽做飯,砍柴挑水。大屋周圍有許多空地,我們種上甘蔗、花生和玉蜀黍。

劉裕夫婦和兩個兒子,劉裕的妻弟和翻譯劉兵,幾位女青年和王媽也住在大屋裡。由於出水村新建的屋子容不下太多人,故十幾位男青年也在收工後回來過夜。附近有幾間小木屋,住著幾對年輕夫婦與他們的兒女,鄉尾的華校有百多名學生,與學校為鄰是醫療站,有七名女醫務人員。劉裕的妻子金秀是負責人和主要醫生。

劉兵幫我們向鄉政權申請了一張到桔井市的通行證,但劉裕讓我留下來。靜山走了,在東南同甘共苦同逃難的最後一位朋友今後很難再見面了。我們握手惜別,不約而同地想起羅森,可憐的盧姐和她剛出世的女兒今後何去何從呢?

醫療站的朋友知道我懂些草藥,希望我在醫療上能當個助手,劉裕便把我調到那兒去,但我仍要參加生產勞動。

我當晚來到醫療站時,這些新認識的朋友都很高興,聽我講述在東南區的故事,只有體弱多病的郭英躲在房間裡拉起低沉幽傷的小提琴樂曲。問起她們的名字,除了金秀的妹妹銀秀外,個個都叫阿英。年紀最大的陳英,原金邊民生中學教師,後來到中華醫院當護士,政變後又在越共醫院實習幾了幾個月,她和許多老前輩一樣參加過越南的抗法戰爭,她那時是文工團年紀最小的演員,由於長期生活在越南農村,她練就一身與眾不同的本領:划船、潛水、游泳、撒網捕魚樣樣精通。政變後,夫妻倆把四個

小兒女交給年老的父母便投奔解放區。丈夫在川龍市對岸的磅戈鄉華校當校長；洪英是桔井市人，馮英是川龍市人，李英是金邊端華學校專修生，年紀最小的是家鄉在遙遠的磅乍力市的余英，十五歲就跟著他的老師到解放區幹革命。來自馬德望的叫鐵英，在出水村當衛生員，最後是體弱多病的郭英。

由於生產任務緊，我每天都外出勞動。出水村需要大量肥料，我便被安排每天推小車到處收集牛糞，在醫療站主要幹些養豬飼雞，挑水劈柴種瓜菜的雜務。晚上，我們唱歌、談心。

在這裡，我們每天談話都是如何生產以解決糧食問題。醫療隊員有時能得到柬華病人送來的大米，我們把大米讓給病弱的朋友，收穫的番薯不夠出水村一百多人的口糧，我們便向鄉裡或鄰鄉農民購買木薯乾和生硬的乾香蕉碎或他們囤積多時的玉米。朋友常談起出水村朋友們熱情的勞動幹勁和惡劣的生活條件，這使我更加嚮往出水村，欽佩那些經得起考驗的朋友們。

終於有一天，劉裕決定把我和其他年輕夫婦、醫療站五位身體較強壯的女醫務人員調到出水村勞動。

這天一大早，我們吃過早餐，帶上簡單的行李，在劉兵的帶領下向村後的山區出發。

鄉裡的高腳屋都是沿河岸而建，屋後是各自的果園，竹叢或菜園地，接著便是一片片高低不一、縱橫交錯的田地，這時正是旱季末期，收割後的田地都被曬裂開來，只在田埂旁、土坑或低窪處還頑強地長著雜草。大家沿著田壟、土路蜿蜒走了兩公里，一座小山橫在眼前，山上的樹木十分茂盛，成群的黑猴子盪秋千般在樹林裡跳躍翻騰，身手敏捷地從一棵樹跳躍到另一棵樹，還故意發出「唧唧」的叫聲，向人們顯示其過人的本領。

繞過山麓小徑，又一座小山橫裡攔住，一條土白色的山路讓

大家走了約半個時辰,豁然開朗是一片狹長而空曠的田野。

空氣中混和著濃烈的泥土味,似乎還有些涼意,原來一條大水溝不知從何伸延到這裡,由於半年的乾旱,溝水淺了,有一處還露出乾涸的泥土,大家剛走下這乾涸處,驚動了兩側的魚群,激起一連串的「啪啪」水聲,隱約見到一些戾魚向較深處的大葉水蓮下逃竄。

過了這兩旁盡是大喬木和竹叢的水溝,望到了前方較平處的幾壟田地,但大多荒廢了。帶路的劉兵指著路邊一處滿是砂礫,寸草不生的平地說:「這就是我們「名列一萬」的地。一年前,初到棉花窟的朋友們嘗試向村民借用田地,一位農民讓出這塊地,還說這塊地很好,名列一萬。大家高興極了,拿了鋤頭開荒,鋤頭一落地,不是被彈回來,就是被砸花了。大家才知道「名列一萬」是這麼回事」。

在這幾近原始森林的地方,突然出現七、八間高腳木屋。劉兵說:「這就是我們朋友們創建的新村,叫出水村。」但見周圍是丘陵、小山,這些木屋依山而建,地勢高而平,往屋前方的低處望去,約一公里遠是竹林和樹林混雜交錯,掩藏著一個正閃耀著粼粼水光的平境湖。清晨的涼風,從湖面向出水村送來陣陣寒意。

「這是一號家,」劉兵對我說,「住著我們的領導文敬田叔。」這間高大雙層的木樓並不與其他屋子並排,而是建在另一側的山坡下,背靠山,兩旁是高地和林木,前面是約一公頃大的草地,遠遠望去,這一號家就像西遊記中山林裡騰空而出、變幻而來的寺廟。從二號家到七號家是間隔五十米左右並行而建的六間大屋。一位年已六十,赤著上身,只著寬鬆大短褲的短頭髮老伯正蹲在地上磨刀。他抬頭望見我們來了,放下大刀站起來說:

「都來了，朋友們都到工地去，屋裡還有鐵英，正好由她帶你們去。」正說著，只見兩位年輕農民正從前方的低窪地走過來，手裡各持著一支長達約五米的魚竿，胳膊上還各拎著個魚籠，幾條濕滑滑的大戾魚在籠裡又擺又鑽想找空隙逃生。

這老伯就是大名鼎鼎的原西南中學校長楊光。六十年代他曾與貢布省長燕天連袂到金邊觀看莊則棟與李富榮的乒乓球賽。楊光看我是新來的，用親切的口吻招呼道：「哇，來了個新朋友，挺年輕的，到這山區有何感想啊？」我一時不知怎麼作答，想到這裡有許多中老年人，便說：「到這裡，才知道幹革命不是我們年輕人的專利。」這時那兩位年輕農民走過來，把魚籠交給楊光，向屋旁掛起長魚竿，走到水缸旁洗滌那滿臉滿手的泥漿，兩人都曬得黝黑，不細看還以為是柬埔寨人。

這時鐵英從屋裡出來，原來作為衛生員，她每天早上出工之前要先照料患病的朋友，她見了大夥兒，也不囉嗦，問：「都準備好了？這就走，到工地。」她背後個有紅十字印章的衛生袋，右臂掛個軍用壺。雖是個女的，走起路來虎虎生風，四肢和腰背都挺粗壯。因為都是醫療站的人，我便向她打聽工地的情況。鐵英說：「是你呀！醫療站的豬養得多大了？」等不及我回答，望著我手上的大斧說：「到了工地，持斧的砍樹，使刀的斬草，只能向前，不能後退。」她似乎發現言重了，改口氣說：「雨季快到了，我們幹革命加拼命，為了吃飽，也為了建設好這個柬埔寨的大寨。」

一隊人穿過了一片又一片的樹林，方才那兩位釣魚的朋友不知什麼時候也趕了上來。走著走著隱約中聽到陣陣地動山搖的震撼。這時已快十點鍾，烈日快當頭，悶熱的空氣使我有一股衝出去的衝動。只見眼前一亮，一大片已開闢過的空地依山而上，前

方二百米遠處，上百人並排或前後拉開，對著面前荊棘和大樹飛舞刀斧，隨著時而一棵棵擎天大樹轟然倒下，捲起了鋪天蓋地的砂土和樹葉。雖沒有喊打喊殺，卻也是熱氣騰騰，地動山搖。

我們隨即加入了熱火朝天的勞動。一百多名男女老少揮舞刀斧奮戰在這遠離人煙，樹木茂盛，藤蔓纏繞的荒野高地上。使大刀的斬小樹、灌木、荊棘等，使斧頭的砍大樹。亞熱帶的天氣每天都在三十五攝氏度左右，勞動強度大，人人大汗淋漓，依然出盡全力，刀斧聲此起彼落，一棵棵大樹轟然倒地⋯⋯。

正午十二時，大隊長葉平川吹起了收工的哨子。我們拖著疲乏不堪的身體，走回出水村。

各家都有一位老弱者為自家成員煮好了午飯。其實哪是什麼飯！原來都是一年前留下的木薯和香蕉切碎後曬乾的纖維渣，營養成份都被破壞了，更難於下嚥，堵在胸口上下不得。可是我們二號家的楊光像吃上山珍海味般大口大口往嘴裡送。

好不容易吃完「飯」，大家都上高腳屋午睡。楊光拿起鋤頭，修整屋子周圍的雜草，還準備為朋友們磨刀斧。屋子裡躺滿了人，我只好幫楊光做工。

「你是哪裏來的知識分子？」他和顏悅色地問我。「我不過只唸六、七年書，算是知識分子嗎？」「未經世面，未吃過大苦，未與工農大眾生活在一起，只唸過書就是知識分子。」他說，「知識分子常鬧笑話又自以為是。」話匣子打開了，楊光說他也是知識分子，在解放區自覺接受改造。華運走務農之路，非常正確。華運組織雖然解散了，在他心中並沒解散，因此組織要他做什麼，他都無條件地接受。「心中若沒有革命組織，人生便失去意義。」他說。

楊光身體肥壯，患有心臟病和高血壓，集體照顧他在村裡做

家務，但他是閒不住的人，每天操勞不息。

　　下午一時半，我們又持了刀斧，到工地勞動。驕陽似火，未動工已是全身大汗。葉平川隊長說，時間很緊，要趕在雨季前開出十一公頃的山地，種上山稻，才夠得上一百多人一年的米糧。我們砍了樹讓太陽曝曬數日後，再把大樹一節節鋸開，集中一堆，再覆蓋砍倒曬乾的樹椏、樹葉、雜草等，每天傍晚收工前點燃燒掉，第二天一早用鋤頭把灰燼攤散開來當肥料，把燒不完的樹幹搬走，光禿禿的山坡就只剩下大大小小的樹樁。一場大雨後，用鋤頭在山地上砸小洞，播下穀種，再覆蓋泥土，等待雨水澆灌。

　　每個晚上，我都鬧腹痛、泛酸。白天裡吃下的雜糧難以消化，吐又吐不出來，第二天又不得不吃。大家都說，開始時都如此，慢慢就習慣了。

　　這些遠離人煙的山地的主人都是棉花窟鄉的高棉農民，不同的主人各借出一公頃山地，分佈在不同的地區。每開墾好一處，就要趕到第二處動工。每天下午五時半收工，我們回來時順便挑柴薪回來煮飯或尋些野藤回來圍籬笆。

　　在我們這一百二十多人中，中青年占多數，有一些是全家人到解放區的，故有老人、婦女和少年兒童。他們中絕大多數來自西南的貢布省，其餘的來自金邊和其他省市。紅柬在各地先後取締華運，我們東躲西藏逃來到這裡，在此安家落戶，開荒建村。為了生存、煅煉和改造自己，更為了整個集體的前途，我們每個人都自覺地脫胎換骨，從文質彬彬的文化人改變成農民。我們是有志氣的旅柬華僑精英，我們當中許多人上過前線，有過輝煌的革命歷史，每個人或多或少在解放區為柬華民族作過貢獻。如今，我們一窮二白，沒有田地和耕牛，只有雄心壯志和簡陋農

具，與天地鬥，與飢餓疾病鬥。要在僑胞中樹立榜樣，要對得起自己的祖國，更要無愧於作為一個革命者。

出水村的負責人文敬田和大隊長葉平川是這樣鼓勵我們的。我們不再有什麼政治思想會議，不再高談闊論，我們每天所做所想都是如何趕時間種上山稻。柬埔寨沃野千里，魚米之鄉，從沒有城市華僑到農村種山稻的歷史，而我們是開創歷史的人。在我們這些人中有幾位農業專家，文敬田是前柬華農場負責人，葉平川原是西哈努克港一間旅店的經理，有兩位來自中國、有種田經驗的專家朋友跟著他們走南闖北到這裡，有七、八位年輕朋友自小生活在農村，會修農具，懂各種農活，也能耐勞吃苦。

這裡經常發生一些感人的事跡。為了改善生活條件，幾位男青年每天多花幾個鐘頭到平鏡湖釣魚，把魚獲分給大家。鐵英在工餘要照顧傷、殘病人。有一天傍晚收工前，中隊長陳進不幸被倒下的大樹椏擊昏倒地，這時天已快黑了，我們對他進行搶救，做了擔架摸黑把他抬回村裡，鄉裡的醫療人員進村為他醫治，終於脫險。更多時候，大家爭先恐後在驕陽烈日下和熊熊火堆旁奔跑，搬運曬乾的枝葉再澈底燒盡，讓山地更加乾淨，種下的穀就不會太快為雜草所掩蓋。每次小休，幾位年長的負責人就給我們講紅軍長征的故事，說我們怎麼苦也沒吃上樹皮、草根，沒爬雪山過草地，也沒有敵軍追堵。不過我們稱得上中國北大荒那樣艱苦的生活。

一個多月過去了，我們勝利完成任務。雨，它憋得太久了，此刻在轟隆隆的天鼓般的巨雷和一道道刺眼的利劍般的閃電中，衝破黑沉沉的夜空，向大地盡情傾瀉。

山林變得渺小，出水村幾間孤寂的木屋，在暴風雨下飄搖。大雨把天空與大地連在一起，像久別的母親向大地兒女哭訴，她

要用她的淫威，撲滅柬埔寨燃燒多年的戰火，沖刷出一個全新的天地⋯⋯。

後半夜，雨小了，四面八方的青蛙和無名蟲奏起了雜亂無章的樂曲。農民化的青年朋友們並沒有利用這難得的涼爽之夜安睡，他們三、五成群舉著火把、提著魚籠、水桶和大刀走出木屋，向平鏡湖與大水溝的方向走去。原來，這一年一度的雨季首場大雨，把湖裡、溝裡的魚兒引向陸地，過山鯽、戽魚等、成群出動沿著下流的雨水逆流而上，為尋找清新水源和產卵。大家不顧白天的勞累，光著腳，踏著濕漉漉的泥土，在火光的照耀下歡快地砍殺地上的魚兒。

每一家都砍獲了大量的魚，大家連夜剖魚開膛，天已漸亮了，洗刷之後，又準備新一天的戰鬥。

雨季來了，給大家帶來新的希望，但工作一點也不輕鬆，原來燒過的山地，很快長出雜草和小樹，砍斷的樹樁又萌生出茂盛的苞芽，很快便又長了枝葉，又會把剛出土的稻苗覆蓋。鋤草和砍樹芽成了當務之急。我們就這樣每天奔波在不同的山區，與雜草趕時間，與時間趕速度。

每年五月到十月是雨季，給我們的生活帶來很大變化：吃上肥美的魚；不必每天到老遠的地方挑水；晚上天氣涼爽好睡覺，各家「自留地」種的瓜菜有收穫，我們也能吃上三個半月一造的番薯。

雨季，湖水漲了，湄公河的水灌進平鏡湖，湖水來到我們屋前的低窪地，大量的魚兒借水勢爭吃岸邊的小動物，每天都是釣魚的大好時機。

我們用各種手段捕魚。有用五、六米長的竹竿子連著十多米的尼龍魚線，線的尾端捆著一個大魚鉤，將一隻活生生的青蛙

從頭到尾穿插在魚鉤上，左手扶竹竿，右手捏住距大魚鉤約一米長的尼龍線，自上而下在空中反覆轉幾圈後，利用慣性將大魚鉤向水面拋去，這時兩手扶住竹竿，將青蛙從落水點沿水平面拉回來，叫「拋線」。「拋線」技術好，淺起的水波，像活青蛙在水面逃竄，兇猛的戾魚快速衝上來，大口吞下，說時遲，這時快，戾魚已被淩空吊起拋上陸地。

另一種叫「放釣排」，即是將上百個小魚鉤成排地各綁在一條長約四十公分的魚線上，每條魚線相距約半米又各綁在長長的粗線上。放釣時，先準備每隔一米半左右在地上插一根竹子，魚線就沿這些竹子拉開固定，又在每個小魚鉤穿上蚯蚓。釣排的魚勾多，收穫也多。站在水裡放釣排，雙腳被水蛭吸附著。勞動了一天，再彎腰穿蚯蚓，幹一、兩個鍾頭，最後摸黑回家，又累又餓。儘管如此，釣魚很刺激，既煅煉意志，又改善生活。

雨季裡，蚊子多，釣魚也辛苦。湖水漲，山上的動物活動範圍小，開始騷擾我們了。傍晚從工地回來，偶爾與兇狠的野豬相遇，稻兒長高了，成群的野猴前來搗毀。我們必須狩獵，在野猴出沒處搭起小亭，晚上派人敲竹筒點火篝堆，在這夜深人靜的深山密林裡我們既要提防野豬，蟒蛇，野猴，還要戰勝恐懼和寂寞，有時徹夜無眠，第二天還要照常出工。

更為糟糕的是，就在山稻開始結穗灌漿的關鍵時刻，雨不下了，整整有十來天之久，高處的稻兒熬不過烈日曝曬，開始枯黃萎縮，眼看再過半個月，我們付出的血汗全白流了，也無法償還向棉花窟鄉農民借來的穀種。到那時連雜糧也吃光了。

我們不能坐等老天降雨。文敬田、葉平川和副大隊長周恕召開全體緊急大會，決定立即採取措施，挑水上山澆田。這時湖水已退，我們要在最短時間挖出兩口井。一百多人齊心協力，一

天內把井挖好，把各家所有水桶集中起來，由年輕力壯的男女青年負責接力挑水，先搶救高處的稻田。每公傾田距村裡均約一公里，人力不足，鄉裡的劉裕家人，老弱病殘，少年婦孺，醫療站人員，輕病號全都上場，進行一場比開山辟林還要艱苦的鬥爭。

烈日炎炎，山區乾燥，先種的稻田已枯死，形勢十分嚴峻。我們起早摸黑，沒有午休，用革命加拼命的精神，來回奔跑挑水。

一公里路分多路段接力，一擔水挑上山從高處倒下，很快就蒸發乾了，人人大汗淋漓，心焦如焚。最盼望天降一場大雨，稻田得救，我們也可休息。但直到第八天，才下了一陣小雨，幾天後又下了大雨，望著天降甘霖，我們雀躍歡騰，在大雨下狂跳歡呼。有人激動得流淚。當農民，可真不容易啊！

當晚，雨晴了，明月當空，我們忘記疲勞，在屋前唱起革命歌曲，各家的男女青年相互鬥歌，看誰的歌兒多。大隊長讓我們休息兩天，我們可盡情歡唱，也傳達愛情的心聲。這裡有很多青年男女，是到了該談戀愛的時候了。

乾旱解除了，但至少有一半的山稻失收，明年的米糧仍嚴重不足。這時問題也出現了，一位男青年熬不過住沒止境的艱苦生活，在一個晚上悄悄地溜走外逃。在勞動中，一些有家室的朋友顯得較自私，每天早退遲到，拼勁不足；有些人又埋怨劉裕家人沒參加勞動，醫療站的朋友很遲進村，因為鄉裡條件好，能吃上白米飯。此外，有七、八位青年瘧疾發作，一批人營養不良患腹痛頭暈。針對這種情況，劉裕、文敬田、葉平川、楊基等長輩經過協商，採用勞動評級制，將勞動最積極者評為一級，幾乎都屬於全體男青年和大部分女青年；次者為二級，再次為三級如醫療人員、負責做家務的老者如楊光、王媽。少出工者、怠工者如一

些有家室的男女為第四級。基本沒有參加勞動如劉裕夫婦、劉兵以及長期患病者為五級。

評級制是為了鼓勵積極勞動者並警示懶惰者。但長輩們說，劉裕夫婦身體也不好，年紀又大，況且駐守鄉裡可與地方政權保持聯繫，有時也能聯絡遠地的朋友。例如，紅柬政權於七四年四月二十八日在桔井市將以高山為首的近百名前華運朋友集體逮捕，押送到勞改營，就是由劉裕通過老黃小黑獲得的消息。醫務人員不能撤，他們為鄉民醫病獲得病人送來雜糧，農具和穀種也是鄉裡的朋友向當地人籌借來的。

桔井市朋友們集體被捕的陰影烏雲般壓在我們心頭。從劉裕幾次談話中我們瞭解了大概過程：

四月十八日早晨，柬共桔井省五〇五特區黨委書記密韌調動部隊入城，他們將各類槍炮架設在市中心，再逐家逐戶口頭通告：全市華僑必須在三天內離開桔井市，到附近農村安家落戶從事農業生產，否則後果自負。全市僑胞又怕又氣，通過華聯會向桔井市紅柬當局表示不滿。柬共華僑工作組組長—原金邊中華醫院護士夏志華親自到桔井市中山學校召開全體華僑大會，對僑胞進行說服教育。僑胞們開始也以理反駁，逐漸有些人情緒激動，在發言中發洩多年來心中的不滿和控拆柬共漠視華僑生命財產安全和軍人的橫行霸道。有些老華僑甚至當場痛哭流涕。最後，大會失控，群情激憤。有人甚至以華僑屬於中國僑民為由，要求回國，夏志華無法控制局面，草草收場。

兩天後，桔井市紅柬當局向僑胞們發出通知：要求回國者可填表簽名呈交上級。數千僑胞除華運人員外全部簽名要求回國。簽名者包括一些已柬化的第三代華人後裔。事到如今，密韌書記急忙出面接見華僑代表，宣佈不強迫華僑離開城市。

事件暫時平息，但紅柬桔井省高層認為這一切都是華運在背後煽動。趁二十八日正好有一對華運年輕

朋友結婚，桔井市原華運人員集體舉行慶祝之際，派出大批武裝人員開著軍用大卡車將華運住址包圍，逮捕了在場的七十多人。第二天又在附近幾個農村逮捕其他三十多位華運人員及桔井市十幾位與華運關係密切的僑胞和青年。

上述上人被押到幾十公里外的瘧疾區─淨貢村勞改營。他們的家當、日用品被搜掠一空。這一切都無須罪名或證據。後來高山向柬共當局寄送了幾封抗議信，要求當局解釋。抗議信如石沉大海。後來，還是夏志華出面到淨貢村對他們說：「你們並非被逮捕，你們是來學習的。」

劉裕和文敬田說，桔井事件說明我們棉花窟鄉的朋友走務農的路是正確的。

劉裕家人每天一早從棉花窟走到出水村，與我們勞動一天後又走回去。他們不能做重活，就做些撿雜

草、燒水炊事等。每次小休，劉裕不厭其煩地向我們談起他年輕時在越南參加革命的一些事跡。他說，一九五四年日內瓦會議後，南方的革命組織，抗戰人員集體回歸北方。這時他與上級失去聯繫。在他感到彷徨和苦悶時，有一個人找上了他，說出過去聯絡的暗號，並派他到金邊尋找胡古月，終於又回到組織的懷抱。他說從這件事說明只要革命的心還在，革命系統還在，就不會被革命所遺棄。

勞動評級制並沒有解決矛盾，一些被評為二、三級的朋友心有不甘，認為受歧視，而一些長期拼命賣力的積極青年認為吃虧。為了進一步解放生產力，長輩們決定化公為私，將集體分成七個大「家」和六個小「家」。大「家」為原有的七間大木

屋,各有一位年長、德高望重者為家長,年輕朋友們可「擇長而棲」,小「家」即有家室的六個小家庭,劉裕家人和劉兵仍住在棉花窟鄉,醫療站解散,六位醫務人員分散到各大「家」。年紀最老的王媽與兒子、媳婦自成小「家」。

　　一號家有文敬田夫婦及大兒子敬農,幾位當年在崬華農場的青年男女,大多數是一級勞動力;二號家長葉平川夫婦及他的三個年輕兒女、中隊長陳進和他的弟弟陳先,一位體弱個子矮的女青年,勞動力也不弱;三號家長楊基夫婦,兩人都是教育界人士,身體瘦弱又有胃病和肺病,成員有一位在戰爭中失去丈夫的年輕寡婦、兩位勞動「重炮手」張老大與李小光,我因與楊基性格投合也「加盟」,總算有三個一級勞動力;四號家長鄭新原是金邊端華中學教師,當任過桔井市《先鋒報》編委,成員還有他妻子,十五歲的兒子,兩名年近六十的農業專家梁棟和江伯以及江伯的二十歲兒子,兩位二十多歲的原馬德望青年,一位嬌滴滴白嫩嫩的端華中學生,人稱「上海姑娘」;五號家長為六十多歲的夏先生,原貢布市富商,他是在文與葉的勸說下為革命放棄千萬家財和妻兒到解放區的。他很樂觀,笑口常開,勞動精神不亞於年輕人。他和我們一起吃苦挨餓,是我們的好榜樣。這個家有多位單身青年,包括兩位中隊長陳平和小勇。陳平出身窮苦,革命以前是一名報販,小勇自小生長在馬德望農村,耕田、趕牛車、修農具、種菜樣樣精通。夏先生又「收容」了幾位醫療站的女青年,其中鐵英是一級勞動力;六號家長楊光,他的家庭成員全是年紀較大的王老五,清一色的「男人國」,個個能吃會拼,每人每餐能吃十碗飯。他們「成家」後面臨的第一個難題就是吃飯問題;七號家長是六十五歲的老李,原金邊裁縫師,他讀書不多但革命立場堅定,參加過越南的抗法戰爭,他會編制竹製品如

魚籠、籮筐、畚箕。其他家庭成員是七個分別來自馬德望市、邏粒省、貢布省、菩薩省、干丹省磅占市和金邊的青年，女的多，病號多，只有副大隊長周恕永遠是一副鐵樣的體魄，我們稱他為出水村的陳永貴。

分家的第二天，楊光風趣地對搬家的朋友說，昨天彼此還以「我們」相稱，今天就改口「你們」了。舊的家是你們的娘家，逢年過節可要回娘家看看啊！

分家以後，幾位長輩也對生產隊進行改組，選出五號家的陳平為大隊長，二號家的陳進為副大隊長，葉平川與周恕退下來。文敬田說，毛主席培養年輕的王洪文為接班人，陳平出身好，品行好，能吃苦，又能團結不同意見的人，是出水村的好接班人。

陳平將領導我們完成集體勞動生產計劃，建幾間小屋子給小「家」住，保護日漸成熟的稻田，準備收割、打穀，建糧倉，安排來年的生產大計。每個大「家」、小「家」除了合作勞動，工餘可盡量開墾自留地，自行計劃生產、捕魚狩獵種菜種雜糧。山稻收成後按人口比例發配，來年是否保持公家田地由全體表決。

分家後，我們在工餘就趕緊開地種雜糧，有番薯、木薯、大薯、瓜菜、花生、甘蔗、蔥蒜、西瓜、玉米。出水村有廣闊的地，幾乎全被我們利用了，土地瘦瘠，我們便從棉花窟鄉運來牛糞、蝙蝠糞，我們把砍過的雜草、灌木、藤蔓燒成灰燼當肥料，把飛機草埋在番薯地，既作肥料又能鬆土，我們又利用淩晨和傍晚時間到溝渠和平鏡湖釣魚。一號家地理位置最好，屋前有一公頃左右的平地，文敬田領導其家庭成員開墾為大薯園，搭上薯架，空處再種上花生綠豆，一號家附近還有一個小湖，魚產豐盛。從一號家到七號家，從沒人煙的出水村變成大園地，頗為壯觀。現在我們不但每天吃到魚，各種雜糧也陸續成熟了，我們有

時捕抓到的黃猄、穿山甲、野豬,就各家各戶分著吃。出水村確實是世外桃園。

我們現在的困難是衣服日益破舊,農具磨損厲害,鞋子破了,壞了,開始自釘木屐,許多人都離開了親人,思親之心甚切,我們的藥品也日益減少。十一公頃的稻田因旱災減收,即將收割的山稻白天遭到成群麻雀的啄食,晚上又遭到野猴野豬的摧毀,我們要分出更多男青年到各個角落駐守趕鳥防動物,我們深切體會到當農民的苦。

我們幾乎與世隔絕,劉裕劉兵進村時,再也沒帶來外界的消息。幸好有幾個收音機,電池耗盡了,我們把其打開拆散,曬乾後加些鹽水,再用鐵片做成乾電池的模型又反復使用。我們從北京中央人民廣播電臺聽到中國掀起批林批孔運動,毛主席重新起用鄧小平的消息。我們從華僑鄉民得悉逢波鄉的蔡明被紅柬殺害。對於桔井市一百多位被捕的朋友,無進一步的消息。老黃小黑不再來了。我們逐漸感到彼此同一命運,更加珍惜彼此的感情,如果將來全國解放後情況不改變,那麼出水村的山區便將長埋我們這些忠於祖國、忠於毛主席的冤魂而無人知曉。

雨季過了,旱季又來了,我們收割了山稻,第一次吃到自己親自種出來的大米,感慨萬千。這時出水村各種農作物長勢正旺,一片生機。

日子來到一九七四年十二月。一天中午,一輛摩托車從棉花窟鄉沿三公里多的山路駛進了出水村。那時,各家主要勞動力都在較遠的山地收割最後一批山稻,中午回村時,才知道摩托車上的人是磅占省三〇四專區派來的代表和他的警衛員以及我們熟悉的棉花窟鄉長密深。三個客人坐在六號家門前的竹椅上,由楊光招待。

我們一行人正從四號家後面的樹林走出來，肩膀架著長刀或鋤頭，或手持鐮刀，頭部或腰際圍著水布，汗水淌在黑裡透紅的臉上。文敬田從我們這支威風凜凜的隊伍中快步走出來，與客人握手。

密深鄉長對文說：「這是專區派來的代表達德同志，要接見你們全體人員，召開會議。」文的柬語水準不高，便通過李梅翻譯說：「歡迎歡迎。我們這裡沒茶沒糖果沒椅子，請原諒。」他回過頭來吩咐我們暫慢進午餐，先聽專區代表的訓話。達德也很客氣，請我們先吃飯。我們雖餓，但為了表示對紅柬高級幹部的尊重，都說肚子不餓，開完會請客人一起進餐。鄉長打圓場說：「達德同志也很忙，既如此就先開會吧。」

會議就在六號家門前唯一的大樹下召開，我們席地而坐，那張野藤編成的竹桌子成了達德的講臺。

經過了簡單的開場白，年近六十、農民模樣的達德說：「我很高興來到了出水村。鄉長告訴我，出水村地燥缺水，沒有人煙，土地瘦瘠得連牛只也不來。可是我今天親眼所見，出水村已成為一個大園地。這裡農作物枝葉茂盛，藤莖粗壯，滿目青翠，非常壯觀。實際上，我們革命組織上層領導早已派人對你們進行了近兩年的跟蹤監視、觀察和研究。我們知道你們開山闢林吃雜糧、種田捕魚狩獵的事跡。令我們更為感動的是，今年雨季中短暫的旱天使你們辛苦種下的山稻受到很大損失。那時你們起早摸黑，老少出動，有些人抱病出工，接力挑水上山澆田。柬埔寨兩千年來從沒有過挑水澆田的先例，何況是挑水上山。柬埔寨屬亞熱帶氣候，雨、旱季分明，我們的農民種田都是靠雨水，有些種旱季田也是踩水車、水槽，但基本上還是靠天吃飯。革命組織高度讚揚你們走在發展農業的革命潮流的前頭，高度讚揚你們艱苦

奮鬥，自力更生的精神，讚揚你們把一個幾乎是原始的山區建成今天這樣美麗的家園……。

我今天受磅占省三〇四專區革命政權的委託來到你們這裡，以瞭解你們心中的願望和要求。你們可利用今天的機會向革命組織提出，革命組織會協助你們，實現你們的願望。如果你們需要時間研究討論，明天這時我再來一次，把你們的願望和要求傳達給上級。」

達德走後，劉裕從鄉裡匆匆趕來，向我們通報情況。

原來隨同達德來的還有他的下屬—分區區委陳弟和他的警衛。三十四歲的陳弟原是磅占市培華學校的學生，一九六八年祕密參加柬共。他在學校裡發展了十來個同學參加革命。論文化水準他比達德高，但達德是農民出身而陳弟是華人。陳弟嚴守革命紀律，在任何情況下都不說華語。據說，有一次陳弟路過成家港時順道去走訪了姨媽，姨媽用潮語問；「阿弟你要吃什麼？阿姨煮給你吃。」陳弟用柬語說；「阿姨說柬語吧，我已忘卻所有的華語了。」

陳弟沒跟隨達德進村，他在鄉里走訪了華聯會和劉裕。他向華聯會主席傳達了革命組織鼓勵華人盡快從事農業生產，與當地農民相結合的方針政策。他向劉裕轉告了達德進村的目的是瞭解我們的朋友對革命組織有何要求。革命組織歡迎我們參加紅柬隊伍。

幾位領導人經過研究，認為這是柬共高層意圖收編華運。可是這麼一來，就不存在華運問題等待祖國解決的可能，一個組織被化解於無形。況且，華僑有自己的文化背景，民族特點和風俗習慣，華僑確實難以融入另一個民族，再其次，許多地區都發生排擠華僑，紅柬過早推行階級鬥爭，新解放的市鎮，華僑總是

最早最慘的受害者。對於我們這些有強烈民族感的人實在難以接受。我們又怎能輕易把自己的生命和前途投進一個在許多地區對我們的朋友濫捕濫殺的組織中去？劉裕和文敬田最後對我們說：「我們在出水村奮鬥的事蹟已經傳到柬共高層，柬共派人接收我們是遲早的事。華運已經解散了，每個人行動也自由了，我們原來的最高領導高山於七三年底千里迢迢經過北越胡志明小道進入中國，向祖國請示。祖國有關負責人也明確提出要面向當地。既然如此，你們年青人生於此長於此，參加當地革命組織是理所當然，我們年紀已大了，語言又不通，有不同的歷史背景，不像你們條件好，所以我鼓勵你們參加紅柬組織。

我們年青人其實心有不甘，我們在此務農奮鬥是為了逃避紅柬的追捕、為難，也為了吃飯生存，更長遠的目的是為了最後解決政治出路，跟隨集體將來回到祖國懷抱。祖國要我們面向當地，可我們無法投入一個令人生畏、好壞未有定論的組織中去。

當晚，家長楊基對我說：「你們年青人與我們不同，不要一切都跟著我們。達德等人要是空手而歸，紅柬會以為我們阻止你們年青人入伍，以為我們沒有解散。」

第二天中午，達德依時來到。李梅代表全體成員上臺發言。她在發言中感謝革命組織的關懷。談到願望與要求，她說最需要的是農具，因為現有少量簡陋的農具是向鄉裡的華聯會和當地農民籌借的，日益磨損，不夠用。她最後代表我們下決心繼續建設出水村，爭取不久的將來生產更多的農作物支援前線，建設後方。

達德顯然有些失望，為使我們明白他此行的真正目的，他要我們每人寫一份投奔解放區的目的，理想或履歷。他暗示時間不多，機會不再。

這就為難我們了，我們要是寫進區的目的是支援柬人民救國事業，支持柬埔寨革命的話，那就應該入伍，而我們又不想加入紅柬的隊伍。不這樣寫又難以交代，我們悄悄問各自的家長，家長們說，這種事不能越俎代庖。我們說不想入伍，不想離開集體和長輩們。家長們只好建議我們寫進區是響應統陣的號召，到農村生活。可人人都這麼寫，豈非我們仍有組織的統一行動，授人以「華運沒有解散」的口實？家長們說，可圍繞這個意思寫，用不同的語氣與語句，不要雷同。

達德帶走了我們所有的書面說明後告辭了。我們又拿起鐮刀，趕緊到地裡收割山稻。

鄉那邊，陳弟向劉裕轉達了三〇四專區將派一支醫療隊進駐棉花窟鄉，紅柬政權希望以金秀為首的醫療人員培養訓練這支醫療隊。

日子又回到緊張勞動的生活中，在出水村近十個月的奮鬥中，我學會了一些農業知識，我更迷上釣魚，出水村除了較大的平境湖，遠一點也有三個小湖，是我們傍晚與凌晨釣魚的好去處。湖裡不但魚產豐富，有時還能釣到四腳蛇、烏龜、鱉。湖面也有成群的水鴨，這裡的湖螺很大，又容易捕撈。雨天的晚上，我們又能捕到大量的大青蛙。山林裡有無數的野雞，出沒無常的黃獐、野豬。

朋友們在長期共同生活中難免有些小磨擦小矛盾。但當我們想到彼此同一個命運時，我們都能撇開成見，相互關心愛護，在所有的朋友中，只有楊基仍不時拿毛著來閱讀，幾位青年人彼此抄錄過去的革命文章和毛語錄、毛詩詞。

我逐漸與醫療站的郭英熟悉了，我記得初到醫療站時女青年們圍著我聽我說柬南的故事，而她獨處一室拉小提琴。她說她當

時身體不好，又想起在貢布市可憐的爸爸和祖母，心情沉悶。郭英在所有的朋友中身體最虛弱，瘧疾反復發作，三天就要病倒一次，見不得陽光又經不起風雨，身體瘦得只剩三十八公斤。和平時期，她的家境也是最窮苦的。八歲死了母親，她只讀四年書就失學，日夜幫著瘦弱的父親在破爛的家門口賣冰水，還要照顧祖母，三個弟妹。長年吃不飽穿不暖。更不幸的是，七〇年政變後第十天，朗諾軍隊在搶掠越僑時大炮誤擊中她家，木屋著火，全家狼狼逃出。那天，體育會一位幹事朋友帶她投奔解放區，她連父親也來不及告辭就走了。

　　我們種的甘蔗收割了，各家都忙著熬制甘蔗糖，我們的魚產也豐收，可熬魚油作為夜間點燈照明之用。一號家的西瓜大豐收，文敬田準備向鄉和分區幹部運送幾牛車香甜可口的大西瓜。天氣涼爽了，每天令人心曠神怡。我們吃上白米飯混雜糧，也能吃飽了。陳平大隊長讓我們每十天休息一天，這一天我們都做各家的農務。有月光的夜晚，我們就各家串連，唱歌跳舞自得其樂。一次楊光讓我們年青人寫詩助興，我寫了一首「陽光明媚堆牛糞，車車牛糞香噴噴，孔子不知其中樂，笑他天下最愚蠢。」楊光笑得很開心，說我的詩配合了當前批林批孔的新形勢。

　　一天傍晚，我釣了魚從大水溝走回來時，在三號家門口遇到了劉兵，劉兵很少進山的，更不會趕在傍晚，必是有什麼特別的事。他遠遠看到我，便高聲喊我，還故作神秘地說：「走快些，有好消息了！」轉過頭又對身旁的楊基說：「真想不到秀槐在外頭還有女朋友。」

　　我走近時，他故作神秘從衣袋裡拿出一張紙說：「害得我好累，你今晚要讓床位給我過夜了。」我接過一看，是用圓珠筆畫的棉花窟鄉簡單的地圖，標明一間獨立高腳屋的位置，下面一行

纖細的柬文:「我很快就要離開了,請前來一會。娜!」

娜,是娘娜。很快地,兩年前在拉達那時基裡省的生活情景象電影般一幕幕出現在眼前。那時候,人地生疏,環境惡劣,只有娘娜同情我,和我成了知己。記得初到的那一天,娘娜帶我到林檎園摘林檎果吃,被醫療組長發現。娘娜又經常帶我出去採集草藥,也不知多少個晚上,我們在燈下學越文和柬文。臨分手時,娘娜在半路遞給我的《草藥名稱對照》的小冊子夾著一張字條:「山高水遠,路上多保重。」我至今還保留著那張字條。我並非對她有非份之想,而是把她當作珍貴的革命過程中的歷史紀念品。她是大紅人,我不過是隨風飄泊的浮萍。

天一亮,朋友們都催我趕緊進鄉赴約,可是看到大家趕著吃早飯,準備又一天緊張勞動時,我猶豫了,昨天陳平還分配我到一處山地挖除收割後的稻根,以便盡早種是耐旱的綠豆。他還批評有些人分家後,公家的生產怠工消極,私家的賣力拼命。還是做半天再去吧,娘娜未必今天就走。

吃過粗糧午餐,我快步匆匆來到湄公河岸長約一公里的棉花窟鄉。每間高腳屋的大小模式都大同小異,又沒有門牌號碼,隨便打聽又惹路邊的崗哨懷疑。後來還是從娘娜畫的地圖上指明的特徵,後面是香蕉園,前面是去年因河水漲被沖垮的一大片堤岸,找到了那間高腳屋。

這時已近黃昏,高腳屋顯得孤單和岌岌可危。晚風吹來,有些寒意。我突然預感娘娜已經走了,我錯過了今天的機會,早知如此,今早就應趕來。我還是抱著希望來到高腳屋下,對著樓梯輕聲呼喊:「娘娜,娘娜……」我又怕她突然露面,都說近鄉情怯,現在是近人情怯了。

屋裡伸出一個衣衫襤褸的小女孩,她轉回身叫她的父親。

一家人大概正在吃晚飯，她的父親一邊用水布抹著嘴一邊走出來說：「是找我們組織的醫生們嗎？她們早就離開了。」我失望地問：「大叔，可知她們去了哪裏？」「不知道。」對方帶著警戒的眼光回答。我這才想到，作為革命組織的成員，執行著嚴格的紀律和行動軍事化，即使在解放區，每天的行程都是秘而不宣的。我理解娘娜，我感到懊悔。

我漫無目的地往回走，經過了熟悉的劉裕家，又不甘心就這樣回去出水村，不知不覺就走向更熟悉的醫療站，這時想起屋裡的高棉人稱她們為醫生，說不定就是三〇四專區派來的醫療隊。醫療隊進駐醫療站，早有所聞，那麼，娘娜的單位說不定就在醫療站。

望見那生活了幾個月的醫療站，只見人頭躦動，許多鄉民在屋裡為新的主人佈置或整理什麼。我不敢貿然前往，只在遠處觀察。終於，鄉民們陸續告辭，幾個人持著火把送鄉民出來。走在最前面的是一個熟悉的身影。當他們送走鄉民後，她又走在最後。我壯著膽子低聲呼喚：「是娘娜嗎？」

身影站住了，轉過頭來，火把照亮了娘娜圓圓的臉龐。在火光的襯托下，她臉色紅潤，身材稍瘦，但結實多了。她的頭髮正好齊肩，左右兩側各有一支白色髮夾，在火光下閃亮。雖然全身黑衣服，仍掩不住那南國混血之美。

我慢慢走過去，再次輕輕叫她。娘娜凝視了好一會，用顫抖的語調叫我的名字：「文光！」大概有一兩分鐘不知所措，我在這沉默中似乎悟到點什麼，心跳得有點喘不過氣。熊熊的火把我們的臉烘熱了。娘娜熄滅了火，又問：「是收到我那張紙吧？」

「是，我在那屋子找不著你，才想到來這裡的。」

「你吃過飯了嗎？」

第五章　華運生涯　215

「吃過了，你呢？」我向她撒謊。

「方才熱情的鄉民送來可口的飯菜」。

「屋裡有我過去認識的人嗎？」我接著問。

「都是新同志，都是好同志。來，去認識認識。」說著就要牽我的手進去。

我阻止了她，我深知柬共組織嚴密，不想為難她，只想匆匆見上一面就離開。但娘娜說：不要把我們革命組織看得那麼可怕，你們中國經過文化大革命，還不是正確路線戰勝錯誤路線？

「既然你出來很久才找到我，想必未吃飯，別顧慮，與我們一起吃晚餐。這裡沒有逢那和娘莎。」她再次拉著我的手往屋裡走。

屋裡迎來三個人。聽娘娜解說我是這裡過去的主人，年近六十的老頭開了腔：「好啊，正好向我們介紹一下這裡的情況。來，我們一起進餐吧，你看，多麼豐盛的晚餐。」看那張笑咪咪的臉，就知是個老實的農民，我心踏實些，坐下來共進晚餐。

老頭名叫達松，長得有些像中國人，他矢口否認。他說：他是地道的拉省普儂族人，他從政變前的鄉長當到革命時的縣委，幾個月前還被提拔為解放磅占戰役的後勤部長。達松喜愛娘娜，更同情她的父親過早犧牲，又遠離母親，他把她認作女兒。松達身邊也有親生女兒，她是二十歲的娘麗帕，帶著羞怯靦腆的神色聽他父親與我談話。另一個是中個兒青年，肌肉結實，皮膚黝黑，表情嚴肅冷淡，有點像菩提村一名公安。但他一開口也讓人感覺是個老實的農民。他自稱桑同志，磅占省地裡木鄉農民的子弟。

我向他們介紹這裡的一些基本情況。大家很快就消除了隔膜，談得甚為投機。

達松說，他率領的醫療隊從北南下，有些隊員在途中見到了同鄉親友，他為他們高興，給他們機會暢談，他說：「既然飯吃過了，今晚又是涼爽的晴天，你們談吧！今晚就在這裡過夜，天亮才走吧！」

入夜了，我和娘娜走到屋前大樹下的竹榻上。這兒原是醫療站朋友晚上談心之處。

娘娜從七二年我離開革命組織後談起。那時，少了一個朋友，她感到苦悶。不久，急風驟雨的黨內外鬥爭和軍事化生活開始了：

一九七三年，來自越南北方的五〇四特區黨委書記，統陣廣播電臺臺長賓索旺叛變逃去越南，連累了包括李三僑在內的一批來自越南的高級幹部，李三僑下落不明。王炳坤因為靠著乃薩南和英娜而避過波爾布特的清洗。不久，波爾布特指派乃薩南為攻打磅占大戰役的總指揮。長期領導磅占省革命的乃薩南率領三〇四區武裝力量、部分統陣中央軍和醫務人員參與磅占戰役。解放磅占對柬共意義重大，這個全國第三大城市將作為解放區首都與金邊分庭抗禮。它將因紅柬完全依靠自己的軍事力量取勝而擴大政治影響。

這場在七四年初打響，志在必得的戰役一開始就勢如破竹，不到一個月就攻入磅占市郊，炮火多次擊中偽省長官邸。眼看勝利在望，金邊派出一支艦隊沿湄公河而上，擊退了紅柬的猛烈攻勢，為磅占市解圍，紅柬士兵死傷慘重，磅占戰役以失敗告終。

娘娜說，拉省醫療組長娘莎和游擊隊女隊長娘麗也死於磅占戰役。改組重編後的磅占三〇四專區共有八支醫療隊，她屬於以達松為隊長的第六分隊。我也把分別兩年的情況大略告訴娘娜。我們珍惜在戰火紛飛的間隙中重逢。

第五章　華運生涯

夜更深了，我們彼此都想把別後的一切告訴對方。這時我才知道娘娜一直以為我在桔井市，她曾托路過的王炳坤到桔井市打聽我的消息，調來磅占省後，她從一些幹部中聽到棉花窟鄉有一百多名華運人員從事農業和醫療工作。後來，她幸運的被分配到這裡來，她也期望能在此找到我。她正是用「草藥醫生文光」之稱，托劉兵把我叫來的。

　　人們說，越南少女很輕易就阿哥阿妹的，但我相信她是純潔的，或許由於我和她都來自不同的國家，有過同樣的在革命組織中不愉快的經歷。她和我一樣從小就失去父愛，失去唸書的機會，我們都嚮往印支革命，最後，我們又都酷愛中草藥。在茫茫人海中，這是多麼難得呀！但是，我不敢再想下去，我們面前有一道不可逾越的鴻溝，鴻溝裡插滿刺刀。

　　夜深人靜，我們毫無睡意。不斷拍打身邊的蚊子，達松給我們遞來自製的蚊香，走後，娘娜又再繼續她的故事：

　　娘娜出生於原屬柬埔寨領土的下柬地區，現屬越南西寧省的鵝油鎮。父親是高棉人，母親是越華混血兒。父親年青時參加抗法戰爭，是印支共產黨員。五四年日內瓦會議後，父親留在南越，與柬埔寨革命者保持聯繫。一九六〇年，柬共第一次代表大會宣佈與親越的人民黨主席山玉成劃分界線。她父親也迅速站在杜斯木一邊，還曾秘密到柬內地參加柬共內部會議，被分配在索平領導下的下柬地區負責人。一九六八年南越「新春大捷」後，娘娜被李三僑送到越南邊境的越共基地學習。父親頻繁來往於柬越兩地。母親在鵝油鎮做小生意。

　　一九七〇年四月三十日，美國地面部隊從南越開進柬埔寨柴楨省，她父親被美機炸死。柬埔寨戰爭全面爆發。不久，自一九五四年到北越集結的柬埔寨革命者也集體返回柬埔寨，參加柬共

的抗美救國戰爭。

邊境戰事緊，美機狂轟濫炸，東北四省初時仍在朗諾軍隊手中。因此，先在越共部隊，後在柬共部隊的娘娜也經歷了好幾場戰鬥。行軍、挖戰壕、爬山涉水、身邊的戰友被炸得飛起來，全熬過了。越南同志說：「你不愧是我們英勇不倔的越南民族兒女」。紅柬幹部誇她是「英勇的高棉兒女，烈士的好女兒」。

文弱又多愁善感的娘娜此刻像是一位久經沙場，馳騁疆場的女騎士。我像是芸芸眾生中待救的孺子。

最後，娘娜告訴我，她這支醫療第六分隊共有十人，其中八位是農村半文盲子弟，僅她和另一位年紀較大的西醫生醫術較好。達松是從第五到第八分隊的總隊長，娘娜是副小隊長。第六分隊是來向棉花窟鄉華人醫務人員取經、學習的。男的學習包紮、救傷等外科，女的學習接生和內科。她壓力大，原因是怕時間短學不到本事，而上級又對他們寄以厚望。

不覺東方已吐白，鳥兒吱吱喳喳飛出來，遠近雞啼聲此起彼伏。我們竟一談到天亮，雖然相會難，無睡意，但還得依依惜別，互道珍重。

從醫療站屋後走，娘娜送我出林子，我說霧氣重，小心受涼，回去吧，好好睡一覺。走了好長路，轉過頭，她仍倚在樹下，向我招手。漸漸，她消失在白茫茫的濃霧中。

往後的日子似乎苦悶、寂寞多了。難忘那徹夜的交談，娘娜的影子總是揮之不去。但是，我必須清醒，我和娘娜的友誼到此為止，不可能繼續發展。

過幾天，我們在山裡便聽到金秀的怨言，因為所謂的紅柬醫療隊伍連基本的衛生常識都不懂，大多數又是文盲。金秀的柬語說得不太好，有時非得用越語與娘娜溝通不可，這又引起其他隊

員的不滿。玉秀的情況好些，人也比較耐心和隨和，柬語也說得好，但面對這些幾近無知的文盲農民子弟，她也毫無辦法。

兩人教不好紅柬醫療隊員，對方不但會責任推在我們身上，更會引起三〇四區幹部的誤會。

後來，據說劉裕建議，由金秀負責培養有醫學基礎的娘娜，玉秀教另一位有一定醫術的男隊員，再由他倆分頭去教他們自己的隊員。

隨著生活的改善，我們的家長也讓我們在十天一休的日子中做半天的私家活，下午自由活動。朋友們有的去釣魚，有的學習文化，抄錄革命文章，有的去棉花窟鄉用農作物與鄉民交換其他食用品。也有唱歌跳舞的，我很想去看娘娜，但一次又一次克制住了。我到林中尋找草藥，我收集了許多草藥，我決心用草藥為朋友們治病，其他時間學習中醫知識，學柬文。我珍惜戰亂中的青春，我要學好真本領，為將來大展鴻圖。

幾天後的一個下午，史丹青突然在東岸一些朋友的幫助下和劉裕、劉兵來到出水村。作為前五位最高領導人之一，他的到來使我們很振奮。大家特地休息半天，聽他向我們通報情況。

史說，基本上，我們在各地的朋友已走上務農之路。但最近仍發生棉末市謝申校長被捕的事。踏入七五年，全國除了桔井市對面的磅戈鄉外，所有華校被封閉。史說，桔井市的朋友被押送到淨貢村勞動，那兒條件差，許多人患病，紅柬把年青朋友從年老的分出去，勸他們入伍。現已有約三分之一的年青人加入了紅柬隊伍。令人氣憤的是，已經入伍的年青朋友多次看到紅柬士兵向六十年代援柬專家羅錦春烈士紀念碑開槍，把紀念碑當槍靶子。

史怎能瞭解到這些情況呢？原來，在五〇四、五〇五專區

的紅柬華人幹部中，大多數是前輩們的學生。夏志華職位較高，她嫁給五〇五專區區委。我們一位朋友是她過去在中華醫院的上司，特地找上她談了一個晚上，從而得知了這些消息。

當晚，出水村的朋友為史的到來舉行聯歡會。他嘗到我們親自生產的綠豆甜湯，在解放區難得一見的西瓜，我們還準備了大量的蒜頭托他帶給東岸的朋友。在月光下，年青朋友們跳起了舞蹈「紅軍不怕遠征難」、「八角樓的燈光」，唱起京劇樣板戲「智取威虎山」，七號家長老李唱了「革命者永遠是年青」。史鼓勵不善唱歌的我獻唱一曲，我唱了一首「建設富強的祖國」。

第二天一早，史丹青要趕回東岸，劉裕和他的大兒子隨行陪送。我因想向他瞭解更多情況順便到鄉裡積肥，便與他同行。

作為師生，史仍很關心我，一路上問我的情況，有什麼思想問題。我問他年青人最後的出路是什麼？他說，要有各種思想準備，將來解放後做些中柬友好的事。華運是解散了，年青人不能老跟著前輩。我們年紀大的，有過革命歷史背景的，最大願望是回祖國，落葉歸根。他說，柬共的主流、大方向是對的，這表現在堅持武裝鬥爭，農村包圍城市，開展人民戰爭，依靠農民和窮人。他認為解放後的柬埔寨將逐漸走社會主義道路，與中國長期友好。世界是有五個國家不是帝修反，即：中國、阿爾巴尼亞、越南、羅馬尼亞和朝鮮，將來加上柬埔寨。因而柬埔寨是我們的親密戰友。柬共出現的情況很像解放前的中共，中共也曾受陳獨秀、李立三、張國燾的錯誤路線的主導，怎樣辨清正確與錯誤的主導路線呢？可從其軍事路線作參考，基本上，中共在解放前的軍事路線是正確的，柬埔寨的情況也是如此。

史丹青最後說，組織解散後，長輩們對年青人仍有道義上的責任，希望他們平安、健康，將來回到父母身邊；也要幫助年紀

大的朋友介紹對象，不要因革命誤了終身大事。他問我是否有心上人需要長輩們從中撮合。我把過去在拉省與娘娜一起工作、最近在醫療站重逢，並和她徹夜交談的事告訴他。史建議大家先去醫療站見識娘娜。

一行人轉了方向多走二十分鐘路來到醫療站，只見年老的達松在屋外整理菜園，他告訴我們說娘娜和其他隊員跟著金秀實習去了，傍晚才回來。

史在劉裕的木屋休息片刻後與隨行人員乘小船回東岸。我們送他下船，他依依不捨地說：「世事難料，不知何時能重逢，各位保重吧！」

他走了，我從此沒見到他。世事難料，多年以後，才知道這位大半輩子獻身印支革命，熱愛祖國的教育界前輩後來與劉裕先後逃到越南，希望找回他年青時的革命事業時，被越共以莫須有的罪名逮捕入獄，坐了十年大牢。

且說我送走了史丹青後，趕緊在鄉裡把各農戶牛棚裡的乾牛糞堆積一處，因天快黑借不到牛車，正想走回出水村時，迎面遇到娘娜等一行人從靖合鄉方向走來。

「文光兒，請留步！」她喊住我，「天快黑了，上那兒？」「回村去，明早再出來借牛車。」「要多走一趟路嗎？在我們醫療站過一夜吧！」「不行，我滿身牛糞臭味。」她猶豫了。我不知不覺地向她走去。「記起來了，我舅舅留一套衣服給我縫補，已補好了，你將就換上他的吧！」她低聲說：「別顧慮。那天清晨你走後，達松常提起你。你就留下來吃飯過夜吧！」這時達松走了出來，高興地說：「見到了！還以為你等不到娘娜呢！」

說實在的，我也喜歡娘娜，雖然我們之間隔了條不可逾越的鴻溝。但做個朋友總可以吧！

娘娜告訴我，作為松達的乾女兒，她有時稱他為同志，有時叫他做爸，她和他的女兒也以姐妹相稱。慈祥的達松常對她說：「將來解放了，先回到媽媽身邊。你這年齡，該上學唸書，與媽媽為伴，可憐你卻出來幹革命，這都是朗諾和阮文紹政權害的。」

　　這是我第二次與達松等人共進晚餐。我們熟絡了。達松問我喜歡高棉人的菜肴嗎？與高棉人相處習慣嗎？我說出了心裏話：「高棉人真的很容易相處，誠實、正直。」娘娜說：「文光是個到處漂泊的人，能伸能屈，四海為家。」「是嗎？」我抬頭問她，她向我擠眼睛，像是在說，看，我在幫你說話呢！

　　吃過晚飯，到河邊洗了澡，穿上李三僑的軍裝，還挺合身。娘娜很久沒見到舅舅了。當時我們都不知道，賓索旺叛逃後，李三僑也被波爾布特指為越南間諜。波在向他採取行動時被他逃脫了。

　　天氣涼爽夜色美。娘娜說，她與金秀還合得來，她也學了不少知識，但金秀常說她一家準備搬到出水村從事農業，不再行醫。娘娜說，上級較重視發展草藥，認為西醫是資本主義產物。既然中國有中醫中藥，柬埔寨為何不能有柬醫柬藥？她說，如果我重回組織，在草藥方面可能大有作為，或許還可和她一起工作。我說，這是不可能的，革命越深入，越使人無所適從。她說，別悲觀。革命總是正確路線戰勝錯誤路線的，黨和軍隊的最高領導人是正確的。

　　我不再言語。畢竟，娘娜忠於她的革命組織。即使她真有私情，也不能取代柬埔寨殘酷的現實。

　　翌晨，借了牛車，正準備向山區出發，達松說：「我沒事，跟你到出水村見識見識吧。」我說：「歡迎，只怕你回來時迷

路。」達松說:「那就多叫幾個人同去,你們出水村的名聲還傳到三〇四專區呢!」金秀聽了,便說:「好啊,大家都去吧,今天休息一天,我們還沒有休息呢!」

十個紅柬醫療隊員跟著我和達松出發了。一位小夥子爭著要趕牛車,他說趕牛車比學醫好玩,他快悶死了。

田壟、草地、山坡和起伏的田間小徑長著許多奇花異草,我和娘娜爭著說其名稱,什麼寄色草、五色梅、燈籠草、地膽頭、車前草,令人目不暇給。太陽正從那邊冉冉升起,有人唱起了輕鬆的高棉民間歌曲,這情景使我想起了兩年前在拉省醫療站沒有娘莎的快樂日子。那時,我和娘娜以及其他女隊員在傍晚的大雨下放浪形骸地手舞足蹈,互潑雨水。世事真難料,如今全換了新人事,而娘娜依舊。我悄悄望她,她正好望過來,臉色微紅,有點不好意思地說:「是怎麼回事,我們走在一塊了?」達松說:「是革命把我們召到一塊了。要不是革命,我此刻還在普儂村,你呢?在越南。他呢?在金邊吧?其他的都在各省的農村種田趕牛車,革命讓我們走在一起。」

出水村在望了。娘娜高興地喊:「啊!滿目翡翠呀!你們真了不起!」

年青的朋友都到那已收割的山地種花生綠豆,年老、婦人與小孩子就在村裡種別的農作物,成片的大薯、番薯地整齊有序,甘蔗莖粗葉壯,蔥、蒜、瓜菜、花生、芋頭、玉蜀粟……。真是目不暇接。楊光為客人介紹說;「再過一、兩年,出水村就是名副其實的漁米之鄉了。我們沒有水田地,但山田地開闢過了,今年就容易多了。缺的是日用品、衣服。年青人愛學習,連紙筆也用光了。你們看,我們的衣服都是補了再補,因為沒有肥皂勞動又滿身汗水,衣服易破爛。」達松說:「了不起,所有空地都種

上農作物,到我們普儂村去吧,那兒地更大,幫我們種上農作物再走。」娘娜說:「送一些筆和紙簿跟你們換些蔬菜茄子吃吧……。

第二天,朋友們湊集些瓜菜要我送給達松他們。

天氣涼爽宜人,挑兩大籮菜走三公里路還算輕鬆。只見達松正在為十位醫療隊員主持會議。見我來了便宣佈會議結束,笑咪咪望著瓜菜說:「果真送來了,我們也準備了一些乾電池,筆和簿子。」這是他們的組織發給他們用的,怎能收下?可達松說,許多同志都用不上,你們又急需用,都是為了革命,別推辭了。娘娜趁機說:「我們來學醫還用了你們的藥品。」達松接著說:「我們正開會研究以後的工作。金秀醫生說,現在交通不便,斷了藥源,藥物快用完了。她說你會針灸和草藥,你願意跟我們合作,傳授你的知識嗎?上級認為,解放後的柬埔寨要走以針灸和草藥為主的醫療道路。」我說:「我還未曾聽金秀醫生說呢,況且我的知識也還淺。」

我告辭出來。出門不遠,娘娜就追上來,手裡還提了一個布袋。

「達松叫我來的。」她喘著氣說,「達松向金秀建議,醫療站也十天一休,與你們出水村同一天。」

「看你跑得累了,休息一會吧!」我說。

「你挑這麼重走了這麼遠,不累嗎?」她問。

「還好,鍛練出來的。記得幾年前第一次挑水,把肩膀壓得直不了身子,還比不上農村小姑娘」我說。

我們坐在田間一處壠垠。娘娜嘗試挑籮筐,把袋子放下去。我問她袋裡裝的是何物?「都是乾電池、簿子和筆。你知道醫療組大多數人不會寫字,也不愛寫字。」過一會,她又問:「文光

兄,你覺得我們的同志還算好吧?」「當然」,我說,「達松兩父女好,你也好,其他都是純樸的農民子弟。」「有考慮重回革命組織嗎?」她瞄了我一眼,「我們的同志都歡迎你。」「你的話讓我想起過去的事,娘娜,我們談別的好嗎?對了,你舅舅的那套衣服還沒還你呢!」「文光兄,我們談別的吧!你看,這條山路通到何處?」

這是一條蜿蜒穿過樹林再直上山頂的小徑。山那邊是什麼樣子呢?我們相約沿小徑上去看。但這時我想到林裡的野猴群,聽說大批野猴會出其不意地跳下來作弄行人。「把籮筐先藏在林裡,我們快速跑去,看誰跑得快。」她比我還有勇氣,我怎能認輸呢?

我讓她先跑,不久便趕上她,已聽到野猴的嚎叫聲,我緊拉她的手,跑呀跑,終於上了山、出了樹林,我們對身後的野猴嘲笑。

站在山上望下去,是十幾公頃大的繁花茂草編織而成的地毯似的小草原,草原盡頭是錯落有序的幾十間高腳屋。兩側各有個小丘,左側山丘下有個小湖,右側有一寺廟。面對這獨特風光,我頓時忘記世間的事,攤開雙手向小草原跑去。她也飛快地跑來了,歡笑著,腦後的秀髮隨風飄起,在下面望著她,就像天空飛來的仙女。我怕她往下沖的慣力會把她摔倒,幫著去拉住她,她太興奮了,差點把我撞倒。我們雙雙抱著,笑倒在柔軟的草地上。

我從沒這麼近凝視她,她是南來的飛燕,聖潔的茉莉花。她那溫柔而動人的眼光此刻放射出陣陣含蓄的深情。我回避這突如其來的愛憐的神情,我唯一能做的就是讓她快樂。是的,她本來就應盡情地享受快樂而不應受絲毫的傷害。她不時地朝我燦爛的

笑，在藍天白雲下，青山綠水間，像一朵盛開的鮮豔的茉莉花。突然間，天地變得無比寧靜而和諧，清純而幽雅、深遠而聖潔。

「到那小湖去吧。看，湖邊有一小舟，是誰留給我們的？」我拉住她再次飛轉的身子。我們一起朝那小舟走去。

上了小舟，才知道不會划船。小舟飄出去回不來，兩把槳左划右捅在水裡打圈。這時聽到有人叫喊，是衝著罵我們的，情急之下，憑仗會游水，我跳下去準備把小舟推向岸邊，卻不料娜娜坐不穩，又緊張，竟掉下水中，我急忙把她抱住，才發現水不深。我們狼狽起來，把小舟靠岸後趕緊溜跑。

我們向對面的寺廟跑去，年老的主持扶著拐杖立在廟前，面露慈容地觀望。我們在近處一大岩石坐下來休息，彼此望著漲紅的臉，一邊讓太陽把衣服曬乾。

主持向我們走來，問我們來自何處。我們回答後，問他此處是什麼地方？「這是桔井省靖合縣地界。」他說，「距棉花窟鄉約四公里，你們不可呆得太久，天色不早了。」這時我們也覺得餓了。主持帶我們到寺裡吃了飯，再把我們送出來。

要跑上山，還要沖過那片野猴林。我們相互鼓勵著，就像迎接一次戰鬥。一切都順利，卻累得幾乎走不動，找回了那對籮筐和達松送來的那袋日用品。我們坐在原先那壠坎地休息。

她倚著我，低聲說：「回到革命組織來吧！我們能在一起的。」

「世事不是我們想像的那麼美好。」我說。

「真的，文光兄，只要我們仍從事醫療或翻譯工作，我們就能在一起，你的柬越語進步很快，將來印支解放了，更需要大量的醫務人員或翻譯人才。」

「我不想第二次後悔。」

「革命總是向正確的方向發展。你知道嗎？革命組織內部把革命者分成三類，一九七〇年政變前入伍的為第一類，全國解放前為第二類，解放後才參加革命的為第三類。早入伍早好，全國快解放了。」

我們不再談下去。分手前，我不忍心地說：「好吧，讓我再考慮吧！」她再次展現了迷人的笑容。

我陷入深深的痛苦中。娘娜、紅柬、愛情、革命……。娘娜像一隻無助的羔羊，她不該出生在這戰亂的地區和年代，我們也不該在這裡相遇，一切既已發生了，能給她幸福的舍我其誰呢？全國就要解放了，情況總會好轉，到那時，我們成為普通人，每天手把手走遍柬埔寨河川山林，採集草藥。為柬埔寨貧苦農民送醫送藥……。

我終於決定重回紅柬醫療組，是為了與娘娜的愛情嗎？我有些迷惘，說不清。但癡心等待祖國救援，又將等到何時？

我必須先見達松，談清楚後回來取行裝，我設想娘娜喜出望外的神情。出水村的長輩們也都支持我的決定。

這天下午收工時，我快步趕到鄉裡醫療站。卻只見娘娜、娘帕麗與桑同志，屋裡還坐著二男一女三個華人，仔細一看，那女的竟是多年不見的鳳儀。鳳儀顯得很興奮，介紹身邊的愛人和她單位的同志。我和她略談起別後的情況。她說我變得成熟，也健壯了，我說她變得像大姐般的沉穩。問起一九六八年在金邊地下工廠的同事，她告訴我一個不幸的消息，廠裡的搬運兼司機陳顯強於兩年前犧牲在六號公路的一次夜戰中。

門口停泊著兩輛日本摩托車。看得出，鳳儀三人遠道而來，正是達松不在的時候。這兩者有什麼聯繫？達松到哪兒去呢？鳳儀他們有什麼特殊任務嗎？正在這時，娘娜吩咐娘帕麗和桑同

志前去通知今後男同志合住一屋,女同志全住到醫療站,醫療站今晚有客人,故他倆就暫時在其他同志處過夜。而明天正是休假,可自由活動。

為免打擾他們談話,我告辭了。

約十分鐘後,娘娜匆匆趕來。神色異常緊張地說:「非常緊急的事。文光兄,鳳儀他們明天一早要帶我走,他們同意你與我同行,如果你願意的話。」「發生了什麼大事呢?你又要到哪裏呢?」「噓——」她用食指擋住嘴唇,輕輕說出兩個字:「越南。」「哦,是叛逃嗎?娘娜,我今天是來要求回到醫療組來的。」「情況變了。我舅舅李三僑托他們來帶我走的。其他的你別多問。明天一早就走。」「事情太突然了⋯⋯。」這時鳳儀跟上來,對我說:「難得娘娜對你有心,我們也願意幫你。你要是跟著我們走,今晚就留下來,明天一早就走。」「好,但我還得回村裡帶些行李,天快黑了,我這就走,天亮時趕回來。」「一言為定,機會不再。」娘娜又趨向前說:「明天一早就走,別誤了大事!別帶太多行李,也別說出去。」

從準備加入紅柬到決定逃去越南解放區,幾乎是瞬間的事。我頓時發覺得我更嚮往越南。越共不像紅柬那樣濫捕濫殺、手段恐怖;越南與中國是同志加兄弟,越華民族的生活習慣很相近,可以自由地使用華語,越南同志比較開明,更何況能與娘娜在一起。

回到村裡,只帶幾本醫書,針灸用具和簡單行李,家長楊基說:「能帶就盡量帶,朋友們還想送你些物品呢!」我不能把逃去越南的事說出。但當晚,許多朋友都過來與我送別。文敬田似乎發現我心思重重,多次問我有什麼思想問題,大家可幫我溝通。

整晚不得安睡，天朦朦亮，我帶了行李準備出門。楊叫住我，說，不必這麼早走，一些朋友睡得遲，他們想送我一程。我說，幫我感謝大家。楊說，何必這麼急。我還是走了，鳳儀他們急著等我。但楊竟跟了出來。

　　「有什麼心事嗎？秀槐，我們就快分手了，說不定沒有重逢的日子。」是的，楊基家長，像父親那樣關心每個家庭成員。在這關鍵的時刻，我把逃去越南的事告訴他。他似乎覺察出其嚴重性，叫我坐在路邊一棵樹下，說：「你有想過嗎？你們這一走會害死多少人？不止達松的醫療組，追查起來還連累我們出水村一百多名朋友。鳳儀他們都是越南幹部，又是華人，紅柬若不講理，以為出水村與越共有秘密聯繫。現在柬越雙方矛盾很深，你們跑了，誤會更深了。而我們沒辦法跑，前段時間達德被派來收編我們，我們又拒絕。本來以為你參加紅柬，你卻把好事做壞了⋯⋯。」楊說得有道理，我太自私了，羅森、蔡明，桔井事件，今天我又掀起出水村事件，朋友們多年來的流血流汗的奮鬥因我而化為烏有，說不定還受更大的牽連，我又猶豫了。

　　這麼一談就半個多小時。我說我還得進鄉，向鳳儀說清楚，若娘娜仍要走，我也重回出水村。我不會害了朋友們。「我們相信你！」楊說。

　　匆匆趕到醫療站，鳳儀她們已走了，娘娜急得直跺腳埋怨起來：「人剛走了，人家還有別的急事，不能等。你怎麼這麼糊塗呢？你到底想去嗎？」「娘娜你聽我說，我們走了會害死許多人的。」「你一定是聽了你那些華運朋友的話。他們不知道，不但我舅舅出了事，乃薩南也出事了，達松被牽連，天曉得下一個又是誰？」「那你也可跟著鳳儀走呀。娘娜你不要等我。」她第一次哭了出來，我不再說話。我知道她為了等我錯過了逃跑的機

會，我知道我在她心中是難以割捨的。盡管我們彼此沒有明確的愛情表態。

我不斷安慰她，幫她拭淚，我們彼此理解對方此刻的心情，一切盡在無言中。最後，我說：「事情已不可挽回。娘娜，振作吧！我對不起你，我今天就回到醫療組，我們共同的工作會使我們長期在一起，直到有一天永遠在一起，我會永遠報答你的恩情。請相信愛情的神奇與偉大的力量吧！」

這是我對她的正式承諾。她破涕為笑，接著又伏在我肩膀上哭起來。隨後，我提醒她，要是有人闖進來不好看。讓一切回到正常吧！

她臉上又綻出些笑容，但又有些傷感。她洗臉後，做起早餐，淘米煮飯。她把大鍋燒熱後，倒些豬油，向滾燙的油鍋裡丟下大把蒜皮炸開了。「物質更匱乏了。蒜皮當大蒜用，」她說。

吃飯時，她說，鳳儀一行回到他們的最上級——東北越南中央軍集合，跟隨中央軍撤回越南南方。作為最後一批援柬的越南抗戰部隊，標志著越柬共在戰場上共同抗美的結束。我說，幾天前你還教育我要相信革命，現在就發生這麼多事。「也許我說的沒錯，柬共是好的，壞的是少數。」「但願如此吧！」

吃過早餐，娘娜說，達松不在，按規定，醫療組暫由鄉委負責，我今天就帶你去見鄉委，今後，你便可跟我們一起工作。

娘娜告訴我關於賓索旺叛逃的內情：

以賓索旺為首的一批從河內到柬埔寨參加抗美戰爭的原印支共產黨員，一直懷疑柬共第一屆總書記杜斯木的死因並非如波爾布特所說的遭到朗諾軍隊的伏擊，而是被波爾布特暗算的，波爾布特隨即奪取杜斯木的權。為此，賓索旺等人在黨內秘密收集杜斯木死因的證據。不慎行動暴露而逃回越南。

四十四歲的賓索旺原籍茶膠省，出身貧苦，一九四六年參加印支抗法戰爭，五四年到河內受訓，七一年重返柬埔寨，任統戰陣線廣播電臺台長兼編委。他精明率直、敢言敢斷，與同是來自北越的謝幸和布東深藏不露的作風相反，自七一年以來，他從各省獲悉有不少越南幹部被紅柬暗殺，對越解部隊也常遭到紅柬的襲擊和騷擾而日益憤怒。他也注意到來自越南的柬共幹部不斷受排擠和歧視，於是與幾位同樣不滿的黨內領導人成立秘密小組。秘密小組認為，波爾布特違背了七〇年十一月他與農謝作為柬共代表與越南黨中央代表在古倫山達成的兩黨、兩軍團結合作，共同打擊美國侵略者和朗諾政權的協議精神，罪魁禍首是波爾布特。

　　秘密小組決定對波爾布特隱瞞一些歷史事件，特別是前党總書記杜斯木離奇失蹤展開調查。當時黨的文件說，「杜斯木同志於六二年七月二十日被敵人綁架後失蹤，沒有留下任何線索，這是黨的重大損失」。賓索旺等人認為，當時的西哈努克王國政府經常宣佈逮捕了某位赤棉分子，而決不會不宣佈逮捕杜斯木，黨組織處在絕對秘密，敵人不可能只捉一個杜斯木其他同志卻安然無恙。除非是被黨內的人暗殺的。

　　調查中發現，杜斯木曾於六〇年初接受來自河內的指示：印支革命中心在越南，對西哈努克既合作又鬥爭，不宜開展武裝鬥爭。而波爾布特持認為自己國家的革命不能讓別人指揮。調查也發現波爾布特於六二年秋天在中國雲南省學習受訓其間，與其他越南、老撾、緬甸的革命幹部格格不入，落落寡歡；七〇年政變後不久，他秘密訪問北京，在歸途經河內時沒有受到應有的禮待，孤身一人走胡志明市小徑，夜宿樹林，有時要低聲下氣向路過的越南軍車討搭順風車，印證了他個人的反越情緒。秘密小組

準備在獲得波爾布特暗殺杜斯木從而篡奪黨的最高職位的證據後，在黨內掀起反波運動。可惜在調查其間行動暴露，賓索旺隨後失蹤，謝索、賽布通、布東和李三僑先後逃回越南，貢昆受到監視。

上述內情是鳳儀透露給娘娜的。鳳儀說，許多越南同志持有與賓索旺相同的看法，認為波爾布特不止是個極端民族主義者，還是獨裁者。

我不禁打了個寒戰，我現在要返回出水村還來得及，可是一望到娘娜那張憂鬱茫然的臉，我又怎忍心離開純真又無助的她？我不由自主地拉著她的手，感覺到是冰冷的。她停留片刻，深情又靦腆放開我的手，說：「給人看到了不好。」

「將來，我們再找機會逃到越南吧！那時就不會害了出水村的朋友。」我最後說。

這天是一九七五年二月一日。我們走到鄉尾一遠離民居的獨立高腳屋。

一片大木板將屋裡隔開為前後兩部，幾位黑衣幹部為五位農民主持入伍儀式，鄉委密度深逐一審閱了每人的履歷後，把預先寫好的宣誓詞交給他們唸幾遍。他問明我們的來意後，要我們等著，便帶著他們進入後屋。

屋裡傳來那五個人的宣誓：「我今日起宣誓入伍，我把我的一切交給柬埔寨人民和民族最優秀的代表——柬埔寨人民革命組織。我宣誓在任何情況下都要立場堅定，為革命事業堅貞不屈，在革命組織的領導下，永遠不息地奮鬥！」我突然又想到東南區郭忠被活活打死和「解放」巴南時華僑被驅趕到農村的淒涼情景，我突然看到一個個在鐵錘鐮刀下宣誓的原來純樸的農民全都逐漸成為這邪惡組織的暴徒。

現實太殘酷了。密深吩咐我留下來，從此不必跟著醫療組，而且下午就有一個緊急任務。一旁的娘娜趕緊說，醫療組需要我教草藥和針灸，以前達松也這麼說。

　　「別提達松，」密深臉色一沉。「他犯了路線錯誤。我們的戰士在前線流血犧牲，他在後方搞什麼十天一休日，組織很清楚，這兩個月來，你們醫療組什麼也沒學到，你們辜負了組織的期望！你們……。」

　　密深還是讓我跟著娘娜回醫療站取行李。我們心情沉重地走著。我說，事到如今，只有走一步看一步，不過我相信由於與娘娜有相同的專長，今後會在一起工作。娘娜說，她相信我。她在任何情況下都等著我，她相信神聖的愛情會沖破一切障礙。我們相互鼓勵互道保重。

　　到了醫療站，她把我還給她的三僑的軍裝又送給我，我說，我收下軍衣，你留下軍褲。中國古代有破鏡重圓的故事，我們今後見面也衣褲會合。

　　娘娜再次陪送我，一路上，她提醒我不要入伍，即使她已加入共青團，有資格作我的入伍介紹人。

　　快到那間屋了，娘娜站在大路上，精巧的髮夾在陽光下閃閃發光……。

　　漁船沿湄公河而下。晴空萬里，清晨的河面帶來絲絲涼意。我和八男二女的青年在副鄉委密立的率領下，前往十幾公里外的紅山仔執行緊急的生產勞動。密立四十左右，長得矮小，布滿皺紋的臉上有一雙三角眼，他與我們每人輪流划船，在約兩小時的途中，他不厭其煩地炫耀去年擔任鄉裡的崗哨負責人時，多次持槍威脅路過的越共幹部。他說：「人們都說『潤』的部隊作戰勇敢，我偏不信邪，當我用AK47步槍指著兩個「潤」幹部時，一

上膛兩人就嚇得發抖，臉色灰白。我說，你們勇敢嗎？逞威風嗎？我可真要開槍了……好吧！這重播你們兩條狗命吧！」

「潤」是高棉人對越南人的貶稱。正如高棉人貶稱中國人為「阿真」一樣，是種族歧視稱呼。

密立的三角眼常向我瞟來，有意無意調轉話題：「我們高棉人過去是由『阿真』控制的。封建王朝有許多『阿真』的官員。他們除了做生意，買進便宜賣出貴，投機倒把像魔鬼那樣吸吮我們高棉人的血之外，就是千方百計讓其子弟唸書當官。『阿真』占領了我國的首都和各大城市、鄉鎮等，偏遠的、貧窮的農村全沒他們的影子。同志們，革命已經來了。這種情況不能再繼續下去，這是我們自己的國家呀！怎能容忍『潤』和『阿真』繼續壓迫和剝削我們農民呢……。」大家紛紛附和著，發洩心中的不平，也有的默不作聲。他們都暗中觀察我的反應。

我能說什麼呢？是高棉農民的政治覺悟嗎？忠心耿耿跟隨紅柬的華人遇到這種場合會有什麼反應？

多麼漫長的兩小時呀！我們終於來到成家港。上了船，走了約二十分鍾的陡坡，上了一座小山。又走過一片樹林，一望無際的橡膠園就在眼前。

大家來到一處空地，幾排由竹子築成的有頂無壁的長榻就在眼前。密立說，這是半年多以前上一批生產突擊隊留下來的，他們在雨季前種下木薯，由我們在旱季收穫。大家安頓妥了，吃過隨身帶來的乾糧，先開個思想檢查會，佈置工作，各拿起鋤頭、大刀，習慣地將水布朝脖子後面一甩，動工了。

在這一望無際的橡膠園內，有一些空著的黑土地，是各個園區之間的空隙或運輸的交通線。一九七〇年以後，由於橡膠園形同廢棄，這些空地也長滿了雜草，附近各縣政權便抽調大批人

力到此開發，種上黃豆、花生、芝麻、木薯等農作物。由於土地肥沃，農作物長勢好，木薯更是長得粗壯。收割時，前面的人用大刀砍去接近地面的莖部，後面的人便把這些橫倒的枝幹削去嫩枝，只留短小的下節，作為下一季的新種，最後是用鋤頭挖出埋在地下的肥大薯塊。木薯在雨季初期種下，靠雨水澆灌，旱季一、兩個月就可收成，不必施肥或其他特殊的照料。

按規定，每天淩晨五時起身，半小時後趕到工地，十點半休息，吃午餐，十一點半又開工，直到六點收工。由於沒吃早餐，工作量大，天氣悶熱，還要競爭取好的名次，每人都累得喘不過氣。

傍晚，大家到半公里外一條山澗中洗澡，水淺而清，幽靜而陰森，有人見到動物的大腳印，便猜測是熊或老虎。不過，十來個游擊隊員在保護著大家，但他們看起來更象監視我們。晚飯是由大米和木薯混合煮成的，還有鹹魚乾和臭醃魚。當點點螢火蟲象夜空的星星閃耀在黑漆漆的林中時，密立同志主持了當天的總結會議，先讚揚一番，後批評一頓，接著每個人都作批評和自我批評，表決心，迎接明天新的戰鬥。

半夜裡聽到嘈雜的雨聲，雨逐漸大了，夾雜著雷鳴和閃電，似要喚醒這沉睡的橡膠園。

我們每個人都和蚊帳、行李抱成一團，龜縮在各自的床位。我想到娘娜，她尋找我兩年，也為了我，等著我，失去了返回越南的機會。她今後若有什麼不測，我怎對得起她？怎能報答她的恩情呢？

雨漸停了，我們擦乾了周圍的雨水，重新掛起蚊帳。四面八方響起了蛙兒和無名蟲的聲嘶力竭的鳴叫，久久不息。我在迷睡中做了個夢：娘娜悄悄來到我的木榻旁，低聲叫喚我，悄悄告訴

我：鳳儀和他愛人其實還沒走,他們尋到這橡膠園裡,要把我也帶往越南。

我爬起來和娘娜一起連行李也不帶就走出去,黑暗中尋不著鳳儀的摩托車,我倆不敢叫,又不敢停下來,在林中迷了路。不好,天亮了,密立帶著大隊游擊隊員在後面追來。我倆手把手跑呀跑,終於拋開了他們,來到了出水村我經常釣魚的小湖。天已亮了,靜靜的湖面挺立無數的蓮花,紅綠相間,蓮葉滾珠,魚兒跳躍,蜻蜓點水,蝴蝶起舞。我問娘娜,這裡是越南嗎?娘娜說,還沒到邊界,怎麼是越南?我們還沒脫險。我說昨晚跑得急,忘了帶乾糧,你餓了嗎?娘娜說,有你在身邊,我不餓。我說,我也是。但還得找食物吃,我會釣魚,一下子釣了許多大魚,娘娜有打火機,也帶著鹽,我倆在湖邊烤魚吃。

轉眼天黑了。娘娜說,累了一天,在這小亭子過一夜吧。我們掛起蚊帳。我讓娘娜睡在蚊帳裡,我坐在蚊帳外給她講故事,我講了許多在中國兒時的童話故事。後來娘娜說,你不好在外面坐著,挨蚊子叮,又會著涼。我說,你愛我,我理該保護你,我什麼苦都熬過來,這點不算苦。娘娜說,明天還要上路,往後的日子長著呢,你不進來,我也睡不下。不得已,我只好鑽進蚊帳裡。我不敢碰她,緊挨著蚊帳,忍受群蚊的圍攻。娘娜不忍心,說,我們是革命的一對,要破除迷信,我們不會越軌的,你睡靠近我吧,為了明天有更充沛的精力。讓我也告訴你一個越南革命的故事,有一次,阮文紹政權把抓到的我們的女幹部脫光衣服送到男幹部的牢房裡,男同志趕緊把身上的衣服給她穿,安慰她,鼓勵她。你看,我們越南同志的品德多麼高尚,你難道不學習他們嗎?我聽了,便安心睡了。我第一次和姑娘睡在一起而相安無事,兩個相愛的人都勇敢戰勝了情欲的衝動,改變了世俗的

偏見。

不好，睡下不久，密立和游擊隊員已追到這小湖，吆喝聲近了，可兩腿僵硬，動不了。密立一下子衝上來，揭開蚊帳大喊：「還不快起來，看你能逃到哪裏？」我大驚，睜開眼，才知道做夢，果真是密立叫醒我，要我出工呢！

從此，我每晚都夢見和娘娜在一起。普天之下，只有兩個人記掛著我，就是遠在天涯的養母和近在身邊的娘娜。娘娜也有兩個人記掛著她，就是我和她母親。我倆互相牽掛，在茫茫人海中，是那麼接近又那麼遙遠。我想，娘娜雖然多情，卻很理智，她一定會照顧好自己身體。我自己也必需振作起來。

密立兩天就去開會一次，回來就主持學習，傳達上級的指示。他的發言離不開這些主題：所有的人只能使用高棉人的吉蔑語，這是鐵的紀律；我們要以熱情的勞動作為向前線戰士捨身救國的報答，也是為了世上仍有三分之二的人仍處在水深火熱中而奮鬥；將來帝國主義、反動派、資本家、封建勢力、殖民主義者統統要接受像我們這樣艱苦勞動的教育。柬埔寨人民是世界上最優秀的人民，連中國的周恩來總理也說，中國人民要向柬埔寨人民學習，等等。

縣委書記農安經常到各隊參加勞動。

參加勞動的是成東縣附近十個鄉的共青團、新入伍者和年青力壯的生產突擊隊員。由於開展勞動競賽，每隊都拼勁十足，我們提前一天完成任務。

在結束勞動的這一天，縣委書記農安主持了全體會議。農安個子高大，腰粗肩寬，四肢壯實，是個久經體力磨練的農民。他約四十歲，五官端正，略呈方臉，舉動慢條斯理，語氣緩慢，每句話似乎都經過小心的斟酌，又像個典型的知識分子。

農安說：「組織非常感謝你們刻苦奮鬥的勞動精神。勞動創造人類，推動社會的發展，在形成人類的那一天起，人類就必需為生存而勞動。而農業生產是最基本的勞動，一個國家不論今後怎樣發展，首先要發展的是農業。我們是農業國，更離不開糧食，只有人民豐衣足食，國家才稱得上富強……

我告訴大家一個好消息，組織估計今年上半年，我們將解放全國，成為世界上第一個打敗美帝的國家。全國解放後，我們需要更多優秀幹部來領導全國七、八百萬人民。

優秀幹部的基本條件是：他必須是愛國、愛民的勞動者。但光埋頭苦幹也不夠，要不斷學習政治思想、文化和知識等等。使自己成為有無產階級覺悟，立場堅定的聰明人……個人猶如一滴水，沒有力量，容易蒸發；集體力量大，革命之所以成功，在於有由一個正確的革命組織統一領導下的無數個集體的力量。因而在革命隊伍裡，沒有個人獨立行為，不能個人自作主張。大家可能看到，我們文工團表演節目中，沒有獨唱、單人舞……」

最後，農安通報三〇四專區最近下達的一個重要任務：在磅占與磅同省之間，地勢最低的濁水縣將修築全國最大的水壩。大水壩將橫跨兩省，建成以後，可利用雨季的蓄水灌溉兩省近一半的農田，使這廣闊的田地每年可種水稻兩造。大水壩必須趕在雨季之前完工。它也是三〇四專區人民迎接全國解放的最大獻禮。

他說，由於工程浩大，時間緊迫，工地每天必須保持三萬人的勞動力，三〇四專區最高領導層以及其他一些早期參加革命的老幹部將以身作則，擔任最重要、最艱苦的勞動項目。農安希望我們回鄉後不久，在各自的領導率領下參加這一代號130偉大工程的勞動，再次發揮青年突擊隊的作用。

踏上回鄉的歸途。我又想起娘娜，一路心情愉快，漫長的路

輕鬆好走。我想我必會赴 130 工地勞動，娘娜也會同行，三萬人的工地需要醫療隊伍……

這天密立主持會議，宣佈第一批參加 130 工地勞動的人選，全鄉共派出一百五十人，每個月將派出新的一批人去換崗，直到工程結束。

人們悄悄傳開：130 工地原是犯人勞改的重瘧疾區，他們若不是一去不復返就是回來後也患瘧疾而死。大家嘴上不說，心裏害怕。而我卻主動向密深報名。我希望在那兒見到乃薩南和農安，更希望見到娘娜。

濁水鄉位於磅同省濁水縣，是人煙稀少、陰森森的林地。狹長的地勢南側高，北側低。高處可見一望無際的廣闊農田，低處是樹林，一條小溪穿流其間。這時是二月中旬，小溪的水快乾涸了，溪裡浸漬腐爛的樹葉，陣陣令人欲嘔的酸臭就從這紅濁的細流散發開來。這就是濁水鄉名稱的由來。

我們來到時，這地勢高的分界處已築起一條數公里長、一米多高的壩墩。按計劃，築成後的水壩高五米，寬八米、長三十公里，水壩蓄積的雨水、溪水可在旱季灌溉數千公頃農田。

這時約早上十時，工地稍息時間，數以萬計的農民在水壩下進午餐。水壩前頭，十多個大漢仍在揮舞刀斧砍大樹，刀斧聲彼落此起，隨著一棵棵被砍倒的大樹轟然巨響，漫天沙土撲面滾滾而來。密深說，這些人都是三〇四專區的領導幹部，大多還是六十年代早期的革命骨幹。他們以身作則，帶頭吃苦，擔負起最繁重的勞動任務。

大家就在一處空地紮下營地，匆忙吃過帶來的乾糧，工地的物資供應隊已送來了大量的畚箕、籮筐、鋤頭和鏟子。一場緊張的勞動開始了。

烈日射出它熱辣的火焰。工地上人頭躦動，挖土的，挑土的，倒泥土的，用鋤頭加固水壩的，人人幹得熱火朝天、大汗淋漓。工地指揮部不時用高音喇叭高喊口號以鼓舞士氣，播音器播放統一陣線的廣播電臺節目和革命歌曲。

兩小時後，指揮部發出休息十五分鐘的通知。人們隨即放下工具，在各自隊長帶領下在工地上靜坐。很快，區委書記篤平上來講話。他說，我們工地的戰鬥口號就是熱火朝天，如滾水沸騰。天上太陽熱，我們的革命熱情更熱。基本上，工地已實現每天三萬精銳勞動力的目標。按工程進度，在雨季的五月份以前，可完成這全國最大的水壩工程。但我們要爭取提早完工，因為雨季可能提早到來，更重要的是，我們前方英勇殺敵的戰士可能也在雨季到來之前解放全國。全國解放後，這水壩立刻發揮作用，為兩省和全國人民造福。

篤平說，從現在開始，工地將展開每週評比活動，幾百支隊伍將爭奪前五名。他希望各隊為各自的鄉爭得好名次。

十五分鐘後，又恢復勞動。直幹到太陽西斜。放工了，工地逐漸靜下來。密深分配一些人趕搭棚子過夜，一些人去領取米糧魚肉做晚餐。

吃過晚飯，我們得趕在天黑前到小溪洗澡。小溪很長，很淺，陣陣的臭味令人卻步，但它卻是唯一的水源，煮飯喝水都得靠它，下游的水更髒，大多數人都湧到上游洗澡。洗澡前，到樹林里拉大便，拉了大便也沒有掩埋，許多人便踩到糞便，兩腳帶著糞便下小溪洗澡，因而下游的人便只能使用這些糞水。時間長了，糞便拉到路上來，洗澡後回來時不小心仍要踩到糞便，無法洗掉，找些樹葉擦乾淨，帶著糞味和汗臭味並排睡在凹凸不平的竹榻上。

晚上群蚊湧到，嗡嗡的蚊聲和野外無名蟲的鳴叫以及人們睡覺的呼嚕聲交集在一起。

一周過去了，奪得第一名的是附近一個鄉派出的和尚隊。和尚個個年青力壯，孔武有力，幹勁沖天。第二名是濁水鄉大隊。濁水鄉人較適應當地水土，病的少，晚上又能回家。第三名是專區幹部隊伍，幹部隊伍有許多青年警衛參加勞動，一些糧食供應隊，鄉游擊隊也常幫他們砍樹挖土。

這次廣播演講仍是篤平，他總結了一周的比賽成績，花了很長時間進行階級鬥爭教育。他說中國人最初踏上高棉的土地，是戴草笠、穿短褲上船來的，他們逃避他們國家的革命，到我們這個國家進行殘酷剝削而致富，他們建了高樓，養胖了身體，當我們的農民在烈日下流汗耕種的時候，他們挺著大肚子在門口的籐椅上搖扇納涼，一邊品茶、談天論地。他們像蚊子，像蛇蠍在吞噬我們農民的血汗。這種殘酷的事實必須被粉碎，要是沒有革命政權的領導和教育，我們的農民——作為國家的主人便不會覺悟，而是心甘情願、愚昧無知的接受中國人的這種永無止境的剝削⋯⋯。

周圍許多高棉人不時轉過頭望著我。工地有許多華僑，他們都作為當地鄉民一起來勞動。我知道他們與我一樣心情沉重又難堪，有什麼辦法呢？革命組織永遠是正確的，這是如雷貫耳的宣傳，是他們的真理。

工地的鐘聲把我們叫醒，又開始了一天緊張的勞動。可要為自己爭氣，別讓他們看不起。來到工地後，我就這樣暗下決心，密深見我力氣大，有拼勁，分配我挖土，挖土的人少，挑土的人多，每一次我都使足力氣不讓挑土的人等著。拼呀！拼呀！有些人忍不住說，看，文光這部發動機開動了。我知道，密深最近對

我態度轉好，是與我的拼勁有關。可是，到了第三天晚上，洗完澡吃完飯，躺下竹榻就發高燒，我昏睡過去，腦海中依稀記著娘娜，她到底在哪兒？

當我迷迷糊糊醒過來時，已是翌晨。在這完全陌生的臨時搭建的小木屋裡，我與其他九個病人並排躺在長長的竹榻上，對面是另一排同樣高度的長木榻，擺滿了許多小瓶小罐，黑色的土制藥片。一位二十來歲的姑娘背著病人正在操作。

一會，兩位皮膚黝黑的姑娘走進來，望著我，輕步走到背著身的姑娘身邊，低聲說：「十號醒過來了。」背身的姑娘仍站著，冷冷地說：「再給他服一粒奎寧。」她的聲音與身材多像娘娜，我想坐起來，嘗試叫喚她，可人還沒坐起來，又一陣頭暈，倒下去。也不知昏睡了多少天，反復發冷發熱，腦子昏沉沉的，我知道這是患上可怕的瘧疾。我還沒見到娘娜，我不能死，我不斷鼓勵自己。

也不知服用多少西藥，這天終於能坐上來了。

勉強吃過兩碗粥，耳邊傳來了陣陣掘土、吶喊和嘈雜的聲音，我猜想這裡距130工地不遠，是臨時搭建的醫院，身材像娘娜的背身姑娘是誰？

下午，又吃了一碗稀粥，精神好多了，能下床走動。一位闊嘴巴高棉女護士探完我的體溫，對我說，體溫正常。是她讓我服用了進口的奎寧。

第二天下午，他們見我病好很多了，就要我返回工地。

頭腦還是昏昏沉沉的我默默又緩慢走向工地，希望拖到收工時間。一路並無見到熟人，放眼望去，成千上萬骨瘦如柴的農民在烈日下大汗淋漓來回奔忙著。

我在小溪畔的樹林中躲了約五小時後才返回工地。

這三十公里長的大壩象一條白色的巨龍，橫臥於平原與森林之間，雄偉壯觀。

工地雖然環境惡劣，勞動強度大，但每天兩餐都能吃到白米飯、牛肉和魚肉。我怕瘧疾復發，每餐都吃很多辣椒。溪水髒，我們就用決明子煮水喝。洗澡時，寧可走遠路到上游處，因而每晚幾乎都摸黑回來，倒楣的是，上游也是滿地糞便。

能吃飽就有力氣，我也盡力而為，密深對我也較友好。就在進入第四周時，我們成東縣的縣委書記農安來看望我們。身材高大的他和我們一一握手。他認出我，向我問好。密深對他說：「文光是好樣的，病倒了，一出院又來勞動，很多人叫他機器手。」農安問我苦嗎？我說：「別人受得了，我就受得了」。

密深說：「一個月快到了，副鄉委密立將率領第二批人來代替我們，我們想把文光留下來。」原來密深誇我是為了讓我在這裡多幹一個月，多陰險！「留下來也好，你將看到我們三〇四專區全體領導幹部在這裡舉行慶功會，文工團、醫療隊、人民武裝力量的代表也將出席。水壩工程進程很快，估計四月下旬能勝利完工。文光沒意見吧！」「我接受組織安排。」我說。我希望在慶功會上見到娘娜。

密深率領鄉民回去了，密立帶了另一批一百多人來接班，我唯一被留下來。實際上，工地三萬多人只有極少數人連續幹兩個月。密立不象密深，對我仍有種族歧視和偏見，言多譏諷。後來農安常來巡視，他才有所收斂。

密立來後的第二周，棉花窟鄉破天荒在幾百支大隊中奪得第五名，受到指揮部的讚揚。

水壩工程接近尾聲，指揮部決定提前舉行慶功大會。一大早，指揮部主席臺用高音喇叭播送統陣廣播電臺的革命歌曲、新

聞。新聞節目仲介紹解放後新紙幣的各種面額圖案。從最小面額的五毛到最大的一百元。所有新紙幣從輝煌雄偉的吳哥古跡到工農兵，勇敢勤勞的高棉工人農民，充分體現了在革命組織領導下的民主柬埔寨的新面貌。新聞最後是戰場最新捷報，民族解放軍已能隨時對任何一個省會，包括首都金邊發起總攻擊。

水壩上臨時搭起的大舞臺安排了十幾位主要專區領導的座位，舞臺前面是專區的附屬機構或一些分區的代表席位，歷次勞動比賽中奪得前五名的鄉或大隊代表，接下來是廣大的勞動大軍，沒能奪得名次的便靠後。濁水鄉的一些鄉自衛隊、專區軍事人員，分區游擊隊員分佈全場，負責維持秩序。

密立作為前五名的代表列位前席，棉花窟鄉大隊也列位較前。臺上列席的專區幹部中，我只認識篤平和陳弟，但舞臺下靠後坐的一排人，卻意外地看到乃薩南、達德與農安。

篤平發表了讚揚參加修築水壩的三萬名勞動者的講話後，專區的軍事代表接著上臺報告全國抗戰的大好形勢。他說，解放軍緊緊包圍了磅占省會，解放軍只待統陣中央一聲令下，便可隨時揮軍入城並解放磅占市。盡管如此，軍事首長及其他專區幹部還是在百忙中到工地宣傳捷報，參觀這個全國最大的水壩以及慰問工地所有的勞動者。

接著，歷次勞動比賽前五名的鄉或大隊接受專區領導的握手問候和讚揚。

演出開始了。第一個節目是集體舞：吾哥的英雄兒女。一隊穿黑衣裳的青年男女剛走出來，坐在我前面兩排的觀眾中，突然一陣騷動，隨即傳來陣陣驚叫：「不好！有人中風了！中風了！」只見到前面一個身子慢慢斜倒下去，我一時衝動，急步走上前。那暈倒的瘦弱的農民臉色蒼白，兩眼緊閉，我下意識把他

的頭扶起來,拇指隨即從他鼻子下面的人中穴按下去。那農民醒過來,蒼白的臉上淌著虛汗,有氣無力地說:「沒事了,我醒了。」「給他喝糖水。」我對周圍的人說,話音剛落,附近站著圍觀的另一個農民不知怎麼軟綿綿地倒下,臉色迅速蒼白,兩眼斜視,身邊的人急忙扶住他,我轉過身立刻又在他的人中穴按下去,這人又醒了過來,在人們的攙扶下慢慢坐下來。這是怎麼一回事呢?原來這是一個連續兩次奪得第三名和第二名的模範勞動大隊,由於一個月的超體力勞動,又沒吃早餐,這時已近中午,烈日當空,這兩位體弱的農民不支而暈倒。

舞臺上的演員繼續他們的演出,附近的農民卻望著我驚嘆著。有些人說以往在解放區有華人針灸醫生,不知這些人到哪裏去了,有人說不相信那些毫針是沒有藥物的,一定有小孔裝著藥。

附近的醫療隊員聞訊趕來,一時也不知怎麼處理,只幫兩人擦汗,給水喝,問情況,安慰著。聽到附近的人說我空手將兩人救醒,不悅地說:「我們也完全能把他倆救醒!」

我回到自己的位置坐下來。第一個節目也結束了,舞臺下走出一個四十多歲的壯漢到那倆人中問情況,他就是乃薩南,跟在他後面的正是農安。農安認出我,把我叫出來,我心想闖下大禍,搶了醫療隊的風頭。但事到如今,我只能硬著頭皮走出來。一些醫療隊員帶著幸災樂禍的冷笑望著我。只聽乃薩南說:「人都救醒了,難道有錯嗎?」這時篤平也來了,吩咐醫療隊員把那兩人扶到蔭涼處休息。

我隨農安走到舞臺下有空位的長排竹榻上坐下來,乃薩南也回來。他認出我,一時又想不起在何處見過。我只得說七一年初在拉省的外交聯,後來被調到醫療組的草藥部。「記起來了,

那時還發生敵機炸死了乃塔農的母親。」我點點頭，我怕他再說下去，那時許多村民以為我是間諜。我也怕談多了會問到出逃的李三僑，或問我後來到哪裏去、做什麼。幸好這些他都沒問。只聽農安問我：「你怎麼用手指救人？這麼神妙？」我說我學過針灸，我一向都把毫針帶在身上，但這次沒帶，因為也沒有消毒的酒精。

是的，我熱愛中醫，雖然我的知識水準低，但對於貧窮落後的柬埔寨農民來說，還是有很大幫助的。在東南區的日子裡，我大部分日子都當農民的赤腳醫生，這使我瞭解農民，熱愛農民，許許多多華運的赤腳醫生，也都和我一樣曾經活躍於廣大農村，為解除高棉農民的病痛作出默默的貢獻。可是我不能把這些話告訴農安或乃薩南，儘管他們是好領導，好幹部。

「原來你們還是認識的。」乃薩南對農安說。「是的」，農安說，「他是棉花窟鄉的勞動模範。兩個月前棉花窟鄉在紅山仔勞動時奪得第一名。在這 130 工地，他是少數連續勞動兩個月的積極分子。棉花窟鄉在競賽中奪得第五名。」「棉花窟鄉是了不起的，那兒的出水村更有名。」乃薩南說。他轉過頭對我說：「其實你做醫生更適合。」我正想借機問達松、娘娜的去向，舞臺上跳起了乃薩南創作的歌舞「撒下一把種子」。周圍的幹部都望著他笑起來。篤平從舞臺上走下來，問乃薩南聽到這歌舞有何感想。「我想該讓農民兄弟回去吃飯了，大家快餓暈了。」「怕什麼？」篤平說，「要相信我們的無產階級農民兄弟。我們這些革命前輩長年在艱苦的鬥爭中挨餓、患病，還要打仗……。」

篤平與乃薩南談起來，農安在一旁問我關於中醫的事。我略告訴他這方面的知識和興趣，讓他知道我原來打算在達松的第六醫療隊工作。

「我國是個落後的農業國，」農安深有感概地說，「我們有的是土地和農民。我國的科技文化知識都十分落後。解放後，我國缺乏許多方面的人才，醫療衛生就是一個十分急迫的問題。」「縣委同志，讓我回到第六醫療分隊吧！」我試探著要求他。他沒答話，坐在他一旁的一位文質彬彬的四十多歲、臉色白晰的男子前傾著身子望著我。一會，農安問我：「文光同志，你能告訴我你的理想嗎？」「為人民服務。我願用我僅有的知識為農民治病。我水準低，我希望解放後能到中國學習，回來為我們的農民服務。」這時，他為我介紹他身旁的男子，「他是有名的賓萬醫生。注意，是賓萬，金邊著名大醫院的主任醫生，為了革命拋棄高職位高收入來到解放區。不是奔納萬，奔是有名的草藥醫生，仍在金邊，他是朗諾的私人醫生。兩人走上不同的路。你要向賓萬學習，你將來也要成為比奔納萬醫術還要好的草藥醫生。」「我一定努力學習。」我充滿了信心地說，「為了人民的健康！」

這時賓萬問我：「我們高棉草藥與中國草藥是不同的，你怎樣利用高棉草藥為民治病？」我說：「有許多草藥是相同的，功效是一樣或接近的。此外，我們可利用中醫關於五味配五性的五行學說來認識高棉草藥。在這方面，我是有信心的。」

演出節目不多的慶功會結束了。坐在地上的三萬名農民紛紛回到自己的駐地，準備領取食物進餐。

下午是例外的休息，人們都忙著洗衣服，爭著到較遠的上游洗澡，原來渾濁的小溪更加臭氣熏天。回來整理一下凹凸不平的竹榻床。轉眼天又快黑了，領了食物吃了晚餐，在各自的負責人主持下開檢討會，準備明天起開始最後一輪的奮戰……

四月十二日，水壩勝利完工，每個人都踏上回鄉之路，棉

花窟鄉與桔井省為鄰，路途約四十公里，我們走了兩天，回到鄉裡。

如以往一樣，我和四、五個農民同住一屋，屋子距鄉委辦事處很近。這天晚上，就聽到摩托車聲。根據過往的經驗，摩托車是上級下達任務的交通工具。唉，沒完沒了的生產任務，但願不是緊急開會，我多麼想甜甜睡一覺。

第二天上午，我們照例開了一次130工地勞動總結會，密深在會上透露，全國即將解放，我們的許多幹部都將承擔較繁重的領導工作，每個人也要學會主持各種會議。他接著讓我們開展批評和自我批評。

下午，密深要我攜帶全部行李，接受新的任務。

幾位鄉幹部把我送到河岸。岸邊停泊一艘小船，一位二十多歲的青年船夫站在船上等候。密深把一封信交給他，幾個人在岸上目送我們遠去。

夕陽向湄公河撒下千萬條金針銀線，河面熠熠生輝。我心卻沉下來，預感到將會永離棉花窟，離開孤苦伶仃的娘娜更遠了。

小船沿湄公河而下，在兩個多小時路途上，船夫不發一語。

入夜了，夜空深沉灰暗，料峭的夜風迎面吹來，令人頓感孤寂悲涼。突然前方的東岸傳來一陣槍聲，靜寂一陣後，又「砰砰砰……」響起來。不久，約十多公里遠的槍聲處升起一道白光，照亮了天空，接著響起幾聲悶炮，隨即聽到一陣密集的槍聲，最後便一直靜寂下去。

「那是磅湛市，我們正發起進攻。」一直未開口的船夫說，「我們快要解放這個省會。」

小船靠岸時，正遇上一隊隊杠槍抬炮的解放軍從岸上走下來，在各自首長們的指揮下分別登上十來艘大漁船。一切就緒

後,漁船向對岸的前方順流而下,那兒正是方才槍炮聲響起的地方。

我隨船夫上岸,正遇上站崗的軍人。船夫對他說;「我們來自棉花窟鄉,要找成東縣委農安同志。軍人示意我們再往前走。

這裡正是成東縣城,好幾排並列的水泥屋原來居住著近百戶華僑,幾年前因受不了當地紅柬政權的種種限制而紛紛逃往越南。現在,縣的領導機關和軍事指揮部便駐紮在市中心。

城裡的衛兵指示我們在一間空屋裡等著。約一個小時後,有人來傳話:縣委正在開會,你們先歇著,睡個覺也可以。夜已深了,我們席地而睡。

天亮了,另幾個衛兵發現我們倆,問明情況後說,未聽說農安縣委要見什麼人,你們回去吧。船夫交不了差,這才對我說,是密深鄉委接到農安縣委的書面通知,要我到縣城找他的。

衛兵也不知該怎麼辦,叫我們倆等著,他去請示上級。半個小時後,又有別的衛兵見到我們,不禁喊起來:「磅占市已解放了,首長們都進城了,你們等不到農安縣委了!」磅占省會解放,是大快人心、振奮人心的事,可農安為什麼要見我,又徑自進城呢?

成東市沸騰了,軍人和其他留下來的幹部和附近農民都聚集起來,宰豬殺雞,準備慶祝。

我們和大夥痛快地飽餐一頓後,船夫這才換了一副面孔,問我該怎麼辦?我想看看磅占市,又聯想到其他大城市包括首都金邊也即將解放,正好借機去體驗解放,去瞭解解放後的情況。便嘗試著對船夫說:「我們仍要服從組織,一起過河去尋找縣委」。船夫略為猶豫,想了一會同意了。

仍有漁船過河,我們隨鄉民群眾一起過河。解放了,各地警

戒放鬆了，人們享有短暫的自由。

過了河，我們隨興高采烈的農民走向磅占市，想目睹這個一年多前屢攻不破的全國第三大城市的風采。

走了約十公里，已是下午，突然迎面走來更多的民眾，根據以往的經驗，我知道是城市居民被驅趕出來，正如一九七三年解放巴南縣城的情景。

人們扶老攜幼，挑擔背簍面帶愁容，有的一路哭哭啼啼，唉聲歎氣。解放軍象押送俘虜一樣，不停對難民聲嘶力竭吆喝著。路旁站滿圍觀的農民。

突然，一輛吉普車從後面駛來，年青的司機見到我們這兩個穿黑衣服幹部裝，便停下來問：「兩位要進城嗎？上來吧！看熱鬧去。」我們道了謝，便跳上吉普車，隨這三個解放軍進城了。

市中心集中了數千名解除武裝的朗諾士兵，由一百多名持AK47衝鋒槍的解放軍收押著。吉普車來到河岸一排水泥屋前停下。

司機說：「我們到了，你們走吧」。

船夫說：「我們要找農安同志，你們幫我們打聽一下好嗎」？

這時屋里走出一個人，說：「什麼農安同志，這里是省軍區，沒人知道這小人物。」我上前說：「找達德同志或陳弟同志也行。」對方打量了我們，要求出示證件。船夫把農安給密深的信遞過去。

對方說：「信中沒有提到達德和陳弟兩人的名字。這樣吧，到左邊第三間空屋歇著，等找到人通知你們。要是找不到，你們就回去。」

黃昏來臨，那位熱情、活潑的司機又來了，請我們過去吃

飯。他說,趁天還未黑,吃飯後趕快下河洗澡,河邊成排的屋子都是咱同志們住著,晚上千萬別進市中心,如果夜裡有槍聲,別怕,是咱們解放軍用來震懾朗諾俘虜的。

經過兩天的奔波,我倆都疲倦不堪,躺下就睡了。

半夜裡,突然聽到門外有嘈雜的腳步聲,低沉的吆喝聲,似乎還推拉著什麼人。我們醒了,記得那位司機的話,也不敢出門去看。嘈雜聲似乎就在這附近,偶爾還聽到尖叫聲。不一會,有人敲門,我叫醒了船夫,商量要不要開門。船夫剛走到門後,門「砰」一聲被踢開,七、八個解放軍押了兩個女人闖進來,差點把我們撞倒。

「什麼人?」黑暗中一位中個子的軍人問。「我們從成東縣來的。」「什麼成東縣來的?出去出去!」對方亮了手電筒,直射我們的臉,打量著。我們也不敢怠慢,退了出來。軍人們迫不急待,就把兩個女人按在地上,七手八腳撕開衣服。我們這才知道,是解放軍押了女俘虜在夜裡輪姦了……。

船夫說:「不如趁早回去,別找什麼縣委了。」我想也好,但行李還未拿出來,又不敢回去拿,就這樣在河岸邊來回踱著,又怕遇見巡邏兵引起誤會。大約一個小時後,我們才躡手躡腳走回去。

回到原來的屋前,在門縫裡見到一個恐怖的場面:四個解放軍分別按著女俘虜張開的四肢,一人壓在她身上,另一個用手電筒照著她的臉,只聽到哭號聲夾雜著男人的淫笑和辱罵聲……。

遠處出現幾十名巡邏兵。我們退了回來,躲在岸邊一棵樹下躺著。

天亮了,農民們又進城看熱鬧了,我們隨人群回到水泥屋。

屋里的行李包還在，似乎一切都相安無事。

我們走回原路，近中午時，趕上昨天緩慢前進的數千名難民，從許多難民的怨言中獲悉他們原來是磅占市郊區的農民，解放軍為了擴大聲勢，突顯戰果，把他們也趕出來。

迎面駛來一支車隊，十幾輛摩托車，兩輛吉普車，三輛軍用大卡車，機車隆隆，浩浩蕩蕩。

摩托車各載著一至兩人，其中一人是分區區委陳弟，最後一輛正是農安縣委。他看到我，下了車，讓出車道對我說：「我正要找你，上車吧！」後面一輛吉普車停下來，年青司機依農安的指示，請我上車。一路陪我的船夫站在路旁與我揮手告別：「都班屬事罷！」（一路平安）

車隊進入寬闊的七號公路不久就開進磅占市。標誌著紅束三〇四專區領導對這個中部大城市的正式接管，篤平專用的吉普車早已停在原省長舊官邸，許多軍政幹部也進進出出，以勝利者姿態進城的上千名紅束士兵不可一世地穿梭在街道上。

我們的吉普車在一處加油站加油，轉眼不見了農安。司機說：「你還認識誰呢？」我想了想說；「賓萬醫生。」「他上金邊去了，金邊解放了。好小子，下車吧！我們有特殊任務。」卻不料這時農安走過來，問我：「我是叫你來見賓萬醫生的，可見到他？」我說：「聽說他上金邊去了。」這時司機催得緊，我只得下車。眼見另一支車隊正集中一處，準備向金邊方向出發，其中一輛吉普車正是昨天載著我和船夫進城的，也還是那位年青消瘦而靈精的司機。「農安同志，我可以跟隨他上金邊嗎？要是找不著賓萬醫生，我就把藏在金邊的中醫書帶回來」。「設法找到他，你今後在他的領導下工作。」農安說。

第五章　華運生涯　253

我就這樣將錯就錯搭上去金邊的吉普車。解放了,似乎亂套了,有的人到處亂闖,尋找失散的親人,有的人趁亂逃到越南去。

　　我急於去金邊,一來要見證這歷史,二來為擺脫紅柬控制——到了金邊,只要我把身上的黑衣服換下,就成了自由人,再趁亂逃去越南。我相信娘娜也走這條路,我們將在她的家鄉——越柬邊境的鵝油鎮相會。

　　吉普車經過磅占省翁湖縣橡膠園後,風馳電掣駛上十五號公路。不久,車上三個軍人幾乎同時興奮地指著前方喊到:「看,波羅勉省也解放了!」喊聲把朦朧中的我吵醒,想到距金邊近了,我的心砰砰跳起來。

　　除了司機,一位是無線電收發報員,一位是警衛兼通訊員。這三人組成的小組一路從拉省南下,把路上的交通情況及時向隨後而來的中央軍隊匯報。

　　只聽發報員對著發報機重復喊著:「51號!51號!路上暢通無阻,現已抵達波羅勉省會,市內未見有居民,路旁站滿已被繳械的朗諾偽軍約五、六千人,另外集中在田野的一、兩千人估計是偽軍家屬,全由我解放軍拘押看守⋯⋯。」

　　半小時後,吉普車駛過了二十四公里外的巴南市,不久又抵達六公里外的軍事重鎮、原南越西貢駐柬海、空軍基地奈良渡口。回到熟悉的奈良鎮,只見建築物基本無損,只是人去樓空,滿街紅柬士兵。戒備森嚴的東南軍區代表檢查過他們的中央特許通行證後,立刻安排渡船把我們運送過河。

　　在這距金邊六十公里的一號公路上,到處是戰爭造成的坑洼斷層,不停的顛簸,烈日暴曬,人更累了,可我還得利用最後的時刻整理思路:

五年前，我和好友阿恩离開金邊經過這條公路進入解放區，五年後竟乘柬共的吉普車凱旋歸來。五年的戰爭恍如隔世。我想念的人和事太多了：在金邊工作過的地下工廠，母校民生中學，同學、朋友、同事。還有見到一貫反對共產黨的父母該怎麼辦？怎樣向他們交代這五年的經歷？劉裕叔說過，解放金邊，如果沒有安民告示，金邊和全國人民便將遭殃，那將會發生什麼事呢？此刻，全世界都注視著金邊，我有幸做歷史的見證人，要記下這歷史的時刻。

　　前面是一隊隊行軍中的解放軍，距金邊僅幾公里的摩尼旺大橋，幾輛從朗諾軍隊繳來的吉普車和運兵裝甲車來回巡邏。發報員緊張地將情況向上級匯報，司機和警衛與迎面而來的軍人同聲歡呼：「解放金邊！」「革命萬歲！」「革命組織萬歲！」……

第六章　重返金邊

　　進入金邊市了。只見大街上，放下武器的朗諾軍人開著卡車，車上掛著白布和白衣表示投降，他們與大街小巷的男女老少市民一起歡呼和平的到來，有的軍人脫下軍衣盡情揮舞，眼裡閃著淚花。小孩子跟著解放軍跑呀，跳呀，大人們拍手鼓掌，人人笑臉相迎；商店裡、市集上的商販，三輪車夫都湧上來看熱鬧。金邊，成了歡樂的海洋，比新年、送水節、西哈努克親王出遊、迎接外國元首、也比亞洲新興力量運動會還要熱鬧、沸騰。

　　街上傷殘者和乞丐也面露笑容。有些老人，倚著門盼望誰歸來似的伸長了頭……是的，戰爭熬到了頭，該和平、永遠不要戰爭了。我情不自禁地隨著人們歡呼起來，不知不覺眼眶也濕了。

　　吉普車沿著幾條主要街道行進。最後，電報那邊命令吉普車停在國家郵政總局門口。

　　郵政總局位於海傍街，鄰近長花園。約有三百人的一個營的解放軍駐守在各個通道，系短槍的許多軍事首長進進出出。吉普車一到，把所有的眼光都吸引過來。司機對我說：「這是中央臨時最高指揮部，你不能跟著我們，你走你的路，自己去尋找你的單位」。說罷，三人列隊向大門走去。

　　這時，大門裡大踏步走出一個高瘦漢子，一下子來到我面前，拉住我的手，興奮得大力握起來說：「是你，文光，認出我嗎？」望著面前這位高棉農民面貌的軍官，我覺得好面熟，一時又記不起。在眾目睽睽之下，他睜大眼睛喊：「我是松惡！松

惡！」記起來了，松惡於五年前參加越南解放軍，在一次突圍的行軍中，第十營被困在高地上，徹夜挨朗諾軍的炮轟。那天晚上，我們睡在樹林中同一個蚊帳裡，松惡用打火機燒灼蚊子，不慎把蚊帳燒了一角，成群的大蚊子蜂湧而入，我們狼狼爬起來⋯⋯那個晚上，松惡告訴我他參軍的經歷和他童年的故事。

松惡壓低聲音說：「那個晚上，我把蚊帳燒了一角，哈哈哈⋯⋯」。他開懷大笑，「你懷念當年的日子吧！」談到解放全國，松惡更興奮了，他說，一九七二年中，上級他把調到正規部隊，從排長到連長，屢立戰功，升到營長後，他作為解放金邊的先頭部隊，率領他的營隊，僅僅用幾枚迫擊炮就攻進金邊，現在又保護著中央臨時最高指揮部。

我倆正談著，哨子響起，人群一陣騷動，又一輛吉普車馳到，車上跳下三個中年軍人，其中一位身材較肥壯，滿面橫肉，竟有點像拉省的逢那。三人趾高氣揚地朝郵政總局的正門走去。松惡拋下我，隨後趕去。

幾分鐘後，大門裡傳出激烈的爭吵聲，站在門外的警衛們都擠在門口探究竟，爭吵聲也吸引附近的市民，有些膽大者都走過來圍觀。郵政總局一側是後院，我從其中一個門望到裏面的情景：

像逢那的中年軍人對著背影像松惡直吼：「你是什麼人？我是代表中央發布命令，任何人不得違抗！」

松惡毫不畏懼，聲嘶力竭喊道：「不能把人民趕出城，不能！不能！我們是來解放人民的！」氣氛十分緊張。這時，載我來金邊的吉普車司機，那個活潑好動的小夥子走近松惡說：「我是從拉省來的向導，我知道他不是中央領導同志。中央首長就快到了。」肥壯的中年軍人氣得暴跳如雷，嗖地拔出手槍，圍看的

人嚇得跑了出來，只聽「砰砰砰」三聲，有人應聲倒地⋯⋯。

我隨人群跑出來，一切是那麼突然，倒下去的是松惡還是那可愛的司機？不論是誰，他們代表了高棉民族的良知與正義，也是未來幾年裡，柬埔寨兩百萬冤魂的壯烈先驅。

我隨人們退回來了。震撼的心久久不能平息。一個可愛的人，人民的優秀兒子，為了捍衛正義，為了人民的利益，勇敢地獻出自己寶貴的生命。他死得如此突然，兇手是如此兇殘。此情次景，與五年前金邊街頭目睹朗諾特務槍殺越僑何其相似！

這時，一支十幾輛大卡車、吉普車和摩托車組成的車隊浩浩蕩蕩沿海傍街而來。全副黑衣裝的十幾位中央領導和警衛們魚貫而下，威風凜凜走進郵政總局大門。一切似乎相安無事。半小時後，一具碩長的屍體被抬出來，碩長的屍體應該是松惡。

街上那三百多名士兵同時被調離，列隊沿海傍街方向而去。新的衛兵、警衛員出來驅趕開雜人。

我漫無目的地走著，松惡的影子一再出現，家鄉的親人還在等他凱旋歸來，而他卻永遠地走了。

有些市民把餐桌擺到街上款待解放軍。我也確實很餓了，我和附近一些軍人圍著餐桌吃起來。主人是華裔，他唯恐招待不周似地把大收音機抬出來，收音機播送革命歌曲和勝利捷報。捷報說，全國除了馬德望省還有殘餘偽軍頑抗外，已完全解放了。

我和軍人們握手道別時，對方問：「你是哪個單位？」我說：「我失去聯繫了，解放了，路人太多，我太高興，走散了。」軍人指著我的背影笑起來：「哈哈哈，這小子斷線了，斷線了。」

一輛卡車從郵政總局方向駛來，高音喇叭傳來了緊急通知：「市民們，市民們，革命組織通令，金邊解放了，美帝不甘心於

他們的失敗，美國飛機很快就要來轟炸金邊，請市民們趕緊撤離金邊，暫到農村避難，三至七天後再回來，趕緊行動⋯⋯撤離金邊，這是革命組織對人民的愛護⋯⋯撤離金邊⋯⋯趕緊行動⋯⋯三至七天⋯⋯」

跟在大卡車後面的幾輛吉普車，駛到十字路口分不同的方向向市民發出緊急疏散的通知。街上行人無不感到錯愕、慌亂。怎麼回事？熟悉的金邊變得陌生了，陌生得像來到另一個世界。人們好奇地望著我這穿黑衣裳、獨自走在路上的華青。我現在必須回到五年前離開金邊前最後住的「家」，那是在宰牛市區的貧民窟。那裏住著待我如兒子的好友陳顯強的父母和他的兄長，那兒有我離開時在地下埋藏了五年的中醫書和潮州地圖。但我從這長花園走到那兒天將黑了，還不知路上會發生什麼意外。

這時，一位賣冰條雪糕的華青小販不知什麼時候推著他的四輪小車跟在我後面。他忍不住趕上來問我：「我可以問你到哪兒去嗎？」我也用國語回話：「我要到宰牛市區。」「太遠了。」他仔細打量我，「你在解放區可好？」我略點頭，他又問：「你在解放區可聽到高山這名字？」高山是化名，他從哪兒得知這名字呢？這時他又說：「高山是我唸專修生時的主任老師，他是華運組織的最高領導。事到如今，我不得不說，我是高山指派留在金邊的華運人員。我要尋找組織，雖然我知道華運已經解散。我想知道這五年來你們在解放區發生的一切。我想知道紅柬是反人民的還是救人民的。」

像他鄉遇故知，我們一下談得很投機。我告訴他：「我們都很天真、幼稚。現在是暴風雨的前夕，我們每個人都將面臨嚴峻的生死抉擇。紅柬即將用武力將全市人民趕到環境惡劣的農村，你和家人要做好準備，多帶些食用品，不要失散⋯⋯。」

「今晚在我家過夜，明早再走吧！」

他叫孫國明，家在烏亞西市區以西一條小巷的二樓。父親早年去世，他和弟弟、病弱的母親十幾年來租住在這二樓的後半段。朗諾政權拉壯丁的這一年來，他東躲西藏，不敢上街賣雪糕，就在附近當華文家庭教師。

當晚，他拿出一本記錄著自一九七〇年政變後郎諾軍政權的有關資料：

資料共分為四個部分。

一，金邊政變集團七個最大頭目的歷史。這一部分記錄了政變核心人物朗諾、施裡瑪達、山玉成和國會議長英丹、總理隆波烈、三軍總司令塞拉達尼、參謀總長朗奴等的身世。

二，一九七〇年以來金邊大事記。記錄了一九七〇年三月十九日朗諾成立「救國陣線」，六月一日戒嚴和軍事管制法，六月二十五日頒佈戰爭動員令，十月九日成立「高棉共和國」、七二年五月制定憲法，六月四日朗諾成為「高棉共和國總統」；七月二十一日確定每個士兵月薪三千五百里埃，七二年七月朗諾簽署十八至三十五歲男子強迫服兵役，自願參軍者月薪五千里埃。

三，美國對「高棉共和國」的援助。自一九七〇年至七四年，美國通過其駐金邊大使館向朗諾政權提供總共二億美元的軍事援助。此外，美國每天從泰國出動約六十架 B52 大型轟炸機進行空中支援，另有兩百架戰鬥機參與每天的軍事行動。美國承認，從一九七〇年到一九七四年，戰爭已使兩百萬人無家可歸。七三年八月十五日，美國宣佈停止對柬埔寨的轟炸。而之前的八月六日，B52 轟炸機誤炸金邊東南 60 公里的奈良鎮，炸死朗諾軍隊 137 人，炸傷 268 人。美國宣稱這是印支戰爭以來最糟糕的一次誤炸。最近，尼克森總統揚言爭取國會在七五年度向朗諾政

權提供一億七千萬美元的軍經援助。

四,「高棉共和國」總兵力。一九七〇年初有陸軍三萬五千,空軍三千,海軍二千,後備軍五千,共四萬五千。

七一年中有陸軍十二萬,空軍八千,海軍七千,後備軍一萬二千,共十四萬七千;

七二年初有陸軍十五萬,空軍八千,海軍七千,後備軍一萬五千,共十八萬;

七三年初有陸軍二十萬,空軍一萬三千,海軍一萬二千,後備軍二萬五千,共二十五萬。

軍事將領及各師師長。所有師長均為準將銜。計有:第一師師長士翁(SUONG),第二師師長丁刁(DIEUDEL),第三師師長阮利強(越裔),第七師師長黃扣(UNKAN)(目前已由 DENGLAYCM 取代),機械(工兵)師長隆明(LONGMAN),特種部隊隊長特昌靈(THACHRENG),總後勤部長紀亞特(KYATT)。

武器類別:M—16 來福槍,60 毫米迫擊炮,M—2 卡賓槍(30 發子彈),M—60 機槍,30 發機槍,AK—47 蘇制衝鋒槍,M—79,40 毫米機關槍,APL 裝甲車,81 毫米迫擊炮,75 毫米火筒炮(榴彈炮),105、155 毫米榴彈炮,106 毫米無後坐力炮,M—110 坦克。

主要的戰場通訊設備是美國製造的,大多數是個人裝備的 RDC25 及 RC.292 無線電收發報機。

軍事編制方面,每班八至十人(又稱小隊);每排二至三班(又稱中隊);每連二至五排(如配合炮兵時),有一百至三百人(又稱大隊);每營三至五連(如增加炮兵時),有三百到五百人;每團有二至五營(如增加炮兵時),有七百到一千五百

人；每師有二至四團，三千到八千人。

有些團隸屬於師，有些是獨立團，各師和獨立團屬高棉武裝力量最高指揮部或各個軍事區。各軍事區負責各自的安全（有兩個或兩個以上的省）。

第九師屬總統警衛師。這種建制完成於一九七二年。

有些分出來的炮兵或裝甲部隊、機械部隊、特種部隊和後勤運輸在金邊軍事區司令部指揮下從事臨時支援，調動以配合各師或團作戰。

許多軍事單位在越南受訓，通常是一個營十二個星期，主要在隆海（LONHAI）和福水（PHOUCTUY），大多特種部隊隊員由美軍方面推薦，由泰國或美軍自行訓練，七二至七三年在泰國的LOPBUR，少數在越南的隆成（LONG THANH）。正式的軍訓從數周至六個月，地點是金邊國家軍事工業院，該學院成立於一九四六年，原是由法國建立的培訓海空軍的學院。

空軍方面有兩名師長厄沖（EACHHONG）和速雙莫（SOKSAMBAUP）。有兩個主要機場，金邊波成東和馬德望機場。

戰機是 01 偵察機，在前方控制，T28 訓練、戰鬥和轟炸機，C46、C47 運輸機，C123 空降機（空降傘兵），AC47 掃射機，UH—1 直升機，運載士兵或物資。空軍領航員和地面操縱在馬德望或泰國的 UDORN 或 LOPXBURI。海軍司令員王沙寧第（FONG SARENDY）海軍基地在深水港磅遜港，金邊外圍水淨華；裝備有 PC 巡邏艇，LC1 登陸艇，（可載小型戰車）淺水重炮艦，ATCORAC 殲擊艦（驅逐艦）。

有六個國家協助訓練朗諾軍隊。訓練中心有貢布、菩薩、賓居、詩士芬、暹粒和金邊。空軍訓練在馬德望，學員來自金邊優

等的高中學校，以英語訓練。

軍醫院是金邊的摩尼旺醫院，701第一後方醫院，400團醫院，磅占401團醫院，賓居402團醫院，馬德望403團醫院，暹粒404團醫院，還有金邊柬蘇醫院……。

夜漸深了，孫一家人仍在忙碌收拾行李。每個人都希望紅柬收回清城的命令，但遠近傳來的槍聲，令大家的心全冷了下來。

天亮了，篤加蘭大道傳來時緊時疏的槍聲。我借了孫的單車準備上路時，預感到來不及趕回來，還不了單車。孫說：「若如此，我們就挑擔子上路，人山人海，有單車恐不方便，你一路平安就好。」我們互道珍重分手了。

沿著篤加蘭大道，來到三十碼路，進入奧林匹克市區，天已大亮，槍聲也更密集了。滿街的黑衣兵，個個如山匪強盜，在街上邊開槍邊吆喝，勒令市民趕緊上路。許多二、三層樓的建築物都中彈。有的沿街踢門砸牆，喊打喊殺。

到了宰牛市區，氣氛迥然不同。這裡較為安靜，還見到一隊隊市民挑擔拎袋，在士兵的指令下從三號公路方向走去。我下了單車，進入五年前熟悉的市區最後一條小巷時，巷口幾個士兵攔住我。我鎮靜地說：「有任務。」士兵們半信半疑，我又說：「安卡仁紮當的。」（柬語：我們組織分配的）「安卡仁」是對革命組織的親切稱呼。這招果然奏效，又見我穿黑衣，神情鎮靜自若，便放過我。

這裡出奇地靜，靜得可怕。家家戶戶門戶洞開，卻不見人蹤。偏偏我要去的是大巷盡頭的屋子。

一切還是那麼熟悉，左邊一排是華人的平面木屋，右邊是柬人的高腳屋。到了，一層半高的木屋，屋頂是鉛板，就是五年前我住過的陳顯強家。

低著頭上了木屋的第二層，屋裡空無一人。顯強用過的那張殘舊的臺子，整齊地擺了一疊書，那是我五年前埋在地下的中醫書，書中夾有我在潮州親人的相片、圖片和顯強的革命書籍、毛著作等。我猜想是顯強的母親在被柬共趕出家門前從地裡挖出來的，老人家盼望兒子和我回來。她希望落空了，顯強參加越共，戰死在六號公路上，顯勝參加柬共因虐疾死於西南森林區。（這是我後來才知道的）如今，偉大的革命母親不但永遠見不到兩個兒子，還像畜牲一樣被入城的紅柬解放軍驅逐出家門。年近八十的顯強的父親原來患有癡呆症，難以走動，即使仍在世，怎熬得過漫漫長夜？

　　我一陣心酸，噙著淚水從書堆裡挑選出幾本中醫書和毛語錄裝在背包裡。準備下樓時，隱約聽到遠處傳來尖叫和咆哮聲。小閣樓上沒有窗，望不到外面的情況。我只得下樓，走到屋後，屋後有一棵大樹，旁邊有一堆高上來的白蟻窩。以往，我和顯強兄弟常蹲在這白蟻窩上談心避熱，屋後三百多米處是一個大低窪地，雨季積滿了水，旱季泥土乾裂，四周長滿了草。那陣陣尖叫和咆哮聲，正是從那裡傳過來的。

　　一幅恐怖的畫面出現了，上百個朗諾軍人被綁住眼睛，兩手反捆在背後，沿窪地四周跪下，每人身後各有一名黑衣兵，他們正舉起步槍，用槍托奮力向朗諾軍人的後腦砸去，有的未擊中要害或自個兒先滾下去，都被黑衣兵拉上來又砸又刺，血漿從頸部射出，發出陣陣撕心裂肺的尖叫，未斷氣的戰俘發出哀鳴，仍不斷求饒和掙紮，也有個別拼死反抗的都被成群黑衣兵圍上來，合力制服，又刺又戳。遠處的林中也有幾百名朗諾軍被捆綁，動彈不得，黑衣兵舉著長槍，嚴陣以待。

　　一個黑衣兵似乎覺得號叫聲太響了，搬來一個大收音機，

高分貝的聲音傳來了革命組織發布的命令：「所有朗諾偽軍集中在原來的軍營裡，按原來的軍銜級別列隊，組織將按官職大小重新安排工作，請信任革命組織，革命組織只逮捕對高棉民族犯下罪行的七個最大賣國賊，他們是政變頭目朗諾、施裡瑪達、山玉成、偽國會議長英丹、偽總理隆波烈、偽三軍總司令塞拉達尼、偽參謀長朗奴。除這七個外，其他偽官兵一律既往不咎……」

突然，我的肩膀被人拍了一下，轉身一看，腳全軟了，七、八個黑衣兵不知什麼時候來到我身邊，看到我正在偷窺組織處死俘虜，這還了得，幾個人不由分說，把我拉了出來，邊踹邊踢。我跌了幾個跟蹌，直冒冷汗，心想一生多次死裡逃生，今日終於大劫難逃，必死無疑。

一個大個子黑衣兵下令：「把他拉到大窪地與偽軍一起處決！」大家有些猶豫，我這時不知哪來的勇氣，大聲說：「我不是敵人，我是革命幹部！！」有人問，「他真是我們的幹部嗎？」他們把我按在地上，打開我的背包搜查起來。背包裡有棉花窟鄉幹部分派的會議記錄，一套黑衣服、水布、軍用吊床、鹽、米和書籍。

大家翻開毛語錄，見到前頁的毛澤東像，幾本書雖看不懂，但內中的人體針灸穴位圖證明是中醫書。大家無話可說，但還是放心不下，問我是哪個單位的，怎麼來到這軍事禁區？

我說，我在混亂中與單位失去聯繫，這是我以前的家，我回來把書帶在身上，為革命服務。有個火爆的不聽我的解釋，還說我嘴硬，握起拳頭準備打過來，被其他人拉住，其中一人說，我看這小子是斷線了與組織失去聯繫了讓他回去吧！但大多數人還是不同意，決定先把我扣押起來。

我被鎖在對面一間高腳屋裡。陣陣的恐怖叫喊聲，收音機

聲，高音喇叭，密集或零星的槍聲不絕於耳。

首都金邊的大移民開始了。

也不知過了多久，門被推開了，兩個年紀大的黑衣兵戴著中國式軍帽走了進來。其中一人指著我說：「你像是昨天上午乘坐吉普車進城的？」我趕緊說：「是，我乘搭先導車進城的，他們還以為我是敵人，把我抓起來。」兩人面面相覷，最後決定把我交給上級處理。

我揹上背包，在他倆押送下走出巷口。十幾分鐘後，來到奧林匹克區一間豪華歌劇院。

這歌劇院建於一九七〇年，是金邊最新型的建築物。

守在大門的三個衛兵讓我們走進外廳。兩扇大門半開著，傳來裡面激昂的訓話。

押送我的兩個軍人不敢貿然進去，就分左右把我夾在中間，坐在查票櫃臺椅子上等候。

只聽那激昂的訓話說：「全體幹部、軍人、革命者必須清楚認識到，金邊不能由外國人佔領……。金邊市民必須到農村進行教育改造，這是我們最高領袖的偉大戰略部署。此外，金邊市內有許多中央情報局人員、朗諾情報人員、封建王朝殘餘、階級敵人、資本家等等。我們若不澈底清城，便將前功盡棄，革命先烈的血將白流……。革命不是請客吃飯，不是嚼檳榔，織魚網，而是轟轟烈烈、急風暴雨，是流血，鮮紅的血……！」

兩個軍人漸漸打起盹來，不一會又醒來，似乎想起什麼，一望手錶，對我說：「我們很快回來。你不能離開這裡！」到了大門又對三個守門的說些什麼，便走到大街上。一會兒，門開了，開完會的兩百多名黑衣兵蜂一樣湧出來，他們一時也沒特別留意我。我若無其事活動一下身體，混在他們中走了出來，好險啊！

大街上，黑衣兵已迫不及待到處開槍，街上的市民越來越多。按照黑衣的指令，奧林匹克市區的民眾必須走西北面的五號公路，這條公路直通`磅清揚、菩薩、馬德望等省。局勢看來得到控制，大多數人選擇前往馬德望省，一來該省是全國著名的產糧區，每年的稻穀產量可供全國一半人口；二來靠近泰國，容易越境潛逃。新街市區的居民被指令走向東面的六號公路，可往磅通省；烏亞西區居民要走東南方向的一號公路，直上干丹、波羅勉和柴楨三省。海傍街的河畔，集中大批船隻，準備把這一地區的民眾運送過河上七號公路往磅占省。也有些黑衣兵同意市民自行選擇路途，去農村投靠親戚。

人流擠滿了所有的街道，只見在每條大街兩旁的二、三樓上，仍不時有人向樓下門外的家人拋下包袱行李，因為黑衣兵不讓他們返回屋裡收拾。

我決定走一號公路。一號公路直通越南，越南也快將解放了，想必娘娜也已逃到越南，只有到越南才能找到她。

疏散的兩百萬金邊市民背著包袱、挑著擔子，像螞蟻般在坑坑窪窪的道路上緩慢移動。他們不想離開熟悉的環境，幻想一周後可以重回金邊。但當看到冷酷而警惕的黑衣兵不斷的催促，失望也越來越大。炎炎烈日，許多人中暑倒下。人們不得不走走停停，滿身塵土，滿面恐慌，或呼喚失散的兒女，或聽著孩子們又餓又渴的哀叫。不好，前面傳來了所有錢幣作廢的消息，本來沿路可向附近人家購買食物已成為不可能，人們要在隨身的行李中尋找有價值的物品向當地人換取米糧了⋯⋯。天色暗下來了，人們又要佈置野宿、安頓老弱病殘。

一周過去了，黑衣兵不但沒讓人們返回金邊，反而催促得更緊了。這一天我在夜裡換下黑衣服，換上路上死者的服裝。在

一號公路約二十六公里處,我遇到孫國明一家,孫國明顯得很高興,指著歇在路旁的一群人說,這些都是我的朋友,過去的同學、老師。人群中還有幾位原金邊愛國僑領,一位姓陳的中年人是已逝世的最著僑領陳順和先生的親戚,還有代號長江的某體育會幹事。人以群分,大家都約定沿一號公路逃往越南。

突然,天空飛來一架飛機。人們都抬頭仰望,它不是美國飛機,就必是中國飛機,是祖國在此關鍵時刻派飛機來接僑了,周圍的僑胞都這麼想。於是人們更不肯走,走遠了走散了祖國親人怎麼尋找我們?大家決定在公路下的田野搭臨時帳蓬,等待奇跡出現。

第二天,黑衣兵來驅趕我們了。由於到處人山人海,黑衣兵也沒特別留意我們。後面來的一批僑胞告訴我們,他們原來是到六支牌準備搭渡船上七號公路的,渡船少,人流多,一艘渡船因超載沉沒,死了很多人。等渡的人太多,黑衣兵把他們趕到這裡來。實際上,一號公路也不安全,橫衝直撞的軍車就輾死了許多逃避不及的老人小孩。

三天下來,才走了半公里。這一天有人聽說這二十六公里處的原中國援柬三合板廠已有中國專家進駐了。向當地人打聽,果有其事。大家相信是三天前天空出現的那架飛機載來了中國專家,於是大家推舉陳先生為代表去三合板廠向專家請示,要求祖國把我們接回國。大家滿懷希望走在陳先生的後面,遠遠果然望見工廠外面站著四、五個穿白衣的明顯的中國人。對方似有所準備似的急忙抬出一塊大黑板,用粉筆寫著幾個簡體中文大字「華僑都是資本家!」,這幾個大字擋住了陸續而來的更多華僑,人們澈底絕望了。有人咒罵著有人啞口無言。柬共在驅趕我們,祖國關起大門。這是怎麼一回事呢?共產黨不是來解放人民的嗎?

怎會出現這種像亡國奴般的狼狽場面呢？祖國不是母親嗎？怎忍心眼睜睜看著海外的兒女成為無助的孤兒呢？

陳先生無奈地說，即使陳順和老先生在此，也是沒辦法的，聽天由命吧！

我們垂頭喪氣回到公路上。我們知道，今後的日子是如落葉般被刮到農村、山林中去。金錢、地位、知識、技能等等，都將毫無意義。

那麼，是誰如此狠心下達清城的命令呢？誰是主宰「解放」後人民的命運呢？當然是柬共的最高領導人。那他又是誰呢？

實際上，柬共還沒公開，「革命組織」是其代稱，人們也不知道波爾布特的名字。根據後來的資料顯示，這位柬共總書記在其軍隊進入金邊，兩百多萬市民被驅出城的四月二十三日，他乘坐汽車從四十公里外的實居省祕密抵達金邊。面對這個已沒生機、到處是冒煙的垃圾、燒毀的車輛、廢棄的商店、空蕩蕩的房屋樓宇及僅有黑衣兵巡視街道的場面，他露出了得意的微笑。

他讓汽車停在長花園盡頭的金邊火車站前面，他決定在這火車站裡設立最高領導機構。他對火車站有特殊感情。十五年前的一九六〇年九月三十日，他在這裡祕密主持第一屆柬共代表大會。確定了以他為首的領導地位。

跟隨波爾布特進入火車站候客廳的是農謝、英薩利和喬森潘，遠一點的是金邊軍事負責人及主管城市工作的溫威。溫威向波彙報，基本上已完成了一周內把全部金邊市民驅離出城的任務，但仍有極少數人藏匿起來，軍人正在繼續搜索清查。波向溫威作出指示：要注意對十幾萬朗諾軍人的清除工作，絕不容許有其殘餘勢力。而兩百萬市民決不甘心離開金邊，他們不會真心擁護革命政權，這方面要保持清醒頭腦。

波爾布特還主持了一次臨時內部會議，決定由喬森潘以民族團結政府的名義公佈召開首屆國民會議。會議是由群眾組織，人民武裝力量、僧侶、統一陣線和團結政府的代表聯合組成，以體現廣泛的代表性。會議也仍將承認西哈努克為國家元首，賓努親王為團結政府和統陣中央主席。

　　與金邊市充滿躊躇滿志、飛揚跋扈的氣氛相反，通往各省的國家公路上卻是一片愁雲慘露，哀鴻遍野，有為餓死或病死在路上的親人哭得揪心裂肺的，有不堪勞頓奔波、餓累交迫而呼號呻吟的，望著沙塵滾滾、前途茫茫，近三百萬金邊與其他省會的市民陷入彷徨失措、呼救無門的境地。我和孫國明一行是較早離開金邊的，據後來的市民說，許多人起初都肯不走，認為既然紅柬說離開金邊三至七天以避開美機的轟炸，他們寧可躲起來熬過七天就沒事。可紅柬士兵天天逐家逐戶搜查，被打死的人越來越多，他們只好走了出來。

　　人多路長，絕大多數市民不想離開金邊太遠，紅柬士兵就強力驅趕。人們終於明白，紅柬政權是用謊言加暴力來對付人民的。返回金邊是不可能的。實際上，選擇走一號公路的華僑，絕大多數是為了逃去越南。在這裡，我沒見到爸媽或其他親友，後來才知道，七三年搬到金邊的爸媽在金邊躲了幾天，被趕出來後因為身邊沒人照顧，加上年老體弱，最後不堪勞疾，雙雙死於公路附近的曠野。

　　我們帶來的乾糧吃完了，公路旁綿延分佈的村莊有村民送來食物白米，後來我們就要用隨身的用品向村民換米。西藥、衣服、打火機全換完了，就換手錶、黃金。我一路是撿自殺者的遺物與村民換食物的。穿上平民服裝，不再那麼惹人注目，卻屢遭黑衣兵的吆喝辱罵。

這時已是六月盛夏加上雨季來臨，白天在驕陽烈日下蹣跚而行，傍晚在風雨飄搖中露宿，倒下去的人越來越多了，屍體無人或無法掩埋，大地散發著熏天惡臭。放眼望去，人海煙波，棄物四散，烏雲乍起，落葉飛揚，暴雨欲來……

二十多天後，我與孫國明等人也來到波羅勉省界的湄公河奈良渡口。因為只有三艘輪渡，人流在這裡被堵住，我們只好在距渡口約一公里的小鎮停下來。由於人多，各種小道消息不逕而走，聽得最多的是某人在某處病死或自殺，也有許多人在這裡與失散的親人會合。最令人擔憂的是幾周前先後有幾輛從金邊開出的轎車裡的華僑在渡口與黑衣兵發生爭執，憤而在開下渡船時把許多黑衣兵一起撞倒沖下河，同歸於盡。因此，華僑被視為危險人物，備受凌辱欺侮。

這個小鎮叫磅坤廟，有一間「育才小學」。校長是華運人員，名叫黃志。黃志向學生們灌輸毛澤東思想。政變前夕，黃志鼓動學生踴躍投奔解放區參加革命。結果，小小的育才學校一百多名學生約有一半背著父母去參加越共或紅柬。現在這個由一條大土路兩排屋子組成的小鎮的華僑都在痛罵黃志，打聽黃志的下落。他們說，參加革命的兒女至今未回，他們去幫紅柬，紅柬勝利了就來迫害華僑，這都是「愛國紅人」黃志教唆的，黃志必須交出他們的兒女。

住了幾天，四十多歲的長江患了霍亂，每天吐瀉發高燒，這裡缺醫少藥，病人又多，人人憂心如焚。後來，他把我們這幾位年輕人叫來，告訴我們，他原是華運組織在金邊的負責人。幾年來，他通過地下管道與解放區的華運保持聯繫，他知道華運解散和高山等人千里迢迢到中國請示的事。如今，他知道來日無多，要把心裏話告訴我們。他說，華運解散是小事，因為畢竟是幾百

人的事，華運與柬共誰是誰非也是小事，因為國家是他們的，他們要獨立自主；我們受了委屈，落得今日的下場也是小事，從參加革命的第一天起，我們就已經做好不怕犧牲，只求付出、不求回報的思想準備。因而不要埋怨祖國，不要埋怨過去的領導。但是，我們問心無愧，我們為解除柬埔寨人民的痛苦，為宣傳中華文化和愛國思想而任勞任怨，我們作出了應有的貢獻，讓生命與青春放發了光和熱，不論從人道主義、愛國主義，還是國際主義，我們都無愧於作為一個「人」的存在與價值。他說，但是我們廣大的僑胞落得今日走投無路的下場，才是無法忍受的事，紅柬無法無天已經超越了朗諾政權千萬倍，許許多多的老華僑當年為逃避日本軍的踐躪或國共內戰或饑荒而漂洋過海來的，如今幾十萬華僑像亡國奴一樣家破人亡，背鄉離井、妻離子散，他們何罪之有？作為華僑靠山的社會主義祖國，對此負有不可推卸的責任。但是，他相信，祖國大使來後，情況必會改善，華僑必能重見天日。

　　長江死的時候，原來下著的雨更大了，我們周圍幾十名朋友分擔了他的親人的悲痛。我們把他埋葬在育才學校後面樹木蕭森的一片曠地，曠地盡頭正是湄公河。讓長江對著湄江，向來自中國瀾滄江奔流不息的河水傾訴無盡的哀思吧！

　　長江原是金邊一所華僑中學的教師，二十年來堅守愛國教育崗位，他後來兼任體育會總幹事，工作量大擔子重。但他為了中柬友誼，為了宣傳愛國思想，任勞任怨。這些往日的辛勤勞苦，都叫一風吹了，緬懷者有幾人？

　　第二天是個陰天，下著毛毛細雨。我們陪伴長江一家妻小，在淒風苦雨中離開傷心地。走上公路時，正遇著幾輛軍用大卡車緩駛而來，大卡車有「長春第一汽車製造廠」的標誌，車上的高

第六章　重返金邊　273

音喇叭不停廣播，呼籲人群中有技術才能者如司機、機器工人等趕快上車，革命組織需要這些人回到金邊工作。每輛卡車都有六、七位以上的應徵者。

半小時後，我們來到鬧哄哄的湄公河渡口，成千上萬的柬人和華僑擁擠在此等候來回行駛的三艘渡船。人們一堆堆聚集在一起，不論相識與否，互訴路上的艱辛，家庭的遭遇，對前途的悲觀，也有許多人在此團聚，他們或經過多年的戰爭歲月的悲歡離合，或離開金邊時短暫的分散，母親抱著女兒痛哭，祖母抱著孫子流淚。

僑胞們不論相識與否，聚集成群，談得最多的是希望祖國在此關鍵時刻像越南或其他國家一樣把自己的僑民接收回國。在這裡，我們看到一隊隊的越僑被安排優先渡河。原來，四月三十日獲得解放的越南已派出人員接收越僑，組成「回鄉團」。每人還被允許攜帶足夠的米糧和用品，一路不受干擾，而我們眼前殘酷的現實是，手持中國衝鋒槍的黑衣兵對華僑虎視耽耽，目露凶光。

這時，渡輪開過來了，對岸來的人不多，我一下子就看到柴楨省的前華運朋友，柬華、寮華和越華。她們各把名字改為分別代表三國的國名，表示支持印支革命。金邊解放後，三人騎自行車走了上百公里路趕到奈良市，因尋不著父母，便搭輪渡過來繼續尋找。我們把路上的情況告訴她們，說不能再往前走，就在此等吧。附近一些趕上來的僑胞也說，在距金邊十幾公里處看到黑衣兵把冒充越僑的華僑統統押上牛車運往大金歐市方向的哥通縣森林裡，恐怕凶多吉少。多年後，我才知道，我的大堂哥一家就在那批牛車隊之中，全家五口無一倖免被黑衣兵打死在那森林中。

她們帶來了柴楨省柬越邊境的消息：越南政府派人在邊境接收越僑，把華僑都拒於其國門之外。他們說，華僑應由中國政府處理，這是國際法。被拒入境的華僑進退不得，都被黑衣兵押往別處，下落不明。她們擔心我們到達邊境時被黑衣兵逮捕。

　　渡船來了，我們一行人繼續上路。

　　回到奈良鎮，這個過去熱鬧的小市鎮如今只見到幾個熟人。熟悉的永安堂藥材店與整排水泥屋已人去樓空。路上人流行色匆匆，哪有什麼心思去懷舊尋昔？

　　我們在奈良鎮一號公路與十五號公路的交匯處彷徨。命運真的不由自己主宰，往越南之路不通了。同行的幾個人全不會越語，不敢冒險南下，只好改走十五號公路去波羅勉省或磅占省。我自恃會越語，心想萬一遭越方拒絕入境，尚可報上姨母的地址或李三僑的名字必可入境。為了尋找娘娜，我必須冒險。

　　在依依不捨、聲聲保重的祝福聲中，我告別了最後一批柬埔寨難友，孑然一身踏上通往越南近百公里的征途。

　　沿路仍是人山人海，除了越僑，也有大批回鄉或被驅趕來的高棉人。華僑仍有很大比例。雖然邊境傳來不利消息，僑胞們認為越南比柬埔寨好，越南中國是同志加兄弟。越南是他們唯一求生之地。

　　公路兩旁都有綿延不斷的高棉農民的木屋，老實的人民向他們提供飲水、乾糧，用憐憫的目光送走一批又一批的人流。

　　近晌午時，前面緩慢駛來一輛吉普車。我隨人流讓開路，沒想到吉普車上有人向我喊：「咦，這不是……你叫什麼名字？」眼前的她四十多歲，稍黝黑的皮膚，黑亮的眼睛，瘦小的身材顯得輕盈而靈巧。她是那麼面熟，我下意識的回答：「我是文光」。這年頭，凡是當幹部當兵的，對華人總是眼帶歧視或敵

意，可她臉上顯得驚喜交集，真是似曾相識。記起來了，三年多前在王炳坤的介紹下，她到東南把我接到拉省，還一路走過東北的上丁省。她就是英娜。從那以後，就再也沒有見到她。「你還一路搶著幫我背槍背行裝呢！還記得吧？」大概有這麼一點小的「功勞」，英娜見到我顯得如此興奮。

她問：「你去越南吧？怎麼走到這兒？」我只能搖頭，望著吉普車上一個中年男子和司機，不知怎麼解釋好。「上車吧！我看你是到了金邊後被趕出來。你的單位呢？」「我失去聯繫，被趕了出來。」「我正是開車尋找失去聯繫的同志，他們也被不分青黃皂白全被趕出城，上車吧！金邊的王炳坤、賓萬醫生正在打聽你的消息呢！」聽到這兩人的名字，我眼睛一亮，可是在金邊差一點被槍斃的陰影又出現了，解放軍對人民趕盡殺絕，好不容易逃到這裡，難道要重回地獄？可又找不到藉口非走這一號公路不可，真倒楣遇到英娜。這時我想到娘娜。便問她：「金邊還有我當時在拉省相處的同志嗎？」「有的犧牲了，有的失去聯繫。對了，娘娜同志也在金邊，上車吧！」

娘娜在金邊，還有什麼好說呢？難道仍執意要去越南嗎？柴楨省又不是我的家鄉，這一點英娜是知道的。

吉普車往金邊方向駛去，折騰了一個多月，還是回到金邊去，前途與命運難卜，我一路憂心忡忡。可英娜仍那麼興致勃勃：「終於勝利了，解放了，我們革命組織的英明領導、幹部戰士流血犧牲終於換來了全國解放。」

過了奈良渡口，太陽西下了。英娜對司機說：「天黑也要趕回金邊，但路上人群擁擠，要小心駕駛，不要撞到市民」。英娜顯然與其他蠻橫霸道的黑衣兵不同，在她身上，我又看到紅色高棉組織中的好人。可是我與英娜相處甚短，怎知她怎樣看待全國

大清城？

英娜確是柬共高層中的異類,她能擠進柬共中央,完全是與英蒂麗的關係。英蒂麗是英薩利的妻子,英蒂麗的姐姐又是波爾布特的妻子,英娜與英蒂麗都參加過英薩利所組織的反法學生運動,但她沒留學法國。一九五八年她在英蒂麗任校長的金邊高級中學任教員,兩人又分別兼任金邊綜合科技大學英、法語教授。一九六三年,英蒂麗隨丈夫投入森林,英娜成為紅色高棉地下人員。一九七〇年政變後,英娜接受分配進入解放區,兩年後年又被派回到金邊從事地下工作,金邊解放後不久,她屬下的其他祕密人員也被黑衣兵趕出城,急得她親自驅車尋找。但英娜不久後就從柬共領導層中消失了。有流言說,波爾布特認為金邊的地下工作者並未為解放金邊立功,反而過著腐朽的資本主義生活。

我這次隨英娜重回金邊後,就失去她的音訊。而英娜卻是兩次扭轉了我的人生歷程。這位從未結婚,性格爽快的英娜最後是死是活,永遠是個無法解答的謎。

吉普車進入金邊時,我問英娜,能否見到王炳坤或賓萬?我以後是歸賓萬領導還是跟娘娜一起回到醫療組?她說:「別急,金邊解放不過幾天,各單位駐地還未確定。我先把你交給金邊市民技術人員集中處。一有消息立刻派人來聯繫。此事我會放在心上,你別擔心。」

約有兩、三百名被徵集而來的金邊市民技術人員集中在金邊通往大金歐市的公路兩旁的長夏社工業區,他們中大多是汽車司機、機器工人,其他是土木工人、電器技工等。我因會燒焊,便被派到原朗諾政權的兵工廠當燒焊工人。

三十多位工人大多是兵工廠的舊工人和技術人員,有幾位被稱作師傅的是華裔。兵工廠的領導人是四十五歲的戈波。戈個子

高大，嚴肅冷酷，喜怒不形於色。看樣子，他對武器並不在行，卻常常裝作十分熟練的樣子。

兵工廠從事手榴彈和地雷外殼的製造，配製炸藥，修理兵器，打磨尖刀，鑄造水壺或鏟子等。我被分配焊接鏟子。

每天除了工作就是開會。工人們互相監視，天天檢討，不得私自上街。金邊市民遺留下來的所有物資、商品全歸革命政權所有。不過戈波有時也讓工人們到街上切割汽車輪胎做解放鞋。戈波說，汽車是資產階級享用的產品，必須為無產階級服務。他也讓工人們到附近漂亮的住宅、建築物拆窗門、搬桌椅，將之劈開當柴火燒。金邊缺乏煤炭，許多地方停電，又沒有煤氣設施，這些精巧、貴重的家具便被當作燒水煮飯的柴薪了。

原本熟悉的金邊變得陌生了。真是世上方數日，高棉已千年。我腦海中每天都出現金邊市民沿路顛簸呼叫的淒涼情景。我掛念娘娜，此外是出水村的朋友，孫國明一行、王炳坤、賓萬醫生、乃薩南、農安等。更多時候，也想到失散多年的父母，據說亡故於一號公路旁的野外，有誰照料他們的後事？多年恩怨糾纏，他們一定也想到我，母親是否對過去虐待我而後悔？

這天清晨，戈波親自為大家分發牙膏、牙刷、水布、肥皂、香煙、針線和黑衣服，他鄭重其事地要大家換上嶄新的黑衣服。吃過早餐後也不急於分配工作，後來才宣佈有一位首長即將到此視察，並交代一些歡迎的細節。

大家按戈波的吩咐回到原崗位，做出一副緊張工作的架式，當聽到一群人跨進廠門也不分心。一陣子，戈波拍了兩聲手掌要大家停工，迎來一位約五十歲的高個男子。他，長得結實，身穿十分普通的黑衣和斜紋褲，皮膚和面貌都像華人，他手拿摺扇，偶爾向臉上扇風，露出柔和慈祥的目光，舉止悠閒緩慢，用輕緩

的語調說：「都忙著啦，辛苦了⋯⋯你們有辦法自己製造和生產武器嗎？柬埔寨的工業很落後，最希望你們能自己生產武器，建設和保衛我們的國家⋯⋯」

沒人知道，這位被稱為沙洛特紹就是波爾布特。當時，我只覺得他像圖片中的毛澤東或金日成，形象高大，體格魁梧，舉止文雅，眼光柔和，發言又鼓舞人心。幾年後，我再次見到波爾布特時，才知道他就是國家和黨的最高領導人，但無論想像力如何豐富，也絕難將他與一幅幅哀鴻遍野、餓殍遍地的血淋淋慘象聯繫在一起。

波爾布特視察兵工廠半個月後，戈帶來一群不到二十歲的農民青年，這批農民子弟幾乎都是文盲，笨手笨腳，卻全都冷漠而高傲。他們在此學習操作，使大家有被監視的感覺，每天氣氛沉悶壓抑。

又過了半個月，廠裡所有原朗諾政權的技術人員全被調到農村種水稻，只留下兩位華裔師傅，兩位解放後應徵的技術工人和我。我們負責培養這批農民子弟。

這一天，上級派來了攝影隊，在兵工廠各角落照相，還由戈波拿起一枝步槍，擺姿勢拍下來。這幅相片一年後出現在「柬埔寨」雜誌上，下面的文字說明是：「抗美戰爭時期，我們人民解放軍的武器全都是自己生產或從敵人手裡搶過來的。」

第二天，是九月三十日，兵工廠所有人員接獲命令到金邊市內的獨立碑公園集中。原來這是全國解放後首都首次幹部、戰士、工人的集會。

清晨七點鍾，狹長的獨立碑廣場開始湧進來自首都各區、各單位的幹部、部隊戰士和工人、技術人員以及郊外的農民代表約五千人。人人一身黑衣，遠遠望去，天底下一片漆黑。

金邊特區駐軍官兵在現場指揮和維持秩序。在這個難得一見的場面，我看到不少華裔青年，彼此眼光都互相吸引，卻無法走到一起，更無從打招呼。

八時許，在雄偉的獨立紀念碑下面的主席臺上，司儀宣佈大會開始。先後出場的是中央政治局辦公室主任蘇瓦西，中央委員會新聞和宣傳部長順頌以及中央委員、金邊市政建設部長溫威。接著，由擔任大會主席的蘇瓦西帶領全體出席者為抗美戰爭中犧牲的烈士默哀一分鐘。

蘇瓦西在發言中說，今天九月三十日是個特殊、偉大的日子。正因為有這個日子，十五年後的今天我們才能站在這裡向全世界莊嚴宣佈：柬埔寨是世界上第一個打敗美帝的國家。他說，用不了多久，我們就會更加強大起來，影響和帶動東南亞革命，進而帶動亞洲和世界革命。我們可與那些理解我們革命事業的外國展開競賽。如果再次證明我們是正確的，那麼我們就可對那些缺乏我們這樣成就的國家產生影響。我們將理直氣壯、豪情萬丈地向全世界宣佈，世界革命的中心在柬埔寨……。

順頌副主席接著發言。他說，我們今天站在這獨立碑下，是為著提醒大家，只有在七五年四月十七日以後，我國才稱得上獨立。在舊社會，金邊的統治者向人們吹噓說我們已經獨立了，還在此豎立了紀念碑。可他們就是統治我們的窮人。我們的農民並沒有獨立，我們現在要做些與過去完全不同的事情。我們不去修獨立碑，我們要修水利、築水壩、挖運河、改天換地，讓我們的子孫都看到實實在在的、一座座自己的獨立紀念碑……。

最後是溫威發言。他說，今天出席首都各界人民代表大會的同志們是最高組織對你們的信任。大會結束後，所有與會者回到原單位參加政治學習。除了幹部、部隊戰士外，所有工人、技

術人員，必須重新登記履歷。他說，金邊需要一定數量的電器工人、垃圾工人、清理水溝和恢復自來水供應的土木工程師。更重要的是，外國援助物資已抵達磅遜港口，因此我們需要大量的司機，負責將這些物資運載到全國農村去，要有足夠的汽車，要保護好每一個汽車輪胎。外國專家和外國友人也來了，因此我們需要大量的翻譯人士，我們的醫療衛生事業落後，隨著農村人口的增加，農民的健康很重要，所以要挖掘醫務人員。但我們決不依賴高高在上的資本主義、封建制度的醫生博士，要發揚民間藥草藥根的醫療傳統——建設和保衛國家的主要工作，要由接受過戰爭考驗的革命者來領導⋯⋯。

集會結束後，戈波帶領兵工廠的工人回來，就讓大家殺雞宰狗，飽餐一頓。餐後，戈波主持政治學習，他興致勃勃地說：「今天是柬埔寨共產黨誕生十五周年的日子。在世界共產主義運動史上，還沒有一個共產黨組織在其誕生十五年就能奪取全國政權。不久柬共將公開化，國家也將宣佈憲法，制定國旗、國歌，宣佈國民大會、政府內閣。在這之前，首都幹部、軍人和工人將投票選出國家領導人，在農村即由有代表性的積極份子、鄉幹部、各生產隊負責人到省會投票，行使當家作主權。

接著，戈波宣佈了落實溫威部長今天所作的指示，每個人都要填寫履歷，包括出身，一九七〇年以前的職業，一九七五年以前的活動，文化程度，技能等等，每一項都要坦白、忠誠。他說，革命組織也需要柬中文翻譯和醫生，組織將根據需要重新調動，有特殊技能的人將到新的工作崗位。

第二天一早，兩位華僑師傅在技能項目上填上翻譯、車床、塑模技師，一位原金邊技工填上司機，我填上翻譯、焊接工人和中醫，此外，七〇年前的職業欄目填上機器工人、學生、中藥店

學徒,七五年以後到農村解放區種田、行醫。工作單位是拉達那基裡少芬那縣庫儂鄉、磅占省成東縣棉花窟鄉。

履歷上繳十天後,並沒有得到任何通知,每天仍在那群文盲青年農民監視下機械化的工作,我和那幾位華裔師傅同樣不能隨便交談。傍晚收工後各自回到監獄般的小房間睡覺,第二天又到那勞改營般的兵工廠上班。

為什麼戈波在十天前還煞有介事地要盡快尋覓人才,如今卻似不當一回事呢?原來當他接到上述履歷表後反而為難了,這幾個人要是全調走了,兵工廠不是要關門嗎?而前不久波爾布特還指示兵工廠要自己製造槍械呢!悔不該當初將十幾名舊政權的技術人員全調到農村去。今日這些農村子弟不知學到何時。當他把履歷表呈上去時,上級也楞住了。從各個單位集中來的履歷表中發現,除了司機一項外,其他有技術專長的絕大多數為華人,這與革命政權一向的「華人全是剝削高棉人的資本家」的宣傳是不相符的。

對此,更上一級的領導認為,這正反映出腐朽的舊社會的不公平。解放後的新社會,柬埔寨無產階級將成為推動生產力的有科學技術和特殊本領的主力軍。並指示,今後在任何履歷表上,不再設籍貫這一項。因為在這個國家裡,所有的民族都是高棉的吉篾族。

當然上述內情是我後來遇到王炳坤時他向我透露的。當時,我被派去參加翻譯員的測試。

我背著行李跟著帶路的人來到獨立碑公園一間寬闊堂皇的建築物。原來所有的翻譯員都必須先經過測試。建築物外面陸續匯集了數十名準備參加測試的華僑男女青年。許多人激動得擁抱起來,有些原來還是不相識的。我們華人沒有擁抱的習慣,可知我

們當時確實心情激動。

我們因相聚而激情難抑卻惹來附近一些零散軍人和紅柬幹部的不滿，逐漸向我們走來。這時在不顯眼處也走來一個高個子，用低沉的聲音呼喚我，抬頭一看，正是想念中的王炳坤。三年不見，王曬黑了，消瘦了，但也更加老成了。我像一片隨波漂流的枯葉，從未見到熟人，滿腹的苦水正待傾訴。王提醒我，別激動，不遠處有人在監視我們。我忍不住說，我們是來當翻譯的，為革命工作，又促進中柬友好，為何要監視我們？

作為六十年代就祕密參加紅色高棉的王炳坤，他的地位只有前民生中學柬文專修高才生昊植俊能相比，吳也於六十年代入伍。兩人均屬第一代革命者，但王是「叛徒」賓索旺的下屬。因而波爾布特最後選擇吳為其私人中文翻譯。隨著全國的解放，中柬友誼的發展，大量中國專家也將陸續抵柬，前來幫助柬國的建設，柬共各主要領導人和各部門都需各自的中文翻譯員。王便被派來負責測試和選拔。

王是背著革命組織用中國普通話與我交談的，這使我很感動。我把別後的情況告訴他，希望能找到以身相許的娘娜。王說：「你最好不當翻譯員，你的柬語還說得不好，每天陪著幹部，怕受不了壓力。其次，娘娜可能是醫務人員，回去做你熟悉的中醫，有機會見到她的。若你同意，我可幫你」。我欣然同意。我自知並非什麼人才，只是柬埔寨太落後了。」

負責監督王炳坤測試工作的幹部不知何故來遲了。但令他滿意的是，幾十個人只有我一個人落選，他檢閱過我的履歷表，跟王炳坤商量我的去處。

在王炳坤的推薦下，這位不知名的高幹最後同意我到賓萬醫生那兒去。他用教訓的口氣說；「你要是再落選，就回去兵工

廠，那兒也不要你時，就到農村種田吧。」

王把我帶到金邊人民醫院，也就是六十年代中期蘇聯援建的柬蘇醫院。我此刻顧慮的是，在著名的賓萬大醫生看來，我不具備當醫生的資格。

醫院住了傷殘軍人和各種病患的幹部及其家屬。男女醫務人員分別住宿於醫院兩個空置的民宅，不遠處是原朗諾「總統」府官邸，一九七二年遭到叛變空軍的轟炸，但整個建築物基本完好，目前仍未被佔用，偶爾作為患病高級幹部的療養所、衛生部長的會議室。

我來到男宿舍區，剛把行李放下，就有人叫我趕快到海傍街搬運物資。因不知對方是誰，我有些猶豫。那人大聲說：「我是這裡的總管，快去快去！哦，單車在這兒，往長花園直到百色河岸。我們的同志幹得熱火朝天，你還不快行動啊！」「從早上到現在還未吃飯呢！」我說。「吃飯？我們的革命前輩常年吃不飽，是鐵人。你是擁護革命的吧？」

到百色河岸要走很長的路。沿路所見，昔日繁榮熱鬧的金邊一片死寂，店戶也有洞開的，散發著食物腐臭味。我走進好幾家卻始終尋不到食物。快到長花園盡頭了，才在一家丟滿罐頭的士多行找到過期的罐頭食品，勉強充饑之後，踏上單車來到河岸的碼頭。

碼頭上幾百個黑衣兵和工人正在緊張地搬運剛從西哈努克海港運抵金邊的中國援柬物資，十幾位穿白衣斜紋褲的中國專家在較遠處站著。這些堆積如山的物資主要是雄雞牌闊面鋤頭，上海和平鴿牌自行車，每輛自行車手把綁著一張硬卡表，寫著能載重一百公斤，經久耐用，適合於農村，山區，田野，是理想的交通運輸工具；無以計數的集裝箱。由於全由人力搬運，巨大的集裝

箱只好打開來，箱裡裝的是中成藥，如藿香正氣水、銀翹片、黃連素、痢特靈……貨色齊全，品種繁多。我想，這些貴重的中成藥並沒有柬文說明，柬埔寨人怎懂使用呢？祖國援助這些中成藥時怎料到最後會成為廢物呢？是的，鋤頭、自行車、藥品都很實用，是雪中送炭，可是這是一個排斥中文，排斥華人的國家。在後來柬共統治的三年多時間裡，高棉人與華僑因缺醫少藥病死的真是無法計數，而所有的中成藥都被堆積在各地的倉庫裡，最後成為越南占領者的戰利品。

我每天都到河邊與幾百個工人、軍人一起搬運中國援柬的物資，傍晚才帶著疲憊不堪的身體踏單車回來。在同住的十幾個高棉中、青年男子似乎也在別的碼頭做搬運工作。我們大家都累了，加上組織紀律嚴密，彼此不能隨便交談或打聽情況，日子過得壓抑和枯燥。

十多天後，在碼頭搬運的幾百人全調到摩尼旺大橋邊的廣場，原因是輪船太少，每天來往桔井磅占兩個省要花好幾天，而運運往一號和三號公路的汽車較多，陸地交通也快。從西哈努克港運來的中援物資源源不斷，運貨與卸貨展開激烈競賽。大量援柬物資像小山般堆積起來，很快又運走了。人人機械般的工作，至於是否感受到中國偉大的國際主義精神即不得而知。

日子迎來了一九七六年元旦，搬運工作如期完成了。男宿舍的總管讓大家休息一天，準備晚上舉行慶功聯歡並宣佈新的任務。說是休息，其實不然，一大早，總管派一批人到一些商店去搜括飲料、糖果和香煙，另一批人到郊外貧民區捉豬捕雞鴨。金邊市民全被驅離後，各個貧民區的畜牲與家禽由當地的駐軍負責飼養，每天市內各單位派人來索取。軍人照顧得不好，他們也天天殺豬宰雞，所剩不多了。

十幾個人大汗淋漓地忙了一天。晚上七點，我們在總管的帶領下來到柬蘇醫院大廳，這裡集中了約一百人。由於電力不足，燈光較暗，也看不清女宿舍來的是否有娘娜，但穿黑衣裳，戴中國綠色軍帽的醫院院長賓萬是我一眼就認出來的。

賓萬醫生主持了會議。

他讚揚了參與搬運外國援助物資工作並提早完成任務的醫務人員，並介紹了醫院的有關情況：這裡原是朗諾政權的軍醫院。現在，樓下是重傷科與婦產科，二樓是虐瘧疾科，三樓是其他慢性病科；醫院有兩位副院長，分別是原震旦醫院醫生英同志和護士索花同志。有三十多名男女醫務人員，由各自總管負責。明天起，總管要根據每個人的特長、醫術水準上報副院長，再由副院長作具體分工。

賓萬院長要求每個醫療工作者要像對待自己的親人一樣對待病人，體現無產階級感情，以解除病人痛苦，早日出院來報答對革命組織的信任。

賓萬醫生很忙，作為最高醫術水準的大醫生，他肯定還負責柬共高層幹部的醫療健康。

兩位女副院長待人很好，工作也很負責任。但我畢竟與眾不同，所有的醫務人員都有一定醫術水準或醫務常識，當我告訴英同志我是學中醫的時候，她一時也不知怎麼安排我的工作，後來接受了我的意見，讓我為二三樓的病人作針炙的配合治療。我的工作不太忙，於是向英同志建議讓我管理分散在金邊市的中成藥，用來醫治病人。

她說：「金邊被劃為多個小分區，每個小分區相當於縣級，人民醫院所處的小分區裡沒有藥材店，即使賓萬院長也要向上級提出申請方能進入別的小分區。」

我不知我們的小分區到底有多大，只知道這一帶過去民居較少，現在更幽靜了。在人民醫院面前約一百米的大土路兩旁長了許多奇花異草，每天傍晚或清晨我就到那兒去尋找可能用於病人的草藥。我收集的草藥越來越多，我想有一天賓萬會讓我用這些草藥為病人治病的。在130工地上他就說過要走柬醫柬藥的道路。

這天我一大早起身，準備趕時間到較遠的，接近鐵橋頭的大土路下面的溝渠採草藥。

清晨的涼風夾帶著陣陣幽香的花草氣息，令人心曠神怡。我走下溝，發現一棵粗大健壯的天門冬藤從黃土下攀延而上。天門冬是治肺病的良藥。我順著藤子走下去，掰開一堆堆新填的黃土，惡腥味也撲鼻而來，憋著氣也難以忍受。正想放棄，赫然發現被翻開的黃土地下埋葬著一堆血肉模糊的腐屍，還清楚地看到一堆堆的黑頭髮。是亂葬坑！我猛然記起一年前在宰牛市區看到的活埋朗諾士兵的恐怖場面。我趕緊退回來，幸好沒人發現，看看時候不早，隨便拔一些草藥回來。

好長的日子，我都忘不了那亂葬坑。我從此不敢遠走。生活在金邊，既枯燥又恐怖，言行都必須慎之又慎。

醫院總管權力很大，除了我們男醫務人員之外，副院長和全院病人吃的用的，都靠他組織人力在劃定的地區裡的商店民房搜集而來。我後來才知道，他還擔任監視兩位副院長的祕密工作。但總管也受廚房負責人阿猜的監視。

阿猜後來和我成了知交。

日子很快到了七六年四月十三日的柬新年，接下來就是全國解放一周年。在所有傳統節日中，只有柬新年被保留下來，另兩個重要節日是國慶日與黨的生日。

兩位副院長宣佈將舉行為期五天的一連串慶祝活動。在這五天中，革命組織將在內部傳達幾個重要訊息：黨將正式公開活動，選舉黨和國家領導人，公佈國旗和國歌。

　　四月十三日，全體醫務人員與傷病員在醫院舉行聯歡，順便歡送一批康復者重返工作崗位並歡迎來自干丹省大金歐市醫療人員到此實習，他們將臨時接替我們在五天假期的工作；晚上，到奧林匹克國家歌劇院觀看文工團演出；十四日，到郊區農村慰問合作社農民，晚上賓萬院長第一次主持我們的工作會議。

　　十五日一早，我們在索花副院長的帶領下，來到前朗諾「總統府」，它成為中央人員和金邊市軍政高幹療養所。金邊解放初期他們還保持艱苦樸素的傳統，連波爾布特也將破舊的火車站作為中央最高領導駐地。兩個多月後，才搬到獨立碑附近一間豪宅。

　　現在，這療養院的大人物都去參加他們的慶祝活動。我們這個小分區不同部門的工作人員陸續在各自的領導帶領下來了。很快，幾層樓的建築物集中了約三百人。由於有軍人監視，我們都很拘束。我們被安排上二樓時，我眼前突然一亮，一個熟悉的、漂亮而端莊的姑娘來了。她就是日想夜夢的娘娜，我的心「咚咚」直跳了起來，是在夢中嗎？這不是夢吧？周圍很嘈雜，陽光射進窗戶，一切都是真實的。娘娜也驚喜得睜大眼睛盯著我。可是我們都很清醒所處的環境，不敢走在一起。兩年了，每次相逢都間隔兩年。而這兩年的變化更大，她消瘦些，神情憂鬱，我在醫院不得志，受總管歧視，她的處境一定更困難，她為何不逃去越南？是孤身力弱無勇氣還是擺脫不了組織的控制？她是如此年輕美麗，有人欺負她嗎？這兩年來她是怎樣過的？她現在屬哪個單位？千言萬語如何向她傾訴？

幾個軍人帶著施主的姿態給大家端來糖果和汽水。雖沒冰塊，喝上汽水可真奢侈。後來軍人傳話，主持聯歡會的區長因事遲來，大家可在各自的樓座裡活動。

氣氛有些鬆動，有人抽起煙，逐漸有些人走在一起，試探著談話，我把幾個窗口打開，讓空氣沖淡煙味人氣味，後來假裝不經意走近娘娜。

「你在哪裏工作？」我倆幾乎同時問相同的問題。原來娘娜在民東廣播電臺工作。作為越東文翻譯，每天要翻譯與越南有關的文件和作一小時的越語廣播。越東已建交，她有時被派去當翻譯員。廣播電臺就在我們分區內。

我也把我的情況大略地告訴她。我說，「娘娜，我很想你，日日夜夜」。

「我也是。」她低聲說，警惕地眼光巡視四周。

「我以為你逃到越南呢！」我說。

「我也這麼猜你，你身體還好吧？」

「還好，為了你我會照顧好自己。」

「我也是……。你怎麼來到金邊的？」

「說來話長，還差點死了，以後再談吧！我們今後怎麼辦呢？想辦法逃去越南？」

「只有這條路，誰先到就先等誰。你到越南時就去找李三僑。你要振作，要保護自己……」

「我會的，」我想靠近她，可是理智阻止我這麼做，我必須象別人那樣裝作大談革命的樣子。

我又說：「我聽你的，你也要聽我的。無論發生什麼事，你都要活下來，萬一我們不能結婚，我老了也要去越南找你，天涯海角，天長地久。你不要笑我，不要忘記我在這個特殊而危險的

場合對你說這番話。」她聽著，眼裡閃著淚花。

忽聽得樓下一陣騷動，兩個黑衣兵快速跑上來，通知我們全體到樓下聽首長訓話。

只見一個滿臉怒容的不知名的幹部站在大廳中央，兩手叉在腰際大聲叫喊：「我們的鐵的紀律哪裏去了？」全體啞然無聲。好一會，他又說：「革命組織正告大家，在歡度節日的時候，也不要忘記紀律，無產階級的紀律！」

我們被各自的負責人帶回原單位，我們不知犯了什麼錯誤引起那位高幹的怒火。

下午，黨支部派人主持會議。他在會議上不點名的批評了小分區領導犯了自由主義的錯誤。我們猜想該領導讓不同工作單位的人聚集在一起違反了黨的祕密工作的紀律。而管轄我們的小分區的大區領導是符寧。黨支部的代表說，有些人想獨立行事。他還通報大區負責人在執行黨中央關於疏散金邊市民的偉大戰略部署時立場動搖，提出了「先瞭解和甄別階級再決定行動」的錯誤主張。他說：「偉大的黨的最高領袖認為這將給階級敵人以反撲的時機，只有澈底、乾淨、全部把市民疏散到農村去，才能打亂敵人，又能消滅剝削階級，使國家盡快地走社會主義道路而處於不敗之地。這一偉大的決策是全世界所有無產階級革命政權所不敢也不能做到的。大家要堅信，我國是世界上第一個打敗美帝的國家，沒有偉大的英明的領袖是做不到的……」。

當晚，黨支部為一些入黨入團的同志舉行宣誓儀式，而我們十多人就學習有關的政治文件。十六日，黨支部繼續前來主持政治思想會議，傳達了黨中央提出的在新的歷史時期中兩句口號：建設國家和保衛國家。他希望大家深刻、真正體會這兩句口號的精神，建設國家就是建設政權，國家政權必須掌握在無產階

級手中。農村中的農民幹部是基層幹部，要對城市移民，地主、富農、中農實行專政，讓舊社會、舊制度的人全都在勞動中洗心革面，打破一切社會框架，推行全新的革命政策如廢除貨幣和市場，設立公共食堂等；保衛國家就是保衛政權，提出要明確階級路線，對所有人要進行階級清查，確定階級屬性。八萬人民軍要保持高度警惕，隨時準備擊退入侵之敵；要保衛柬越和柬泰邊界。

晚上，全體工作人員被安排到衛生部官邸集會。這裡集中了金邊市大部分的醫務人員一百多人，衛生部長秀臣主持會議，並作了三十分鐘的講話，題目是：提高思想與業務水準，為保衛和建設國家服務。接著是大區政治指導員乃德演講。他宣佈柬埔寨共產黨從此公開活動，宣佈黨的最高領袖是波爾布特。接下來的排名是農謝，英薩利和宋成。乃德在講話中說：「革命組織是共產黨在民族解放戰爭時期領導人民的過渡稱呼。黨和領導人長期隱蔽鬥爭，在特殊環境下是必要的。現在全國解放一周年及時公開活動，這標誌著柬埔寨共產黨的成熟與成功。」他說：「不久你們就要參加國家領導人的選舉。選舉後，政府機構，各部領導人將公佈於世，民主柬埔寨將名正言順地成為國際社會主義成員，國家走上正軌，隨著革命的深入發展，社會主義革命和建設事業的勝利，柬埔寨的國際威望將如日東升，柬共在國際共運中的模範作用將更為加強。」

乃德最後要求大家就四個問題展開討論：

一、六十年代的階級鬥爭時期和七十年代初的民族解放戰爭
　　時期黨為什麼只能採取隱蔽鬥爭方式？
二、黨的革命事業取得勝利的根本原因是什麼？
三、怎樣理解保衛國家和建設國家？

四、怎樣才能提高歷史新時期中革命者的思想水準？

結束了十七日在獨立碑廣場的集會遊行和向黨表決心的儀式後，我們恢復了正常的工作。這時英副院長派我到廚房幫阿猜做炊事。

十七歲的阿猜把天真與誠實寫在圓圓的臉龐上。他來自四十公里外的磅士卑省，純粹的高棉農民的兒子。高棉人不喜歡把名字冠上「阿」字。「阿」字表示輕蔑。參加革命後，大家本來叫他「猜同志」，可他說叫他阿猜也可以，自小就被叫慣了，他感覺親切。他對我說，中國人也有叫「阿」的習慣。談起中國人，阿猜說，他覺得中國人會吃苦，所以生活得較好，中國人心腸也好，例如每年農忙時節，他父母就從中國人那兒借到錢過日子，等收成後才償還。阿猜說的情況在農村是很普遍的，但借錢的農民在收成後必須把農作物按市價賣給借錢給他們的華僑。柬共將之視為變相剝削。但在特定的歷史條件下，華僑若不這樣做，許多高棉農民的生活將難以為繼。

阿猜對中國人有特殊的感情，他會說些潮語，但我勸他不要違反紀律。阿猜煮的飯菜雖然好吃，但不衛生，我把從娘娜學到的煎臭醃魚的方法教給他，果然吃起來更可口，又衛生。

幾天後，乃德在英副院長陪同下對大家宣佈，黨已經查明，賓萬是暗藏的反革命特務，全體同志必須與他劃清界線。他傳達了黨支部的批揭資料，列舉賓萬一系列的錯誤，如利用發動群眾提意見搞反黨活動，懷疑黨的政策，他甚至向黨羅列了一大堆全國衛生工作一團糟的所謂「事實」，詆毀黨的領導。他反對吃臭醃魚，反對一律穿黑衣服、反對每天只吃兩餐。更為嚴重的是他所謂的「大量」屍體未能掩埋好，污染城市河川和農村各地。乃德憤慨地質問，在革命的大好形勢下，為什麼賓萬把黨領導下的

民主柬埔寨描繪得如此糟糕？他為什麼看不到全國農民在革命組織下意氣風發、鬥志昂揚地建設社會主義？他是睜著眼睛說瞎話。乃德最後高喊：「同志們！階級鬥爭一抓就靈啊！」

我從此沒見到賓萬，連索花也失蹤了。這時我知道，在這個人人自危的世界裡，做個默默無聞，甚至被人瞧不起的人反而是存活之道。從此我不再為堆在角落裡的草藥可惜，不再為未能盡自己所長而遺憾，還是娘娜說得對，把一切記在腦海裡。娘娜呀，你自己又能渡過重重的鬼門關嗎？

幾天後的早上，英副院長率領我們到桑園別墅參加投票選舉。民主柬埔寨成立後，在金邊的第一次選舉分幾個區：桑園別墅，奧林匹克國家歌劇院，金邊大學，海旁街的前法軍總督官邸等。

來到桑園別墅，已有約一千人在排隊進場，廣播器傳來了重複的口號和革命歌曲，以及指示人們進出的路區口，並再三強調這是黨和人民對每位投票者的信任，「是你們的光榮，國家的驕傲」。

幾位新華社記者，一些中國專家在此采訪和參觀。看到這些多年未見的祖國親人，我突然覺得那麼陌生，近在咫尺卻似十分遙遠。六十年代，當中國專家來到任何一處有華僑的地方，就受到華僑青年學生的熱情包圍，索討毛主席像章。專家的一舉一動都是我們青少年模仿的對象。可如今，我能對他們說什麼呢？黑衣兵對我們虎視眈眈，我們無法靠近專家，專家也不走過來。解放了，祖國親人反而陌生了。

我們排到門口時裏面左右各站著一人，低聲吩咐左邊的人必須投幾號箱，右邊的又投幾號箱，一定人數後又指示後面的人投別的箱，為防止投錯箱，守門人要我們重複一下該投的箱號，

無誤後才把選票遞給我們。實際上，大廳裡十幾個投票箱各有一人看守，嚴防「選民」投錯箱。每個箱後面的牆壁上各有一幅候選人的巨幅畫像。波爾布特位於四號箱，大多數人被指示必須把選票投進他的箱裡。其他十位候選人分別是農謝、英薩利、喬森潘、蘇瓦西、宋成、篤平、溫威、農順、喬帕蒂麗和英蒂麗，在不顯眼的角落裡另有十位候選人的箱子，分別是索平、高密、科莫立、貴通、森安、切春、賽蒲拉西、秀臣、韓森雷利和布東。後面這十個人也有少量選票。

　　顯然，這是按照波爾布特意志內定的「選舉」，而新華社記者也煞有介事地從不同角度拍下這「珍貴的歷史鏡頭」。第二天，民柬電臺廣播了金邊各界人民代表及全國各省市、鄉鎮農民群眾行使當家做主權，勝利選舉民柬國家領導人的「重大消息」。隨後，北京中央人民廣播電臺及時作了轉播。

　　人民醫院的傷病人都是金邊市的幹部、軍人和工人，以及他們的家屬，後來又接收了二十多位千丹省和賓居省的傷殘軍人。我們的工作量大，英同志忙不過來，許多傷病人醫不好，在這困難時刻，衛生部長秀臣帶來了一位三十多歲的華人女醫生—帕英同志，她是我們的副院長，英同志升為院長。

　　與此同時，秀臣向醫院全體工作人員宣佈，他代表中央傳達總書記波爾布特關於「黨已經生病了」的警戒。他說乃德借打倒賓萬反革命份子來建立自己的山頭。乃德比賓萬更陰險，所謂黨一團糟，國家一團糟是乃德自己的話。秀臣說：「如果乃德是正確的，他為什麼不把農村的大好形勢告訴大家？同志們，革命的中心在農村，農村正掀起轟轟烈烈的「四年計劃」運動。對此，你們一無所知。你們每個人，都準備隨時到農村中去鍛鍊，受教育……。你們要學唱國歌，可是直到今天，你們還不知道我們國

歌歌詞的內容，你們稱得上是革命者嗎？」激動的秀臣部長說到這裡，從衣袋裡取出一張國歌歌詞，大聲唸出來：

紅色，紅色的血灑遍了柬埔寨祖國的城市和平原

這是工人和農民崇高的血

這是革命的男女戰鬥的血

這血以極大的憤怒和堅決的要求而噴出

四月十七日，在革命旗幟下，血，決定了我們從奴隸制度下解放出來

紅色，紅色的血灑遍了柬埔寨

秀臣接著說：「從明天起，我們民主柬埔寨廣播電臺將於每天早上七時正播唱這首國歌。你們要學唱這首歌。」

第二天早上七點正，金邊廣播電臺果然播唱秀臣所宣讀的國歌。但從那時起，不止秀臣，醫院負責人也不再提到「柬埔寨共產黨」，又恢復了「革命組織」這稱謂。

若干年後，當我們再來回顧當時的柬共時，才知道當時波爾布特正在進行一場殘酷的清黨運動，他的極端民族主義和脫離實際的農村四年計劃遭到黨內一些人的反對。秀臣是少數避過清洗的黨內高層，他為人較忠厚老實，長期在波爾布特身邊工作，衛生部長一職也較不涉入政治是非。而在四十年代是波爾布特最親密的十二名戰友中，有八人受到清洗，他們是先後擔任東北專區和三〇四專區書記乃薩南、黨的元老，曾與英薩利的妻子喬蒂麗在河內共事，後又與英薩利在北京統陣總部工作的高密、前中央政治局委員溫威、商務部長貴通，貴通是宋成的學生，一九六三年隨同宋成離開金邊進入柬共抵抗陣地，七〇年為黨中央委員、民柬駐越南大使，英薩利的金邊同學，波爾布特留學法國的同學森安、交通部長篤平、東南大區書記索平以及建黨元老農順。

此外,與中國關係密切的「中國人民好友」、新聞宣傳部長符寧也於同年底被捕,後來與上述八人均死於托士楞行刑室。其他處死的黨內高層有中央委員科莫立、外交部官員,前駐蘇中外交官偉森雷利、中央事務部主任蘇瓦西、黨校校長莫金龍、克逢、前駐北京大使坎敦等到。

且說新來的帕英副院長讓我嘗試用草藥給病人治病。

草藥種類不多,效用單一,除了清熱解毒利尿之用,其它的用不上。我渴望得到市內的中藥材,但她說目前辦不到。

帕英同志工作謹慎認真,有一張標致的臉,是個好人。不像其他鄉下同志,醫術差文化低又一副了不起的樣子。

在枯燥而警戒的日子中,只有和阿猜在一起才有一些快樂。阿猜也如此,他常告訴我他鄉下的故事,他十分想念他的父母和兄妹。

一個奇怪的現象發生了,病人不再來了,我們的工作量也少了,英同志給我們主持的政治會議多了。為了支援當前農村四年計劃,金邊開始精簡機構,把儘量多的人員抽調到農村去。

金邊電力和食用水源供應不足,許多政府機構集中在一處,八個大使館中,有七個在同一條街。基本上,金邊只保留駐軍、工人、政府人員及其家屬。許多街道都改了名稱,如最大的莫尼旺大道改為柬共第一任總書記、已逝世的杜斯木的名字,柬蘇醫院也在被撤銷之列。

這天中午,英院長在醫院主持了最後一次會議。她分析了國內階級鬥爭的嚴峻形勢。她說,革命組織認為,在整個革命過程中,不同時期有不同的階級鬥爭,一些對革命有過貢獻的人在新歷史時期也會成為革命的敵人,他們的危害性更大,對這些人就要澈底清除;國際上,我們的國內政策得到國際一些馬列政黨的

理解和支持。泰國、緬甸、馬來西亞、菲律賓的游擊隊組織曾派人到我國取經，學習我們的抗美救國戰爭經驗。但革命組織也提醒人民，所謂無私援助「是沒有的，是有條件的」、「我們要學習朝鮮民主主義人民共和國的千里馬精神」，等等。

最後，英院長宣佈人民醫院即日撤銷。大家的出路是：幾位有較好醫療水準的調到市中心的金邊醫院，個別人將被分配到新的崗位，其他人填寫表格，要求寫上解放金邊前所在的農村，帕英副院長親自指導我們填表。

我們就這樣無言地解散了。我知道，我將回到我在表格上所填寫的棉花窟鄉去。我對解放後的金邊沒有任何感情，在這個面目全非、戒備森嚴、劃地為牢的首都有我牽掛的娘娜和永遠懷念的松惡──一個善良勇敢正直的高棉青年。

幸好，我交上了阿猜。作為普通高棉農民的兒子，我本來對阿猜沒有特殊的印象，卻想不到幾年後我重回金邊時又遇上了他。在當時那種人心惶惶、彼此均舉目無親的環境中，我們像他鄉遇故知那樣親切溫暖。那時他告訴我許多鮮為人知的情況：

醫院解散後，阿猜與十幾個同樣符合三個條件的青少年被送到金邊市南面的原喬蓬亞高級中學附近的民宅接受為期一周的思想教育。這三個條件是：十八歲以下、文盲和出身窮苦的農民子弟。學習的內容是：柬埔寨人民抗法、抗日、抗美史。越南、暹羅對我國的侵略和併吞。黨和黨的領袖是我國革命勝利的根本保證，新的階級敵人等。

學習結束前一天，一個名叫康尤克的高級幹部親自為大家主持總結會議。他講話的大意是：革命已進入歷史新時期，過去看得見的敵人已澈底瓦解或消滅了，由於革命發展太快，太順利，黨的最高領袖認為，肯定有不少壞人混進來並在黨內興風作浪。

革命的勝利果實不能失，先烈的血不能白流，在純潔無產階級革命隊伍這一偉大目標下，每個人都要緊記一句口號：多一人不如少一人。他說，柬埔寨共產黨最初只有十幾人，建黨十五年就奪取全國勝利，五年戰爭就打敗美帝。事實證明，柬埔寨是繼蘇聯十月社會主義革命後的第二次偉大的國際共產主義革命，是世界革命的中心。康尤克最後強調，堅決站穩革命立場，保衛黨的最高領袖波爾布特同志。

阿猜雖是文盲，但對於許多政治思想術語唸起來朗朗上口。

第二天，他們被帶到該高級中學。這裡已改為代號S—21托士楞監獄，是祕密行刑室。

關押在這裡的是波爾布特認為階級敵人的包括黨內元老、黨的高層人物、被懷疑對其不忠的許多身居要職的其他黨、政、軍幹部。他們將遭受嚴刑迫供、寫自白書、檢舉材料，不論其招供文真實與否，如何交待，全部無一例外被極刑處死。據後來的資料揭露，一九七五年這裡關押了兩百多人，七六年上升了十倍，七七年又增加了六千多人，七八年，被關押的人數超過一萬人。幾年來共關押近兩萬人。

阿猜等人來到這裡時，只見這個只容一輛卡車進出的校門裡停泊了兩輛轎車，三、五輛摩托車，正門前面幾十米有一獨立小建築，原是學校的會議室或接待室，後面是一個略小於足球場的操場，校內圍牆下是單車存放處，左右各一排兩層校舍，每層約有課室二十間。現已全部圍上鐵絲網，所有課室的窗口被封密釘死。

阿猜永遠也忘不了到這行刑室的第一天。康尤克從會議室走出來，身邊還跟著五、六個大漢，人人面帶冷霜。阿猜等十幾個青年跟在他們後面。

每間獄房門口都貼著一張用柬文字母排列的號數，下面再加一個阿拉伯號碼。

康尤克將他們帶到左邊那兩層建築，由最遠的樓下一號監房開始。剛走出操場，已聽到陣陣女人的哀鳴聲。走到門口望進去，只見一個三十多歲，頭髮散亂的婦女緊摟著不滿三歲的嬰兒龜縮在牆角，她見一行人來到，上身不停顫抖。望到沒有身軍裝的康尤克，像見到救星似的爬過來帶著發抖的聲音說：「首長，我是沒罪的……沒罪的……。」康冷笑一聲，問隨行軍人怎麼處理，一個人走出來，衝了進去，猛地把嬰兒搶過來，母親死命抱住他，被飛來的一腳踢中臉部，嬰兒在驚叫聲中被強拉出來。軍人順勢向天花板拋上去，掉下地時已經昏迷，軍人仍不死心，又抬起來再拋一次，並熟練地、閃電般地拔出腰間的利刃嚮往下墜的嬰兒接個正著，鮮血直淌下來，母親絕望地號叫起來……。

「把她拉上來，四肢挺直按下去，用你的利刃把她的乳頭割下來！」站在康尤克身邊的警衛為康尤克下達命令，那軍人一時收拾不了像發瘋般掙紮的婦人，便加入兩個軍人。不久，一聲長長撕心裂肺的慘叫，從監獄房傳出來。站在最後面的阿猜頓覺一陣眼花，四肢有些發冷，驚惶中他發覺人群已離開第一號監房。康尤克正邊走邊對從人說：「這婦人膽敢把我們的總書記稱為「破桶」，她在自白書中拒不認罪，說是無心之過。還說什麼「因為高棉民族從沒聽過波爾布特這名字，不如叫破桶容易記」。這還不是階級敵人嗎？」

第二號監房關了兩個男人，一個被捆著四肢，赤著上身躺在沒有墊席的鐵床上，腳下各有兩個在林中用來捕獵野豬的帶鋸齒鐵夾，一腳自腳踝處被夾斷，另一隻腳鋸不斷，鮮血淋淋從鐵床流到地上，但已見骨。另一個被鐵鏈鎖在臨時用紅磚和水泥隔開

的小間裡，綁住眼睛塞住口，還未受刑，臉色已變慘白，眼露驚慌。他的前面地板有一個小洞，是給他大小便之用，一旁有一個空盤，是昨晚用餐後留置的，小間和外間夾雜著尿味和血腥味，令人作嘔，連康尤克也不想逗留。這時，五、六個大漢正合力把一個大水缸抬進去，其他人準備灌水，另有兩個人在天花板上釘鐵環，是要將受刑者倒吊起來，頭部浸到水缸裡。為防掙扎，又備用了兩捆尼龍繩。

　　第三號監房赫然關著人民醫院院長賓萬，他還未受刑，也未被捆綁，默默地坐在前面的桌子旁。看管他的人從他前面把他寫好的自白書遞給康尤克。康接過來，滿滿兩張紙唸出最後一句話：「我要求見我的兩位上級，乃薩南與秀臣同志！」

　　「笑話！」康尤克哈哈大笑，「凡是進得來的就出不去。自白書不是要你申辯！這敵人還得讓我親自收拾！」他捲起袖子，緩緩走進去，原先站在賓萬兩旁的兩個軍人搬開桌子，把賓萬兩手反捆，再將兩腳用鐵鎖鎖住。

　　康尤克來到面前，惡狠狠地問：「你要坦白交代你這反黨集團的後臺呢，還是受刑？受刑的結果就是死。要灌辣椒醬，割舌頭？放一群狼狗進來還是燙死在滾水裡？」

　　「如果一定要我死，我選擇死在越柬邊境，保衛祖國領土！」賓萬冷靜地說。

　　「哈哈哈，你好聰明！那兒有我們勇敢的戰士守衛著！在革命事業中，多一人不如少一人。」他接過身邊人遞過來的皮鞭，先退後幾步，猛地衝上向他臉上抽打過來，由於用力過猛，賓萬臉上已淌出血來。倔強的賓萬的眼睛直盯著他，頭慢慢垂下來。

　　「把他的眼睛給挖出來！」康尤克怒喊一聲，放下皮鞭，走了出來。

阿猜再也忍不住，頓覺天旋地轉，昏倒過去。

　　阿猜當場昏倒之後，隨即有兩人迅速走過來，分左右各挾持其胳膊拉起就走。康尤克怒眼盯著阿猜，氣氛肅殺緊張。這時，與阿猜同批青年中有一人挺身而出，對康說：「猜同志自小犯有恐血症，見到血就要暈倒，我與他是同鄉，他是貧農出身，革命立場堅定。」康說：「我不信，怕血怎能在醫院工作？」那人說：「他只是炊事員，煮得一手好菜。」康猶豫了一下，對那兩個隨行人說：「先把他送到辦事處。」

　　原來這青年也是個有腦筋的人，他一走進托士楞監獄就已感覺不妙，他相信他們這批人經受考驗後，便長期在此工作。由於這裡是祕密的行刑場所，經不起考驗者可能死於此。否則，行刑室內幕豈非外洩？他眼看阿猜暈倒在酷刑現場，於是趕緊替他找說詞解危。

　　從此，阿猜便在此擔任炊事員，後來升任炊事長，負責幹部與「罪犯」的伙食。由於他老實寡言，安分守己，而且煮的飯菜挺合幹部們的口味，兩年多來平安無事，但也目睹許多駭人聽聞、慘絕人寰的殘酷刑罰。

　　讓我們回到未完的故事吧！

　　一九七六年九月一日黃昏，正是晚霞撒滿天空的時候，百色河岸上一艘小客輪鳴起了幾聲長笛，笛聲像垂死的老人發出最後絕望的長歎！岸上十來個送行者目送客輪慢慢駛離碼頭，直到漸漸遠去⋯⋯。

　　客輪上的民柬五塔紅旗迎風飄揚。駕駛臺外面的牆板上依稀見到幾個被塗去的中文字：合興船務公司。船上約一百個男青年面無表情望著岸上的景物發呆，另有十來個持槍的軍人對他們嚴加監視。這場景使我想到十六年前離開汕頭搭上客輪，開始了漫

第六章　重返金邊

漫跨洋渡海的出國之行。那時候，送行的是潮州養母阿姨，阿姨對我能出國既悲且喜，而現在我又為能離開金邊又憂又喜。憂的是我再一次遠離娘娜，在金邊一年多來，竟沒能與她好好暢談，她未來的命運如何？喜的是我將離開恐怖的金邊，回到棉花窟鄉出水村，那裡有我懷念的鄉土人情。

夜幕降臨，雖是雨季末期，河水開始退潮，河面仍很寬，水流仍急。後半夜下起大雨，擠睡在甲板中間的一百多人狼狼起來，龜縮著身子護著各自唯一的隨身包，在風雨的寒夜中抖索。船被迫靠岸，在風吹浪打中搖擺。

天亮了，幾個軍人從船艙鑽上來，有幾個是躲在駕駛臺避夜雨的。幾個肩上架著長槍的從岸上上船，看樣子是一早上岸拉大便回來。他們粗裡粗氣喝問誰要大便的快上岸，船準備繼續前進。

第二天近中午時，船來到干丹省加江縣。靠了岸，大家魚貫而下。直走到縣城市區，觸目的是兩排水泥屋已坍塌，只有一間大的保存完好。它就是六十年代有一百多名學生的華校，此刻成為合作社的大食堂。一九六三年三月，我還在金邊民生學校唸書時，老師帶領全班同學到此旅行。當時，全班五、六十名男女同學就在這課室裡過夜，課桌全集中靠攏當床睡。有的同學玩丟枕頭，有的在牆上的成績欄評比學生作文。老師三番兩次過來催大家早睡，明天要去沙灘玩，還要到農村遠足……。

此刻，軍人像押送犯人般把大家帶到同樣這間課室。當年蹦蹦跳跳嘻哈不停的當地同學全不知哪裏去了。剩餘的十幾張長方形課桌被當成飯桌，上百個農民正拍屁股，擦嘴唇走出來，一聽船上人要到食堂找飯吃，露出幸災樂禍的臉色——要是我們這班人早來一步，幹了半天活的農民就要挨餓了。

軍人們臉露不悅，望著雙眼蒼茫，面露餓容的船上一百多人，沒好聲氣地罵道：「還不動手啊！要我們煮飯給你們吃不成？」加江鄉一名幹部模樣的人走過來說：「半公里處某個村一向較遲吃飯，同志們可向他們「施拿」。」帶頭軍人把臉轉向他：「施拿什麼？叫他們送來！」

「施拿」是柬語原音，原本是「建議」的意思。革命後，這句話變成向人民群眾索取物資的話。「索取」顯得無理霸道，「求乞」又過於卑下，於是「施拿」便成中性，但總是含有威脅性。一方施，一方拿，所以也合中文意思。

匆匆吃過飯，上船了。殘舊的客輪逆流而上，正是陽光燦爛的時候，每個人的心情卻是沉悶的。望著空中的飛鳥，這一批來自西方的高棉知識分子，是否正在羨慕飛鳥自由的飛翔，抑或正在為被送到完全陌生的農村自生自滅而憂愁？

原來，一九七六年四月以後，先後有近兩百名留學西方的高棉知識分子分多批回國，波爾布特不能證明他們的回國意圖，懷疑他們是帝國主義派來搞顛覆活動的危險人物，有一部分在金邊被祕密處決，其他人被送到偏遠農村勞動改造。他們在當地的勞動表現都必須由鄉政權監督並向縣級匯報。經不起考驗、有敵對言行者由當地鄉政權以專政手段處置。兩年後，僅有十五人被錄取回金邊，在由莫金龍任校長的技術學校任教，負責培養約三百名農村文盲孩子。另一百多人病死、餓死或失蹤。

這些高棉高級知識分子確有不同氣質，他們臉帶憂鬱但還算鎮定。器宇非凡、舉止斯文、言談鎮定、謹慎大方，比起那些背起槍來不可一世的流氓相的黑衣兵，他們更像天使。在這個貧窮落後的國家，他們是極其珍貴的民族精英。可惜，我既不能與他們交談，他們對我這唯一的華僑更感不可思議。我對他們投以崇

敬的眼光，他們卻警惕而回避。

逆流而上的輪船每到一縣就靠岸，由兩、三名軍人隨意指令其中七、八位或十來位知識分子隨他們下船，到了成家港紅山仔山下時，船上剩下約三十人和五個軍人，另有一位船夫，一位掌舵。經過多日的寂寞難奈，軍人們也出現倦意，不像開始那麼嚴陣以待了。其中有三、四個成日躲在船艙下。聽在上面的那個軍人的口氣，下面軍人是在玩石子棋。船夫與掌舵的也常擠在駕駛室玩什麼玩意兒似的。於是，常在上面的那個軍人跟大家也比較熟絡，開始有交談了。

原來，這個軍人來自馬德望省速蒙鄉的農村，他個子健壯，臉頰瘦長，俗名大男，有一胞弟俗名小男。一九七〇年政變前，大男是西哈努克親王執政時期的士兵，政變後參加紅柬解放軍，小男投靠朗諾軍隊。兄弟倆從未在戰場上刀槍相向。馬德望省解放後，大男的上級下達了集體屠殺馬德望省朗諾俘虜兵的命令。軍令不可違，大男也執行了這一「革命」任務。當一排排朗諾士兵在他和部隊戰士的機槍掃射下，紛紛掉進大坑的時候，他知道弟弟也遭同樣命運，這時他有點失控了，他數次想掉轉槍口掃射自己的戰友，但他最後沒有這樣做。他反而清醒了：都是我們高棉民族啊！政變之前，我們會這麼狠心互相殘殺嗎？許多青年因為貧窮，為了朗諾政權每月兩千到四千瑞爾的軍餉去當兵的。弟弟也是如此，他不該死！可是，向誰申訴呢？向誰報仇呢？

當他悄悄把這些話告訴龜縮在甲板、像犯人般那些人時，人們又帶著恐懼或難以置信的眼光望著他。一個柬共士兵怎麼會對這些潛在的階級敵人說「反革命」的話呢？說不定又是「革命組織」的一個陰謀。誰敢去附和他，同情他呢？

「我說的是實情，用我們高棉民族善良的本性說話。」大

男說,「馬德望省的朗諾軍被騙到一個地方,那兩千人,毫無警戒,言聽計從接受槍斃。革命組織對他們說,你們放下武器,秩序井然地排隊去迎接剛剛回國的西哈努克親王。」

我們啞然無聲,大家在揣測大男談話的用意或真實性。

棉花窟鄉遠遠在望了,當輪船又響起一聲長鳴後,船上五個軍人都集中在「犯人」面前,交代了該下船的人。我將與十位青年接受棉花窟鄉委的分配。「護送」我們的兩位軍人花了一個多小時找到密深鄉委,鄉委說,先別忙,這幾天正是魚汛,鄉裡缺乏勞力,你們先留下來幫忙捕魚。

原來,此時正是湄公河水大退潮的時候,雨季裡湄公河水灌進湖裡的水這時回流湄公河,大量的魚隨湖水而出。出水村巨大的平鏡湖湖水流經棉花窟鄉醫療站前面的大溪,人們在狹隘處築起攔魚柵,順流而來的魚群都逃不過柵欄的過濾,鄉民就用各種工具將順流而來的魚群迅速「掃」進魚筐裡,另一批人迅速挑上岸。魚汛來勢兇猛,每天各有不同的魚種,幾公里長的溪流魚頭躦動,人走下水都可用手撈一把魚上來,儼然是柬埔寨一大奇觀。

由於湄公河兩岸有無以計數的大小湖泊,這樣的漁港在全國數以百計,是沿岸農民每年的收入大事。革命前都是私人競標承包,這幾年是革命組織接手獨攬,誓要捕撈更多的魚。撈上來的大魚,供給附近的駐軍和幹部,小魚供給各鄉村食堂,或用來熬魚油或用鹽醃製成「菠蘿福」,魚油可作食油,也可當燃油點燈照明之用。

這天是一九七六年九月十五日,正是柬埔寨每年為期一周的淡水魚魚汛的時候,我們船上所有人加入了捕撈魚群的勞動,我們每天吃到大量肥美的鮮魚,晚上就回到輪船過夜。密深說,魚

汛過後，我們便被派往出水村種田。

　　魚汛是不分日夜的，我們也分為日夜兩批勞動力。我做較辛苦的夜班，因為晚上的魚群較多，勞動力又較少。但做夜班有好處，基本沒人管我們。

　　第三天淩晨，我們拖著疲累的身體上船時，正好有一艘下游來的小輪船靠岸，船上的人與我們船的軍人談了一陣後，上來三男兩女，沒想到帕英前副院長也在其中。原來，他們將乘搭我們這繼續北上的輪船到桔井市，而小輪船返回金邊。

　　他們五人分兩批做日、夜班。帕英同志做夜班，她與鄉民一起熬取魚油，我負責挑魚，有時也醃魚或殺魚。收工時，大家提了好幾條大魚回來吃飯，順便為做日班的人準備明天早餐。

　　工作緊張又勞累，大家都沒談話的機會。最後一天的半夜，我們提早收工上船，由於天亮時我們這部分人就奔上新崗位，餘下的人繼續北上，大家略為洗滌後，趕緊睡覺，只有我和帕花在廚房裡殺魚煮飯。

　　「我看你很勤奮，很積極。」她對我說，「就像在人民醫院一樣。」我說：「大家都積極。鄉委要求我們幫忙，因為鄉民生產任務緊。我在這一帶生活過，我知道水退後就要趕緊播種插秧種旱季田。不久，雨季也過了，人們便要踩水船灌溉。」「原來你還是當地人呢！」「不，我是波羅勉省奈良市人，也是金邊人。棉花窟鄉雖好，我們出水村更美麗。」

　　「在醫院的時候，我看得出，你有雄心壯志，有為人民服務的心。」「帕英同志，你真是我們的好領導，我確實想發展草藥為民治病，大概只有你理解我。可是⋯⋯」我不再說，在這夜深人靜的時候，說不定有人在暗中竊聽。帕英同志站起來，伸了伸腰，走去搬些柴薪。其他人確已酣睡不醒。

「我知道出水村是些什麼人。」她說:「由此我知道你是誰。你們真是壯志未酬啊！」她為什麼要提起華運？她是紅柬高幹，我此時警惕了，不再說。而她似乎不在意，繼續說:「一九七四年桔井市發生革命組織把上百名華運人員送到「淨貢村」的事，你們的人誤會了我，我只是執行上級的指示。你們一位年紀大的女朋友，也是我在中華醫院工作時的同事，她後來找上我，我已坦誠告訴她，桔井市華運被派去學習和鍛練，決非逮捕和勞改。我們黨的副總書記農謝後來還接見了你們的領導高山。」

　　「帕花同志，你是副院長，怎麼也離開金邊呢？」「接受農民的再教育，投身到農業的四年計劃運動中去。這是最高組織的決策。」「帕花同志，我似乎在哪裏聽過你的名字。」「是在桔井市吧！我常年在那兒工作。你們華運叫我夏志華，你們有些朋友曾在金邊中華醫院與我同事。」「我記起來了，一位叫黃書香的桔井市青年說你……。」我警戒的望四周，每個人都睡著，河水的擊拍聲掩蓋了我們的聲音。她殺魚，醃魚，我搬柴薪，掃這洗那，一付認真工作的樣子，但還得提防有人竊聽。

　　她說:「黃書香一定還生我的氣，說我騙她去當翻譯員、受苦。」我不再說下去。她又說:「那些軍人都不在船上，全到鄉委的家聯歡去了，沒人竊聽我們。」「你同行的幾個人呢？」「三個男的喝了一點酒，睡熟了，那女的沒問題。」她說，「文光，明天你就見到你們那些華運朋友了，告訴他們，丟掉幻想，你們的命運，包括我，是與柬埔寨人民的命運連在一起的。沒有什麼華運問題，大家都是柬埔寨人。中國政府確實把華僑交給柬共。一九七四年，英薩利從中國回來不久，在東區黨校集會上說:「我代表革命組織謹見毛伯伯時，向他表示要把華僑們還給中國，但毛伯伯說，華僑這股力量交給柬埔寨革命使用。」」在

談到這些敏感話題時,她是用極小聲的國語說的,「你們想想,有過幾十年革命史的柬共第一代領導人山玉明都不獲承認,為什麼承認你們華運?」「帕花同志,謝謝你,我相信在殘酷的現實中,事實會說明一切。實際上,從解放金邊的第一天起,我就對柬革命感到悲觀,成千上萬為民為國為革命的善良的人都不得志,甚至落得悲慘的下場,包括賓萬、乃薩南這樣正直的革命者。帕花姐,你在金邊時,有聽過王炳坤或娘娜的名字嗎?」「沒聽過,離開金邊時是九月十日。我陪同領導到中國大使館當臨時翻譯,與大使商討一下哀悼毛主席逝世的細節。當天下午就搭船離開金邊。」「我真羨慕你見到中國大使。」「不,那可能是鬼門關。周恩來逝世時,有一位翻譯員陪同外交官到大使館哀悼,因沒及時跟著外交官出來,被懷疑向大使反映情況,出來後不久就失蹤了。」

夏志華,也就是帕花,為什麼要對我說這些呢?這是我多年來心中的謎。一九七九年,我從桔井省淨貢鄉勞改營逃也來的朋友口中聽到她不幸遇難的消息,才算有些合理解答。她那次搭船北上,大概已預見到命運凶多吉少,原東北大區書記乃薩南被捕就是不祥的訊號,五〇五專區原區長派駐北朝鮮大使後抗命不歸又是另一個訊號。

一九七五年全國解放後不久,夏志華嫁給五〇五專區副區長密韌。不久,區長上調金邊,密韌升為區長。金邊人民醫院撤銷前,波爾布特到東北大區視察,並接見了密韌。他聽取了密韌的工作報告,大大讚揚一番,還與其他主要領導人一一握手,言多鼓勵,氣氛感人。

沒料到,波爾布特返回金邊不久,就進行了血洗五〇五專區的軍事部署。一九七六年下旬,從金邊開出的號稱中央軍的一個

師，浩浩蕩蕩北上桔井，各分區地方武裝聞風喪膽，紛紛歸降。中央軍把他們收編為攻打專區武裝力量的先頭部隊。經過短暫交火，中央軍未開槍，就靠這支先頭部隊取得勝利。包括密韌在內的專區各級黨政軍首腦，甚至中下級幹部共數百人被押送到預先佈置好的森林中，每人均被捆綁在樹下，先頭部隊在中央軍的指令下對他們施以殘酷鞭打。為表示與前上級劃分界線，以搏得中央軍的信任，每個人都使出渾身解數，出盡全力，拳打腳踢，直到把人打得頭破血流、皮裂肉綻，最後才解開繩索，集體活埋。這些立功的先頭部隊尚未喘息，身後的中央軍已舉槍向他們盡數掃射。頓時，槍聲大作，血濺森林，哀號震天。中央軍完全、澈底、乾淨地消滅了「叛黨」的五〇五專區領導。血洗專區的軍事行動隨即擴大到黨員、普通幹部甚至連鄉村領導，生產隊隊長等，受株連者數以千計。紙是包不住火的，幾年後，當地農民把這血腥屠殺事件傳開來。

且說第二天一早，我和十位青年走下船，向密深報到。密深讓我們吃過早餐後，派兩個鄉自衛隊員把我們送走。兩個隊員持槍一前一後押著我們，我們不敢多談話。我只知道兩個年紀與我相若者叫逢規和蘇亞納。年紀比我大四、五歲到七、八歲的包瓦通、逢奔、施瓦那等。在船上生活的這些日子中，我們日漸消除彼此的隔膜和戒備，大家似乎感受到相同的命運。

第七章　人間煉獄

　　出水村在望了。到了那熟悉的大溝，這裡已被填土截流，一邊水位高，另一邊的隨著湖水回流湄公河而淺了，水高的一側可在旱季裡用來灌溉農田，行人走過溝也不用涉水。可是美麗的出水村大大變了模樣，大薯地、菜園、番薯地、瓜棚、西瓜園長滿了雜草和蔓葛藤荊，我們過去建的七間大屋和六間小屋在山坡下飄搖，其中較高大的一號與七號家有些傾斜，被幾根大木支撐著，用椰糖樹葉鋪蓋的屋頂在微風吹拍下像婦人散亂的頭髮。出水村似乎回到未開發前那種荒蕪燥熱、了無生機的樣貌。

　　在我們這些屋子中間，出現了二十多間小茅屋，但似乎人去屋空，一片死寂。遠處有分散的幾群人在砍伐樹林，一些兒童在山坡或丘陵處牧牛。鄉自衛隊員把我們帶到山一側幾間新建的較大的木屋處，其中最大的是食堂。幾個不相識的華婦在廚房裡忙著。我們走到右鄰的高腳屋，一個大腹便便的三十多歲高棉婦女在屋上接見了我們。自衛隊員把我們從金邊帶來的資料遞給她。這位被稱為密娜的女人與他的丈夫密安是紅柬派駐出水村的幹部。「密」是同志的意思，這年頭，聽到這稱謂便要打起精神，一切都要俯首貼耳。

　　她看了我們的資料，吩咐逢規、蘇亞納等十人到人群處砍樹林。她問我：「你是草藥醫生？」我點頭，她又說；「村裡有好些病人，你逐家去查看。查完了，告訴我有辦法醫嗎？」我們下屋時，她提醒我們，聽到敲鍾聲就回到食堂吃粥。

出水村前面，有一條通向西面三公里處一個叫「杞墩」村的光禿禿的小路。杞墩村民常年足不出村。過去鄉裡的華僑在稻田收割後，用牛車把日用品如草席、服裝、鍋碗等日用品運到杞墩村，與村民交換穀米。革命後，紅柬政權向村民宣傳這種物質交換是剝削，禁止鄉民進村。自那時起，村民對鄉的華僑也懷有敵意。

此刻，遠遠望見兩個華人模樣的青年人抬著什麼從杞墩村方向而來。在去巡視病人之前，我想先向華人同胞打聽一下情況，便向他們走去。他倆哪是抬什麼東西呀？一晃一晃的竹架上躺著一具僵硬的屍體，死者也是華僑青年。「幫幫忙吧！」前面的那位叫住我，「走了幾公里路，肚子餓著呢！死人又這麼重。」我接過他的擔架，問是什麼事。「瘧疾死的，每天都抬出兩、三具屍體，你還不知道麼？」我的心震撼了一陣。問了情況才知道今年以來，每天都死了人，大部分就地埋葬了。出水村因居住一些失去勞動力的老弱病殘，他們的親人死了，紅柬政權派人把屍體抬出來還給他們。

我們抬著屍體走進一間搭建得搖搖欲墜的木屋。我設想屋裡的親人一定要嚎哭一場，沒想到用竹子鋪成的簡陋不堪的床上也躺著一個死人，床頭坐著一個木然呆滯的華僑老婦。

「你的兒子阿源來了，昨晚死的。」

老婦毫無反應。她的丈夫大概也是昨晚死的，瘦得不象人形。老婦神經失常，癡呆或是對丈夫與兒子的死早有心裏準備而坦然以對？她也很瘦弱，我們合力把她坐著的椅子移開時，真擔心她也倒下死去。

「我們要回到「追不爹」工地，不能在你們的食堂吃稀飯。你就把死人的事告訴密安吧！」追不爹村位於杞墩村西北一公里

多，有幾十公頃良田，是主要的「勞動前線」。

面對兩個死人和一個沒有意識的婦人，這就是我回到久違的出水村最令人震撼的場面。我一時不知所措，直到食堂鐘聲把我從迷惘中喚醒。

食堂很快湧來一百多個人，過去的華運朋友中只見到李玉梅和她的婆婆王媽。玉梅懷孕六個多月。她告訴我，金邊解放後的去年六、七月間，原來一百二十多位朋友有五十多位逃去越南，留下來的長輩有文敬田、楊洪基、葉平川、鄭新、老李等。年輕人無法出逃，他們對出逃的劉裕等長輩意見很大，認為他們大難臨頭只顧自己逃命，置一大批忠心的追隨者於不顧。而留下來的長輩卻竭力說服大家留守出水村，以待將來祖國大使解決我們的出路。三個月過去了，大家等不到祖國親人。棉花窟鄉卻每天湧來成千上萬的金邊移民，他們又分多批陸續被遷移到出水村。在這些數以萬計的移民中，華僑、占人和高棉人各有相當比例，他們和世代生活在棉花窟鄉的上百戶華僑一起被遷移到偏僻、惡劣的追不爹山區接受勞動改造。

不久，我們幾十名朋友除了孕婦玉梅和王媽之外，也被遷移到追不爹村去。出水村、杞墩、追不爹與最偏西的美玲村成為獨立的行政小分區（全國有一千一百二十九個村，一百個縣。行政小分區相當於鄉。「解放」後已不用省、縣、鄉和村等稱謂，代之是大區（或專區）、分區、小分區。大區、分區或小分區都比原來的省、縣和鄉要大）。追不爹村有廣闊的農田及大片未開發的土地，小分區的領導機關也設在此。所有的人被分為老人組（柬語叫「達達」組），從事較輕的勞動，如編織竹具、搭建木屋、木工、搬運或廚房工等；中年男子組（柬語叫「布布」組），是種田主力軍；婦女組（柬語叫「民民」組）常與男子組

同工;青年突擊隊(柬語叫「公茲勞」組)。由十六歲上的未婚青年男女組成,擔任最繁重的流動性生產任務如埌荒、伐木、挖水溝、築水壩等。每個青年突擊隊員接受軍訓般的大勞動量考驗,分男女過集體生活;兒童組,扒牛糞施肥,牧牛。另有一些老婦人或女童看管嬰兒、幼童。

男子組與婦女組又各分多支生產隊,由各自的隊長領導。外來移民被稱為新人民,原來村裡的農民理所當然成為新人民的領導者。小分區正副區委是從外地派來的,另選一位當地農民為第二副小區委。

絕大多數勞動者被派到勞動前線追不爹村,而最荒涼的美玲村聚居信仰伊斯蘭教的占族人,他們與華僑同樣不得使用自己的語言,但他們顯然比華僑更受排擠和歧視。沒有了清真寺和正午的拜祭,可蘭經僅存在於年長者的心中。與對待華僑一樣,紅柬政權用各種手段同化他們。

出水村的條件相對較好,附近有些湖泊,人們工餘可釣魚,距重瘧疾區的追不爹與美玲村較遠。密安夫婦原是老實的杞墩村民,管理不太嚴。華僑還可說華語。對孕婦玉梅也只讓她只做些輕活或廚房工。

吃過稀粥,我把阿源死在追不爹被抬回來的事告訴密娜。「找幾個人把他和他父親的屍體埋了,再叫人把一碗粥給他母親送過去。」密娜說,「你再去巡視一些病人,有的病得很重了。」

玉梅陪我去看望一個病得奄奄一息的華僑女青年。她躺在竹榻上,臉色慘白,瘦骨嶙峋,失神的眼睛半開著,偶爾動一下嘴角。她的父母憂心地凝視她,一時沒發現我們。一會,做母親的從角落裡拿出一個鐵罐子,問做父親的;「還是用它吧!死馬當

活馬醫。」這時她發現了我們,轉而對玉梅說;「我女兒得了這怪病,看怎麼好?」

他倆小心翼翼地折摺女兒的衣袖和褲襠,四肢皮膚露出了分散的癩疝樣的潰瘍,創口滲出膿液,發出惡臭。

「禍不單行,她不幸又患了瘧疾,反覆發冷發燒,不吃不喝,一再昏迷⋯⋯。」

玉梅望著我。我說:「中國援助紅柬大批中成藥,也有治瘧疾的奎寧片。可惜啊,這些藥品竟派不上用場。這都是紅柬心胸狹隘,愚蠢又⋯⋯。」

「愚蠢?是惡毒啊!它要我們華僑快些死啊!」這時,做父親的看到了我,睜大眼睛說:「你不是⋯⋯在桔井市時到我家吃過飯的⋯⋯。」

我眼前一亮,想起了四年前我和黃書香從拉省回到桔井市,他就是黃書香的父親。難道,床上患重病的就是黃書香?我再轉看她,她那死人般的蒼白削瘦的臉依稀認出是原來活潑漂亮的她。

「書香,阿槐來看你了,你就睜開眼吧!」黃母低頭對書香細心地說。

書香半翻的眼睛眨了一下,好久,又眨了一下。

他們一家是怎麼到這兒的?記得分手時,書香還對我說她要設法逃去金邊,她要去法國留學,她家也有錢。如今怎麼就快死在這出水村呢?

「我們確實逃到金邊,但戰事緊,等不到辦理手續,金邊就落入紅柬手中,一路被趕到這裡。我們本要走路回去桔井市,但路太遠了。棉花窟鄉有許多華僑,大家也熱情,就這樣留在鄉裡,不久又被趕到這鬼地方。」黃母說。

「出水村原是個好地方,有山有水好種植。你們城市人,不習慣。」玉梅心直口快。

「救人要緊,我想給阿香塗些殺蟲劑。看她全身糜爛成這樣子。你們認為呢?」

「死馬當活馬醫吧!」玉梅說,望著我。我也毫無主意,心想好好的一個人,就這麼與世長辭麼?在桔井的時候,她還是那麼活潑健康,今日就要死在我的面前嗎?不!一個無辜的、善良的、本該有大好前途的女青年,她和許許多多在解放後不幸死難的華僑同胞一樣,都是不該死的。遺憾而痛心的是,我實在束手無策,她也不知我來到她身邊……。

在一陣抽搐之後,黃書香靜了下來,兩眼一翻去了。

黃母號咷大哭。著瘋似的捶著心胸:「我錯了,早就要去金邊,讓她去法國,是我害了她!害了她!阿香從小就聰明過人,不該死的……。」

我和玉梅分頭安慰兩位老人家。玉梅罵了起來:「這都是紅柬害死她!這個愚昧無知又流氓霸道的政權!」

「罵得好!」黃父說,「我就是不明白,你們華運為什麼要支持它?連越共也幫它打江山?我們祖國也全力支持它?這邪惡政權,倒成了天之驕子!」

「哎,中越支持它是為了反美帝,中國支持它是為了反蘇修,是大局所需。」玉梅說。

「我們是平民,是華僑!不要把我們捲進去!我們就是要活!阿香不該死!」黃母悲憤得發狂似的猛捶自己的胸口,「我們不理什麼蘇修,美帝。為什麼要支持一個野蠻的政權?為什麼?這是一個殺人的政權啊!老天啊,你不長眼了……。」

密娜聞訊派來兩個人幫著處理書香的後事,我們用幾片木板

釘成棺材。我把書香睜著的眼合上,最後一刻握住她的手,心中默默地說;「你安靜的去吧,你解脫了,到一個沒有邪惡的世界裡永享安息吧!」

我們背著密娜尋到一處風水甚佳的山坡,背山面湖,風景幽雅,美麗聰明活潑的黃書香永伴湖光山色,回歸奧妙無比的大自然。

在回來的路上,玉梅指著另一間木屋說:「裏面也有一個危重的病人,你自己去看他,我婆婆迷信,不讓我帶著身孕去見病人死人。我這就走,小心密安夫婦很快會派你到追不爹土地去。」

這是全村最小的木屋,五十多歲的一對夫婦陪著十六歲病得昏迷的兒子。兒子昨天晚上從追不爹村抬回來,反覆發冷發熱,今早便昏迷不醒。密娜知道後,允許兩老今天不必做工。可又缺醫缺藥,兩老望著病重的兒子憂心如焚。我摸了一下他的身體,燒得滾燙,吩咐兩老用水布冷敷,便走出去尋些葉下珠準備給他煮水喝。娘娜說過,葉下珠是治虐疾發高燒的良藥,能起死回生。

「多可憐的孩子,」年老的父親說,「從金邊被趕出來時,因來不及收拾行李,他只穿短褲背心,一路走到這裡。我老死了無所謂,可偏偏讓他病得這麼重。這年頭,惡人當道,好人遭殃,天不長眼啊!」

「老伯,你就這麼個孩子嗎?」

「他姐姐和我們走散了,人海茫茫,天地遼闊,將來太平了又怎知她在哪兒?神仙菩薩也幫不了啊!」

我們好容易把葉下珠煮好了,稍涼後,用湯匙慢慢喂他。黃母試嘗了一口,緊皺眉頭說;「苦過黃連。這藥真的管用嗎?」

「等待奇跡出現吧！他今晚不會發燒的，但治不了發冷。」我說。

「他晚上才發冷呀！被單、全部衣服，人再坐上去也壓不了他顫得厲害的身子呀！」

「是嗎？我可真沒辦法了。」娘娜、李三僑還有我崇拜的大伯父，你們一齊來救救這可憐的孩子吧！可他們又各在天之一方，甚至身陷囹圄。

當晚，到追不爹開會的密安回來了。這高瘦的三十多歲農民讀過幾年書，到出水村管理我們後，每次開會回來都逐漸改變他原來老實憨直的性格，一次比一次嚴厲了，他聽了我們十一人當天的工作匯報後，對我未參加勞動顯得很不滿。他吩咐我們四個人在他的高腳屋下綁吊床睡，另七個人到廚房過夜。而我們在天亮時便要到追不爹工地報到，今後在那兒勞動生產。

天一亮，密安就召來一名自衛隊員，要我們跟著他走。

我們默默地走著，每個人都滿懷心事。我想的是阿源的老母今後何去何從？回憶與黃書香從拉省走回桔井的那些日子，那十六歲的男孩昨晚還發冷嗎？他最後戰勝病魔了嗎？現在輪到我踏上那可怕的追不爹工地，我會逃過虐疾死神的召喚嗎？我可千萬要警惕啊！不過，到那兒，我將見到分別兩年的前華運朋友。玉梅說，我們的朋友都平安，這都是我們多年鍛鍊出來的。

走過了約兩公里丘陵地和一處古木參天的樹林後，我們抵達杞墩村。這個由兩百多間高腳屋組成的村莊到處是竹林、果園和椰糖樹，屋子高、樹林多，村子似乎陽光不足，有些陰森。只見兩百多位男青年正在村裡挖水溝。高棉人、占人和華人都有，還見到了陳平、陳進、敬農、陳先、李小光和小勇等朋友。我們匆匆而過，在自衛隊員帶領下找到村委的家。村委叫密奴，四十多

歲，棉花窟鄉人，解放前夕入伍，解放後被派到這裡工作，副村委布屬。布是「叔」的意思，他近五十歲，原是本村村民。密奴說：「派人帶他們到追不爹找小區委吧！」布屬趕緊說：「我看都是青年人，先在這裡與青年突擊隊一起勞動，再派人通知小區委，免得小區委又派他們回來，白走一途。」密奴想了一下，同意了。我們被安排把行李放置於村委家對面一間空著的高腳屋，布屬隨即帶我們到正在挖水溝的那支青年隊伍中。

我們跟在那支隊伍後面，用鋤頭或鏟子把前面挖一半的溝渠挖深挖寬。原來，這溝渠要把平鏡湖的水引進村，以灌溉到村外的田裡去。

村裡五名自衛隊員持著槍來回巡視。他們出現在我們附近時，我們不敢說話，只顧埋頭挖土，他們走遠了，我們便伸直身子，站著歇一口氣。有人悄悄說，挖這麼條溝不實際，因為這裡地勢太高，平境湖又遠。有人說，看來只能用於雨季中期湖水漲時。逢規只瞄準機會向我談些西方的見聞，他不止一次告訴我，臺灣正在經濟起飛，不斷創造經濟奇跡。他是那樣的想盡辦法使我相信他的話，這使我對他有些反感。我只知道臺灣人民生活在水深火熱的苦難之中，而蘇亞納埋怨紅柬把好好一個魚米之鄉搞成一窮二白，全國人民都成為奴隸。長得高大英俊的包瓦通自稱是電影明星，還與西哈努克拍過電影。一九六九年底，王國政府派他到法國留學，研究電影藝術。他向我們描繪法國風情，他說他不該回來，因為民主柬埔寨絕不發展電影事業；奔是大學生，由於父母有錢，一九七三年到英國留學，他說他是懷著對祖國的熱愛和對革命的敬意回來的。他一直不知父母被遷移到何處，但他仍希望有朝一日他流暢的英語與科學知識能服務於國家。

十時半，收工的鐘聲響了，我們這近二百名青年突擊隊員在

迪隊長的帶領下，來到村中心的大食堂。七、八個高棉老婦人打開大鼎蓋，把火退了，還端來好幾盤醃魚，幾碟粗黑鹽粒，我們每個人被規定只能吃兩碗稀粥。大鼎裡只見米湯水難見粥粒。天氣熱，粥也熱，每人都吃到全身大汗，廚房的負責人為每人舀第二碗稀粥以防人們只撈鼎下的粥粒。為示公平，她每次都先用大鐵勺攪拌均勻後順勢把稀粥舀上來，熟練地倒進每個人的碗裡。

每個人挺著腫脹的肚子，但很快就覺得腹中空虛。幸好按規定，我們可午休到中午一點。

迪隊長尋找舒適涼快處午睡了，我們就赤著上身並排躺在長長的木榻上，中午的風倒也涼爽，每個人都昏沉沉趕緊睡午覺。

下午一點，我們頂著驕陽出發，繼續挖溝渠，迪也以身作則，與我們一起勞動，五位自衛隊員在監工時不斷裝腔作勢，發現敵情似的自作緊張來回奔跑，還故意停下來大談「罷多秘禾民」（黨的偉大），提高嗓子說他們正是在黨的教育下從一個普通、文盲的農民成為保衛國家和革命政權的鋼鐵尖兵。

我們饑腸作響，有氣無力。可迪同志仍然揮鋤不止，幹勁十足。我們不信他和我們同樣只吃兩碗稀粥，猜想由於他是杞墩村人，一定回家吃些食物。杞墩村有三十多位青年，全部當了這小區四個村的自衛隊員或村幹部，迪是三十多歲的王老五，也就成了青年突擊隊長。

一小時半後，我們休息十分鐘。青年們趕緊躲到陰涼處躺下來喘大氣，話也懶得談了。看看十分鐘快到了，有的人懶洋洋抽煙，復工的哨子響了，人們又坐上來慢吞吞喝水或找地方小便，這樣又拖了一、兩分鐘。

傍晚五點半收工了。我們又到食堂吃稀粥，這次吃的是香蕉樹幹切成絲的湯水，直把人灌得大腹便便。小便幾次後，肚子又

空了。

　　洗完澡，迪帶我們到一空曠處開檢討會。他說，柬埔寨共產黨從來就十分關心青年，決心把全國青年組織成一支堅強的接班隊伍，我們現在雖然吃不飽，勞動強度大，生活條件差，而這正是我們革命前輩過去所走的路。黨的前輩在過去還要同朗諾右派軍人作戰，哪象我們今天有自衛隊員保護？黨的前輩離開家庭在叢林裡打游擊，哪象我們是在黨教育下逐漸有了無產階級覺悟。他最後還讚揚出水村十幾名前華運男婦青年早在戰爭年代就主動到農村幹革命且勞動積極，是大家的好榜樣。

　　會議結束後，迪對我們十一人說，小區委已知道我們從金邊來到這裡，就在青年突擊隊中勞動吧！

　　農村的夜晚十分寧靜，我們掛了蚊帳並排躺在長長的竹榻上。迪同志回家過夜了。我找上出水村的年輕朋友，在寂靜處暢談彼此別後的經歷。

　　一九七五年八月出水村的朋友們被分散到生產隊前，幾對青年朋友結了婚。這樣，他們便不用參加青年突擊隊。成立大食堂後，紅柬宣佈國家已進入社會主義。在這個新制度下，人人平等，沒有人剝削人，人壓迫人，物資統一分配，沒有貨幣，取消城鄉差別。四年計劃完成後，拖拉機將出現在全國農村，人人豐衣足食，過著天堂般的生活。

　　話說得好聽，現實生活卻是殘酷無情的。最近一年來，僅在穀物收成的頭三個月每天吃兩餐配額白米飯，其餘月份吃稀粥、雜糧。人們吃不飽就紛紛利用工餘時間上山挖野薯充饑。野薯有劇毒，許多人便中毒死去。除了飢餓、瘧疾也奪去許多人的生命，從城市來的年輕力壯的華僑死得最多。幸運的是，出水村七十多位朋友都平安，多年的艱苦鍛鍊和毅力意志使他們渡過一個

又一個的難關。

我們過集體生活，每天凌晨五時起身，略為洗刷後就拿起鋤頭或鏟子到工地挖溝渠。由於每天都吃稀粥，夜裡尿多了，半夜就饑腸作響，天亮起身已沒了力氣，可是迪說，精神是決定一切的，領導幹部能做到，你們就能做到，你們比我年輕，更要能幹。不過他似乎也體諒大家挨餓，行動上並不怎麼嚴格，大概因為這裡不是追不爹，離開了小區的領導。

肚子餓，勞動強度大，天氣熱，每天體力消耗很大，工地上常有人不支暈倒，或是瘧疾發作，一病不起，這些人便被抬到附近的寺廟。杞墩村雖然偏僻貧窮，與別鄉一樣也有一座頗具規模的寺廟。寺廟裡的僧侶早就還俗成了農民，寺廟成了「醫院」。病人抬到這裡，躺睡在鋪著破草席的地板上，每天由七、八位土「醫生」照顧。病人多，天天都有死人，有時一天死兩、三人。沒死的也因為衛生環境差染上別的病，如皮膚病、腸胃病等。不論病人死人，全身都長滿蝨子。

我們的年輕朋友怎樣與飢餓作鬥爭呢？原來，一些人深夜悄悄溜回出水村釣魚。玉梅和婆婆把他們釣到的魚煮熟或加些瓜菜，讓他們吃飽再帶些回來給別的朋友吃。雖沒飯粥，光吃魚菜也能充實一下饑腸。所有這些都在凌晨前完成，然後若無其事地睡覺、起身，又開始一天的勞動。但釣魚既辛苦又危險，路途遠，天地黑，動物多，還怕路上碰到自衛隊員。

其他城市移民又怎麼辦呢？除了病的死的之外，有一口氣繼續勞動的都練就一身「偷」的本領。我與那十位從西方來的知識分子睡在一起。深夜裡，常發現不是這個偷著出去，就是那個抹著嘴唇回來，逢規就曾在黑暗中塞給我一個林檎果。林檎營養豐富糖份多，很耐餓。我總不能吃別人冒生命危險「偷」來的食

物,一次也壯著膽子持了大刀爬進一處村民的柵欄,那高腳屋後面有我在白日裡瞄了很久的許多香蕉樹。黑暗中摸到一串沉重的香蕉,大刀快將砍下去時,突然害怕了,我成了小偷,成了竊賊,這是多麼可恥啊!但是我要活下去,為了娘娜,為了免於被抬進「醫院」或成為第二個阿源或黃書香,我暫且承受一下惡名吧,總比死去的好。再次舉起大刀時,更令我害怕的念頭出現了,這麼重的香蕉掉下來必然造成很大聲響,雖說大部分村民都被派到追不爹,可偶爾也有人回來看家過夜,而且也不知迪隊長睡在哪間屋,萬一被人發現豈不也死路一條?再三思量後用大刀費勁地把香蕉一個個「鋸」下來,看看有十來個之多,用水布包了,神不知鬼不覺回來,悄悄分給同睡的幾個人。大家接過來,才發現香蕉是生的,連皮都剝不開。「將就些吧,」我對他們說,「有人還吃過樹皮、草根呢!」

轉眼已到十一月份,旱季又到了。迪隊長要求加快挖溝速度,因為追不爹工地要繼續第二年的大區田計劃。由於熬不過帶饑勞動,我每舉起沉重的鋤頭,都有些暈眩,真希望迪隊長讓我們坐下來休息。但他大概也怕完成不了任務,對我們管得嚴了。

一天半夜,我們被廚房那邊傳來的大聲呼喊吵醒:「好傢伙,這回被我們抓到了,你這盜賊⋯⋯!」糟了,一定有人到廚房偷食物被他們發現,我想。隨著人們的眼光望去,只見四、五個自衛隊員正在廚房爐灶傍狠踢猛踹一個蹲著抱頭縮身的人。他不斷申辯:「我沒偷食物,沒有⋯⋯」

我們來到他身邊,他站起來,渾身發抖,臉色蒼白,腳下有兩只燒烤過的癩蛤蟆,一隻已被連皮吃了好幾口。真相大白,原來昨晚下了一場雨,引來不少癩蛤蟆,他抓了兩只,摸黑到廚房裡開膛剖肚,再到未熄火的爐灶燒烤,被夜巡的自衛隊員發現。

迪隊長聞訊前來，瞭解情況後，認為吃癩蛤蟆不是偷食物，把他領回去。從此我們便把這個金邊來的華僑青年叫做「癩蛤蟆」。

「癩蛤蟆」的姐姐在女青年突擊隊，瘦骨如柴，生就一雙似睡眠不足，略帶浮腫的惺忪眼，她每天無精打彩，被人稱為「惺忪眼」。姐弟倆從不與人談笑，但吃起熱粥比別人快。人們傳說去年的四·一七國慶節那天，紅柬開放米糧，讓人們自由吃飽。姐弟倆狼吞虎嚥，簡直就是乞丐搶食。

留女人長頭髮的「癩蛤蟆」與留男人短頭髮的「惺忪眼」身上常發臭。兩人在開會時都坐得遠遠的，永遠不發言。但人們記得在一次男女青年勞動中，姐弟倆竟能用十分流利的英文交談。

「癩蛤蟆」躲過一劫。但天亮後密奴前來瞭解情況，警告說：「自從來了青年突擊隊，村裡的水果越來越少，林檎果更被偷採得七零八落。千萬別把革命政權當傻子，這是破壞人民財產的敵對行為！」

自那以後，我們晚上不敢再偷采水果了，我們把主意轉到打野狗上來。原來村民走後，遺留下來的狗也沒食物，成天到食堂徘徊，不是偷食就是把鍋鼎打翻。因此，密奴和布屬都讓我們打狗。每次打了狗，我們都能吃上可口的狗肉。人多肉少，我們連狗皮、腸子、甚至生殖器也吃個精光。但狗也精靈善逃竄，越來越難打。我們進而把主意轉向蛇、癩蛤蟆、青蛙等，但僅在工餘時間捕獲的也不多。抓到這些小動物時又無法自己煮吃，每天仍是挨餓。對此，布屬多次警告我們：「不要老是想著偷食，解決糧食問題的唯一辦法是大家齊心合力勞動生產，大公無私。人人都這麼想，來年就能吃得飽。」

穀倉快清光了。密奴派人上山挖野薯，廚房工作人員把碩大

的野薯削皮切絲後,浸泡在鹽水裡,每天要沖洗七、八次,把毒素去除後煮給大家吃。

飢餓,折磨著每個人,我們日日夜夜幻想吃白米飯,白天談的,夜裡夢的都是豐盛佳餚。背地裡,高棉青年說,柬埔寨兩千年歷史,最窮的農民每年都能吃白米飯,現在全國人民齊種田反而要吃野薯。華僑青年說,要說我們華僑全是不勞而獲的資產階級,那麼,劃一塊地給我們華僑自己生產和管理,一定人人豐衣足食。而領導幹部卻說,糧食短缺吃不飽是因為你們仍有私心雜念,要是人人為公,忘我奮鬥,何愁沒糧?

每天都有人暈倒或病倒,死的人也多了,「醫院」人滿為患,兩個月時間,兩百多人剩下一百四十多人。眼看水溝挖不下去了,迪隊長突然宣佈暫時結束工程,立刻轉戰追不爹前線。

青年們說,追不爹村的環境更加惡劣,因為小區領導幹部全在那裏,管得緊,抓得嚴,又沒水果野果,山瘴氣重,患瘧疾的人多。杞墩「醫院」的病人大多來自追不爹村。

在出發前的最後一個晚上,前出水村華運朋友提示我一些預防瘧疾的措施:不喝生水,不用溝水池水洗澡,晚上早睡,補好蚊帳,多吃辣椒,不午睡等。

不過,在追不爹,我將見到其他的長輩朋友。曾是我們的思想導師的華運前輩對柬共又有什麼新看法?對人民和自己的前途怎麼看?我要把我在金邊的經歷和夏志華在船上的談話告訴文敬田和楊洪基。我也將見到原出水村的女青年朋友們,她們在突擊隊一定比我們艱苦。體質本已十分瘦弱的郭英情況一定更糟。唉,這是什麼世界?

天亮時,同船而來的三個留學西方的青年知識分子病倒了。他們的七個同伴似乎預見到他們難逃死亡的命運,因為送到「醫

院」只能加重病情，因而人人顯得悲憤懣懷。

幾個人做了擔架後，逢規用長長的樹枝在沙地上寫著幾個大字「共產黨萬歲！」我拍了他的肩膀，心情凝重地說：「走吧……！」我們走了。地面那幾個大字被我們踩得一塌糊塗。

走過竹林、曠野，沿著路上崎嶇彎曲的小徑走了約兩公里路，再穿過矮樹林，豁然開朗的遼闊田地呈現在眼前。這些原屬杞墩村民所有的田地已大部分被整修為每區一公頃的統一規格大區田，每區田之間由寬一米的溝渠隔開。高起來的溝渠既是田埂，又起灌溉作用。果然整齊壯觀。

「大區田不是好辦法，」喜歡與出水村年輕朋友在一塊的迪隊長自言生語地說，「過去的小區田雖然大小高低不一，卻能保住田裡的水。去年大區田首次種上稻秧時，一半浸在水裡，一半卻缺水，因而失收了。」我們不敢附和，我們是奴隸，只有當牛馬的份。我們此刻幻想的是奴隸主讓我們吃飯，不再挨餓。

現在，放眼望去，人頭躦動。一隊隊人都在各自隊長的率領下用鋤頭整平大區田。隊長用肉眼瞄，一邊比劃著，奴隸們這邊鋤鋤，那兒耙耙。我們走過了十多公頃大區田後，迪帶我們來到一處未整修的分散的小區田，那兒已有一位黑而瘦小、臉無表情的四十多歲農民在等著。他指示迪隊長，要我們把小區田所有田埂田壠鏟平，把土壠上的大樹、灌木叢砍伐，連根挖掉。

原來這黑瘦農民是第二小區委，是小分區三位領導核心唯一的原杞墩村民。由於他的個子和長像很像過去金邊市場暢銷的一種醬油商標上的黑人，我們背地裡都叫他做「黑醬油」。

「黑醬油」在田外的路上監視，迪隊長指示大家趕快動工。每當「黑醬油」不注意時，我們便偷歇著，鋤頭柄撐著搖搖欲墜的身體。熬到了十時半，收工的哨子響了。

我們列隊走向食堂，這裡有少量米糧，大鼎的開水依稀見到零星的米粒在浮動。「黑醬油」提醒正盯住鼎裡稀粥的我們說：「青年突擊隊吃粥後要趕緊出工，不得拖延時間。」

唉，誰叫我們生活在民主柬埔寨？誰叫我們又是年輕人？

幾天下來，我們每個人都極度消瘦，肌肉萎縮，皮膚枯萎，皮色變深，乾燥得起了皺紋，有人並發支氣管肺炎，有人患瘧疾被陸續抬到杞墩鄉「醫院」，一人中暑死在田裡。

這天早上起身時比往常遲了一小時，我們首次沒聽到催促起身的哨聲。迪上哪兒去了？我們正在納悶，只見田那邊的小區辦事處門前擠滿一群人。迪若無其事向我們走來，吩咐我們趕快出工。

氣氛有些肅穆。後來，還是從與我們一起勞動的副隊長口中獲悉：小區委和第一副小區委兩人在半夜裡被逮走了。最先得到消息的自衛隊員隨即沖進辦事處，把他倆的遺物搶掠一空。迪大概消息慢，空手而歸。

他倆為何被捕？誰執行這任務？最後是死是活？我們當然一無所知。後來根據桔井省中央軍血洗五〇五大區進而磅占省的三〇四大區領導也遭到肅清而聯想到大區管轄下的分區、小分區領導也受牽連。實際上，「斬草除根」正是波爾布特一貫手段。

「黑醬油」成為小區臨時最高領導。大概由於他是本地人，也可能未入黨故逃過一劫。

這天，「黑醬油」對全小區勞動力作了一次調整，允許原棉花窟鄉的老華僑回到出水村去開闢大菜園，讓原華運的五十歲以上的老人在追不爹一處曠地開闢菜園。要求這兩個菜園必須在三個月內向勞動前線追不爹村數萬民眾提供足夠的瓜菜；分配一部分老弱及婦女到杞墩村生活，讓他們開闢新田地種上各種雜糧。

第七章　人間煉獄　327

最後，他透露一個好消息：明天，每個廚房將屠宰一頭豬讓大家吃上豐盛的一餐。

　　想到那久違的豬肉，我們似乎都來勁。人人說，好幾年沒吃上豬肉，沒聞到飯香了。

　　第二天一早，我們如以往帶著飢餓揮動鋤頭，談的想的全是肥豬大肉。好容易熬到十點半，走到廚房一看，炊事員們正手忙腳亂砍切豬肉。天氣炎熱，爐灶烈火正旺，人人熱汗淋漓。正當我們垂涎欲滴之時，一百多位占族人卻愁容滿面，他們最不願意看到的情況出現了：炊事員們正把切碎的豬肉全倒進煮著稀粥的大鼎裡。不吃豬肉的占族人這回連稀粥也吃不上了。他們一個個低頭嘆氣地走了出去，只有七、八位青年的熬不住飢餓，被迫端起盛豬肉粥的碗⋯⋯。

　　我們雖因在部分占族人絕食而多吃了豬肉粥，出來時仍覺得腹脹而不實。不過情況好多了。

　　下午出工時，我們便聽到一位占族的老婦一頭暈倒在自家的爐灶旁，被人扶起來時已斷氣的消息。許多占族人都稱病不出工。「我看是假病吧！誰叫他們不吃豬肉？革命了，還迷信什麼？」有些幹部說。第二天還得出工，許多占族人在地裡中暑而死，從那以後因虐疾和飢餓而死的占族人比華人多了。

　　第三天我們男女青年突擊隊被調到地裡割稻。這地勢較低的稻田是雨季中期最後種下的。這工作以及打穀、篩秕糠、舂米等原來都由婦女組做。看來，「黑醬油」是要趕緊收成後給我們吃飽些。那麼先前收割的那些稻穀到哪兒去呢？小勇後來對我說，由於四年計劃的大區田運動，許多地都趕不及種植穀物，影響收成。後來又不知何故向棉花窟鄉運走了二十多牛車穀米（後來才知道，一九七六年全國農村向金邊運去大批米糧，最後運往中

國，與中國交換日用品）。過去養活杞墩村的這些田地現在要供應四倍多的人口，自然缺糧了。

無論如何，我們都對「黑醬油」感恩戴德，迪和其他原當地農民幹部教我們割稻，要割得快又不至割傷手。他們偶爾也說些風涼話：「你們過去只知享受，哪知種田的辛苦。」「城市人過去剝削我們，現在要規規矩矩服從我們，這都是「安卡」的英明領導的結果。」「有了「安卡」，我們才能翻身。」「不合理的社會制度一去不復返了。」等等。（「安卡」是革命組織，泛指紅柬。）

我們不甘心於這種沉悶壓抑的氣氛。這天正好「癩蛤蟆」稻割時來到我們中間。

有人便對這個惹人討厭的傢伙開起玩笑：「你的長頭髮從不梳理，是留著等更餓時煮來吃的吧？」永遠是我行我素的他毫不搭理，像以往一樣，勞動不勤不懶，一副麻木不仁的樣子。女青年那邊也取笑他的姐姐「惺忪眼」：「什麼時候去尋覓你的父母啊？」「不知道。」「我聽過你用英語同你弟弟對話，你英文程度很高吧？」「我只有一米五七。看，你把稻割到我這邊來了。」「惺忪眼」尖酸的臉，看上去不男不女，她耳朵重聽，一副昏昏欲睡的樣子。開玩笑的人占不到半點便宜。

過幾天，迪隊長吩咐我們今後不必凌晨起身，可與其他生產隊那樣七時出工。隨後，他召集副隊長與各中隊長到「黑醬油」的辦事處開會去了。

我們估計政權又有什麼重大的決定，在新的小分區委來到之前，我們暫時寬鬆些。

一天天黑了，在逢規、蘇亞納等的掩護下，我悄悄到文敬田等人新開闢的菜園。

「看，秀槐來了！秀槐來了！」文第一個看到我，他站在新建的小木屋前，赤著上身，肩上搭著水布，濕淋淋的短褲，看樣子是洗澡回來的。

屋裡還有楊洪基、葉平川、鄭新、梁棟、老李。

我把別後的情況大略告訴大家。至於我到這裡，是因為按規定回原單位。而密深又讓我到更艱苦的追不多改造和磨練。我把長江病死在一號公路磅坤廟鄉的噩耗告訴大家。大家傷感地說，長江是個真正的愛國者，過去與金邊國民黨勢力作鬥爭，劉少奇訪柬時，他又協助提供一些有益的保安方面的情報。他十年如一日在僑社中做了大量愛國的工作。文說，將來大家一起到他的墓地拜祭。老李說，將來？我們還會活到將來嗎？這話引起大家一陣惆悵。是的，眼前生活環境如此惡劣，誰又能知道活多久？最後，還是文敬田說：「振作吧！樂觀吧！我們渡過了一個又一個的難關，我們每個人都各有所長，頂天立地，為什麼不能活下去？」

闊別兩年話兒多，但長輩們還得趕緊回到各自的小木屋。作為新開闢的菜園區負責人，文敬田經常要在這裡過夜，我留下來與他談了許多較深入的問題。

文說：「金邊解放後，朋友們的思想波動很大，對紅柬失去信心，對中共也有懷疑。毛主席逝世時，我們的朋友沒一人流淚。實際上，大家每天都要面對死亡威脅。看來，我們的命運與柬埔寨人民一們，由不得自己作主。」我把夏志華在船上同我談到中國已將華僑「割讓」給柬共的話對文說。

這時，文告訴我，正是他與高山於一九七二年歷盡艱險、千里迢迢抵達北京向中國有關方面尋求解決華運問題的。當時接見他們的是僑辦，在對方聽取了他們的匯報後，一位姓田的領導最

後下達指示：「面向當地，融入柬埔寨革命，不能一哄而散。」為使國內領導瞭解柬埔寨解放區的實際情況，高山列舉許多紅柬反人民的極端政策的例子，希望國內有關方面收回成命。但是，官僚氣十足的田領導不悅地說：「你們的馬列主義水準太低了。告訴你們吧！這是毛主席的偉大戰略部署，你們必須支持柬共！這是不容置疑的！柬共一時未接收你們，就要等下去，一直等下去！總有一天會接收你們的。回去後想辦法把我的話轉告柬共中央，不能裝聾作啞！」

「我們帶著傷心、失望的心情回來了。」文說，「我們不能把國內的指示如實告訴朋友們，我們不能害死年輕人。不鼓勵朋友們加入紅柬組織。事實證明，個別朋友加入紅柬後，同樣受排擠，不能發揮作用。因此，這是國內領導脫離實際，而不存在我們馬列主義水準太低的問題」。

說到這裡，文激動地說：「盲從、聽話就是馬列主義理論水準高嗎？劉少奇、林彪、陳伯達絕對服從毛的時候，就是馬列主義理論水準高，當他們不聽話時，就是水準低。波爾布特崇拜毛，他的馬列水準就高，而他把一個魚米之鄉，原來和平繁榮的國家搞到餓殍遍地，他的馬列水準高在哪裏？」

文又說：「柬共打敗美帝，是因為越南部隊在前方打仗，幫柬共打出一片天地，加上中國強大的支援，更離不開在人民中有崇高威望的西哈努克的號召力。對此，柬共沒有清醒的認識，它被勝利沖暈頭腦，又受中國極左思想的影響，日益天真幼稚又狂妄野蠻。」

夜深了，我在告辭前無意發現文在床頭的小收音機。「紅柬沒收所有的收音機。我偷留著它可瞭解世界消息。」文說，「都是在夜深人靜的時候。」我開了機，傳來民柬廣播電臺的越

語廣播:「在我們偉大的柬埔寨共產黨領導下,全國農村掀起的集體化運動,今年,人們每週可吃兩個水果,明年將會是每天一個水果。七九年,大家每天都能吃到水果,越往後走,情況會越好……。在超大躍進的口號下,全國人民大興水利,築建堤壩、改造良田……。」

沒錯,越語的廣播正是熟悉的娘娜的口音,堅毅中的溫柔,清晰而流暢,雖然她播擴的內容是那麼不堪入耳,畢竟這讓我知道她還活著,也是我唯一得到她消息的途徑,足以慰我相思之苦。但文說不能把收音機借給我,私藏收音機可能被捕,後果不堪設想。

聽到娘娜的錄音廣播後,我失眠了。難忘往昔在一起的日子。我在心中為她寫上一封信:

親愛的娘娜:

離開金邊來到這遙遠、偏僻、人事全非的追不爹村已經半年了。在這裡,我每天看到的都是疾病、死亡和無休止的勞動,我和絕大多數人一起在飢餓和勞累中度日,與農具為伴。在這個幾近原始、暗無天日的國家裡,人們看不到前途,失去人生意義。每個人都在經歷看不到盡頭的人生最悲慘的歲月。

我今晚無意聽到你在電臺的廣播,高興得令我徹夜難眠。雖然廣播的內容令人厭惡,我總算有了你的消息。美麗溫柔善良又聰明的你,被一群魔鬼包圍著,令人擔憂。

親愛的娘娜,記得我們最後一次談話嗎?無論如何你要活下去!今後誰先逃到越南就等對方的到來。儘管歲月悠悠,經歷多大驚濤駭浪,我對你心不變。等到了在越南相會那一天,我們將永遠不分離,日日如影隨形,天天出雙入對,夜夜情話到天明。到那時,我們手把手出去採草藥,為最窮苦的人民送醫送藥;或

者，我們是最出色的中越柬文翻譯家，為這三國的人民服務。當然，我們最迫切的是尋找你的母親和舅舅李三僑。然後，我帶你到中國尋找我的養母⋯⋯。你聲調動聽，給我唱歌，而我則為你講許多最動人的故事。歷經滄桑，我倆的愛情故事是世上最動人的。我們是世界上最幸福的一對⋯⋯。」

東方吐白。又一個涼爽的清晨，革命以前，清晨總是令人精神振奮，可如今，我們一個個在迪隊長哨子的催促下有氣無力，拖著搖搖欲墜的身軀手持鐮刀，圍著水布下田。戴近視眼鏡的逢奔悄悄說：「在西方，人們上班前總要吃麵包、煮蛋或臘肉，再喝杯鮮奶。按西方的標準，我們每個人都要進醫院接受治療。可他們還無恥的吹噓社會主義超大飛躍呢！「

在法國深造醫學的逢奔在我們小組裡是嘮叨最多的一個。他常說民主柬埔寨是世界上最落後的國家，全國人民沒有牙膏牙刷，以樹枝、樹葉當大便紙，煙民用香蕉葉卷煙草，會加速心、肺疾病，長期在烈日下勞動又會得皮膚癌，人民連說話的自由都沒有，還有臉皮自稱民主，真不知人間有羞恥事。

一天，吃過稀粥是午休時間。就在這關節眼上，傳來了緊急開會的通知。

上萬名群眾站在田裡面向小分區辦事處，聽一位肥頭大耳自稱是成東縣分區區委朗傑的高音喇叭的講話。講話的大意是，全國解放二周年的日子快來臨了，時刻關心人民生活的偉大的柬埔寨共產黨將宣佈一系列的新措施。由於國家即將從社會主義進入共產主義，全國人民除了大力勞動生產之外，千萬不要忘記階級鬥爭，要加速無產階級專政的步伐，把純潔無產階級的隊伍擴大到基層、農村、工廠⋯⋯要相信偉大英明正確的黨，正是有這了這樣的黨才能成為世界上第一個打敗美帝的國家。用不了多久，

我們就將按需分配、人人平等，拖拉機奔馳在遼闊的田野上，統一整潔的服裝、美麗的屋子，家家戶戶有汽車，全國人民在黨的領導下，一個步伐、一個方向不停地向康莊大道前進。這就是當前最響亮的口號：「偉大的飛躍！」

他說：「今天，黨為我們這四個村的小分區派來一位新領導。與犯了路線錯誤的前領導不同的是，新的小分區區長頌森安同志將與農民同吃同住同勞動，他是真正的農民出身，是真正的勞動模範。在他的領導下，你們這小分區也將與全國農村一樣，從明年起實現每天兩餐白米飯，足夠的水果，每三天一粒雞蛋，每十天一次甜品。在實現這目標之前，每個生產大隊每十天要開一次生活與勞動檢討會，小隊每三天要開一次同樣的會議……」。

這討厭的分區委的講話在出工的時間一到就結束了，我們的休息時間被剝奪了。連一向言行謹慎的包瓦通也悄悄就：「現在才真正體會什麼叫鐵幕、奴役、黑暗和專制。」當天晚上，一批原杞墩村民被派來為我們主持會議。他們每人負責「教育」三個人。這些幾乎目不識丁的農民照本宣科唸著柬共那一套理論後，先把我們讚揚一番，接著批評一頓。最後要我們作批評與自我批評。這位被指派為「農民領導」的小組長不滿意我們沒有任何批評意見，要我們留意自己或同組中每個人的言行表現、勞動態度甚至內心活動。他說，這樣的會議每三天要舉行一次，每次半小時以上，直到他認為滿意為止。

與此同時，小區委也通過這些「農民領導」命令所有家庭和個人把私藏的鍋子、水壺、盤碗和湯匙等交到公共食堂。這樣可杜絕有人私自去尋找食物充飢。每家每戶不能生火開灶，嚴防有人到食堂裡偷鹽，嚴禁釣魚、種私家菜，有飼養雞的家庭也要詳

細登記，雞生蛋要上繳食堂。這些舉措，簡稱為反對私利。「私利」的柬語譯音為「雙多」。

「雙多」成了柬共繼續推行極端政策的大敵。「農民領導」說，只有澈底鏟除「雙多」，每個人真正大公無私齊心合力生產，才能解決糧食問題。此外，消極怠工、損壞農具、假病、完成不了生產任務等等，都是故意與黨作對，是在歷史新時期階級敵人另一種形式的敵對活動，在全國純潔無產階級的運動中，對這些人只能是「毫不猶豫的全部、乾淨、澈底殲滅之。」「多一人不如少一人。」

每三個晚上要開一次檢討會，真是一件令人討厭萬分的苦差，主持會議的杞墩村民也逐漸厭倦了。實際上，他們也感到這樣的會議十分壓抑和枯燥，到後來他們不再來了。上級領導對此也不了了之。

新來的小區委頌森安果真十分耐勞刻苦，每天中午快休息吃粥時，他仍在田裡揚鞭趕牛犁田，吆喝聲大，揚鞭有力，地犁得深又快。一副幹勁十足的樣子，不由得我們暗暗佩服，因為他每天也和我們一樣只吃兩頓稀粥或野薯湯，他的力氣從哪來呢？我們無法證實他是否比我們多吃了什麼？

由於每家每戶都沒了所有的餐具，於是各個食堂在前面的露天處煮一大鼎水，要飲水者可借廚房的碗舀。由於飢餓無法偷食，每次勞動小休時有人便悄悄把在田裡抓到的青蛙、蚯蚓、小蛇等丟進沸滾的大鼎開水裡，再用勺子撈來吃，後來甚至連蜥蜴、蟋蟀、螞蟻也成了充餓佳餚。食堂負責人也網開一面，沒有阻止。每當看到這情景，逢奔便悄悄說：「好一個超大躍進，躍進到吃野薯，又躍進到吃昆蟲。」

晚上，我常瞄機會到菜園區去，找老朋友談話，也偷偷聽

娘娜的民柬電臺越語廣播。這一天，守園的是楊洪基，他反對我聽越語廣播，因為柬越關係緊張，柬共加緊排越，恐怕對諳越語者不利。楊支持柬共反「雙多」的政策。他說，一次，小勇就曾釣一條魚送給體質最弱的他補養身體，他婉拒了並嚴厲批評了小勇。與文敬田相反，楊卻是支持柬共的。他說，「柬共雖然犯了許多錯誤，但由於她是反修又堅持社會主義，我們就要支持她。」「對波爾布特這個人要客觀些，無論如何，他走的是馬列主義、毛澤東思想的路。要是將來我們能回到祖國，想繼續幹革命的話，對柬共和波爾布特就要承認其大方向是正確的，這點不可含糊。」

聽了楊的一番話，我意興闌珊地回到住宿地，逢規、逢奔與施瓦那正在密謀什麼。見我來，問我有何主意。原來他們今天發現男人組在某處挖坑埋葬一隻死了多日的小黃牛，牧牛的孩童因私自去摘野果充餓而把小牛丟失了，小牛掉進坑裡兩天後死了。逢規等人想在今天半夜裡偷偷把死去的小牛挖上來切些肉煮了吃。逢奔認為吃了會染病，其他人認為填飽肚子再說。我說，挖上來也沒法煮，弄不好又犯上「雙多」的罪行，會被當作階級敵人對待，大家無話可說。

沒想到天一亮，我們去田裡曬穀，經過那埋小牛的地方時，那死牛竟在昨夜被人挖上來，大腿皮肉被切開，看樣子是被好多人生吃過的。成群的蒼蠅爭相叮吃。「快走快走，看什麼？」迪隊長催促著我們，我真擔心這些叮過腐爛牛屍的蒼蠅今後會叮吃食堂的食物。

幾天後，出水村與杞墩村運來了好幾輛牛車的番薯，從我們能吃到番薯從那天起，每個晚上都來有人摸黑溜到杞墩村的番薯地翻尋番薯根或埋在地裡折斷的小番薯，這事很快被小分區領導

知道了,派人在路上巡邏,那些原來每三天為我們主持一次生活會議的杞墩村民這時在夜間被派去監視每戶家庭,自衛隊員則監視我們男女青年生產突擊隊。

一天上午,我們正在修整大區田,在附近勞動的婦女組突然響起一陣了驚心動魄的驚叫:「別燙我的兒子!○別燙他!⋯⋯他不該死!⋯⋯他是無罪的⋯⋯!」在人人餓得有氣無力、心慌體顫的今天,誰的呼叫聲如此淒厲、撕心裂肺?只見一位華僑婦女不顧一切、發瘋似的向食堂方向狂奔,一路沒人阻攔她,卻在快沖到食堂門前那每天煮著開水的大鼎下被四個強悍的自衛隊員狠狠擋住,華婦倒下去了,眼睜睜望著一個約五、六歲的男孩子被食堂兩位負責人從鼎裡的滾水中撈起,鼎上的熱蒸氣仍在升騰。華婦在地上掙紮著嚎叫:「沒救了!兒啊,你餓了就吃媽的肉吧⋯⋯怎可偷吃番薯⋯⋯吃媽的肉吧⋯⋯!」每個人都被這活生生的駭人場面所震憾,眾目相對,搖頭歎息,深深的同情和巨大的悲憤交集在一起。

「站著望什麼?還不快勞動!」迪隊長吆喝著我們。

午餐延遲了半小時,頌森安、「黑醬油」聯袂來到我們的食堂。不用說,他在觀察我們每個人的神色,那華婦與她的被滾水燙死的兒子和自衛隊員全不知哪裏去了。似乎一切都沒發生。

食堂彌漫著可怕的蕭殺氣氛,空氣凝重得快把人窒息。「舊人民」監視著噤若寒蟬的「新人民」。「新人民」似乎都胃納不佳,低著頭艱難地吞咽口中的稀粥水。我腦子重複出現方才驚心動魄的一幕,不知孩子死了沒有?母親被帶到何處?而我們每個人最後將各以什麼形式死在這人間的煉獄中?

第二天以後,食堂不再在門前放置大鼎煮開水。食堂組長說,因為人們常丟小動物把水弄濁又有異味。何況,吃小動物也

是「雙多」行為。

　　好長時間，我們都記著那揪人心肺的一幕，掛著那華婦後來的處境，但我們不再與婦女組同勞動了，沒有她的消息。

　　轉眼間，柬新年連著國慶節的三天節日來臨了。四月十五日我們只勞動半天，吃得也飽些。下午，每人領到四米長的中國斜紋布。小區長說，今後還將陸續領到其他日用品。但這話不過是畫餅充飢，我們並沒領到其他物品。而那時起，每隔一段時間，我們就看到大小幹部經常炫耀他們分配到的中國打火機、香煙、鋼筆等。由於長期流汗又沒肥皂洗，大多數人早已衣衫襤褸。而我從金邊帶來的汽車輪胎制的「解放鞋」也被人偷走，幾個月來不論下田、上山入林都跣著腳，腳後跟的粗皮出現好幾道深裂痕。

　　在這三天的節日裡，會縫衣的婦女負責裁縫衣服（小分區只有一架破舊縫衣車，由於沒有縫紉針而棄用），其他人負責舂米、制米粉和大湯圓、制糖、磨豆、捕魚等。原來紅柬政權要年我們大吃一頓，前兩天是配額，基本上能吃飽。四·一七是最後一天，每個人可不受限制自由吃飽。

　　這是一年中僅有的一天，也是人們日夜企盼的一天。人們在中午吃飽了大魚大肉的白米飯後，晚餐又吃甜大湯圓，還私下展開比賽，看誰吃得多。中午我吃了九碗飯下午又吃了十個雞蛋大的湯圓，但我不過是「中量級」，有幾個中青年男子一口氣吃了十二個，最多為十五個。到後來，許多人吃到走不動了，大口喘氣捧著肚子，走也不是，坐也不是。當天，好幾人被送到杞墩「醫院」，幸好，未聽有飽死人的消息。

　　在今後好長的挨餓的日子裡，我們就回味那自由吃飽的四·一七國慶節。我們最後收割的大區田裡的稻米，已在那三天裡全

部吃光。接下去又是番薯、野薯、野荀。最後食堂負責人又發現一種野菜和一種長在林中的水薯也可充饑。這情況比我小時候在中國潮州還可怕，那時我還因飢餓偷吃鹽，引起惡心嘔吐。而現在，我們連鹽都沒有。紅柬政權說，要管好每一粒鹽，不讓有「雙多」思想的人有機可乘。

經常在田裡來回奔忙犁田、又自稱和我們一樣只吃兩餐稀粥或野薯的小分區委頌森安首次主持了全體大會。他在會上不再提「四年計劃」，而更多是談到革命紀律。他說：「跟著黨，就會勝利。」他要求每個人永遠對黨忠誠，站穩革命立場，絕不動搖。他說他常看到有偷哭，談到這裡，他橫眉怒目地說：「哭，是對黨領導下的現狀的不滿，是對黨的不信任，甚至是另一種形式的反抗。我們的戰士在解放戰爭中不知犧牲了多少，他們的生命比你們每個人更加寶貴，可我們活著的戰友就沒有哭。因而黨強調在建設社會主義、邁向共產主義偉大目標的過程中，不論發生什麼事，都不能哭。記住，哭是用來宣洩對黨的不滿！」

小區委反對「哭」，這使我們想起那天為燙死的兒子高聲嚎叫又瘋狂大哭的華婦。我們後來打聽到她叫林麗影，金邊解放時她與丈夫和小女兒在慌亂中走散了。小兒子的埋屍處第二天不知是被人還是被狗扒挖上來，兩小腿的肉也被咬吃了。事情還未了結，小區領導還在追究林麗影那天呼叫時使用華語，是「明目張膽違反了黨的政策」。

不止林麗影，在男女青年突擊隊中，也常有杞墩村民前來打探去年夏天「癩蛤蟆」與他的姐姐「惺忪眼」一次在田裡勞動時是否使用英語對話。我們雖然不喜歡他倆，但也幫他倆否認，說不相信這兩個傻氣十足的年輕人會說英語。兩人消息也靈，以後在勞動時較積極主動了，只是那呆笨的樣子仍令人討厭。

根據以往的經驗，凡是開過了比較重要的會議當天，政權的夜間監督和查巡便鬆懈或暫停了，在小區委開了反對「哭」的會議後，當晚，我們小組裡有幾個人摸黑出去尋食物，我也在夜深人靜、估計是淩晨兩點時躡手躡腳走到菜園的老李的小屋裡。去偷聽娘娜在金邊廣播電臺越語廣播。

　　我沮喪地走回來，金邊已取消了越語廣播節目。

　　幾天後，每天午休時，有人到我們青年突擊隊調查每人的階級出身。登記每個人的家庭成員，一九七五年以前的職業、地址、收入等。調查人員和顏悅色地對每個接受調查者說，要對黨忠誠，對革命忠誠，要如實彙報。

　　階級調查在全小區四個村全面展開。對於來自金邊或其他城市的華僑來說，對此大多有一定警惕性。有人認為華僑在舊社會裡大多是經商、做小生意的，總不能人人都說是工人或農民，有些人則天真地輕信了「對革命要忠誠」的話，坦白供出自己的經濟地位、職業等。在愚昧的、半文盲的農村幹部看來，即使是小商小販、醫生、知識分子都是資本家或為資本主義服務的「階級敵人」。

　　調查人員並沒對我們小組作詳細調查。我們從金邊來時已把履歷資料呈上了，我當過燒焊工人，是城市無產階級，又主動到農村當農民，但我在解散的華運的集體中為農民針灸治病卻非隱瞞不可。

　　調查工作結束後，迪隊長在會議上對我們說：由於五年戰爭對農村的破壞，在剛解放的這幾年裡，農業生產未恢復正常秩序，農村人口大增，加上一些自然災害，造成某些地區農業失收，糧食減產。為瞭解決這一矛盾，革命政權決定將一部分社員遷移到糧食充足的地方去。這樣，他們既能吃飽，我們也減輕糧

食的壓力。

簡短的會議結束後,當天傍晚,一些被點到名的家庭老少便被安排到通往杞墩村的牛車道上,那兒已集中了約二十輛牛車。牛車上的人與站在路傍觀望、送行的人相互招手致意。彼此不論相識與否,一方為幸運者今後能吃得飽而祝賀,另一方安慰留下來的人。「我們走了,今後你們也能吃得飽!再見!」「都班速事罷!」(一路平安)我們情不自禁地向他們招手。雖是不同民族,卻同是天涯淪落人,我們目送牛車隊在暮色中駛入樹林夾縫中的牛車道,一輛輛牛車逐漸淹沒在暮色的沙塵中⋯⋯。

在我和剩下的七位原西方留學生中,只有蘇亞納相信柬共的話。他的根據是:在階級調查和運走上述社員的過程中,幹部們態度友善,上路者又被允許帶走所有的物品。他認為小分區地少人多,只有調走一定數量的社員才能解決饑荒和勞動力的問題。

其他人認為雖然五年戰爭對農村有一定破壞,但那時農村仍然糧食充足,農村雖湧入約三百萬城市移民,可是在過去,這些城市移民也不從事農業生產,今年旱季雖然時間較長,不算是自然災害,誰不知柬埔寨原是魚米之鄉、亞洲的糧倉?兩年的農業失收,實是調動太多勞動力搞大區田有關。

蘇亞納很快改變原先的看法。因為每天傍晚被點到名上牛車的多是占族人,不講柬語的華僑,我們所知道的消極怠工者、多病者、殘疾體弱者,一些原朗諾軍人家屬(他們初時常到處打聽上述親人的消息)。我們熟悉的青年突擊隊員陳錦源和他的妹妹錦秀以及他們的家屬共二十多人、年近四十的「大鬍子」也被點名上路。錦源兄妹是沒犯過錯的老實人,但他倆喜歡炫耀其大哥是「柬埔寨共和國」紅十字會會員,並在金邊開設西醫診所。而「大鬍子」呢?他說他當過海員,到過許多西方國家,他常給我

們講西方國家的見聞。每當迪隊長不在場，他把磨破了頂的草笠倒放在手上，學著他所謂的法國馬賽碼頭夜總會舞女的舞姿扭起大屁股，惹得陣陣笑聲。我們忘不了他多次透露他的祕密：他原是一名抗美援朝志願軍，勝利後回到廣東老家，後來靠一位在海關工作的親戚幫忙輾轉來到柬埔寨，他希望今後有哪位華僑能見到中國專家或其他中國官員時，轉達他要求回國的願望。

「大鬍子」真是中國人民志願軍人嗎？他上了牛車是踏上死亡之路嗎？不到三個月，這個謎終於解開了。參與砍殺金邊移民的一名杞墩村青年後來偷偷洩露殺害「大鬍子」的經過：他被綁住兩手再蒙上眼睛時就大喊：「我不是敵人，我是中國人民志願軍，我要見中國大使！」該青年說：「想到這位與我們一起勞動和生活的大鬍子就要死在我的大斧下，我開始還手軟，後來一想到偉大的黨，想到這是一項光榮的革命任務，我終於克服了恐懼，斧頭砍下時，血漿噴上來。我激動地高喊：『共產黨萬歲！萬歲！』」

白天帶餓勞動，傍晚擔心被叫上牛車去接受無法反抗、無從逃跑的砍頭、活埋。每天默默等待死神的召喚，每個人都不是人，而僅僅是個名字。這是一個鮮血淋漓的世界，可悲的是，外國對此一無所知，而祖國母親卻繼續以傾國之力支持柬共。鄧穎超、陳永貴、汪東興先後訪問柬埔寨，高度讚揚柬共是真正馬列主義政黨。

後來，逢規也被點名上牛車了。望著這個耿直、見多識廣的青年朋友，我們真想抱住他大哭一場，我們竭力克制這種感情，逢規一臉茫然絕望地給我們留下最後一句話：「我將真正見證，我們這些人是否去死，卻無法回來告訴你們。」「或許，你真的是去糧食充足的地方。」我悄悄安慰他。我努力回憶與他相處的

日子,回憶他在船上時初次與我談話的情景。雖然他是親西方的知識分子,我覺得他與松惡一樣可愛。「路上好走!」我十分傷心地對他說。他走後的晚上,我和他的同伴們為他哭泣了一場。

大約一周後,上述的「遷移」行動結束了,小分區幾千戶中,約有五分之一遭到屠殺。從被叫上牛車的人的身分或一向的勞動表現、言行和身體狀況以及押送的自衛隊員流露出的殺氣騰騰的表情,最後是我們得悉出水村在那時進駐了約一百名黑衣兵等綜合判斷這五份之一的原城市移民並非到「有糧食充足的地區」,而是當晚就分別在附近幾處密林中,被上述黑衣兵和其他被認為「立場堅定」的杞墩村幹部、農民和青年用刀斧砍殺或活埋。

不久,參與屠殺行動的原杞墩村青年以此當作炫耀其「勇敢的行動」的戰績而洩露出來。杞墩村村委布屬也多次有意無意向人們透露他參與了那次的「革命行動」。他說,在通往出水村的林中,至少打暈並活埋了一百個人,從此,我們把那條很少人跡的土路叫做「一百死人路」。

從逢規、錦源兄妹以及大鬍子也被點名遭到屠殺以及「癩蛤蟆」、「惺忪眼」逃過大劫來看,我們知道在長期的日常勞動與生活中,有無形的眼睛在暗中觀察每個人的言行表現。嘮叨、怨言甚至憤怒的眼神都被認為是「潛伏的敵人」而慘遭殺身之禍。外表愚昧的「惺忪眼」姐弟那時表現沉默寡言,依時出工,勞動也不落人後。

其他一些表現一般的青年突擊隊的華僑與占族青年也被殺害,則是因為其家屬中有人屬於「潛伏的敵人」。為了純潔無產階級隊伍,「多一人不如少一人」,家庭中一人屬於「敵人」,全家老少便被「斬草除根」。

第七章 人間煉獄

言歸正傳。青年突擊隊隨即進行一系列調整：從兒童組調進十幾個滿十六歲的少年（按規定：六歲至十五歲為兒童組，十六歲以上未婚者為青年組，已婚者為男人組或婦女組，五十歲以上為老人組）。安排二十對青年結婚（但婚後仍在青年組一年），再調動一部分人到男人組去美玲村勞動。

　　由欣然答應由紅東一手安排到後悔莫及的二十多對青年的婚事很快在青年組傳開：

　　當他們被帶到指定的屋子時，全被嚇得目瞪口呆。屋子裡並排坐著二十個人，幾位外地來的殘疾軍人、老寡婦、令人討厭的自衛隊員、一位年近五十口齒不清又禿頂的幹部，還有精神異常、言語粗野的歌弟倆⋯⋯。

第八章　逃亡之路

　　槍炮聲繼續交織，戰鬥更加激烈，這回是不同方向的遠方集中向基地炮轟，基地像一個被炸開的油鍋，我們想像它被籠罩在熊熊火光和滾滾硝煙之中。

　　我們這監獄區還是相對安全些，當交戰雙方找上了目標後，炮轟不再盲目。我們又聽到刀斧的砸打聲，刀斧劈開前門一道裂口，又撬開一大片門板，原來方才逃散的人帶了刀斧又回來救我們。我們一跑出來，就加入搶救其他「囚犯」的隊伍，把所有監門全劈開，放出一百多名苦難兄弟。

　　原來，看守我們的其中一名黑衣兵良心發現，在逃跑前悄悄把由他看守的監門打開，被放出來的人便趕來搶救我們。

　　大家緊急商量，決定向市中心跑。戰火還沒波及市中心，市里的幹部也可能跑光。我們不知哪來的力氣，弓腰俯身往前沖。一路上，不知是餓昏了還是中了流彈，許多人倒下去再也起不來。子彈像流星般飛舞，炮聲不絕於耳，坦克戰車開動了，還夾雜著聲嘶力竭的叫罵聲⋯⋯。

　　一跑進市區，只見上千人在街上盲目奔跑，我們衝進一間食堂，掀鍋翻蓋尋找食物，把稀粥、食鹽、臭魚等倒在一塊狼吞虎嚥吃了。出了食堂，一群人全跑散了，我一人全身臭汗，蓬頭垢面站著思忖去處，突然發現基地那邊跑來的幾十名中國專家正被一群叛變的紅柬軍人驅趕回去⋯⋯。

　　「殺死他們！一個也不留！」為首的叛變軍人三十多歲，碩

長身材，他不斷揮舞拳頭，聲嘶力竭高喊：「兄弟們，覺醒吧！我們的師長已加入〇九兵團了！不能再為波爾布特賣命了！打死這些中國人！」在他的指揮下，聚集的叛軍越來越多，幾十名中國專家們全被他們團團圍住。就在這緊急關頭，一位體格壯健的中國專家帶著郭文攀上近處倒塌的高牆垛喊話。郭文還來不及把他的話翻譯出來，突聞「砰砰」幾聲槍響，兩人的身子一陣搖晃，鮮血從緊按著的胸口湧出來……。

隨著這幾聲槍響，叛軍也向被困的幾十名中國專家開槍了。槍聲如雨下，每個中國專家近距離承受十幾、幾十顆子彈。他們就這樣永遠葬身於這個異國土地上。

我在慌亂中跟著人們向翁湖市方向奔跑。跑出了選市，上了公路，只見距公路約五百米的野外停泊著五輛坦克和多門大炮，牢牢守衛著基地的指揮部，一百多名中國專家氣急敗壞，緊張異常地來回奔跑，一名紅柬軍官站在坦克車上用揚聲器高喊：「革命戰士們！〇九兵團是越南的傀儡軍！你們要堅決保衛國家，給叛變者狠狠的打擊，決不留情！……」

約一個排的紅柬士兵手持衝鋒槍從指揮部快速跑上公路，老遠向我們喊話：「不能跑！越南侵略軍打過來了，你們要加入戰鬥！全到指揮部領取武器抗敵！不能跑！誰跑了先把他斃了……！」這時，一顆炮彈落在指揮部與公路之間的田裡，「轟」的一聲，把公路上的紅柬士兵嚇得抱頭逃竄，我們也不敢前進，後面陸續又跑來幾百人，大家進退不得，見指揮部的紅柬士兵仍對我們嚴陣以待，只好躲進附近的森林。

我們這些人原來都是紅柬的幹部或被迫為其工作的人，危機一到平時的思想教育全拋上九天雲霄。在這個軍事緩衝區，人們開始悄悄議論今天紅柬國民軍的嘩變，幾個知情者談論那位三十

多歲,身材碩長的叛變軍官正是潘安副連長。今天早上,當入侵棉末市的越軍向基地發起炮轟不久,潘安打死了連長,率領他身邊的十幾個人對上千名新兵高喊:「被強迫來參軍的新兵們加入我們的隊伍吧!波爾布特就要垮臺了,我們很快就會勝利,勝利了你們就可回到父母身邊,獲得自由!為波爾布特賣命的只有白送死!」

我們這一千多人似乎走上同一命運,既害怕遇到紅柬國民軍,又要遠遠避開越軍或〇九兵團。槍聲漸寂,黃昏已近,人們走進樹林的深處,跟隨幾個熟悉地形的人去尋找村子。

天黑時,我們來到一個不知名的村莊,村裡空無一人,我們直奔那裏的廚房和糧倉,分了米糧在廚房裡煮了吃。

天一亮,人們四出尋找逃亡之路,我隨大多數人來到湄公河岸,長長的河岸公路靜悄悄的沒有行人,遙望對岸,只見蒼蒼鬱鬱的山林之間若隱若現是望不到頭的人流,他們從何而來,欲往何處?沒人能解答這個謎。後來才知道,東北包括桔井省會已為越軍占領,紅柬政權在撤退時沿路把所有民眾全部強行押走,強迫民眾為他們搬運糧食和武器,在山林中修工事、建倉庫。後來,以韓森林為首的〇九兵團和越軍勢如破竹,乘勝追擊,成千上萬民眾紛紛逃脫紅柬的控制走回頭路,紅柬老羞成怒,把來不及逃跑的約近千名民眾就地槍決或活埋。

「凶多吉少啊!」站在我身邊一位中年漢子自言自語地說:「半年前中央軍用大船把川龍市湄公河下游幾個鄉數千民眾運到紅山仔殺害……紅山仔就在那邊。」他凝視對岸遙遠的上游,呆站了很長時間。

兩天後,我們吃光了村裡的糧食,便沿著河岸的村莊尋找糧食,這些已無人煙的村子也沒多少糧食,遠去的槍炮聲又傳過

來,戰爭又向我們逼近,人人焦急異常,不再走河岸的大路,又走進內地的樹林。走啊走啊,又回到十五號公路上來。這裡已繞過先前被紅柬國民軍攔住的路段。公路綿延幾公里全是慌張倉促逃亡的民眾和潰散的紅柬士兵和軍車。

向波羅勉省撤退的紅柬軍車和大卡車越來越多,每輛車都滿載紅柬士兵,沒人再阻攔我們逃亡了。這些原來不可一世的紅柬民軍,此刻成了灰頭灰臉的喪家之犬。

突然,身後疾駛而來的一輛中型卡車在前頭緩緩停下,卡車前排的窗口伸出一個人頭並向我大力招手,一個熟悉的面孔。我跑上去,是李金福!

李金福與有幾分華人面孔的司機以及一位十五、六歲華僑小姑娘坐在狹長的前排。我攀上車到後廂站著,那兒有二十多位中國專家和四位紅柬國民軍。他們有的神情嚴峻,有的沮喪茫然。我是個囚犯的逃亡者,蓬頭垢面,瘦骨如柴,渾身臭味,個個對我不屑一顧。

汽車駛進波羅勉省會,這裡的紅柬守軍有的向叢林或向金邊撤退,有的趁亂化為平民潰散。

抵達巴南縣城時,一隊隊紅柬國民軍向奈良鎮撤退。原來,波羅勉與柴楨兩省國民軍經過奈良渡口,準備撤退到對岸的干丹省界後計劃以湄公河為界與越軍對峙。

上述兩省與部分從磅占省潰敗而來的約兩萬名穿黑衣或綠色軍裝的波爾布特軍隊集中在小小的奈良鎮,他們與上百輛軍車、大卡車、吉普車與摩托車等待安排渡河。天色暗了下來,四面八方的紅柬幹部和民眾也蜂擁而來。我們的卡車排到距奈良鎮半公里多的十五號公路。中國專家打開木箱,取出乾糧給大家吃。我們將在此過夜。

同車的幾十人走過叢林小路到湄公河洗了澡，回來在卡車停泊的公路上席地而睡。

　　人以群分，專家們與四位國民軍和司機各聚一處，我和李金福、小姑娘就在距專家不遠的路面上鋪上尼龍膠布當床，再打些雜草用水布包起來當枕頭。

　　這天是農曆十二月初七，上弦的月亮出來了。每個人的心都無法平靜，我們互訴在基地最後的經歷。由於金福柬語水準較高，他被派到指揮部當翻譯。元旦這天，占領了棉末市的越南軍隊的兩個師分別向磅占省橡膠園和基地發起進攻，本來採取誘敵深入再攔截包圍戰術的民柬第十七師莫名其妙地遭到來自基地的己方的迫擊炮猛烈襲擊，戰火隨即在基地內部燃起，叛變的第十五師與第十六師展開激戰，埋伏在橡膠園的第十一師憑藉有利地形暫時占了優勢，也開始支援受到夾擊的第十七師。但這時第十六師內部也出現叛軍，一些忠於波爾布特的高級軍官遭到暗殺。潘安率領他的部下向近千名新兵策反，形勢急轉直下。第十七與十六師均受重創，這時占領仕倫市的兩萬越軍勢如破竹，迅速攻入桔井市，又揮軍南下，直逼磅占市。至此，堅守在基地的殘存國民軍接受中國專家的建議全線向金邊撤退。

　　小姑娘叫阿蘭，她是在磅占省農村被送到基地當翻譯員的。去年某一天，鄉裡的幹部把從磅占市華僑商店搜括來的一瓶痔瘡膏當美容品抹在臉上，被阿蘭看到了把藥膏的用途告訴他。幹部又從家裡拿來幾瓶中藥問她主治用法，賣過中成藥的阿蘭一一告訴他。幹部大喜過望，第二天就把她推薦給上級，隨後便調到基地來。「我只讀兩年中文，能當什麼翻譯員啊？」阿蘭說，「中國專家們又都是北方口音，聽不懂。於是基地幹部便讓我做些瑣事和簡單的翻譯。」

我也把在基地的生活和被良送到監獄的經過告訴他們。這時阿蘭帶著顫抖的語調說：「你真是好險哪！監獄附近的發電廠房是紅柬的電刑室！有一天傍晚因為浴室廁所都滿了，我自個兒出來找個僻靜處方便，大概我是小女孩，天色又暗，沒人注意我，我一直走到發電廠房不遠處的椰林裡，出來時聽見廠房有沙沙索索的聲音，廠房的窗口很低，我望到十多個人兩手被捆在背後並排坐在長凳上，我不敢看，正想走開，突然廠房的電燈全熄了，隨即便看到一連串的火星，聽到幾聲短促的慘叫聲，我嚇得兩腿直發抖，全身發冷，頭暈欲嘔。回到宿舍好久說不出話，夜裡常作惡夢。那真是我一生見到的最恐怖的一幕。」金福插嘴說：「聽說有些工人被分配去抬屍埋屍，都朝廠房這方向走，死者個個七孔流血，舌頭外伸，眼球凸出⋯⋯」「別說了，我求求你。」阿蘭差點要哭出來。

　　累了多日，仍無法入睡。這時東南方向又傳來槍炮聲，那是從越柬邊境的湄公河岸傳來的，那兒距奈良市只有三、四十公里。看來，越軍將在一、兩天內占領奈良鎮。

　　東方剛吐白，三艘輪渡同時出動。我們的卡車約於七時駛下渡船，渡船擠滿了衣衫不整，如喪家之犬的紅柬國民軍和少數神色凝重、行色匆匆的中國專家。

　　天氣暗晦，空氣濕重，奈良小鎮在濃霧中逐漸模糊了，我的心也沉重起來。

　　小鎮完全變了樣，公路兩旁的雙層建築物被夷為平地，原有的大市場也被紅柬改建為粗陋的倉庫，河岸原來整齊的樓宇也已坍塌不堪，斷磚碎瓦。人去樓空已夠淒涼，何況人去物不留？而今，我再遠她而去，恐無歸來日。滿目瘡痍的第二故鄉曾給我多少愛，多少恨，多少憂愁，多少怨，已無從記起。正是：悠悠歲

月流逝,渺渺殘雲飄散,渡過窮山惡水,又再浪跡天涯。

卡車來到金邊市郊的摩尼旺大橋,陸續而來的共有十幾輛,全被金邊的駐軍截停,無一例外接受檢查。我這才知道卡車上的大木箱裝的是全國軍事地圖。地圖製作得很精細,樹林、山地和丘陵、寺廟等都用泥土上了顏色凸現出來,每張地圖顯示獨定地區,全部拼合起來成為全國大地圖。

金邊還算平靜,我們吃了乾糧,休息時,民柬國防部派人通告撤退而來的各地國民軍:金邊固若金湯,越南軍隊陷入人民戰爭的汪洋大海之中,柬埔寨的革命已從階級鬥爭進入民族解放鬥爭等等。最後,來人要求每一輛卡車各派一人前去國防部。

太陽西斜,前去國防部的專家回來了。他臉帶沮喪地對他們的同志私語,一位脾氣火暴的專家按捺不住吵了起來:「什麼跑了?中國大使和西哈努克全跑了?!」專家們用埋怨的眼光制止他繼續發火。「我可快憋不住了!」他仍憤憤不平。

我們三人屏息聚神暗中注意專家們的談話,盤算著今後的行動。

卡車緩慢向市中心進發,與三年多以前紅柬「解放」金邊的熱鬧歡騰相比,此時的金邊充滿焦急與不安,氣氛壓抑得令人喘不過氣。匆忙趕路的紅柬士兵也失去往昔的飛揚跋扈,變得沮喪慌亂,彷徨焦躁。

卡車來到戴高樂大道,十字路口的交通指揮站指示所有車輛到奧林匹克運動場集中,領取乾糧、用品、彈藥武器和汽油後,分別開向四號和五號公路。所有車輛均必須接收行走中的國民軍、幹部、工人和他們的家屬。

運動場上的廣播器反復播送民柬電臺的聲明:越南當局出動二十萬軍隊,在蘇聯及東歐多個國家的全力支持下侵犯我國神

聖領土⋯⋯侵略者在全國範圍內遭到我英勇國民軍的頑強抵抗。目前，敵人已陷入我國人民戰爭的汪洋大海之中⋯⋯局勢正在扭轉⋯⋯敵人決不甘心自己的失敗，一定要作更大的冒險，全黨全軍和全國人民決心在波爾布特總書記的領導下奪取民族解放戰爭的勝利。」

廣播中斷，一些摩托車和小型車輛穿梭在緩慢行進中的大卡車之間，車上的人用擴音器宣讀了柬共撤退前的最後指示：「柬共中央堅信我國軍民最終戰勝侵略者⋯⋯在現階段，黨要保存實力⋯⋯所有幹部、戰士、工人和他們的家屬，向馬德望省有秩序地撤退⋯⋯。」

隨著夜幕的降臨，車隊前進的速度也緩慢下來，前方有些騷動，前往四號公路的車輛全退了回來，越軍已於下午在四號公路接近磅士卑省的路段截擊金邊車隊，多輛載有中國專家的大卡車因不服從越軍命令受降而遭炮火轟擊，造成大量車毀人亡。

在此人心惶惶的時刻，我和金福、阿蘭悄悄商量逃亡之計。馬德望省可通泰國，四號公路直通西哈努克海港，中國專家或其他外交人員都將通過上述地區回國。而我們跟著紅柬到馬德望就仍在其控制之下，到時要逃走就更難了。我們決定抓緊機會趁黑夜跳車逃跑。

汽車一輛輛緊挨著，車燈明亮，阿蘭不敢跳車，又怕我們拋下她，幸好車上的人個個滿懷心事，沒人注意我們。

汽車剛駛離市區，前方一片漆黑，由於長途跋涉，人們都打起盹來，正好後面的卡車慢了下來，我和金福一人一側拉著阿蘭冰涼的手幫她翻過一側的車後板，身邊幾位專家發現我們的舉動，但沒有阻止，也沒驚動那四名入睡的國民軍。

在阿蘭落地的剎那間，我和金福也翻身跳下。我們經歷了猶

如電影中亡命跳車的緊張場面,很快滾下公路,阿蘭不知去向,我們不敢叫喊,就在草叢中摸索尋找,終於找到渾身發抖的阿蘭,三個人忘乎一切倒在地上,摟在一起,望著一輛輛卡車在跟前緩慢駛去,心撲撲地跳個不停。

我們向縱深的樹林走去,在大樹下喘息,這才發現都擦傷的腿,撕破了衣,我們真正一無所有,緊握的手無言地相互安慰著,還是金福鎮定些,商量著在天亮以前的棲身之處。

在農村九年的磨練以及過去生活在金邊的經驗此刻發揮作用了,我辨明瞭方向,發覺到金邊郊區的幸牛市區不遠,那是我生活在金邊最後一年住過的貧民區。

幸牛區很僻靜,沒燈火,奧林匹克的強力照明燈也熄了。我們互相扶持著阿蘭,顛簸跋涉來到我熟悉的顯強家的附近,我們上了一間較大而牢固的高腳屋躲起來。

沒想到這較別致的高腳屋還有主人吃不完的飯菜,我們估計這裡原來住著紅柬的幹部或其家屬,由於局勢太突然,他們撤退時也很倉促。

太累了,我們關上門,吃了飯,席地而睡。

天大亮了,起身發現屋裡不但有米糧、水,還有許多衣服、日用品,最危險的地方成了最安全的藏身之所。外面傳來激烈的槍聲,遠處是轟隆隆的炮聲。這一天是一九七九年一月七日,波爾布特統治了三年八個多月便宣告垮臺,越軍浩浩蕩蕩進入金邊,全世界的眼光又聚集在這裡。

這裡相對平靜,吃完了這屋裡的米糧,晚上就趁黑住進附近另一間房子。

我們不知外面的世界。白天夜晚總有槍聲,槍聲來自一個方向,那不是交戰,而是越軍或〇九兵團在慶祝他們的勝利或震懾

第八章 逃亡之路

暗藏的紅柬勢力。

我們每天除了吃飯就是休息和談話，世上似乎只剩下我們三個人，三個人各有說不完坎坷曲折的故事。變天了，我們更加感到彷徨，孤苦無助。全國幾百萬人民此刻也和我們一樣彷徨失措，恐懼不安又貧困如洗。

我們就這樣連續躲了十幾天，住了四、五間屋子。越南與韓森林的〇九兵團開始出現在這僻靜的貧民區。附近時有越軍放冷槍。

一天深夜，我們忽聞外面人聲嘈雜，冷槍也頻繁了。情況越發嚴重，終於在半夜裡發現數百上千民眾趁黑潛入宰牛區，經過這裡到市區的華僑商店搜括值錢商品。紅柬於一九七五年攻克金邊後，多年來許多店戶仍囤積大量商品。現在，逐漸向金邊郊區聚集的民眾便冒險前來「淘金」。而越軍又到處圍堵，鳴槍阻嚇。民眾無所畏懼，從各個方向潛入金邊的人越來越多。我們見有機可趁，一天深夜便開門出來，混在幾百名民眾之中，像盜賊一樣到市區「洗劫」財物。我們拿到了一些碗子、叉匙和過期已凝固的牛奶粉。準備在凌晨前與民眾一起逃離時，不幸為越軍抓獲。被捕的民眾有數百人，分多批蹲在各個街口。監視我們的越軍們幾乎都對我們說同樣的話：「我認出你，你被抓好幾次了，不怕受嚴懲嗎？」「你們這是明目張膽地搶掠國家財產！」一個多小時後，我們被釋放回來。我們三人便跟著民眾來到六公里外的「六支牌」地區。

原來，以韓森林為首的〇九兵團舉著「救國陣線」的旗號在全國各地張貼「安民告示」，宣告人民已真正獲得解放，人民有遷徙的自由和與家人團聚的權利等。於是，被紅柬驅趕到農村和深山密林的僥倖活下來的市民紛紛踏上回鄉之路。金邊周圍的

六支牌、鐵橋頭、坡成東機場等地聚集了數以萬計的準備重返金邊的高棉人和華僑。但越軍以「金邊為軍事禁區」為由禁止民眾進入。而越軍龐大的車隊每天日以繼夜從金邊運出大量的機械設備、摩托車、電器、名貴家私以及其他貴重商品到越南去。日益增多的郊區民眾為了生活，不顧越軍的警告和搜捕，每天深夜冒險從不同方向潛入金邊，在民宅和商店裡搜括商品，回來後擺在公路上與農民交換米糧，儼然成為交換貨物的貿易市場。

　　我和李金福、阿蘭在擁擠的六支牌小鎮一間破落的高腳屋後段下面住下來，屋上的人常把髒水從我們頭上倒下，我們只得忍聲吞氣。從湄公河上游諸省的民眾源源不斷乘坐竹筏漂到這裡上岸，後來者無處住宿，便在髒亂的岸邊搭起簡陋的帳蓬。

　　小鎮日益擁擠，人們到處走動打聽失散親人的消息，流動的越軍好奇地到這裡聽人們對紅柬政權的控訴，蘇聯顧問和外交人員也來瞭解民情。每晚都不得安睡，此起彼落的號啕哭聲來自那些獲悉失散親人已死於紅柬大屠殺的遺屬，夜半的槍聲又令人擔憂越軍向夜闖金邊的流民開槍彈壓。

　　為了生活，我們三人輪流跟著流民夜闖金邊。出發時，成千上萬的人浩浩蕩蕩，進入叢林小徑便分為無數小股隊伍，化整為零分頭前進。越軍開槍了，向路口的腳步聲與跳躍的黑影掃射，有人中槍倒下，其他人仍不退卻，等待槍聲的空隙繼續往前衝。

　　越軍也有「難處」，金邊發生多起爆炸，越軍懷疑是紅柬祕密人員混跡在流民中作案。此外，聚居多個郊區的民眾越來越多，給金邊形成很大壓力，若聽任民眾闖城掠奪，形勢將不可收拾。

　　實際上，我們三人也不敢進入市區，只在偏靜的貧民區取來一些不值錢的日用品如杯子、碗碟、匙叉等，換來的白米不夠

吃。我們對未來感到迷惘，為每日生活憂愁，我們像兄弟妹般相依為命。更希望在這個小鎮上驚喜地遇到自己的親人。

一天上午，我又在路上溜躂，腦海中又出現娘娜的影子，想必她已回到越南去了，而我這裡隔著金邊市，到一號公路已不可能，何況是遙遠的南方！正當我百般無奈與失落沮喪之時，人山人海的路面突然走來一個熟悉的身影，一看，是阿猜。

阿猜瘦了，高了，仍帶著那張憨厚老實的臉。我對他有特殊的印象，他也一下認出了我，像他鄉遇故知，我們無比激動，情不自禁地擁抱起來。

阿猜說，越軍攻入金邊的一月七日早晨，他還在托士楞監獄裡工作，監獄長康尤克要大家堅守崗位，說金邊固若金湯，越軍陷入重圍，黨中央和政府決不撤出金邊。兩小時後，康尤克就下令全體工作人員緊急集合，趕往火車站，搭上最後一班火車前往馬德望市。

一群人剛抵達火車站，摩尼旺大橋已傳來槍聲，現場更加緊張混亂，阿猜趁亂逃脫下車。火車開動了，車廂一節節從眼前過去，每節車廂都擠滿了人，最後一節只有十幾人，堂堂外交部長英薩利赤著腳，衣衫不整，雙眼蒼茫失神，如流浪漢般龜縮在車廂的角落裡。

越軍進城了，阿猜躲躲藏藏來到人民醫院。人民醫院於一九七六年十月重新開放，約二十名中國醫生在此工作，一月五日，幾十名中國醫生和翻譯員全線撤離金邊，遺留上百名無法行動的病患，越軍接管醫院後，逮捕了數十名被懷疑為紅柬幹部的傷病員，阿猜便和其他人被驅趕出金邊。

阿猜說，過去認識的人死的死，失蹤的失蹤，他的父母也沒音訊。

六支牌小鎮後面有一條湄公河的小支流,阿猜每天幫漁民撒網捕魚,勉強換來兩餐。他知道我們生活陷入困境,又不甘心在越軍的槍口下討食,便建議我們到附近的田裡撿穀子。原來農民收割時,地裡遺漏了不少的穀子。撿穀的人少,地又大,撿到的穀可到市上換白米。我們三人每天便起早摸黑到地裡撿穀子,換了白米還算吃得飽,阿猜也每天給我們送來小魚。

　　雖然生活平淡無奇,我總是充滿信心,等待奇跡。既然阿猜出現了,娘娜也會出現的,或者,神通廣大的越南特工和李三僑早已把她接到越南,她正在苦等著我。我也一定有機會到越南去找她,那怕再經歷更大的風險。

　　每天晚上,阿猜過來與我們聊天。他向我們透露了許多發生在托士楞行刑室駭人聽聞的酷刑。他說,被關進托士楞的人逐月逐年增加,有黨政高官、普通幹部、軍人、工人、農民甚至婦女與兒童。數以萬計被送到那兒的人從沒一人活著出去。

　　有一天,阿猜談起另一件事。那是一九七八年底的一天,他聽到一些準備進餐的衛兵們悄聲談到康尤克臨時改變把一位女間諜送到托士楞接受行刑的決定。第二天,這些衛兵便圍繞這件事談開來,這個說,我剛才過去捏了她一把,那個說,我走過去摸了她一下。康尤克的警衛員也說:「這年輕漂亮的越南女間諜遲早要被處死的,過去玩玩發泄吧!越南人至今還侵佔我國大片領土呢!」女間諜被送到托士楞對面街上的高腳屋裡,她死的時候屍體還是被拉到托士楞來,和其他屍體一起由那幫衛兵運到後面的曠野上埋掉。

　　女間諜是誰?我開始並不在意,日子久了,這事老在腦海裡揮之不去,突然留意起阿猜說的是一位年輕漂亮的越南姑娘。疑心也重了,便問阿猜那女間諜的名字和相貌,阿猜說從沒見

第八章　逃亡之路　357

過她，更不知其名字，只依稀記得她是在廣播電臺的廣播室被捕的。

她不是娘娜，我屢次內心如此肯定，我早於七七年下旬就沒再聽到娘娜的越語廣播，她如果被捕，也不會拖一年。

但我還是為此失眠了好幾個晚上，潔白淡雅的茉莉花，有著倔強的生命力。可是，這裡是柬埔寨，紅色高棉統治的柬埔寨，什麼事不會發生？好人一個個死了，那些沒有人性的人面野獸仍在張口吃人，他們全逃到馬德望省或其他林區，企圖他日捲土重來繼續吃人！

就在這時，出水村的老李、郭英和紅山農場一對年輕朋友乘坐竹筏沿湄公河而下，漂流了十一天到這裡上岸了。這時已是四月豔陽天，老友重逢，自然格外歡喜。他們四人就在較遠的稻田邊的空地上搭起簡陋的亭子住下來，白天就和我們一起下田拾穀。

原來，波爾布特下臺一周後，與世隔絕的追不爹小區的主要幹部、自衛隊員等先後失蹤，青年生產突擊隊隊長迪隨即率領原杞墩村民前去追剿撤退的紅柬幹部和自衛隊員，並宣佈政權已歸〇九兵團所有。他擁護〇九兵團。原來對紅柬政權忠心耿耿的迪隊長的倒戈讓我們原華運朋友大吃一驚，這個過去常誇我們是真正的革命者的青年隊長會怎樣對待我們呢？幾個長輩商量後，決定緊急向棉花窟鄉出逃。迪隊長追不上紅柬幹部，回頭不見了我們的朋友，便持了大刀獨自趕來棉花窟鄉。但這時，追不爹小區的「新人民」也成群結隊出來，朋友們與四面八方踏上回鄉之路的民眾融為一體，迪隊長怏怏而回。

局勢急轉直下，在這兵荒馬亂的時刻，我們八十多位朋友畢竟與普通民眾不同，因而長輩們提出大家化整為零，澈底解散，

各奔前途。老李與郭英便在長途跋涉中遇到了紅山農場這對年輕朋友，四個人商量後在紅山仔上砍了竹子搭造了竹筏，沿湄公河漂流到這裡。十一個白天黑夜，竹筏在河中心漂呀漂，它是性命最後的依託，它把劫後餘生的人又帶向另一個不可預測的未來。烈日炎炎，他們時而走上河中心浮現的島上摘野瓜野菜充饑，時而向岸上的高棉人乞食；夜風淒淒，他們躺在竹筏上聽身邊的潺潺流水，仰望寥星殘月，心潮起伏難平。漂泊呀漂泊，崢嶸歲月是惡夢，十年驚回首，如今親人失散，生死兩茫茫，故園破碎，何處可棲身？

河面漂流著不少的竹筏，人人瘦骨如柴，兩眼深陷，面色枯槁，行動遲鈍。有纖弱的少女伴著嗆咳不止的老父，必是到目的地已無力上岸吧！有幼童躺在瘦母的懷裡，從早到晚未見動彈，必是哪個病了或早已死了？

風雨的深夜，好心善良的岸上高棉人會讓竹筏上的人上屋休息，告訴人們紅色高棉已逃竄到何處，早先的竹筏漂流者曾遭到紅色高棉殘餘武裝的襲擊而葬身河底等等；長老們向人們訴說高棉滄桑久遠的歷史。也有些中青年高棉人對華人說，都是你們中國人支持波爾布特，才使我們國家民族慘遭禍害。「告訴你們吧！我們不要你們的世界革命！」「我們高棉人要把紅色高棉個個都千刀萬剮也難解心頭之恨！可它還厚顏無恥說人民堅決擁護它！」「是越南來解救我們，沒有越南，我們會死得更多，會滅絕種族的！」……。

沿岸的人們都收聽金邊韓森林電臺的廣播，廣播稱：波爾布特已於一月七日正式下臺，以韓森林為首的柬埔寨救國陣線接管國家政權，越南軍隊應救國陣線的要求前來解救苦難的高棉民族。廣播也痛斥波爾布特的罪行，說他是一個把國家和民族推向

滅頂的罪惡政權，廣播列數柬共幹部個個專橫霸道，殘暴又愚蠢的例子，從背著饑民吃飽飯到把大便拉到幾層高的建築物裡。說得人人拍手稱快，大呼過癮。

現在，越軍和「救國陣線」開始向聚集在金邊外圍的民眾發出通知：由於金邊是禁區，金邊外圍的各小鎮不能聚居太多的民眾，「你們要回到農村去，到家鄉去。」「四號公路、馬德望和貢布省的陸地交通尚未恢復，前往其他省份的人可搭乘越南的順風軍車！「你們不要有幻想，不要等待，趕緊行動！」

每天都有民眾搭上軍車離開六支牌小鎮，其他不想走的人便藉口家鄉在上述交通未恢復的省份，人們更多的是要逃去越南和泰國，他們擔心另一場戰爭，更擔心波爾布特卷土重來。

是走是留，我們也拿不定主意，越軍催得緊，人心也慌亂。我暗下決心，若沒有娘娜的消息就到越南找她。

但阿猜所知道就是這麼多。在我的追問下，他才說距托士楞後面約一公里一處曠野是埋葬一九七八年以後死於托士楞監獄的人的塚地。那兒距六支牌小鎮約五公里。

我說：「柬埔寨的災難堪稱人類二十世紀最大的悲劇，將來世人是要控訴紅色高棉的，你作為托士楞監獄僅存的工作人員，是重要的證人。我們不久就要分手，我也不知將流落何方。我相信那被殺害的女「間諜」是無辜的，我請你帶我到那塚地觀察。」

阿猜開始有些猶豫，後來認為那塚地是個不起眼的荒野，他相信紅色高棉逃得倉促，來不及也沒必要在那兒埋地雷，便答應我的請求。

第二天一早，阿猜弄來兩包飯團，兩把大刀，魚乾和水同我上路了。

我們走下公路，走上樹林疏落的田野，向金邊方向走去。遠處有些越軍也不過問我們，大概以為我們去拾荒、拾柴薪。

　　中午，我們進入綿延的荊棘區，用大刀砍出一條小路，滿身大汗走出來，在地上吃乾飯休息。

　　崎嶇的地面長滿含羞草，我們跛足難行，不時被含羞草的利刺所傷。含羞草地一直伸延到阿猜所說的塚地，在這方圓半公里的地方，到處覆蓋著無規則、高低不平的黑土，有些在烈日暴曬和雨水沖刷下略見凹陷，黑土裂縫下可見坑洞的輪廓，且散發些微腥臭味。稍遠處個別高起的土塚自上而下長滿雜草，分佈在一些矮小的椰糖樹之間。

　　阿猜說：「這兒埋葬了數百人。」我說：「摘些含羞草的花兒插到那些土塚上，表示對死者的哀悼吧！」

　　茂盛的含羞草開著無數小洋梅般的淺紅色花兒，這時我們發現一些含羞草下面有燒焦的黑土，撥開這些到處伸延的莖葉，又發現一些燒不盡的小物品：變形的拖鞋帶，背包上的小鐵環，尼龍吊床的繩頭，牙刷柄，眼鏡框，玻璃碎，打火機等。我們用樹枝竹子不停地翻，恨不得有照相機拍下這些證據。

　　突然，我赫然發現一小節略褪色的綠色軍褲褲頭和附著的四孔大圓紐扣和粗拉練。它是那麼熟悉，極象娘娜曾給我借穿過的她舅舅李三僑的綠軍褲的褲頭。那時，娘娜把三僑的軍衣送給我，她保存那條軍褲。我們希望有朝一日衣褲會合，寓意破鏡重圓。

　　就在這時，阿猜也在附近發現一個發亮的髮夾，髮夾就象一隻漂亮的白蝴蝶，娘娜說過，這永不生鏽的髮夾是好多年前她媽媽從西貢買來送給她的，它能在星光下閃光，戴在娘娜的秀髮上，更加豔麗多彩。

我突覺胸部陣陣緊痛，悲憤激動無以言狀。對著眼前無數的亂葬崗，我跪了下來，對天長歎：「娘娜，你走了，等不到再次相會，永遠不回頭的走了。你走之前，慘遭折磨踩躪，悲痛欲絕。欺負你的人，殺害你的人，個個必不得好死！你走了，周圍很黑嗎？很冷嗎？寂寞孤獨嗎？以後，你再也沒有快樂與憂愁，沒有期待與牽掛，沒有昨天和明天，只留下我，永遠思念你，無盡的痛苦伴我一生⋯⋯。」天空突然灰暗下來，多愁善感的娘娜輕飄飄來到我眼前；天突然又明亮起來，活潑開朗的娘娜向我伸出手，想拉我一起奔向那溫柔美麗地毯般的草原⋯⋯。

　　回來的時候，靜寂的小鎮點點微弱的燈火閃鑠在黑夜中。公路旁，我們出發的地方停立著一個矮小的身影。身影發現我們，向我們走來，是郭英。

　　「李金福猜想你們是到那兒去。」郭英說，「我真為你們擔心，怕你們迷路，怕被越軍誤會是奸細，怕路上有地雷，怕你們餓倒了回不來，怕你們沒水喝會中暑⋯⋯。」郭英想得周到，怕我們累了吃不下飯，用多餘的米換一些豬肉煮了粥給我們吃。她見我心思重重，也不多問。

　　我每天心情十分沉重。一幕幕與娘娜相處的生活影子走馬燈似的反覆出現，我要設法到越南去，尋找娘娜的母親和李三僑，瞭解娘娜的生平，記下她短暫的一生。一朵世上最美麗最聖潔的茉莉花在我心中永遠活著。她就在我胸前、眼前⋯⋯。

　　每天都有大批人被運往不同的地區，四號公路與前往馬德望省的公路也通了，只有前往貢布省的三號公路仍不時受紅柬殘餘武裝的騷擾。

李金福與阿蘭準備回鄉尋找父母，阿猜已搭上越軍卡車回到他在磅士卑省老家，老李和紅山農場的朋友都選擇到馬德望省再設法逃去泰國。

　　郭英無法回貢布老家，她想跟著朋友們逃去泰國，又捨不得十年來毫無音訊的外祖母、父親與弟妹，又不敢一個人待在這小鎮。最後，我對她說：「跟我去越南吧！那兒有我的姨母，我們要是能找到李三僑或娘娜的母親，說不定能解決身分問題，要是無法住下去，還可以搭船投奔怒海到西方國家，況且，越南的河仙市與柬埔寨的貢布省相鄰，也可從那兒打聽到你的親人。讓我們遠遠離開柬埔寨這個可怕的國家，共奔前途吧！」

　　每天開往一號公路的軍車最多。我們與朋友們分手了，真是說不盡難捨之情，彼此也沒有什麼以資留念的物品，只有無數次重複「保重」、「平安」。

　　我們在兩個多小時後抵達奈良鎮。我在那兒遇到了幾位回來尋找親人的老鄉，才知道爸媽已於一九七五年中旬雙雙死於紅柬的金邊大移民的途中。

　　我們和這些老鄉們暫居在通往巴南路一間尚算完整的樓房裡。我和郭英每天在街上擺賣一些毫不值錢的撿到的日用品，一面尋找走私者打聽偷渡去越南的消息。

　　幾天後，我收到一位華人走私者帶來一封寄自姨母的信。信中說，阿槐，回來吧！我在越南安江省富昌縣丐榮市。秀珠已到法國定居，我們一起去法國共用天倫之樂吧！

　　我把我小時的不幸遭遇告訴郭英。我在中國的養母告訴我，我的父母並不是我的親生父母，姨母才是我的親生母親。他們三人過去對我的虐待和冷漠，造成我倔強的性格，在嘗盡了各種磨煉之後毅然投奔解放區並經歷了無數次的顛簸流離，十年的戰

亂生涯熬過來了，我又將回到姨母身邊，那又將是一個怎樣的境況？

郭英說：「民族的災難遠遠大於家庭的不幸，戰爭的洗禮也把個人恩怨澈底沖垮了。我相信你的姨母會珍惜餘下來的親情。」

「從一九七〇年到今，正好十年光陰。」我無比感歎地說，「回想當初意氣風發天真爛漫來到解放區，最後卻落得個死裡逃生，無數次險些冤死在戰亂屠殺之中。我這一生可說是坎坷曲折不斷，艱險苦難重重，三十二年虛度，只得一人伴隨。」

郭英說：「要尋找自由幸福的餘生，只有投奔西方國家。」

我說：「現在中越在邊境打起來了，越南不能久留。我們見機行事，一起到西方國家吧！」

幾經周折，我和郭英終於在走私者的帶路下通過湄公河偷渡進入越南。

我們在暮色蒼茫的黃昏突然出現在姨母面前。她正要跨步入門，聽到我的叫喊，激動得有些發抖，以為是在夢裡。好久，她才說：「你活著回來了，萬幸啊！」她定了神，淚灑滿腮地說：「怎麼也想不到你會回來⋯⋯

秀龍上堤岸買貨去了，他明天回來。」在進門前，姨母又對我說，「他做雜貨批發生意。我自己在市集擺攤子。」

當晚，姨母騰出空置的、密不透風的小房間給我們睡。不久，我和郭英成了事實上的夫妻。沒有任何儀式、喜宴和祝福。

我們每天幫姨母在市集中做生意，郭英兼做家務。姨母每天都很興奮。一天晚上，她對我說：「有一件事我憋在心裡已經三十年了。阿槐，你可知你的親生父母？今天，你死裡逃生前來相會，我要把全部真相告訴你。你在奈良鎮永安堂的的爸媽都不

是你的親生父母。這件事，不知你的養母過去對你說過嗎？」我把一九六九年養母最後一封來信的內容告訴她。姨母說：「你養母說的都是事實，我是你的生母，林志謙是你的生父。但林志謙是個流氓，他欺騙了我生下了你，所幸你沒他那壞品德。」姨母深深歎了口氣，說：「你生下來後，便失去父母之愛，五歲時，下赤水村土改時期，農會多次要置你於死地。你十三歲來到柬埔寨，又受大人們的虐待，我當時也常打你，對秀龍的過度溺愛養成他驕縱的性格，而你卻流落街頭，最後到農村和叢林中受苦。你媽生前十分後悔，承認愛錯人恨錯人，如果你仍恨她，她死也不瞑目。」我說，那都是過去的事，我不恨她。她和爸為我也付出很大的心血，我悼念他們。特定的歷史社會也承擔一半的責任吧！

原來，爸媽最疼惜的秀龍秀珠後來與爸媽關係惡劣。戰爭的最後一、兩年家裡陷入經濟困境，結婚不久的秀龍與爸媽常因財產爭吵不休。最後，秀珠偷竊了爸媽一筆黃金後與男友遠逃泰國，後來去了法國。而秀龍也離開爸媽回到越南尋找他的親生父親，並娶了現在這第二任妻子。

秀龍幾次帶來了越南政府大肆搜捕逃自柬埔寨的華僑，以及把幾十名原柬華運人員包括史丹青、劉裕等領導人逮捕並關進西貢最大的志和監獄的壞消息。實際上，我和郭英也是非法入境者，隨時可能被捕。去河仙尋找郭英的親人或去鵝油市打聽娘娜的母親和舅舅是不可能的。於是我向姨母說：「我只是來看望你，瞭解我的身世，我們要重返柬埔寨再逃去泰國難民營，投奔西方國家。」姨母說：「你們死裡逃生來相會，別再冒險犯難。聽說柬泰邊境各派混戰，紅色高棉殘部出沒，土匪盜賊殺人越貨，泰國軍人也嚴守邊境濫殺越境者。我倒有一主意，你爸媽生

前把全部積蓄買了黃金埋在屋裡，共有三十兩之多。我知道其埋藏處，秀龍知道屋子的地址，而你瞭解高棉的情況。你可與秀龍一起前往你爸媽生前住過的屋子，把埋藏在屋裡的黃金挖掘回來，我們三人均分。有了黃金，便可作逃亡的路費，雇人護送我們到泰國。」

我和秀龍都興致勃勃，躍躍欲試。郭英卻憂心忡忡，說：「你可見機行事，橫財不可強求，人要平安回來。我已有喜了，你此行若有三長兩短，我怎麼活下去？切記，我們的孩子盼望你回來！」

郭英懷孕了，我卻遠她而去，重上虎山，此行生死難卜。為了最後的出路，為了投奔自由與光明，我們確已無路可走。冒險勝於坐以待斃啊！

丐榮市有一對華人兄弟以偷渡為生。我們與他倆談妥，他們用船把我們送到奈良渡口，再送我們回來，酬金是一兩黃金。

第二天，我們乘坐的小船在距越南邊防站約一公里處的村子郊外靠岸。四個人躲在一條戰爭時期留下的壕溝裡，靜待天黑。

我們在半夜裡摸黑上了小船。小船在河中心逆流而上，在夜色的掩護下，我們順利越過國界，凌晨進入柬境。

今年是閏年，雨季遲來。八月份的天氣酷熱難奈。雖是上午十時，樹木稀少的奈良鎮已是熱氣迫人，來往奔忙的三艘輪渡把兩岸的越南軍車和大卡車運載過河，戴著軍盔和墨眼鏡的越南軍官們站在輪渡上瞭望兩岸景色，不斷評頭品足，指點江山。

我們這艘毫不起眼的小船停靠在千丹省的對岸渡口。我們與主人約定，明天中午在此會合。

我們與一群高棉人搭上一輛前往金邊的越南大卡車。

兩個小時後，卡車來到鐵橋頭鎮。

這裡依然擁擠嘈雜，由於房屋基本無損，每間屋子都擠了好幾戶人家。大人們擁到大市場做買賣，黃金與越幣成了主要貨幣，貨物是來自越南的劣質產品或金邊市的舊貨，也有少量的泰國貨。

越軍雖然遣送了大批的臨時住民，但每天又源源不斷地加入偏遠地區的徒步而來的民眾。由於過了橋就是金邊市郊，成千上萬民眾在夜裡偷過橋或渡河進入金邊尋找獵物，以謀生計。

大概由於不堪壓力，越軍已允許一部分自稱金邊原住民過橋居住於市郊的長夏社一帶，但仍嚴禁進入市中心。

我們以到長夏社尋親為由來到那兒，並得知闖入金邊市區的最佳時間是凌晨四時。那時夜闖金邊的流民準備回來，守城的越軍也比較鬆懈。

第二天凌晨四時，我們帶了小鐵鏟、蠟燭、針線和打火機，和一批民眾在越軍看守的薄弱處潛入摩尼旺大道，又與守城越軍「抓迷藏」，躲躲跑跑進入戴高樂大道的烏亞西區。尋找了爸媽一九七五年以前住過的屋子。

這是位於一條小巷中間的單層建築，整條小巷兩排各有三十多戶同樣規格和大小的屋子。

我們反鎖上門，摸黑進入廁所，關上廁所門，點亮蠟燭，在姨母預先繪畫標明的蹲式廁坑右內側靠牆壁處動工。

這裡埋藏了二十兩黃金，深達一米，我們兩人直挖到雙手起泡流血，終於提上來一袋沉甸甸金閃閃的黃金首飾，大部分是項鏈。

首戰告捷，我們興奮得不顧手痛，馬不停蹄又在廁所外一處牆角挖掘，半小時後又取出大約七兩黃金。

這時門外傳來奔跑和呦喝聲，我們滅了燭火，躡手躡腳從門

縫望出去，只見十幾個高棉士兵在巷口圍堵一批流民，氣氛十分緊張。逃出去已不可能，又不敢挖埋在門坎處的第三批黃金，只有靜觀其變。就在這時，高棉士兵沖進巷來兵分兩路，逐戶擂門喊話，要躲在屋裡的流民趕緊出來。我們回到廁所，關起門不敢作聲。

我們就在廁所裡摸黑把黃金首飾用針線縫在褲頭、褲襠內、衣袖內層等。

我們遺下小鐵鏟，順手捎些不值錢的物品，瞄著外面已完全靜寂時開了門溜了出來，我們主動跑到一群被抓獲的流民中間，依越軍的命令放下不值錢的物品，裝作垂頭喪氣被越軍趕回鐵橋頭鎮。

回到奈良渡口已是下午，兩位船主以為我們尋不著親人，只說了些安慰的話。

小船順水流向南方前進。靜靜的河面只有我們這艘船，天氣晴朗，舒展在藍天裡的白雲變幻著奇妙無比的不同形態⋯⋯

一切都按計劃進行，我們四人開始了逃亡之行。

在胡志明市，有許多逃亡出國的祕密途徑。一位暫居在堤岸華人區的遠親便為我們聯繫了一個偷渡集團。這是由一批越南軍人祕密組織的，他們利用每週用卡車陪同蘇聯顧問到柬泰邊境省份馬德望省的機會，祕密接收逃亡者。每位逃亡者在抵達馬德望時要交付一兩黃金。由於兩位蘇聯顧問都坐在卡車前排，卡車所到之處往往不受截查。

這是一九七九年九月二十八日。清晨七時正，我們搭上這輛卡車，經過一號公路進入金邊，略事休息後，繼續向馬德望省前進。一路果然風雨無阻。下午四時便進入省界。

公路兩旁的越軍和韓森林軍隊明顯增多，哨所林立，還不時

出現一些提醒人們警惕躲在叢林的波爾布特殘餘部隊的標語。

進入市區了，卡車上的聯絡人收下我們車上三十多人的黃金後說：「車一停下，就有幾位華人來接你們。可跟著他走，由他安排你們前往柬泰邊境。」

我們便這樣跟著其中一位華人倉促躲進他位於近處的屋裡。

「這裡每天都很緊張。」這華人向我們介紹馬德望省的局勢，「夜裡紅柬部隊出來襲擊，白天，越南公安和便衣四出活動，既搜索懷疑份子又逮捕逃亡者。大量的便衣精通柬語，對這通往泰境的幾十公里路段重重把守。被逮捕的越華人很多，當晚便被砸傷膝蓋，從此不見天日。」

我們每人必須向這位華人交付兩錢黃金，由他供應食宿直到聯繫上用單車把我們載到邊境的高棉人，這些高棉人混雜在成千上萬的單車隊伍中，回來時再購買泰國貨到馬德望市或金邊市出售。而我們在抵達邊境時每人要付給他三錢黃金。

由於我和郭英會說柬語，這位華人第二天便找上兩位高棉人。兩人四十多歲，細心向我們交代了路上的情況和應付辦法。姨母和小表弟暫未能成行。

當天下午，這兩位帶路人各用單車把我們載到柬境最後一個市鎮——施士芬市。我們藏匿在一戶農家靜候黃昏。

太陽西斜了，兩位帶路人再次出現，吩咐我們自行走向西北方向一條通往木介村的大土路，他倆在大土路兩公里處的竹叢下等著。

木介村是柬境最後一個村莊，越軍對這條大土路戒備森嚴，許許多多逃亡者歷盡千辛萬苦，最後在這條路上投入越共便衣的羅網。

我們剛走近路口，已望見約三百米遠有一崗亭，亭上一群越

軍對過往的人虎視眈眈，兩個越軍正跳下崗亭截查一輛載人的單車。更遠處，兩名越共便衣押著大概是同一家庭的越南老少五人向我們這方向走來。

路是過不去的。趁著便衣沒發現我們，我們趕緊掉回頭躲進附近的高棉農家。

「這路是千萬走不得的。」農家的主人好心勸阻，「每天都有上百人被抓，還是打消逃亡泰國的念頭吧！」

「叔叔，我們確已一無所有，無處為生了。你幫我們想辦法吧！」我們哀求他。

附近的幾戶農家聞訊走過來，見我們執意要去，便共商辦法。最後，還是那位主人說：「等天黑吧！從我屋後的田地靠那竹林走，估計一公里路後走上大土路，那時路上的公安也全都回去了。」

我們怕天黑尋不著兩位帶路人，便提早上路，還走了捷徑提早上了大土路。

路面靜悄悄，我們安心不少，正邊走邊尋覓帶路人，突然轉彎處傳來摩托車機動聲，我倆走避不及，被摩托車上的兩名越南便衣喝住。一人惡狠狠用柬語問：「給我站住！想逃去泰國嗎？」

「不，」郭英說，「我們要投靠住在木介村的舅舅。」兩位便衣跳下摩托車，搜查了我們僅有的幾套舊衣服，又問：「為何不踏單車？」「輪胎爆了，寄在施士芬市友人家裡。」兩人半信半疑，互相使眼色後把我帶走十幾米處，低聲問：「她的舅舅叫何名字？」「阿才。」「多少歲？」「三十八。」他把我帶回到郭英身邊，另一位便衣向他示意郭英回答的與我一致。兩人稍微釋疑。一人又問：「為何趕在天黑上路？」「下午才得到舅舅的

消息，妻子有孕，路走得慢。」「晚上走路很危險，波爾布特殘軍就在這附近，你們不怕死嗎？今後可千萬別走夜路！」

總算過了一關，我倆剛走不遠，大炮響了，炮彈落在身後的施士芬市，閃亮了一陣的大土路又黑茫茫一片，這可怎麼辦？帶路人可能等不耐煩拋下我們，木介村埋伏著波爾布特軍隊嗎？大炮會向這大土路轟來嗎？

突然，兩個高大的黑影從一堆竹叢裡闖出來把我們攔住，我們驚魂未定，對方已開了口：「上車吧！我們正等得急呢！」我們鬆了口氣，坐上帶路人的單車，向三公里外的木介村前進。

單車繞過木介村，來到村後平坦的曠野，那兒已橫七豎八躺著上百人，單車緊挨著身體，人們卷著身體露天席地而睡。

我們擠睡在人群之間，望寥星殘月，聽轟隆炮聲，在這戰爭緩衝地帶，人人不敢出聲，養精蓄銳以備明天最艱險的一程。

天還未亮，從施士芬來的單車走私隊已「嗖嗖嗖」從我們身旁疾去如飛。人們紛紛起身，吃過隨身帶的乾糧，便跟著上路。

這是一支頗為壯觀、不見首尾的單車隊，飛奔穿梭在這一望無際的森林中。他們絕大多數是來自馬德望省的高棉人，也有許多來自其他省份或更遠的金邊郊區，他們要到邊境購買泰國貨物到柬埔寨內地出售，其中不少人是逕自向泰國逃亡或載著逃亡者兼做走私以謀生。越軍對這些川流不息的走私隊網開一面，反而是韓森林軍人常在他們歸來的途中截查中飽私囊。

越南公安在搜捕逃亡的越、華人方面技高一籌，幾乎對每一個坐在高棉人單車後面的逃亡者都逮個正著。久之逃亡者也道高一丈，或偽裝成高棉人，或改為雇請趕牛車的農民，藏匿在牛車裡，或避開主要道路攀山爬嶺徒步近月之久進入泰境等等。

且說我們各由兩位高棉帶路人載著，郭英假裝為帶路人的妻

子。她皮膚較黑，水布裹臉，我也頭臉圍著水布跟隨在後。

森林根本沒路，單車隊和行人日久走出一條彎曲起伏的小路，若非熟悉路途或眼明手腳快，單車很容易撞上大樹。路雖小，越南公安仍然騎著摩托車跟上來，走私者似有默契，一輛輛單車緊挨著，越南公安摩托車很難打鑽進來，他們也不敢跟得太遠，怕遭到藏在林中紅柬殘軍的伏擊。

森林和路旁時而出現死屍，看樣子死去不久，他們是怎麼死的？都是些什麼人？帶路人見慣了，也懶得回答我們的提問。

在這些你追我趕，綿延不斷的單車隊中，有許多像我們這樣由高棉人載著的越、華人。他們是怎麼避過大土路上的公安便衣，已無暇去打聽。

大概兩小時後，帶路人說，注意，前面就是波爾布特的地盤，但不必害怕，他們已老實多了。他們針對的是越南人，不為難逃亡者。

果然，前面空曠處大樹下站著十來個穿嶄新中國軍裝，攜中國 AK47 衝鋒槍的年輕高棉士兵。他們一發現單車後面載著越華人，便態度友好，帶微笑地請我們下車，詢問我們從何處來，要往何處？以及越軍入侵前的住處等。我們回答後，又請我們上路。

這是我第一次見到紅柬士兵對人民如此友善。如果在過去的歲月裡，赤棉善待人民，今日又何至於此？一切都已太遲，他們處境極其困難，不得不以笑臉來籠絡民心了。

距離單車小道幾十米到百多米的樹林裡，還有不少紅柬士兵在走動或躺在綠色尼龍吊床裡休息。

半小時後，來到一處荒涼稀疏的樹林。這時，從柬泰邊境返回馬德望的單車隊迎面而來，他們或與我們擦肩而過，或踏上內

側的樹林另闢小徑。車速慢了下來，偏偏在這地方出現了許多手持長槍，臉塗白粉或泥土、能操柬泰兩種語言的強盜土匪。他們四、五人一堆，分占據單車轉彎處的有利地位置，瞄著坐在單車後面的華人或越南人，把他們拉下車帶到深入處威脅他們交出黃金或強姦婦女。他們出沒在這越軍與紅柬勢力以外的樹林裡，幹盡姦淫擄掠的惡行。

載著郭英的帶路人在前頭不停地對強盜們大聲說：「我們是夫妻，去買貨混飯吃過窮日子……。」土匪放過他們，卻把我截停，命令我的帶路人趕緊走。我順從地下了單車，強作鎮定聽他發落。一個土匪橫著臉斜著眼問道：「你是『潤』嗎？」「不，我是『真』。」「『真』是有黃金的，快把身上的黃金全部交出來，否則，你就得死在這裡。一路見過死屍嗎？」「從波爾布特統治下出來的人，哪有黃金？兩餐不繼呢！」幾個土匪在我身上搜了幾遍，連舊衣服也裡外翻個透，果然沒有發現黃金。「把腳伸出來！」方才的土匪命令我，一面提起槍上了子彈，舉上來對准我的右腳。

我把腳縮回來，說：「我只有一個打火機，拿去吧！」「要你的打火機當屁用？我這就開槍了……！」「把打火機的底蓋打開，取出裡面的棉花。」我說。他照著做，看到藏著的一小片黃金。「你這阿「真」還真狡滑，快滾吧！」

我的帶路人在前面等著，郭英他們卻不知去向。「別擔心，再走十公里就到達目的地。他們在那兒等我們。你很幸運，那幫土匪是會殺人的。」

單車來到一處十字路口空曠地，除了人來人往的單車隊，還有從不同方向而來的牛車隊，徒步者。牛車由高棉人趕著，堆滿柴草雜物的上面躺臥著幾個越南人。

第八章　逃亡之路

許多人在這裡略事休息，郭英和她的帶路人也在這兒等著，知道我被土匪搜查威脅都不禁捏一把汗。

　　我們繼續前進。半小時後，出現兩排小木屋，伸延到那逐漸寬闊的土路。每間小屋子都站著一兩個漢子，注視著坐在單車後面的人，若發現有滿意的女人，便攔下單車，把女人拉進屋裡施暴。我們便不時聽到小屋裡傳出哭叫聲和辱罵聲。

　　過了這兩排屋子，豁然開朗是一個熱鬧的村寨。帶路人說：「這裡是自由高棉軍的第七營地，距泰境只有三公里。赴泰境的事，要由營地的負責人聯繫國際紅十字會處理。」

　　原來，由前柬埔寨皇國首相宋雙領導的自由高棉在這一帶設立兩個營地——第七營和第九營。第七營住著一千多戶人家，多數為馬德望省人。波爾布特下臺後，他們湧到這裡從事邊境走私，或在抗越救國的號召下參加自由高棉，或等待時機逃入泰境。由於每天進出數以萬計的人流，這裡既熱鬧又混亂。

　　距第七營兩公里，與泰境毗鄰的第九營是自由高棉的領導機關和主力部隊。他們既接受外國援助又協助處理難民問題。

　　我們到一處門口寫著「馬德望省自由人民管理委員會」報到，辦事人員登記了我們的資料，安排我們的食宿，交待我們等待安排日期進入泰境。最後安慰我們說：「你們歷經艱險來到這裡，可放心了。我們是一支反對越南侵略者，又反對紅色高棉的真正人民力量。你們可能會受到一些壞人的欺負或歧視，可向我們投訴，人民力量對壞人決不寬恕。我們紀律嚴明，若不懲惡揚善，怎能贏得人民的支持取得抗越戰爭的勝利？」

　　這話使我們安心些。可是，他們難道對那些躲在小木屋裡的流氓，對難民幹盡姦淫擄掠的事毫不知情嗎？

　　我們被安排住進營地中心的平面大木屋，與先期到此的幾

十戶越華人一起。一位高大肥壯的軍人負責監管我們。他說他負責大家的安全，多次鼓勵我們向他舉報壞人。「抗越救國任重道遠，一定要取得人民的支持。」他說。

就在那個晚上，我們睡得正酣，突然聽到「吱吱」的推門聲，一個高大肥壯的黑影悄悄闖了進來。他躡手躡腳來到我們腳下，手電筒的光線從他另一隻手擋住的指縫中對我們來回照射尋覓。大多數人都蒙頭而睡，身子緊挨著，他花了很長時間仍尋不著「獵物」，只好熄了手電筒走出去。

天亮了，那個高大肥壯的監護人又來了。他十分生氣地對我們說，他昨晚得到情報，有人持了手電筒闖了進來，他說若抓到該壞人一定交給上級嚴加懲治。

吃過了早餐，我們就此事談開了，我們昨晚的闖入者就是這監護人。他是看中我們這群人中一名唯一的越南華僑少女。

從此，該名少女便輪流在我們中的婦女和兒童身旁睡，我們也約好今後若有人夜裡進來便全部蒙頭睡覺，身體緊靠。

我們聽到自由高棉在夜裡把四十歲以下的越南婦女拉上車開進泰境，第二天凌晨才把頭髮散亂、衣衫不整的她們原車載回來。

郭英肚子漸大，她沒獲得特殊照顧。吃的全是膩厭了的罐頭沙丁魚。監護人說，聯合國援助的就只是沙丁魚，他們也沒辦法。他開始要求我們做些勞動如挖廁坑和水井等。

那是我們抵達後的第七天吧，這天一早，寧靜的營地突然響起猛烈的炮聲。炮彈落在我們周圍，救命聲此起彼落，我們都收拾了行裝等待逃跑，成千上萬人已向第九營方向跑去。槍炮聲從木介村方向傳來。很快，周圍有些屋子中彈起火，火焰沖天。這時，監護人匆忙跑過來，對我們大吼：「敵人打進來了！還不快

跑！」我們隨即奪門而逃，剛跑不遠，身後的屋子便中了炮彈，烈火在身後燃起，僅僅幾分鐘撿回條命，還不知那監護人來得及逃命嗎？

營地的自由高棉軍跟著我們跑，許多還赤著上身，身上掛著的保命符牌與佛像叮噹作響，也有的縱身跳進戰壕，架起機槍，準備迎敵。後面還有幾千民眾驚慌失措向我們這方向跑來。

走私者像久經沙場的戰士指揮我們向第九營跑，郭英跑得慢，怕流產，我時而背著她，時而躲進坑洞或大樹下。進犯營地的敵人向我們這方向開槍掃射，遭到部分自由高棉軍的抵抗。我們與一對帶著嬰兒的夫婦落在人群後面，處境萬分危急。

自由高棉軍總算暫時抵禦了敵人的進攻，槍聲靜寂下來，我扶著郭英也走出了第七營地。

我們就這樣在槍聲的間隙中來到第九營，槍聲遠了，稀落了。幾百名自由高棉軍在戰壕裡嚴陣以待。

這裡的建築物大多是可容納幾十人的長方形木屋，也有一些小巧的獨立屋。一間較突出的門前掛著「自由高棉組織辦事處」的牌子的大木屋一側，停泊著三輛紅十字會房車和一輛吉普車。幾位精通英語的越南人圍在那兒向紅十字會人員訴苦，要求盡快把我們接過泰境。他們目睹我們在槍林彈雨中逃命的情景，答應我們的要求。

自由高棉組織負責人在紅十字會壓力下同意下午讓我們啟程，但必須先「辦好手續」。

幾百名難民被集中到辦事處走廊，按次序逐一被叫進房間裡。幾分鐘後，出來的人都哭喪著臉，原來他們身上藏匿的黃金全被搜查沒收。辦事處負責人說，他們行使當家作主權，難民不能從柬埔寨土地上帶走任何財物。

我們僅有的黃金項鏈縫在一條空心的尼龍繩裡，尼龍繩捆上我們幾套舊衣服，故而避過他們的搜查。

　　搜查工作結束後，負責人又藉口未有大型車輛，要求我們再呆一、兩天。大家心急如焚。會英語的越南人向紅十字會人員說，若再等一、兩天，許多婦女便將被他們糟塌了。紅十字會員又向負責人求情，但對方仍堅拒所求，還要求紅十字會尊重他們的主權。

　　正當雙方僵持不下時，炮聲再次響起，敵人再度發起進攻。固守在前方的第九營也開槍還擊。但敵方顯然兵力強大，炮彈落在第九營中心，難民們紛紛逃散，救命聲此起彼落，形勢緊張，場面混亂。連紅十字會工作人員也趕緊開車逃離現場。

　　我們剛跑不遠，郭英肚子有些痛了，不能再跑了，我們躲在一處低窪地，眼睜睜望著人群從我們身邊奔跑，有人中了流彈在地上打滾哀號。如何是好呢？郭英說：「我實在跑不動了，就跟孩子死在一起吧，你跑得動，快跑吧！」我說：「說什麼話？我一個人活了有何用？我們一起死吧！我不後悔！」

　　有些自由高棉軍臨陣逃脫，但大多還是堅守崗位，頑強抵抗，敵人的炮火又弱下來。

　　就在這關頭，一輛紅十字會標誌的房車向我們駛來，司機座位旁一位白人女青年向我們招手呼喊。我們在她的指示下上了車，她讓郭英坐在前座，不停地安慰郭英，幫郭英擦額上的汗水。

　　車上坐滿了大多是婦女和兒童的難民家庭。有人激動得哭出來。汽車在轟隆隆的槍炮聲中向泰境駛去……。

　　在崎嶇不平的曠野和叢林中，無數分散的難民驚慌失措地奔跑出沒，一排排荷槍實彈的泰國士兵持著槍站在邊防線上居高臨下對他們嚴陣以待……。

第九章　山脈慘案

　　天色不早了，外面嘈雜得很，腦子仍迷迷糊糊的，該起身了，看看久違的自由天空，真是那麼神妙嗎？

　　「你們一定累極了，睡得這麼香，這麼久。」與我們為鄰的高棉婦人向我們打招呼。

　　「我們昨天深夜才到此的。請問這兒距第九營遠嗎？」

　　「幾十公里遠。這裡是阿蘭難民營，靠近馬德望省烏祖縣，是泰國最早的柬埔寨難民營。今天一大早，一男一女兩個洋護士推著輪椅尋你們來了，見你們睡得香，又走了。」

　　「推輪椅？我們沒生病，能走路呀！」我說。這時郭英起身了，她大概十年來沒睡得這麼過癮，臉都紅了。聽了我的話，說：「我猜是那位女紅十字會員把我懷孕的事通知了這裡的醫生吧。」

　　高棉婦女趕忙插上嘴：「哎喲，怎麼又說華語了，說華語是倒楣的。你們也真是……看，他們又來了，這回來了個男的。」

　　兩個年輕人笑容可掬地推著輪椅向我們走來，男的是華人，女的是洋人。

　　「我是來自印度的紅十字會，她來自瑞士。聽說你太太懷了孕，在戰火中奔跑，特來帶她到醫院檢查、護理。」男的用標準的中國普通話對我說。

　　一路上，我和他聊起來，我問他，我們已獲得自由了嗎？

　　「是的，你們已呼吸到自由的空氣，可以使用自己的語言。

你們的人權受到保護,和我們一樣地位平等受尊重。當然,你們是難民身分,不能隨便外出,要等待外國政府的收容。」

我們來到用竹子和帆布搭成的簡陋而乾淨的醫院。辦了手續,瑞士醫生讓我先回去,兩小時後來接人。

阿蘭難民營是泰國設立的第一個難民營,共收容一萬五千名柬埔寨難民和近三千越南難民。入門處是泰軍哨所,接著是難民辦事處、倉庫、醫院、停車場。難民每十五戶為一小組,住在長長的竹棚裡,四排竹棚成四合式為一組。難民住宅區之間有數間小木屋,是難民教學英文之用。

在回來的路上,一間小木屋傳出來的英文朗讀聲引起我的好奇。站在門外望去,教師年輕英俊,神采奕奕,短頭髮,穿一套整齊的泰國便裝和皮鞋。他從講臺轉過身時,抬頭望到了我,有些驚喜。我也驚訝地看出來,他竟是追不爹小區的「癩蛤蟆」。

他向他的三十多名學生示意後,向我走來。

「癩蛤蟆……對不起,我確實不知你的名字。」我說,帶著不好意思。

「沒關係。在那種惡劣環境下,名字並不重要,重要的是活下來。……我姐姐在對面的小屋裡。我正忙著,兩小時後放學了,我在這兒等你。」

趁著沒事,我走到「癩蛤蟆」所說的小屋裡。

屋裡擠滿了二十多位大多是華人婦女和老人,他們正圍在一位幫他們寫英文信的女青年的桌子四周,女青年消瘦些,一朵淺藍色絹子折成的蝴蝶花點綴在她的秀髮上。每一次她抬頭詢問身旁的人時,我便發覺她那雙似曾相識的惺忪眼。

她疾筆如飛,很快把信寫好,並用潮語翻譯出來:「……大使先生,我已是一個無依無靠、身心破碎的人了,我的丈夫於一

九七六年底在田裡勞動中暑而死,大女兒於次年被紅柬鄉幹部裝進大麻袋再拋下湄公河,同年六月,我五歲的小兒子因偷吃了廚房一個小番薯而被扔進火堆裡⋯⋯我已家破人亡,無家也無國可歸了。」

「別唸了,你把我要說的全寫出來了。」婦人說著,泣不成聲。

「惺忪眼」把信折好遞給她,自己也淚眼汪汪。我這時頓悟到她的惺忪眼是哭出來的,不知多少個夜深人靜的時候。這個有才華的女青年其實很美麗,我為什麼多年來沒留意到她幼滑的皮膚和玉雕似的鼻樑?她逃過紅柬大屠殺,她真是聰明絕頂。

兩小時後,我把郭英接回來。她幸無大礙。醫生吩咐她務必多休息,還送來許多牛奶粉、白糖以及一些營養品。

我們一起順道去找「癩蛤蟆」。過去雖少來往,此刻像他鄉遇故知。

課室空無一人,路上有人在奔跑,一人對我們說:「老師和一批青年向辦事處跑去。」

他失約了。不過我們見到了「惺忪眼」。

「我弟弟教授英文,我是義務為難民寫英文信。我們姐弟倆也是營裡的翻譯員。我們早已獲得美國移民局的批准,上個月本可登機赴美,是我們主動要求留下來繼續為難民服務的。這是一件多麼有意義的工作──給聯合國和各國大使寫信,幫助難民們早日投奔西方自由世界,也是向全世界控訴波爾布特的滔天大罪!」

這時,又有一群人向辦事處方向跑去,有男的、女的、老的,都是華人。他們邊跑邊呼喊其他人加入他們的隊伍。

「去吧!向他們示威去!害得我們好慘啊!」

「把這些披著羊皮的豺狼趕出去！我們不需要他們假惺惺來探望我們！」

「教訓他們！狠狠地！」

到底發生什麼事呢？每個人都是曆盡浩劫，千辛萬苦來到這裡，可別惹事生非啊！

「聽說中國駐泰國大使來了，他們跟在西方國家政府的屁股後面也假惺惺來慰問我們。去吧！向他們示威抗議去！」「惺忪眼」說。

「你們去吧！醫生吩咐郭英要多休息。」我們擔心示威會發生意外，泰軍會有所動作。

憂心忡忡吃過午飯後。示威的人興高采烈回來，手舞足蹈談起來。有的說幹了有生以來最痛快的事，這個說他近距離向中國大使拋沙子、扔果皮菜葉，那個說向大使吐口水，灑糞便和尿液。他們形容中國大使措手不及，渾身垃圾，狼狽不堪，倉促逃竄。示威的華人難民跟在大使汽車後面邊趕邊丟雞蛋、泥沙，還一路破口大罵。

連續多天，阿蘭難民營對這次示威議論紛紛。

「讓他們想想，原來愛國的華僑為何羞辱自己的大使？」

「這是中共建國以來首次有駐外大使遭到本國僑民的示威抗議。」

「痛快啊！聽說他們原來想聽我們控訴越南的侵略呢！」

「顛倒黑白！沒有越南我們怎能擺脫波爾布特的魔掌，怎能投奔自由？！」

不少人卻擔憂起來，他們批評示威過了頭，失去理性，說不定大禍臨頭，後患無窮。支持攻擊中國大使的人便振振有詞：「這都是他們逼出來的！」「沒有中共，哪來的柬共？」「他

們是一丘之貉。」「我們家破人亡，他們受此懲罰有什麼了不起？」

一切似乎很平靜，教學英文的，辦理出國手續的，忙著打聽失散親人消息的。紅十字會還打算再建一個醫院，專門為許許多多在逃難途中被歹徒強奸的婦女檢查和治療。

但又有些異常的現象：數千名越南難民陸續轉移到「西求」難民營。柬埔寨難民分為占族區、高棉族區與華人區，守衛的泰軍明顯增加。到後來，進入難民營做生意的泰國小販和前來探望親友的曼谷華人透露了阿蘭難民營可能清營的消息，泰國軍人中有不少是華人後裔，通過上述人士提醒華人難民要做好備足糧食的準備。

山雨欲來風滿樓。難民們最擔心被遣送回國，時而又以「泰國是佛教國家」、「國際紅十字會保護我們」「我們享有人權和尊嚴」等等自我安慰。

這樣的日子過了二十多天。一天早上，難民營門口突然出現十多輛大巴士，泰國的管理機構通過廣播要求占族難民收拾行李排隊，登上門外的大巴士。接著，一隊二十多人的全副武裝的泰軍奉命前來執行任務，場面緊張。我們在遠處望到，出門的難民到巴士旁便被守在那兒的泰國軍不斷催促吆喝，對行動緩慢者又踢又踹。

整整一天，共有幾批數目相等的大巴士把數千名難民先後運走。

第三天，清營行動來到我們這華人區。人人都相信最不幸的事發生了，我們前功盡棄，將悉數被遣送回柬埔寨。回去與死亡沒有太大分別，身無分文，無處為家，還要遭越南或韓森林政權的嚴懲，從此不見天日，有朝一日紅柬奪回政權，又將重回無邊

第九章　山脈慘案　383

苦海！

　　紅十字會對懷孕六個月的郭英也無能為力。他們必須尊重泰國主權。我和郭英互相鼓勵，準備最壞的情況，帶了許多糧食上路。約好對粗野的泰軍言聽計從，以求減少意外。

　　我倆手把手登上了早已開動的大巴士。附近圍觀的泰國民眾向我們投來同情的眼光，巴士開走的時候，人們又頻頻向我們招手致意。

　　巴士經過三、四個村莊，兩個多小時後，來到幾無人煙的山旁公路，僅在一些交叉路口設有泰軍的路障，幾位熟悉地形的高棉人悄悄議論起來，我們並非被遣送到第九營，也非靠近第九營的馬德望省烏祖縣林區，而是舍近就遠去扁擔山脈。

　　扁擔山脈是泰柬天然國界，綿延八百多公里，東西伸延，曲折連綿，在高空望下去似一把扁擔。在柬境一側，屬烏多明芝省。這裡群山起伏，山勢陡峻，到處懸崖陡壁，距內地數百公里之遙，徒步要走數月之久。要是將難民從此處強行遣返，無疑是逼上死路。難怪人人談山色變。

　　十幾輛巴士來到一寬闊的十字路口，意外的被一群約四十多人的泰國華人攔下（大概司機和隨車而來的泰軍也想休息、方便）。這些非親非故的華人向我們送來麵包、速食麵、礦泉水、餅乾、牛奶等，還給病老殘弱、幼兒孕婦送來塑膠布、尼龍吊床和蚊帳等。他們用潮州鄉音對我們說：「前幾天得悉你們將路過這裡，知道你們將被遣送回去，作為民間慈善機構，我們緊急行動救援你們。」「前路大凶啊！願佛祖保佑你們逢凶化吉，平安回家！」

　　僅僅十幾分鐘，巴士無情開走了，身後還傳來同是炎黃子孫的聲聲保佑……。

巴士共行駛約三個小時後，進入蜿蜒崎嶇、依山而成的天然公路。每隔數百米有一崗哨，又見一排二十多輛巴士停在路旁，先期抵達的數千名難民在泰軍的威迫下，像螞蟻般吃力地攀向山頂。

　　我們十幾輛巴士在他們的前頭停下來，訓練有素的泰軍如臨大敵般分頭向我們奔來，用泰語吆喝難民們迅速下車。求生是人的本能，許多人不肯下車，被強行拉下車後又向泰軍下跪不肯上山，泰軍向他們猛砸狠踹，拳腳交加。

　　我先下了車，把行李袋擱在地上，站在車門口扶著郭英下車。回頭一看，兩個袋子被泰軍踢得老遠，還被守在車門的泰軍惡言粗罵。

　　在場面極其混亂之中，槍聲突然響起，泰軍向一名賴在地上不肯走的高棉婦人開槍，鮮血染紅了巴士的輪胎。突然，又一陣近距離的槍聲，幾個偏離上山方向的華人倒在血泊中。走吧！只有順從地走吧！見慣了波爾布特的兵，知道「兵」都是不好惹的，他們是執行軍令，軍令如山啊！

　　在辱罵聲、救命聲和呻吟聲中，身後的槍聲又響起。原來，有人走向低窪地取水，水還沒舀上來，子彈便從背後射來，一頭栽在水裡。

　　原來忐忑不安此刻變成對死亡的恐怖。殺得性起的泰軍可能隨時向走得慢的我們開槍，我們不敢轉身觀望，一步一步攀小樹趴石塊上山。山不太高，也不太陡，拾到一枝樹椏，讓郭英當拐杖用。我揹著食物拎著袋，扶著郭英，天氣火熱，渾身大汗，不敢坐下休息，郭英的肚子又有些痛了，這時，走在上頭的人幫忙扶持她讓她坐在一棵大樹突起的樹根下休息，大樹擋住泰軍的視線。

第九章　山脈慘案

大多數人都已到了山頂，病老殘弱和幼兒還在山下喘大氣攀登，哀號和啼哭聲揪緊人心。我們用了半個多小時才走完剩餘的二十多米的山路到山頂。見山下的泰軍仍向人群揮槍叫罵。槍又開過來了，是警告人們不要待在山上不走，陣陣的槍聲嚇壞了仍在半山腰的老人，有的滾了下來，泰軍掉轉槍口，連開幾槍把他們打死。

　　人們提心吊膽，走走停停。突聞前方連環爆炸，爆炸聲此起彼伏震憾著這千百年來沉寂的扁擔山脈。只見漫山遍野煙硝四起，沙土飛揚，救命聲和號哭聲震天動地。原來，一九七六年柬泰發生為期半個多月的邊境戰爭，戰線就在這扁擔山脈。紅柬軍隊撤退時，在這漫漫的山林中埋設了數以萬計的地雷。地雷沒炸到泰軍，此刻卻把大批難民炸得非死即傷，到處斷腿殘臂，血漿橫流。三、四個難民營共約五萬難民步步驚魂，每跨一步都提心吊膽跟著前面的腳印，不敢偏離。人摔倒了，拉一下樹枝木頭甚至跨過攔路的屍體都可能觸動身邊或腳下的地雷。由於我們是第三天上山的，前兩天的占族與高棉族死得更多。有些是一家人死在一起，男女老少，屍體相互迭壓。放眼望去，蒼蒼鬱鬱的山林到處屍體橫陳，死者衣衫撕裂，內臟掀露，或歪頭橫眼散發或裂嘴露牙，臉面不全，死狀極為恐怖。

　　太陽西斜了，我們不敢走，就在這靠近山頂的山腰上歇息過夜吧！眼前就是柬境，泰軍不至於登山驅趕吧！

　　周圍的人很多。人們看到大腹便便的郭英，讓出一處較平坦的地方，我們綁上吊床蚊帳。這時是十月天氣，雨季還未過去，黑壓壓的烏雲在強風下從山頂飛過。在我們下面有一對年輕夫婦和他們一歲多的女兒，周圍是岩石群。其中一大岩石平坦得可當睡床，大岩石底下有涓涓細流，泉水清澈誘人。男的拿起小鐵罐

去取水，不料踏中岩石下的地雷，頓時被炸得肢體橫飛，女的嚇得昏迷過去，留下女嬰坐在光禿禿的岩石上號啕大哭。周圍數百人目睹此景竟無計可施，隨著女嬰揪人心肺的哭聲，人人搖頭歎息……。

天全黑了，風也起了，女嬰在飢餓與恐怖中哭得聲顫了，哭聲漸弱下去，時又再起。大樹沙沙作響，再也聽不到哭聲了，是母親醒過來，抱著她餵奶吧，還是母親根本沒醒，是女嬰在黑夜的恐怖中摔死了？是哭死了還是餓死了？

郭英在吊床上哭了，她是為女嬰而哭，我們和周圍的人一樣，因為對地雷的恐懼，看著一個可憐的女嬰活生生在我們眼前死去。

天亮了，光禿禿的岩石不見了女嬰，岩石下茂盛的草叢擋住我們的視線。那可當睡床的大岩石上仍擱著一家三口人遺留的衣物袋，在陰森森的晨風中輕輕擺動……。

人們緩慢下山，慢得就像原地不動。許多人從早上到中午，才走了十幾米路，儘管小心謹慎，不少人還是踏中地雷。

山上並沒有路，地雷可能埋在任何預料不到之處，大樹旁、草叢裡、岩石下、泥土中，經過多年歲月的風吹雨淋日曬，雜草蔓延，有的露出地面，有的無跡可尋，無法發現。由於許多難民是一家走在一起的，前面的人踏中地雷，後面的人也非死即傷，傷者走不動，望著自己鮮血淋漓的斷肢哀號呼叫呻吟，流血到死，輕傷的也走不動了，山陡地滑，活著的親人也救扶不了，就這樣遺留下不知多少傷者在漫漫的山林中呼天搶地……。

扁擔山脈山巒起伏，樹木茂盛，眼前的第二座山更是挺拔陡峭，還不知要翻過多少山，走多遠的路才進入平原內地，見到人家，也不知每座山是否都埋了地雷。即便沒地雷，這些原始山林

也必然猛獸毒蛇出沒，到那時，每個人也將面臨斷糧缺水，體力不支甚至病倒的險境。

我們這一百多名在山頂上的人就是估計到前路的險惡而躲起來。但這只會拖延脫險的時間，加速糧食的消耗。重返泰境是絕無可能的，泰軍仍在山下佈防，不時向山上鳴槍示警，萬一他們上山搜索，那麼我們這些「頑固者」將無一生還。

「我是第二批被遣返回國的，我一直躲在山上。」最接近我們的一位高棉中年男子說：「下山是九死一生，如果是非走不可，我也是最後一個。這樣，地雷也炸得差不多了，危險性減少了。」「但你也可能完全斷糧了。」我說。「就吃野果吧！有的是。」他回答得毫不在乎的樣子。他讓我們看了他的乾糧，果然滿滿的一袋。

「我們在上面還是安全的。」他又說，「再往下走就是地雷陣。我觀察多日，半山腰的地雷最多，山下較少，但同樣大意不得，有人就是到了山下才被炸死的。」正說著，突聞一聲轟隆巨響，一戶走了多時的華人家庭在我們下面近百米處觸動了地雷，濃煙沙塵過後，才看到老人家被炸死，他的老伴和媳婦被炸傷，走在後面的兒子擦傷皮肉，灰頭土面，一陣驚嚇之後，兒子時而撫屍大哭，時而為失去手臂的母親用衣服包堵如注的流血，媳婦傷處不明，只看到腹部出血，老母親已經暈去，媳婦仍會動彈說話：「你走吧，你也救不了我，就讓我們三人死在一塊吧！」他不甘心地嘗試背她、抱她，都無濟於事，只好又放下她，陪她哭叫⋯⋯。

他最後還是走了，踏著前面的人給他留下的安全腳印走了。他好幾次依依不捨邊哭邊回頭望。留下三個無法掩埋的至親，先後曝屍在這原始山林中。

躲了多日，先後有幾十人下山去了，我們的乾糧也剩不多了。下了幾晚的雨，我們用塑膠布收集雨水，但雨季也快結束了。

人生已到了絕境。晚上，郭英躺在吊床上對我說：「人之將死，其言也善。我與你夫妻一場，心滿意足了，你明天就走吧，一路尋野果充饑去。你還年輕力壯，一定能平安走出去。如果真有來世，我們再做夫妻吧！」

我說：「不論你怎麼說，我都不會走的。我倆的生命價值是一樣的，沒理由讓你死在山上。」

「我是不能走，走不了，不是中了地雷就是流產，不如讓我在山上靜靜死去。」

「我陪你靜靜死去。如果真有陰間地府，我們手把手一塊走，還有將快出世的孩子。這樣不會寂寞孤獨。」

「你傻了，一個人死總比兩個人死的好。」

「我此生一事無成，就讓我對愛情的堅貞彌補我的不足吧！梁山伯與祝英臺也是兩人死在一塊的，成為千古美談。」

「這世上沒人知道你陪我死，你好好一個人是白死。」

「對愛情的忠貞不需別人知道。」

「你說過要堅強地活下去，向世人控訴波爾布特。你活著出去，可向世人揭露扁擔山慘案。」

「控訴波爾布特非靠一人之力，從扁擔山活著出去的人，都會揭露這宗慘案。」

「柬埔寨的苦難不會沒有盡頭。大難不死，必有後福。你有後福，我死也瞑目，心滿意足。」

「我舍你而去只會受良心遣責，毫無後福可言。」

「我們不是靜靜死去，餓死，是漫長的痛苦折磨。」

「我們彼此分擔這種痛苦。」我最後說。

第二天，山上躲著的共二十多人都出來了，其中有和我們一起上車但未曾露面的「惺忪眼」姐弟倆。在生命的最後關頭，兩人的出現令我們驚喜、興奮。

山上的樹木多，野果也多，二十多人交流吃野果的經驗，結論是，一種酸甜味的稱作「規」的野果可賴以充饑，「規」長在大樹上。大概由於地雷的緣故，這一帶沒有野獸，也不見猴子，因而「規」長得又大又茂盛。

「惺忪眼」姐弟倆帶的乾糧也多。被泰軍驅趕上山後，就在山頂僻靜處躲起來，每天細水長流般只吃少量壓縮麵。他倆也認為山頂還是安全的，沒有地雷和野獸。不同的是，那高棉人將在最後時刻下山，他倆卻相信有奇跡出現，決心一直等下去。

在這個戰亂連年的國家裡，我雖然歷經無數次死裡逃生，這一次卻不信有奇跡。我餓得全身乏力，「癩蛤蟆」卻每天和我們分析扁擔山慘案的原由：「是中國駐泰國大使搞的鬼，我那天示威時向他們大吼：『我們寧做美國狗，也不做中國人！』他們神通廣大，果然把難民當作狗玩弄起來了，這回讓我們死個萬把人，看我們還敢逞強嗎？」

「惺忪眼」後悔的是，她和弟弟若非有一顆熱誠的為難民服務的心，此刻已在美國享受自由民主生活了。姐弟倆有一個小收音機，每天收聽「美國之音」的廣播。

這天是困在山上的第七天。一大早，「癩蛤蟆」就在上頭向我們發狂似的高喊：「弟兄們！奇跡終於出現了！我們得救了！大家準備吧！美國直升機來救我們了！我們得救了……！」

人們將信將疑，好久好久，天空仍是一片靜寂。

九時左右，「癩蛤蟆」突然從頭頂跑過來，給我們扔過來小袋乾糧，一面大喊：「直升機快來了，我們在上頭可能先走了。

你們吃飽了都到上頭來吧！」

這時，有人已著瘋似的喊起來：「大家聽著，直升機來了！我們得救了……！」

果然聽到天空中「噗噗噗……」的直升飛機聲，一架，兩架，三架，四架，共有四架直升機在大樹上空的間隙中出現。多麼親切，多麼激動人心，有人邊喊邊哭起來，向山頂部跑去，跌倒了又爬起來、不顧一切跑上去……。

直升機來回搜索，似乎還指示人們到樹木稀少處等待救援。能跑能攀的都先後過去了，跑得慢的也拼命揮動手上的衣服。

我們又激動又緊張，手忙腳亂撿起小袋乾糧就往山上爬。可郭英不能快。我們眼睜睜望著身邊的人一個個向上頭攀登，又向一百多米遠的空曠處跑去。

直升機「噗噗噗……」飛去了，第五架來了。它盤旋在我們上空，逐漸擴大搜索範圍，久久不去。但就是沒發現我們。

下午，先前那四架直升機又來了，把集中在一處的其他人一一接走，那當兒，我們費了九牛二虎之力剛剛爬到山頂。第五架直升機也無情地飛走了。

天色暗了下來，荒山野林死寂得如地獄，散佈在這起伏跌宕的山上的成千上萬具屍體散發著強烈的惡臭向我們撲鼻而來。後半夜，山那邊還傳來了經久不息的淒厲的狼嗥聲……、。

第二天一早，天空共出現五架直升機。沿著漫長的山脈來回搜索，似乎在別處又發現待救的難民，一陣忙碌升降後飛走了。倒楣的是，缺水兩天的郭英頭暈眼花，乏力欲嘔，走不動了。這一天又過去了。

第三天，郭英吃完了最後一點乾糧，我也被滿腹的「規」野果折騰得坐立不得。我們不能再等下去，決心冒險重返泰國山

界。我們相信「癩蛤蟆」已把我們困在山上的情況告訴美國人，美國人既已到此搜救，泰軍也未必再開殺戒。

山下的泰軍三三兩兩來回巡邏。每當直升機在上空出現，我便從大樹後走出來揮動衣服。終於，泰軍發現了我們，但沒任何動作。

下午三、四時，一輛紅十字會救護車突然出現在我們位置的山下。我激動得喊不出聲，咽喉像硬物卡住一樣難受，淚水奪眶而出。

救護車裡跑出幾個身手敏捷，動作迅速的西方青年人，提著一副輕巧而堅固的擔架，有的持著鐵杖，直奔山上而來……、。

郭英被抬上救護車，醫生立刻上來檢查身體，並立刻為她輸液施救。其他人重複一句話問我，我不會英語，直搖頭。他們送來飲水、稀飯和熟得爛透的雞肉。汽車沿山路駛去，我在迷糊中睡去……。

醒來的時候，已是半夜了，發覺置身於簡陋的竹搭的醫院。護士叫來一位高棉人當翻譯，又問了昨天上車時那句話，原來是「山上還有人嗎？」我說我們所處的位置已沒人了。

天亮了，醫生告訴我，郭英沒事，但胎兒很小，將來恐怕先天不足。

中午，聯合國難民總署官員給我們遞來表格，並通過翻譯員告訴我們，美國、澳大利亞、加拿大、新西蘭和瑞士都願以最快速度接收從扁擔山救出來的難民。表格上要求我們填上履歷和選擇投奔的國家。

這時，昨天在救護車上的美國紅十字會人員微笑地給我們送來一封信。信是用中文寫的：

秀槐難友：

　　當您收到這封信時，我已啟程前往美國加利福尼亞州了。

　　您們在扁擔山上極端危急，命系一線時，我就知道您們即將獲救——我一登上直升機就把您們所處的位置告訴機上的美國人。而他們也十分關切所有困在山上的人。

　　我在獲救之前，已從「美國之音」獲悉：泰皇向國內外澄清遣返難民並非泰國的難民政策，泰國是佛教國家，慈悲為懷。接著，泰國政府也譴責這次遣返行動並造成扁擔山慘案。

　　我選擇前往人人嚮往的美國，我在金邊的美國老師曾對我們說，美國是一個法治國家，享有高度民主、自由和人權。我相信，美國就是美之國。

　　還記得我和姐姐在追不爹小區裝傻扮癡的經歷嗎？俱往矣，到了美國，我們就恢復做人的尊嚴，挺著腰板，揚眉吐氣。

　　請將信中附上的「尋人啟事」幫我們張貼在難民營的佈告欄上。時間緊迫，許多事情都來不及做。謝謝。

　　願你們和我一樣莫忘柬埔寨的大浩劫，莫忘扁擔山慘案。歷史總有真相大白的一天，那些在臺前幕後的惡魔小醜終將受到歷史無情的懲罰！

　　祝您們好運！

「癩蛤蟆」手筆
1979年10月24日

由於郭英需要進一步護理，我們啟程前往美國的日期延到十

一月初。

三天後，我出院了。拿著「癩蛤蟆」的「尋人啟事」來到難民營中心廣場。

考依蘭難民營是新建的最大的難民營。扁擔山慘案發生後，仍有數萬難民湧進泰境。阿蘭等其他幾個難民營也重新開放。

這裡收容了兩萬多難民，其中一千多越南難民住於十三區，其他的分住於十五區與十七區。

難民們獲得聯合國援助的各種物資和糧食，泰國方面也每天給難民運來竹子和木板，讓難民們自己搭建屋子。

中心廣場幾個佈告欄滿滿的貼上「尋人啟事」，幾十個人耐心地站著閱看，有人拍了我的肩膀，轉身一看，是老李。我們興奮得無以言狀，互相詢問別後的情況。

「我們幾個朋友都來了，我帶你去見他們。」

原來，老李離開六支牌鎮後，到了幾個鄉鎮尋找自一九七〇年後就無音訊的妻子和一對兒女不果，便逕自隨走私者逃來泰國。不久，文敬田和他的兒子敬農有及石建先後進入難民營，幾個人搭建屋子住在一起。

由於在外國沒有親友，他們出國的事一直未有頭緒。

「祝賀你和郭英，很快就飛往美國。」文敬田由衷地帶著羨慕的眼光說。

「這是用生命換來的好運。我們當時要是跟著人們下山，很可能給地雷炸死，否則也要走好幾個月才進入內地，那時真不知還有勇氣再逃難嗎？」

文於一月七日波爾布特下臺後在磅占省農村躲了幾個月，遇上石建後一起徒步或搭越軍順風車來到六支牌鎮，又隨人流到馬德望烏祖縣，混入走私單車隊進入邊境的第九營，那時戰事已平

息,自由高棉仍控制兩個營地。

「歷史向我們開了大玩笑,」老李說,「我們原來都是聽從祖國教導支持柬埔寨的,結果呢?柬共把我們逼得走投無路,反而是美國等西方國家把我們救出苦海。我們的朋友和絕大多數華人難胞,都選擇投奔西方自由世界,這豈是我們當初投奔解放區時所能想像的?」

一向滔滔不絕的石建此刻不發一言。我問他是否記得一九七三年在翁湖市柬文學校的一次演講,我是他的聽眾。他在演講中鼓勵進步華人參加紅柬組織,那時他是赫赫有名的304專區紅柬幹部。

「那時人多,我也沒注意你。往事不堪回首,不談吧!」

我轉而問他是否有王炳坤的消息。我說,王是我過去在報社的同事,他與民生中學柬語專修生吳植俊都是柬共最高級幹部的翻譯員。

「聽過此人名字,想必他也凶多吉少,吳植俊是我親自培養的學生,是波爾布特的翻譯員。大概由於他知道的內幕太多,波爾布特把他殺了。我想,他死時也不知自己犯了何罪!」

文插了話,對石建說:「要不是我在磅占省見到你,說服你跟我走,否則你可能還想跟紅柬撤退呢!」。

「沒有的事,人在江湖身不由己,還要有時機。」原本不想多談的石建又談開了,「我早就發覺波爾布特是用屠殺的方式來企圖解決他日益嚴重的危機,其結果是人越殺越多,連許多他自己的親信、戰友也不能倖免。印象最深是我的一對好朋友——原金邊中華醫院院務主任蘇勻和他的夫人於一九七七年底被殺害,兩人在政變前、抗戰時直到「解放」後對紅柬貢獻很大。另一位原中華醫院女醫生密南也是早期祕密參加柬共,「解放」後不久

柬共派她到中國深造醫學，回來後成為波爾布特的私人醫生，為了服從組織，密南嫁給高棉族的中級幹部。波爾布特因懷疑她丈夫是篤平叛黨集團成員而將他祕密處決，後來又懷疑密南最有可能暗殺他而派人向她下毒手。

一九七八年中，幾個大漢把身懷六甲的密南強行剝光衣服後把她按在床上，用尖刀從她肚臍刺下剖開腹部取出活生生的胎兒，再大力摔在地上，最後用大棉被把尚未斷氣的密南團團裹住，令她窒息而死。

紙是包不住火的，波爾布特下臺後，我的一些老上級也逃到磅占省鄉間躲起來，向我揭露此事……。」

文敬田插上話：「你的話使我想起一九七二年我和幾位華運領導千里迢迢到了北京向有關領導請示華運的出路問題。當時的國內領導人說，『你們唯一的出路就是參加紅柬組織中去，別無他途，這是毛主席的偉大戰略部署。』事實證明，國內領導給我們指出的是一條死路而非生路。幸好，我們回來後沒有把國內的指示傳達下去，否則不知要害死多少人。過後，據說國內領導人批評我們馬列水準太低。這話給我很大感觸，原來他們認為誰要是聽毛澤東的話誰就是馬列水準高，否則就是馬列水準低。如此說來，當劉少奇、林彪和陳伯達聽話時就是馬列水準高，不聽話時就是馬列水準低，而毛澤東自己把國家弄得烏煙瘴氣，瀕臨崩潰，他自己的馬列水準又高在哪裡？因而，國內領導人現在該明白是他們的馬列水準高還是他們權迷心竅、利慾薰心以致六神無主、神經錯亂？」

「往事不堪回首。」石建回到自己的話題，「慘重的歷史教訓千萬不能忘記，不止我們這代人，還要讓世界的人，子孫後代牢記。我想，我們那時主宰了整個僑社文化界、教育界和體育

界，通過傳媒、學校等大力宣傳毛澤東相思、共產主義和所謂的「愛國主義」，實際上助紂為虐，害了廣大僑胞，害了一代純潔的年輕人。

波爾布特下臺，使我不斷反思馬列主義。馬克思主張無產階級專政，列寧把它發展為共產黨專政，史達林、毛澤東和波爾布特又把它發展為一人專政，其結果是他們不受批評，不受制約地胡作非為，禍國殃民而仍然被稱為革命導師、英明領袖。某些死不認錯的人發出一種怪論，認為馬克思主義是正確的，只是共產黨在執行中犯了錯誤，故失敗了。如果真是這樣，為什麼由他教導出來的徒弟總總是犯錯？為什麼世界上十六個執政的共產黨沒有一個不犯錯？他們領導的國家為什麼遠遠落後於資本主義國家？不錯，馬克思博學多才，學說精深，其動機也是好的，就是為了解救受資本家剝削的無產階級。可惜他受時代的限制，不能全面看問題，他所認識的社會主義都是他腦子中幻想的東西與實際情況相差很遠。他完全沒想到他設計的社會主義天堂竟成為人間地獄。他如果活到現在，也要成為反馬列主義、社會主義的急先鋒或者和我們一樣逃奔西方資本主義世界了。」

一向很少發表政治言論的老李說：「或許若干年以後，人們在談到柬埔寨這場大悲劇時說成是內戰，其實，柬共對人民的大屠殺恰恰是發生在他執政後的「和平建設」時期，沒有外國入侵，國內也沒有反叛武裝；或許若干年以後，人們在談到幾十萬柬埔寨被屠殺時與印尼的排華扯在一起，其實，當時正是中柬兩國兩黨和政府「革命戰鬥友誼」的蜜月時期；或者若干年以後，人們也逐漸忘記柬埔寨華僑在七十年代被祖國拋棄，一旦被別有用心的人認為可利用時，又稱他們為「炎黃子孫，愛國華僑」了。」

「我該回去了。」我說,「我倆即將啟程,要準備些事情。」

「好吧!祝你們很快就到美國去。美國救了你們的命,千萬不能做對不起美國的事!」老李說。

由於郭英身體恢復得快,我們的出國手續也很順利,前往曼谷國際機場的日期確定為十一月三日。

「秀槐,我們是在夢中嗎?」

「不,這是真實的。我們在豪華的 747 客機上,客機正飛往美國。」

「十天前我們還在扁擔山上等待死亡,十天後就飛向美國,真是不可思議。」

「是美國救了我們,這個人道主義國家還要讓我們分享自由民主與人權。」

「孩子出生後,給起個美國名字吧!」

「到了美國,美國,美之國,我們的孩子就叫愛美吧!」

「好啊!愛——美」。

到美國後,我立刻給潮州養母寫信,她知道我活著,一定驚喜萬分。她萬萬沒想到當初把我送出國是一條坎坷曲折艱險之路,而我第二次出國是到一個永久的安全港。」

「遺憾的是我一直沒有爸爸、祖母和弟妹的消息,不知他們是否還在人世?」

我們傷感了好一陣子。望著機艙外已是燦爛的陽光,我撫著郭英的手安慰著:「將來柬埔寨實現了真正的和平,我陪你回來尋找他們,我們一起為被捲入這場紅色大漩渦的死難親友,善良的人民和華人同胞獻上永遠哀思的花圈,為娘娜獻上茉莉花。我

們一起回來看看美麗富饒的第二故鄉,那裡的花草樹木、河川、田野和善良純樸的人民」。

「但願這一天快點到來……」。

是的,到了那一天,我將尋找當年走過的足跡。我將到大溝村和紅土鄉,若遇見林強兄弟時,我會對他們說,當年,我們都說「解放區的天是明朗的天!」;在石角山下,我把槍沉入湍流中以求活命,那把槍還在水底嗎?我從來就沒後悔當時的舉動;我要到花生島鄉和菩提村,對呂達深說,當年我在凌晨闖入你的家,那時我並非迷路,而是越獄;我將對財叔說,羅森被公安逮捕後,你說「你們處境危急,別做生意了,屋後那塊地給你們種植吧!」;我要到清水鄉,尋找當赤腳醫生的足跡,那時的每天傍晚回來時,老婦人握著我的手說「佛祖保佑你!上天保佑你!」;我要對清水村民說,松惡是高棉民族和你們鄉的好兒子,他為正義而死,你們為他豎紀念碑吧!我一定要到拉達那基裡省的庫儂鄉,對乃塔儂說「你媽被飛機炸死確實與我無關,你當時一句話救了我的命」;我要到娘娜當年把我送到外交聯的山路上重溫情景,她對我說「山高水遠路不平,文光兄,路上多保重!」;我要到出水村和杞敦村,告訴人們「一百死人路」的由來;上小崗上為長埋在那兒的黃書香上香拜祭、到紅山仔和130工地農安縣委和我握手的地方、到金邊的宰牛市區那間我和李金福、阿蘭避難的高腳屋。那時,許許多多中國專家慘遭潰敗中的紅柬軍人槍殺,他們在國內的家屬還以為是越軍殺了他們;到金邊市郊的亂葬崗弔唁娘娜,為她獻上永遠哀思的茉莉花。最後,扁擔山上的地雷如果已清除乾淨,我要到那裡為上萬死難者,為出世不久的女嬰灑淚默哀。

總之,我要告訴人們:柬埔寨有過這短暫而漫長的歷史。它

第九章　山脈慘案

不是人民的恥辱，它是專制獨裁者的罪孽。它能使人民化悲痛為力量，給後來的當權者以借鑒，給獨裁者以警示，給沉迷者以覺醒，給頹廢者以振作，給懦弱者以堅強，給悲觀者以勇氣，給挫折者以激勵，給絕望者以重生。總之，歷史是教訓，不能重演，百萬計的冤死者的血不能白流。

滔滔湄公河的水啊！千萬別把這悲痛的歷史記憶帶走！善良的人民啊，千萬別忘記由柬共掀起的這場湄河大風暴！

× × ×

「秀槐，醒醒吧！飛機已經降落了。啊！這就是美國嗎？美國、美之國。看！星條旗在高高飄揚……。」

（全文完）

```
國家圖書館出版品預行編目

紅色漩渦 / 余良著. -- 臺北市：獵海人, 2025.06
  面；  公分
  ISBN 978-626-7588-28-4 (平裝)



857.7                          114007463
```

紅色漩渦

作　　者／余　良
出版策劃／獵海人
製作銷售／秀威資訊科技股份有限公司
　　　　　114 台北市內湖區瑞光路76巷69號2樓
　　　　　電話：+886-2-2796-3638
　　　　　傳真：+886-2-2796-1377
網路訂購／秀威書店：https://store.showwe.tw
　　　　　博客來網路書店：https://www.books.com.tw
　　　　　三民網路書店：https://www.m.sanmin.com.tw
　　　　　讀冊生活：https://www.taaze.tw

出版日期／2025年6月
定　　價／500元

版權所有・翻印必究　All Rights Reserved
Printed in Taiwan